书 院 门

陕西新华出版传媒集团

太白文艺出版社

图书在版编目（CIP）数据

书院门 / 南岩著. — 西安：太白文艺出版社，
2017.5（2022.3重印）
ISBN 978-7-5513-1159-5

Ⅰ．①书… Ⅱ．①南… Ⅲ．①长篇小说—中国—当代
Ⅳ．①I247.5

中国版本图书馆CIP数据核字（2017）第098126号

书院门
SHUYUANMEN

作　者	南　岩
责任编辑	王大伟　荆红娟　李　丹
封面题字	雷　涛
扉页插图	南　岩
封面设计	高　薇　王　洋
版式设计	前　程
出版发行	陕西新华出版传媒集团
	太白文艺出版社
经　销	新华书店
印　刷	三河市腾飞印务有限公司
开　本	787mm×1092mm　1/16
字　数	310千字
印　张	21.25
版　次	2017年5月第1版
印　次	2022年3月第3次印刷
书　号	ISBN 978-7-5513-1159-5
定　价	68.00元

版权所有　翻印必究
如有印装质量问题，可寄出版社印制部调换
联系电话：029-81206800
出版社地址：西安市曲江新区登高路1388号（邮编：710061）
营销中心电话：029-87277748

目　录

第一章　万岁枯藤

真假难辨是书画,书院门里起风波。

笔墨官司何处打?名公义气众人夸。

丹青艺事名利场,鉴定争权不相让。

专家唱罢子孙上,丹青江湖轮坐庄。

　　河南人小杨是个勤快、吃苦耐劳的裱画工,十多年前来长安谋生才二十几岁,他除了一身力气,什么技术也没有。他先是在一家建筑装修队当小工,后来就在书院门落了脚。起因是装修队在书院门一家颇大的画廊承接店堂装饰工程,说是工程,也不过就是几万元的店面里外翻新的活,外带打扫卫生。干了半个月,不但没拿到工钱,还挨了打,说是出面办理这活的经理是个二道毛,先是给装修队付了首款,然后就不怎么来现场了。倒是画廊老板热情厚道,连蒙带骗地总算让装修队把活干完了。到了决算付款的时候,那个二道毛经理早已人间蒸发了。装修队傻了眼,就找画廊老板讨薪,老板和颜悦色地说他早已将装修款付给那个二道毛经理了,经理跑了让他怎么办呢? 装修队一头雾水、满腹冤屈,只能整天守候在画廊里等二道毛经理的出现。

　　一伙农民工整天住在新装修好的画廊里讨薪,画廊也迟迟开不了业。老板不干了,就纠集了几个身着一身绿制服保安装扮的打手,连推带打地把

装修队赶出了画廊。明眼人都看得出，这分明是画廊老板和二道毛经理唱的双簧。先是坑骗，再使用暴力，在书院门正街上演了一幕地痞恶霸欺诈农民工的真人秀，装修队只能吃个哑巴亏。小杨在双方的推搡中受了轻伤，当然也没拿到工资，连吃饭都成问题。幸亏他碰上一个在书院门做裱画生意的老乡，亲不亲同乡人，河南老乡同情小杨的遭遇，最后收留了他，让他暂时落脚在书院门，给自己当小工。吃苦耐劳的品行再次帮了小杨，不到半年，小杨就学会了裱画，而且在长安书院门自立门户开了裱画铺，成了裱糊行业的一个小老板。然后又在河南老家娶了一位也能吃苦耐劳、刀子嘴豆腐心、朴实耐看的媳妇，然后把家也安在了书院门。

一进长安城永宁门朝北走，就能看见一座孤零零的、围着铁栅栏、用灰砖砌成的六面七级佛塔与荒草为伴。在佛塔的龛洞里，石佛低眉注目，含笑庄严，这就是始建于隋唐时期的长安名刹古寺、大名鼎鼎的宝庆寺旧址。往东一拐，一座高大宏伟，雕梁画栋的牌楼赫然立在街头。唐代颜鲁公的楷书"书院门"三个大字书写在雕梁画栋的牌楼上。牌楼一左一右的石柱上，镌刻对联一副：碑林藏国宝，书院育人杰。从牌楼进去，就到了关中地区闻名的书画、古董艺术品收藏买卖的集散中心——书院门。整条大街东起端履门的卧龙寺，往西经三学街的碑林高墙外，长安千年古槐树旁的"孔庙"砖雕大字，再折向西，过关中书院，直出书院门牌楼外到宝庆寺古塔，总共长约一里半的文化街市，成了从全国各地来长安的文人墨客打拼寻梦之地。当东方的一抹阳光照在关中书院外的一块青石残碑上，卧龙寺的钟声和着微风，飘进书院门的每一个角落。南面的明代城墙还没从睡梦中醒来，深灰色庞大而沉重的躯体，横亘在青砖碧瓦、高低错落的明清式仿古建筑的店铺背后，远远望去好像回到了遥远的长安城旧梦里。"红红的太阳升起，书院门的小灵通九点才起，一手拿画，一手拿字，边走边喊。"空旷的大街上，突然从宝庆寺佛塔旁传来了一声疯吼，这是一个喝了酒就发疯的狂人，天天抱着酒瓶子在街上逛，不管街上谁和他说话，他一张口就是"那是个屎！"平日总能听到他吼的打油诗，日子一长，满街的人都叫他"酒疯子"。清晨，当古老寂静的街道上传来酒疯子盖过卧龙寺钟声的疯吼声,书院门人寻梦的一天便开始了。小杨在书院门街上接了一单老熟人的书法装裱活,老熟人是天天串街推销商品画、从安徽豆鼓村来长安书院门打拼创业的小伙小灵通。他还没进小杨的裱画铺,在街上就碰到了小杨,便将书法软片交给了小杨。两个人当面打开,软片是名公的四尺整张一幅。小杨说:"名公的书法越写越好了。"小灵通也附和着:"可不是,大家都说名公的书法线条是'万岁枯藤'。"小杨听不懂又问:"'万岁枯藤'是啥意思?"小灵通也不懂,连蒙带八卦地说:"就是长命百岁的意思。"小杨呵呵一笑说:"难怪满街的人都喊你小灵通,你嘴里说出的话就是中听。"和小灵通说好了取裱件的日期,小杨就在宝庆寺佛塔边上的书摊翻看着书籍,等想起手头的名公书法软片时,它已经无影无踪了。怎么办? 名公的书法价值好几千呢! 小杨一夜没合眼,想着只能给小灵通照价赔偿了。第二天,小杨把自己的倒霉事说与河南的老乡们听,说者无意,听者有心,天还没黑,就有个老乡把一幅仿得惟妙惟肖的名公书法作品送到小杨的裱画铺里,索价一百元。小杨又是一夜没合眼,心想,用假的顶包,自己少损失几千块钱,却哄骗了成天在街上低头不见抬头见的老熟人小灵通,除了生意往来,他俩还有几年的信任和交情。小杨左思右想拿不定主意,这事就这么一拖再拖,搅得小杨心烦意乱。眼看交活的日子就要到了,小杨手里又没有几千块钱赔偿小灵通,最后他一咬牙下了决心,以假顶包。交活的时候小杨心里七上八下的,头上也冒出了汗,还好小灵通只打开瞟了一眼,付了装裱费就走了。

小灵通是替他的一个收藏圈里的朋友办事。这个朋友是位干餐饮的大老板,名叫韩勇,开个大酒店,在长安同行里也算有点名气。大酒店坐落在永宁门里距离宝庆寺佛塔西面也就不到百米的南大街上。小灵通把裱好的书法镜心,装好框送到韩勇的办公室。韩勇很满意,把名公的"书法真迹"摆放在大酒店的公关接待室里。企业的职工当然都说好,因为他们都不太懂这些阳春白雪的书法艺术是怎么回事。可是大酒店里有一个工会干部懂点书法,恰好还曾拜名公为师学过一阵子。他尤其对名公苦练出的"万岁枯藤"书法线条,认

真地学过其中的书写技巧,对"万岁枯藤"的奥妙,知道一些其中的名堂。只是由于学艺太苦和工作繁忙,没有坚持到底不得已放弃了。他看到这幅老师的作品时,一副很不以为然的表情:名公的"万岁枯藤"咋变成了"三岁青藤"了?他不经意流露出的怀疑神色,被韩勇察觉了。有一天,韩勇给这位工会干部交代完了工作,特意问他:"依你看名公的这幅书法作品,是应酬之作,还是艺术精品?"工会干部答非所问地说道:"还好还好,结字尚可,但神采不足。"韩勇听出他的话外音,碍于上下级关系,不便深究明问。事情说来也巧,没过多长时间,名公来大酒店就餐。韩勇闻听立刻来到饭桌前,亲自斟酒作陪,和名公痛饮。从下午一直喝到第二天黎明,除了桌子底下一大堆酒瓶,再就是"相见恨晚""酒逢知己千杯少"的畅快和成功男人共有的矫情。饭后韩勇没让名公和一帮子一沾酒就不知死活的狐朋狗友及粉丝们埋单,但提出要求,请名公鉴赏大作。当名公来到公关室,一眼就看出这幅作品是伪作。韩勇纳闷,是哪个环节出了纰漏?名公更是个性情中人,当即让门徒把伪作取出撕了个粉碎。这时韩勇又叫那位不敢说真话的工会干部,特为名公取来了笔墨纸砚,名公借着酒兴,现场挥毫,写出一幅同样的书作。在一旁观景的朋友粉丝,又是鼓掌,又是欢呼,韩勇示意工会干部把这幅墨宝重又装框,郑重地挂到原来的墙上。韩勇又搂着名公的腰,两个人亲兄弟般在书法镜框前合影留念。名公也义气,没有向韩勇张口提润笔费的事。从此以后他俩成了莫逆之交,韩勇还给名公在大酒店里腾出一间屋子,友情赞助名公作为书法创作的工作室。"真假难辨是书画,书院门里起风波。笔墨官司何处打?名公义气众人夸。"窗外从宝庆寺佛塔方向,远远传来了酒疯子的疯吼。每天清晨,书院门的街串子满街叫卖书画的吆喝声就会从街对面传过来,当韩勇推开办公室的窗户,望着对面宝庆寺佛塔灰黄色的塔身,耳朵里就听到了从书院门飘过来的诗词唱和声:"窗外黄玉鸣啾啾,玉兰摇曳树丛中。丁香朵朵争春色,海棠花里觅蝶踪。流金岁月华亭逢,翠珵丹婵惊艳红。人生百年长如醉,不过三万六千更。"韩勇离不开他的大酒店,更离不开街对面飘着的墨香和从书院门里传出来的伴着诗词唱和的卧龙寺钟声。

第二章　炒　作

艰苦创业裱画铺,襁褓婴儿送人家。

束手无策灯影下,坐困断碑咽苦茶。

从来谋生万般难,妻儿涕泪无力擦。

螳螂捕蝉黄雀后,炒作算盘付水流。

　　小杨两口子在书院门安家了。第二年就生下了一个女儿,女儿刚满月就拉肚子,才两个月下来,小杨所有的积蓄都花光了。眼看着嗷嗷待哺的女儿和产后体弱的妻子,急得小杨抓耳挠腮,脑门子直往下淌冷汗。"屋漏偏逢连阴雨",孩子的爷爷又从河南老家来了书院门,望着生病的孙女,着急跺脚的老杨也拿不出钱,只能蹲在裱画铺巷子外的断碑根旁唉声叹气。再过两天又是要交店租的日子,这六千多块钱到哪,去凑呢? 倒是过几天有取裱糊活的,可以收个千把块钱,或许这点钱,能解燃眉之急。小杨就憋屈着出了裱画铺的大门,还没走出巷子,就听到巷子口的断碑旁,一男一女正在争吵。男的说:"琇,对不起,我欺骗了你。"女的蹲在断碑旁呜呜地哭泣:"你说得容易,可你把我害了。"小杨认识这两个人,男的叫宁飞,女的是翠琇。宁飞比他早来书院门半年,就在断碑旁置案子摆摊卖字。他三十多岁,中等身材,眼睛不大,但还算有神,一看就是个聪明人,他是第一个在书院门摆摊写

字的人。摆摊的初期,两眼一墨黑,不知道写什么字能卖钱,当着围观他写字的陌生人,抓毛笔的手直哆嗦。写出来的字,给人的视觉效果就像硬笔书法,没人喜欢。宁飞脑子灵光为人活套,凭着自己和长安人结交的经验,就揣摩出了西北人的审美习惯,把字写得又粗又黑,有些视觉冲击力,很快就打开了卖字的市场,摆摊的第二个月,钞票就开始往腰包里进了。宁飞又"百尺竿头,更进一步",请来了四个年轻貌美的女孩招揽生意。小杨记得其中两个最美丽的女孩,一个叫翠琇,另一个叫丹婵。时间不长,宁飞就和翠琇好上了,招呼生意的差使就落到了翠琇的身上。小杨才想到这里,翠琇撕心裂肺的哭声打断了小杨的思绪,只听女人哽咽着说:"你把我扔在半道上,让我今后咋办呢?"宁飞想去安慰女孩,却欲言又止。"还有我肚子里的娃。"女孩哭着蹲下身去,宁飞见巷子里有人出来,就上前一步,一把拉起女孩,离开了断碑,匆匆朝书院门牌楼方向走去。小杨叹了一口气:"都是为了娃。"眼里涌出了泪水。

　　长安城是十三朝古都,历史文化悠久,每年秋季都举办以文化搭台经济唱戏的古文化艺术节。书院门是长安古文化艺术节的首选分会场,只要一到石榴丰收的十月份,市区两级文化部门都要在这条街上,用现场书画和搭戏台演唱秦腔的方式,唱招商引资的大戏。这时你再看书院门正街,有的地方搭戏台,有的地方置放丈八长的书案,供长安本地的书画名流们现场挥毫,有的地段还别出心裁地请来了敲着锣鼓扭着秧歌的老太太秧歌队。六十多岁的老婆子们,把队排好,往街道中心一站,感觉良好,随着锣鼓敲击的节奏,边舞红绸边扭屁股,煞是搞笑热闹。扭到兴致高时,老太太们个个大汗淋漓,打过粉底、染了胭脂红的老脸,红不红白不白的,都变成了大花脸,引得围观的人哈哈大笑。远处又传出秦腔开场的板胡曲子,这时的书院门已被人潮拥堵得水泄不通了。今年的古文化艺术节,当然也请来了义气的书法家名公和其他长安书画名流现场挥毫。名公受到邀请后,也按常例做了相应的准备和安排。他先和韩勇掐好码子,只要名公一上台亮相,开始现场书写,台下的韩勇就准备好举手抢购。等名公的粉丝们吆喝着把这幅书作喊过万元的价码,韩勇就志在必得地及时出手,拍下这幅现场挥毫之作,来个满堂喝彩大团圆。名公的社会知名度、经济效益就能水涨船高,他的书作价位也在众目睽睽之下攀上万元台阶。计划赶不上变化,名公安排得周密妥帖,却被书院门一个串街的贼娃子给搅了局。挥毫当天,名公写了幅四尺的"宠辱不惊"行书大字,还没收住笔呢,名公的粉丝们就你一言我一语地喝彩吆喝起来,人民币的数字也三百五百地往上涨着,眼看要涨到一万了,忽然,现场混乱了。原来韩勇那有钱的派头,早就被一个天天在书院门正街上绺窃的贼娃子盯了梢,在人多混乱的书画表演现场下了手,而且一眨眼的工夫,就把钱包转到另一个同伙手里,这让老杨逮了个正着。当时老杨正站在那块断碑基座上看热闹,他离贼娃子半步远。老杨脑门一发热,也不知道从哪来了一股劲,一伸手揪住贼娃子的衣领,喊了声"抓贼!"老杨和贼娃子就扭打成一团,围观看热闹的人也伸手抬腿地帮着老杨打贼娃子。看着混乱的场面,街道城管员给派出所打了电话,没过几分钟片警就来了。贼娃子一见片警,就跟老鼠见了猫一样,两手抱头,一句话不说装起了哑巴。片警也不把贼娃子带回所里,只将贼娃子的双手往后背一铐,再一推,把贼娃子推到了那块断碑根下,然后就让韩勇和老杨随自己去派出所里做笔录。贼娃子埋着头,头朝断碑根,背对着书院门正街,在断碑根旁蹲着。

从派出所里出来,韩勇要请老杨吃饭,老杨摇着头说不去。到了分手的时候,韩勇递给老杨一张名片说:"老哥,我记住你这份人情,以后你在长安遇到难处,可以随时找我。"没等他说完,老杨就赶紧说:"俺家乡有土里挖出来的坛坛罐罐,不知大老板喜欢不?"韩勇想了想留下一句话:"有了就按这地址往我办公室送,我会照价付款的。"老杨一听很高兴,手里紧紧攥着老板留下的那张名片,和他道了别,就往儿子的裱画铺返。他走到离断碑根的十几米远处,看见贼娃子还猫着腰,屁股朝外,在断碑根下蹲着呢,就绕了个圈,从巷子的另一头回了儿子的裱画铺。事后从片警处得知,这伙贼娃子是由四五个成员组成的团伙,行窃时分工明确,得手后共同分赃,除一个姓金的领头的跑了以外,其余的都落网了。

后来老杨时不时地把河南老乡送来的坛坛罐罐不管是绿的还是黄的，有没有上色的，都送到韩勇的办公室里。韩勇也三百五百一个地照价付钱，全部收下，这几次生意做下来，也让小杨一家子发了点小财。小杨为了揽更多的装裱活计，就用这笔钱买了裱画机，把裱画铺扩大成了裱画作坊，还雇了两个河南来的小老乡做帮工。不过小杨两口子的裱糊作坊里，除了满屋满墙的画拓和裱糊板外，到了晚上，连个睡觉的地方都没有了，小两口就只能睡在裱糊案子下面。老杨和那两个小工就睡在隔壁的材料房里。韩勇把老杨送来的坛坛罐罐如数买下后，稍加清洗让酒店里一位绰号叫衮雪妹的女服务员叫来纸盒厂的师傅，按每一只罐子的尺寸定做盒子。平日里他的应酬也多，一天到晚迎来送往不断，他把这些坛坛罐罐做礼物送人情用。据说前些年北京人特喜欢长安地区的汉代绿釉陶罐，说其大气古朴，别有一番古意。不过这些河南造的坛坛罐罐的来龙去脉、真伪一时不好说清，说起来这种"胡买黑卖"之举倒也耐人寻味，韩勇除了送人情外，还余下一堆河南造的绿釉陶罐堆了满房子，摆得到处都是，常使他的媳妇不快。家里住房再宽裕，有这些碍眼的绿家伙在眼前晃来晃去，他媳妇能不有气吗？

第三章　打　假

字画鉴赏热浪涌，名家墨迹赛黄金。

附庸风雅闻铜臭，丹青背后设局人。

假亦真时真亦假，指真说假手段阴。

一将功成万骨枯，收藏水深不留痕。

　　韩勇对媳妇的不快倒是不以为然，眼前这些大小不等、美丑不一的坛坛罐罐算起来也不值多少钱，立马把它们都砸了也就听个响，往外一扔，那可就要忙坏了小区的保洁员。令韩勇得意的是，他收藏了几幅秦岭画派的继承人秦巨江为他画的关中老头水墨画。说起关中老头水墨画，这可是秦巨江艰苦奋斗实地写生多年而得的神来之笔。自从这个题材在他笔下诞生以来，被粉丝追捧，价格一路飙升，一张口就是多少万他才肯动笔。据说秦巨江在作画时特矫情，一定要让年轻美貌的女孩在一旁燃香展纸，他才能激情澎湃地画好数幅脸上满是皱纹的关中老农民。若是陪伴在一旁的女孩善解人意，侍候得大师心情舒爽，他一定再免费画一幅，以示文人儒子之雅风。翠琇和丹婵自从宁飞突然从书院门大街上消失后，生计也无着落，就和街上的画廊老板联系，做起了美女公关的业务。凡是书院门街上的画廊，有像秦巨江一样的长安文化名人来访，老板一准会请两位美女来画廊一旁相伴。

当然,这一年四季,不是天天都有侍候名人的生意,两个女孩有时也结伴去流金岁月歌舞厅,打发这青春的宝贵时光。

说起秦巨江几分钟就能描出数幅关中老头的神功,也有人专门考察过,原来秦巨江在案前奋笔作画之前,先拿出一范本画稿,置放在画案上,再在上面蒙上三五幅同样尺幅的上好徽宣,用白墨点出下面范本画稿映现出的转折和上下关键的轮廓点,等做完了记号,他再每幅勾连涂染,十几分钟涂染个十幅八幅的关中老头,真是不在话下。剩下的事就是数钱了,整捆整捆的百元大钞用布兜子一装,沉甸甸的很是实在。书院门的画商们只要听到秦巨江在哪里有笔会或是就餐洗浴,就会在门外苦等,一定会有研过墨的翠珛和铺过纸的丹婵将手中的关中老头水墨画,在苦等的画商手里立马变现,那挣钱的速度比印钞机还快。秦巨江画毕,也喜欢和翠珛或是丹婵合影留念,画商们有时在收画时,只要见到这样的合影照片,就不再让秦巨江本人鉴定真伪就付款收画了。

韩勇让名公做中间人约秦巨江来饭店叙叙,到时再拉几个会来事的美女服务员围在秦巨江的身边做帮闲,只要哄得他开心,留下墨宝就成。他都盘算好了,只要好色的秦巨江一掉进脂粉堆里,酒足饭饱之后,他一定会精神亢奋地画出绝世名品佳作,到时他见画照价付款就行了。周末名公和秦巨江如约而至,头些年秦巨江的个人资产还没过亿,对他来说人民币才是重中之重,他能不来吗?秦巨江还没进酒店总统套间的门,一股淡淡绵绵的香水味,飘进他的鼻孔,令他浮想联翩。门打开,秦巨江循着香味看去,只见站着三个服务员模样的年轻女孩,他不用分辨,就从三个女孩中闻出了那个高挑、皮肤白皙的美女是特殊香味的发源地。他盯着这女孩看,从头望到脚就一个字:鲜!再从脚望到头,一个字:嫩!他魂不守舍起来。被秦巨江盯住的女孩叫衮雪妹,她来自秦岭以南的汉江之滨,是在这个大酒店餐饮部打工的。她小的时候就听村里的人说,魏武帝曹操曾来到自家村子边上的汉江一游,望着滚滚的汉江潮水提笔写下"衮雪"二字。女孩生来就崇拜英雄好汉,竟把自己生拉硬扯地和魏武帝连上关系,称自己衮雪妹。衮雪妹忽然让秦巨江想起在北京参加全国美展开幕式时,遇到的一位美女主持人的模样。当然,眼前的女孩不是那位令他终生难忘的美女主持。只是现在秦巨江鼻子里闻到的香水味勾起了他当下某种说不出口、压抑难耐的情绪。

挥毫的过程就不再多叙了,秦巨江这回走得晚了点,他和衮雪妹聊得很是投机。从曹操的"衮雪"碣石,到秦岭幽谷的褒斜古道,单独聊了一下午。韩勇也是有心眼的主,一直不下班,等把秦巨江和名公都送上专车离开了酒店,就把衮雪妹关进公关室单独谈话。他先是讲政策,后是说要扣奖金,再不就是恐吓女孩下岗回原籍。最后衮雪妹心疼地把一幅秦巨江画的六尺整幅关中老头的水墨真迹交了出来。韩勇得手后乐开了怀,直接把这幅巨制放到了饭店的保险柜里。发工资的时候,特意给衮雪妹了一笔让她两眼放光的奖金,还提升她做了管十个人的贵宾包间领班。

韩勇喜收藏这事闹得满书院门的人都知道了。小杨的河南老乡就不再送货到裱画铺了,而是直接带着大包小包往韩勇的饭店跑。有送铜镜的,也有送古钱币的,还有送唐三彩和耀州古瓷器的。这让老杨开始掉头发了,大骂那些王八羔子没有信誉,没廉没耻地抢了他的生意。小杨是个老实人,只是看着老爹发呆,倒是小杨媳妇摔盆砸碗地说父子俩一对老实疙瘩,办事不知防范,老公爹冒险见义勇为,到头来却给不相干的人修了桥铺了路。说得老杨几天吃不下饭,心里嘀咕:"怎么这乡里乡亲的人一到了城里,利字当头说翻脸就翻脸,哪还有乡里乡情呢!"老杨跺着脚决定以后亲自从河南老家带货来长安,毕竟他和韩勇也结了"抓贼之交"的友谊。

最近小杨的裱画铺活计也多了起来,除了"梅兰竹菊"四君子以外,还有大红大绿的牡丹、荷花图,仿真印刷的黄果树瀑布山水画。这些成本低廉的印刷品,再在画面上涂涂色,用淡墨渲染一下,最后裱糊装框,就成了一幅看起来不错的国画了。这生意让安徽来的农村青年小灵通发了财。小灵通,一米七五的个头,长得白白净净,精瘦干练,脑子灵活,嘴甜会说话,再加上腿脚勤快,书院门街上的人都叫他"小灵通"。

小杨的裱画铺近来接了些关中老头软片的裱活,小杨的河南老乡们都

说，书院门最近从甘肃来了个乡村教师，是个丹青高手。这人有能耐克隆秦巨江独创的关中老头画，几乎乱真，就连秦巨江本人也真假莫辨。小杨的裱画铺也经营好几年了，如今小杨的书画鉴赏力也令人刮目，连他也很难分辨出甘肃人克隆的关中老头画的真伪。不过这类克隆画卖价便宜，也就几十块钱一幅。小杨从老乡处打听到了这个克隆高手的底细，他叫沙舟，原是甘肃省渭源县夏家河小学的美术老师，从小酷爱绘画。但是父母只能供他到高中毕业，无力让他继续上学学画画。他有一次去渭源县城，在新华书店看到了一本秦巨江的素描集，一抓到就爱不释手，用省下的饭钱买下了这本集子。他回到家后不思茶饭，日临夜背，只下了几年的功夫，竟能通临通背，把个秦巨江的绘画技法烂熟于心，而且还能在写生中应用，以笔墨画起速写和素描了。沙舟涮笔用的铜盆，也是他的心爱之物，除了每天洗脸还兼做笔洗。那是他当小学美术教师的头一年，班上的学生从离夏家河几十里外的王家崾带来送给他的。做了美术教师以后，他当专职画家的梦算是彻底破灭了。再后来他又娶了一个有间发性精神疾病的村女做老婆，几年了也没给他生养。每到刮风下雨，他的老婆就精神亢奋，摔了门就往外奔。他的首要任务就是看住自己的老婆。看，那能看得住吗？老虎都有打盹的时候，更何况是人。

一天早上，既没刮风也没下雨，也没听到老婆的摔门声，智障的老婆就不见了。他从床上爬起来，收拾铺盖卷带上铜盆，就出门去找，他这一找就找得离开了夏家河乡，告别了渭源，来到了长安书院门。沙舟初来乍到，身上披着裂着口子的人造革外套，天上下着雨，他蹲在书院门的牌楼下，望着宝庆寺遗址的七级佛塔发呆。寒风刮得他瑟瑟发抖，这一夜只能睡在书院门里关中书院外的廊檐下了。"长安依旧西风寒，天涯路尽不忍看。千年碑林藏国宝，万代书院有人占。天干地支一轮回，可怜书生命定前。一将功成万骨枯，丹青水深急相煎。"酒疯子也在佛塔边正盯着青石佛陀扯着嗓子疯吼着，周围熙熙攘攘逛街的人群也没人理他。

沙舟在长安书院门落了脚。不到一年的时间，他已不是初来的光景了，说他发了大财，倒不尽然，但能混个肚儿圆。现在他在书院门和乐巷租了一间二十来平方米的房子，既吃又睡还兼做画室，时不时地还招几个学生，教授绘画技法增加点收入。说起他克隆秦巨江画的关中老头画，可比秦巨江本人境界高多了。他动笔前先净手，然后焚香，站在画案前一手拈笔，一手夹着烟，凝神静气注视着窗外。等双眼回到画案的宣纸上，口中喃喃道："衣纹勾描屋漏痕，眼耳口鼻印印泥，毛发皱纹折叉股，落款题字锥画沙。"这些都是古人写字绘画时的用笔口诀。毛笔就像武将侠客手中的剑，可谓行家一出手就知有没有，克隆高手的用笔功夫到底如何，不用多说，能把秦巨江画的关中老头画克隆得乱真，那用笔功夫自然了得，已非常人可比。只是他没有艺术追求和美学思想仿出的水墨画，只能属于克隆他人的模仿秀。不过他为寻找媳妇来长安落脚在书院门，连肚子都混不饱，还谈什么高层次的艺术追求呢！

他的高仿画不值钱。他面对顾客说得明白：仿画一百元一幅。至于旁人用高价转卖坑人，把他造的假画说成真迹蒙人卖出高价的事发生了，他也挡不住。但话又说回来了，他毕竟是秦巨江画作的造假源头。这年春上，在长安"汉唐辉煌"拍卖行书画拍卖会现场，拍卖师拍卖的888号拍品，正是一幅六尺整张秦巨江画的关中老头纸本水墨真迹。竞拍者此起彼伏地较劲加价，热闹异常。肥壮的拍卖师穿一身黑色西装，戴着白手套，用右手敲槌，左手擦汗，镜片后的眼珠子瞪得像儿童玩耍的黑弹球。突然在竞拍的人群中秦巨江高喊："这幅画不是我画的，是假画！"全场哗然。记者和摄像师等一帮子媒体圈子里的秦巨江的至爱亲朋，随着他的一声高喊，顿时全军出动。只见闪光灯不停地闪，摄像师发疯地抢镜头，拍卖师惊得眼镜跌落，场面混乱。当然韩勇也在拍卖现场，他是这幅画的委托授卖人，在前排坐着，根本就没看见坐在后排的秦巨江。这幅画是秦巨江给衮雪妹当面画的，怎么可能是假画呢？韩勇没有在媒体面前维权争辩。

媒体曝光以后，拍卖行老板和韩勇成了死对头。拍卖行的老板认为他被韩勇坑了，口口声声说要打官司。韩勇疑惑：这幅六尺关中老头水墨画，

从衮雪妹手里要出来后,先是入了保险柜,后来在办古文化艺术节期间,为了宣传企业文化,只在公关室里挂了几天。送拍时是自己亲自送的,和拍卖行老板在饭桌上签了委托授卖协议书,这中间没有意外发生,难不成是有人在公关室把它给偷换了?这种可能性很小,公关室在饭店六层,连防盗门算上有三道锁,没有发现被人撬过的痕迹。思来想去,他觉得这事和衮雪妹有干系,但手里没有证据,也只能是怀疑。最不地道的就是秦巨江,他这是栽赃陷害,背后捅黑刀。如果真是在饭店公关室展出期间被掉了包……想到这里,韩勇把手里的烟头狠狠往地下一摔,咒骂道:"不管咋样,在拍卖预展前,如果对这幅画的真伪存疑,可以提前协商。秦巨江当着长安众家媒体的面,这样抹黑别人、炒作他本人的行为太不地道了。这幅画如果是假的,肯定出自书院门那个甘肃渭源来的沙舟。"从此以后,他咋看衮雪妹都不顺眼,时间不长就把她雅座包间的领班撤了,还降了工资,扣发了她的年终奖。实际上这可能是衮雪妹和秦巨江串通做的局,画即使是真的,只要原作者说是假的,谁也没办法。

第四章　鸡娃王

大风胡吹字不识,飓呼疯狂乱撕纸。

展卷握笔天当房,泼墨画案大地支。

故交相见不相认,帮闲鼓噪混混名。

关中书院抱厦摊,夕阳能红真好奇。

　　老杨闲了就蹲在裱画铺巷子外的断碑根下望风景。这书院门真是个好地方,自打早晨太阳一出来,街上仿古建筑的门面店铺,就红红绿绿挂出各种各样的广告招牌。最令人震撼的是,街对面的画廊把秦巨江和名公的照片彩喷成高八米宽五米的招贴画,封住了画廊店面外窗户的整面墙。再看二位长安名流,一个昂头瞪眼,眼珠子放光,做藐视众生状;另一位略低眼帘,用手撑着腮帮子做沉思状。谁让二位名家的字画能把白纸变成钱呢!最后他的眼光落在了不远处正在摆摊的一位白发苍苍、看上去快七十岁的老头身上。只见他正把一幅画满小鸡娃的四尺水墨画往背后的墙面挂,他紧盯着街上过往的中外游客,微微张着的嘴做微笑迎客状。背有点驼,一边置画案,一边哼着眉户《梁秋燕》,他就是书院门大名鼎鼎的长安鸡娃王。

　　鸡娃王置好画案,把一卷卷鸡娃水墨画挂毕也就快响午了。长安八月骄阳似火,鸡娃王就躲在关中书院外的廊檐下打瞌睡。摊前来了母子俩,小

男孩活泼可爱,留着红孩儿头,脑后的小辫让母亲揪得哇哇大叫。鸡娃王听母子俩的对话,判断出是岭南人。鸡娃王闻到了猎物的味道,连忙翻身爬起来,满脸堆笑地拉扯小男孩。小男孩喜欢小鸡娃画,脚跟粘了胶一样挪不动步子,母亲知道儿子的心思。鸡娃王开价八百一幅鸡娃画,最后五百成交。小男孩乐得直拽妈妈的裙子,妈妈红着脸把画塞进包里,鸡娃王心满意足地数着钱。除过刮风下雨,鸡娃王每天卖画的收入好算:平均一天收入三百元,鸡娃王的年收入就近十万元了。十几年前对长安城里的平民老百姓来说,鸡娃王算得上是提前进小康的能人了。但鸡娃王除了把退休工资都交给比他高一头的肥婆老伴外,再没有落下闲钱。他摆摊的收入都到了哪里?在书院门没有人不知道,鸡娃王把钱偷着给了他的相好"肚兜"了,只要鸡娃王挣了钱,时间不长,肚兜一准来。鸡娃王往廊檐下的逍遥椅上一躺,肚兜又是按摩又是捏手,再加上揉搓鸡娃王满是老茧的脚指头,把个鸡娃王侍候得神仙一样。今天挣的钱多,肚兜还给鸡娃王掏起了耳朵。这种事好说不好听,但鸡娃王却没啥不好意思的,还在大庭广众之下有意为之,这成了书院门远近闻名的一景。老牛吃嫩草的鸡娃王成了书院门的名人,他的鸡娃子画也销量大增。鸡娃王的粉丝主要是老人和孩子,满长安城都知道他的绯闻不算啥,只要他能把肥婆蒙住就行。

老杨看电影般地目击了眼前发生的一切。心想,有手艺的鸡娃王就是能行,不但夕阳红,还红得刹不住闸了。老杨回到裱画铺,就问儿子鸡娃王的情况,才知道头些年,凡是来书院门卖字画的文人墨客,都爱标榜自己是猫王、虎王、牡丹王、蝴蝶王、鹰王、猴大王、鸡娃王……一时间书院门满街走的都是这王那王的。于是就有了酒疯子的顺口溜:"大王满地走,过得不如狗。给钱就出手,狗跑腿打酒。"说到狗能打酒,这是真事。书院门正街上有家画廊老板养了一条宠物狗,经常嘴里叼着一元钱到街面的杂货铺子买火腿肠吃,日子久了,就成了狗的本领。有一次鸡娃王才挣到的二十元钱,往狗嘴里送,狗一叼就奔了街对面,杂货铺的老板知道鸡娃王好一口酒,就把二两瓶装老白干窖酒让狗叼给鸡娃王。鸡娃王喝着酒咋撵狗都不走,最后才恍然大悟，他不情愿地从口袋摸出一元钱让狗叼走了。鸡娃王在书院门摆摊卖画，也是让他不争气的儿子逼的。鸡娃王的儿叫小健，都三十多岁了还没有工作，娶不上媳妇不说，还染上了吸毒的恶习，平日里没少挨他爸的打。鸡娃王退休还没几年，家里就发生经济危机了。老伴肥婆看不住不着家的儿子，弄得鸡娃王也不想在家守着等死。他干了一辈子美工，把文房四宝收拾收拾，背个包就来书院门摆字画摊了。几年下来，鸡娃王风餐露宿地摆摊，把儿子的心给感化了，不但不再抽大烟了，还找了个工作。但鸡娃王在书院门迷失了方向，每天挣了钱就往歌厅跑，流金岁月歌舞厅把他白天挣的钱都赚走了。鸡娃王在歌舞厅遇到了肚兜，鸡娃王想吃鲜肉，肚兜急等钱花，两人就把男女之间的那点事给办了。

转眼就到了下午，书院门正街上缓缓驶来一辆宝马轿车，从车上款款下来了一位妙龄女子，从车窗里可以看见，开宝马车的男人是长安大名鼎鼎的秦巨江，这香气袭人的女子就是俏丽的衮雪妹。她径直来到正躺在逍遥椅上的鸡娃王面前，鸡娃王鼻子里就闻到一阵香气，他一翻身从逍遥椅上坐起来，见满身香气的女人已走到自己跟前，就盯住女人笑呵呵地问："美女要不要我画的鸡娃子？我是书院门著名的画家鸡娃王。"衮雪妹面无表情地问道："我想买关中老头水墨画。"鸡娃王的兴头就泄了一半，还是眼馋地看着女人说："画廊里有的是，钱多随便往下摘。"衮雪妹脸上才露出一丝笑意说："我只要便宜的关中老头高仿画。"鸡娃王还是目不转睛地盯着美女看，自言自语地说："要高仿的？美女到和乐巷问一问就知道了。"衮雪妹这才笑得露出了一口洁白的牙齿，在红唇的映衬下让白毛老汉馋得都快流出了口水。

鸡娃王才送走了衮雪妹，摊前就迎来了秦巨江。不等鸡娃王说话，秦巨江开门见山地说："你就是鸡娃王吧，不用介绍，你也认识我。我父亲秦岭云在他写的日记中提到你，说是你从他的画室里，未经他的允许厚着脸皮拿走了一幅课徒四尺整幅《终南雪松》画稿。我父亲虽然已经去世多年，但他现在已被尊为秦岭画派开宗立派的中国画绘画大师，我们家族现在要收回这幅画。"秦巨江的话还没说完，鸡娃王翻着白眼说："你说的不是实情，当时你

父亲秦岭云大师教我画画时,现场演示给我看的这幅《终南雪松》画稿,你父亲同意送给我,让我回家好好琢磨,认真临摹的。"鸡娃王才说到这里,秦巨江就打断他的话,眼光里流露出贪婪和轻蔑的神情,恐吓着鸡娃王说:"这幅画你马上给我们家送回来,不然你要吃官司。"鸡娃王不紧不慢地回答:"这幅画早就被我弄丢了,找不着了。"秦巨江以怀疑的口吻说:"这只是你的一面说辞,不过我还是要提醒你,这幅画就是还在你手里,也是废纸一张,不值分毫。"秦巨江又以不容争议的口吻继续说,"我说这幅画是真的就是真的,我说它是假的就是假的,在收藏、鉴定、拍卖圈子里只有我有鉴定真伪权。"鸡娃王心一沉,还想对秦巨江说些啥,但秦巨江走了。

第五章　猴大王

一笔猴寿显神通,非画非字非功夫。

游戏笔墨称创新,书画市场目混珠。

要问是高还是低,从来标准苦难定。

唾沫飞溅自走路,金银满钵道通途。

在鸡娃王对面摆摊的,是从长安城南郊乐游原上来的一个奇人,他奇就奇在能突发奇想。这个老江湖脑子灵活,看出来书画圈好混,不用吃苦费力,来钱还快,就闭门苦思,临池数日,最后弄出个猴寿字画来,打出了猴大王招牌,在书院门书画市场上兜售,一时成了书院门正街上的一景。据说猴大王还赚了不少钱,他还从乐游原黄土岭子下,把整天都喝不上一口干净水的老婆接来书院门,一块看摊子照顾字画生意。

按老杨的说法,他发明的猴寿字画没啥神秘的,能提起毛笔的人都能弄出来。猴寿字画看上去既不是书法也不是国画,说白了就是个像猴子形状的草书寿字。具体操作是把一笔草字寿,连描带画地弄出条尾巴,起笔处先顿个圆墨团,中间留个小空白,像个睁眼的猴子脑袋。有一次猴大王在摊上迎来了贵客——一名大校。他张口问大校要一万元,出售他一幅猴寿字画,大校二话没说,照价付款毕恭毕敬地请走了一幅猴寿字画。这一幕鸡娃王

看得真真的，既嫉妒又羡慕，他凑过来，笑呵呵地给猴大王道贺："恭喜猴大王！照你这猴寿字画的卖法，用不了多长时间，你老人家就发达了。"猴大王也喜滋滋地说："我的猴寿字画满长安独一家。"鸡娃王继续给猴大王戴着高帽子："真了不起，我看在书院门能称王称霸的就是你猴大王了。"猴大王得意地抹着脸上的汗水，道："我现在正接受联合国世界名人委员会的提名资格审核。日子不长，世界名人证书就颁发下来了。"鸡娃王听着两眼放起光来，也很认真地问猴大王："这事是真的？咋个申请法，我有没有资格申请？"猴大王一皱眉回答："这事说来话长，但要德艺双馨。"鸡娃王也皱起了眉头："'德艺双馨'啥意思？这又是啥新玩意儿？猴大王总是个弄潮儿。"猴大王兴奋地喷着："我打算进店卖我的猴寿字画。摆地摊档次太低，辱没了我独创的猴寿字画的价值。"鸡娃王嘿嘿地笑着转过身子回自己的摊上了。没过多长时间，猴寿字画能卖大钱的利好消息在书院门传开了。书院门能书善画的文人墨客都开始闭门苦练猴寿字画。半年不到，大校又请猴大王到部队参加笔会。猴大王又收了一个大大的红包，等他从部队回来发现，书院门到处都有猴寿字画贩卖兜售，一时间满街猴子乱窜。猴大王也不是吃素的，花了五千块钱在工商局申请了专利权保护，然后又在书院门正街上租了个亮堂堂的大门面，又是装修，又是张贴猴大王肖像地张罗起来，新开张的专卖店门口还请来了几个礼仪小姐招揽生意。每天清晨，几个着统一服装的女孩身披彩带往门口一站，当下就成了书院门一景。猴大王来书院门没到半年，就有了这么大的事业，他可真是风光透顶了。

鸡娃王也随手草书了一幅猴寿字画，和鸡娃画一起挂在墙上兜售。猴大王又黑又瘦的农村老婆开始维权了，她最先拿鸡娃王开刀。一天早晨，猴夫人鼓了鼓劲，直奔鸡娃王的摊前，一把就把鸡娃王写的猴寿字画扯下，还没等鸡娃王反应过来是咋回事，就被撕得粉碎。鸡娃王从躺椅上翻身起来，上去就撕挖这恶妇人，两个人打在了一团，一会儿四周就围上来许多看热闹的人。猴夫人一边推搡，一边把鸡娃王的画案子掀翻了，黑墨汁溅了周围人一身。后来有人报了警，书院门管治安的片警来了，这才止住了混乱的场面。

　　说来也奇怪，猴夫人越是疯狂地维权，仿猴寿、卖猴寿字画的地方就越多，连一伙帮闲、混混和街串子的怀里，也夹着整卷整卷的猴寿字画兜售，只是猴大王的专卖店老是不开张。还真让鸡娃王说着了，专卖店开门还不到半年就关了。现在整个书院门连个猴影子都不见了，更不要提猴寿字画了，大家早已把猴寿字画忘得干干净净了。有一天，鸡娃王正躺在逍遥椅上闭目养神，突然听到有人"老师老师"地叫他，鸡娃王一睁眼，见画案前站着个二十多岁的小伙子，正鞠躬哈腰、满脸堆笑地盯着他。鸡娃王坐起来问："你是干啥呢？想挣钱还是想花钱？"小伙子开门见山地说："我是专为鸡娃王大师来服务的。"鸡娃王翻着眼皮问："服务？服啥务？"小伙子急忙掏出一张名片，弓着腰上前半步，递到鸡娃王手里。鸡娃王接过名片念着："联合国世界名人资格评审委员会评审洪全成。"鸡娃王又问，"你这手续咋办呢？"小伙子这时也来了神气，赶紧说："大师只要交两千元钱，一月内办好一切手续，到时在《世界名人大字典》上，就能按姓氏笔画排序法查到大师的名字，你就是世界级的名人了。另外，我们委员会还给你颁发镀金奖牌和烫金证书一套，这就奠定了你在全球的艺术地位，到时大师的画价肯定会翻着跟头往上涨。"鸡娃王听着小伙子的说辞，明白了"世界名人"猴大王的来龙去脉，就揶揄道："你这价钱能优惠不？一千元办一套手续就绰绰有余了，两千元太贵了。"办证的男人还是笑呵呵地说："这得经过评审委员会所有成员的审批和同意，我一个人做不了主。大师要是能等几天，等审批同意了，再给大师个准信。"鸡娃王答应道："那我就等几天再说。"小伙子清了清嗓子说："大师要先交五百元定金，这个事情才能最后定下来。"鸡娃王听他说完，摇着头回答："算了算了，猴大王耍过的把戏，在我这里已经不新鲜了。你走吧，我没钱。"小伙子一听心就凉了，但也没生气，收了笑容转身走了。

第六章　小灵通

商品字画批发卖,艰苦创业不一般。
踌躇满志开画廊,发展事业迎挑战。
名人字画成雅贿,书画收藏水不浅。
残碑不记街边事,书院一日恍经年。

　　小灵通推销批发商品字画初见成效,有了一定的积蓄,就想开画廊挣大钱。眼见着书院门的画廊越开越多,挣钱的门面是越开越大,画廊门前停的都是高档车,进出画廊的客人,不是膀大腰圆的煤老板、油老板,就是器宇轩昂的高官,或是丰满雍容的阔少奶。这些人都是购买书画的上帝,更是书院门的活水源头。小灵通想从他们腰包里挣大钱,决定开店当老板,经营高档书画,迎接更大的挑战。这话说说容易,在书院门开店可不是一件轻而易举的事。小灵通开店满墙挂的长安名家字画,可都是他花了百八十万从书画家手里买的。他也学着其他画廊的做法,把长安名流们的画像印在一张大招贴牌上,用不锈钢框子镶起来,招揽生意。开业这天来的都是他的安徽老乡,门口也堆了些花篮,花篮上的绣带书写的恭贺单位和名家都亮堂震耳,但就是不见名家来。鞭炮一响,一群安徽老乡往店里一拥,小灵通发烟递茶,到了中午,馆子里再吃一顿,这画廊就算是开了。小杨等小灵通清闲了,就来找他，满脸堆笑地说："你现在是大老板了，要继续照顾我的裱糊生意啊！"小灵通春风得意地答应："不用你说，咱都是书院门街上的老人手了，店里今后的裱糊活还交给你，我有时资金紧张了，晚付几天裱糊费……"小杨赶紧点头答应："那还有啥说的，你是大老板了，也不缺这几个钱，晚付几天也没啥。"小灵通又特意问，"这几天咋不见宁飞了？"小杨回答："前几天我在断碑跟前看见他和翠琇吵架。"小灵通鄙视地说："宁飞的做法真不地道，屋里头有老婆，还弄大了女孩的肚子。""谁说不是？眼下这光景，看宁飞咋收拾？都是被钱烧的。"小杨叹着气应道。小灵通又说："我看宁飞不会再在书院门露面了。"小杨不相信地看着小灵通问："他好不容易才混到能在这条街上卖字挣钱，能这么轻易地撒手？"小灵通依然肯定地说："你不信，咱过几天再看，宁飞肯定是跑路了。"小杨突然埋怨道："他还欠我的裱糊费没付，有好几百块钱呢。"小灵通也遗憾地说："你就把他让你裱糊好了的字，在街上一二十元钱地处理算了，只能收多少算多少了。"小杨点着头，急忙回了裱画铺。回到裱画铺，见翠琇在屋里站着。翠琇问小杨："你见宁飞了吗？他昨天让我今天来取裱好的字，今天咋就不见他的人影了？"小杨看着不明真相的翠琇，很同情她，但也不便明说，只是把十几卷子早已裱糊好的书法卷轴收拾起来打好包，交到翠琇手里说："不清楚，你在宁飞的摊上等着，来取裱件的客人付钱给你，你就收着，看宁飞回来不。"翠琇听小杨说的有理，就抱着卷轴出了巷子，站在断碑跟前等着宁飞。等了几天，女孩手里的卷轴都被客人取完了，也不见宁飞的影子。小杨一家人从巷子里可以看见翠琇孤身一人站在断碑的阴影里满怀希望地又等了好几天。小杨媳妇气愤地骂道："天下没有几个好男人，宁飞这小子会遭雷劈的。""就是。"小杨答着，就搬起身旁的裱画板往对面的墙上靠。"可就苦了翠琇，她今后可咋办呢？"小杨媳妇看着丈夫，带着不满的口气又说，"做男人多爽，把事一办，拍拍屁股就走了，最后倒霉的还是我们女人。"老杨端起了茶壶说："叫那妮儿来屋里坐坐，劝她想开点，外面冷得很，可别冻坏了身子。"小杨媳妇赶紧摇着头说："现在还是别去碰她，翠琇正在气头上，点火就着，咱可别惹火上身。"小杨赞同：

"爹，你不要去管了，这种事情只能她自己扛了，谁也帮不上忙。"小杨媳妇又愤愤道："咱交不上店租，马上就得关门，谁会可怜咱呢？"小杨知道老婆又想起了刚送人的女儿，想把话岔开，但是已来不及了，小杨媳妇抱怨道："都是你有本事生，没本事养，你杨家这一辈子都得记住这事。"小杨生怕媳妇再问起翠琇取走了宁飞裱糊好的画轴还没付装裱费这事，出去和翠琇闹，便也伤心地应着："是我无能，没本事养孩子。"一旁的老杨听不下去了，把茶壶塞到儿媳妇手里说："你还是给那妮儿送点水喝吧！"小杨媳妇不情愿地接过茶壶，吊着脸出了裱画铺的门，招呼断碑跟前的翠琇去了。小杨这才提醒他爹："她出去该不会问翠琇要裱糊费吧？"老杨缓缓地看着儿子说："不会，你媳妇你还不了解，她绝不是这样的人。"

第二天，小灵通的画廊就开张了。下午，他正在打瞌睡，店里进来了一位六十多岁的老头。小灵通睁眼看看这个老头，人偏瘦，黑黑的像是个下苦人。老头一见小灵通的面就夸他能干，年岁不大就开这么大的画廊。小灵通也不接话，用询问的眼光上下打量着这个黑老头，黑老头说是为儿子当公务员跑路子，要两三幅书画送礼当敲门砖，说自己是陕北洛川的。老头问了秦巨江画的关中老头画和名公的字的价格，沉默了好一阵子问："得是保真销售？"小灵通答："才开店两日，创牌子，打信誉，绝对保真。"对方进一步问："书画如有问题能否退货？"小灵通一口应承："如假包退。"小灵通敢打包票是因为画廊里出售的字画都是他从作者手里买来的，因此回答得毫不含糊。老头左转右转还是下不了决心。小灵通倒了杯茶递给老头，请他坐下，老头落座和小灵通拉起了家常。小灵通最后听明白了，客人想拿字画送礼为儿子考公务员铺路是实情，但是拿不准送的礼品能否打动对方，如果对方不要，能否退货、调换。小灵通当即答应可以。老头先电话联系大领导说是要去拜访，小灵通听出来了，原来这老头年轻时在县政府干过炊事员，十多年前，大领导在这个县当小领导时，彼此成了故交。等到老头退休，小领导在长安已当了大领导，儿子考公务员只要考试合格，大领导再给县上的头头打个电话，儿子当公务员的事就十拿九稳了。

老头电话联系好了，说是先见大领导的秘书，礼品可以先留到秘书那里，大领导开会不便马上接待。老头让小灵通从墙上摘下一幅四尺斗方秦巨江画的关中老头水墨画，哆嗦着手，从黑帆布提包里拿出五整沓老人头票子交给小灵通。小灵通手里掂着沉沉的钞票，心里乐开了花，老头临走撂下一句话，还要来置办件礼物。小灵通满脸堆笑地把老头送出了画廊的门，嘴里说："你这事一定能办成。"老头回头冲小灵通挥挥手，让小灵通觉得他不是去送礼而是去赴死一般。第二天上午，老头又来了，说大领导的秘书人如何如何好，只说暂代大领导收着，等领导开会回来，再看如何安排。老头既觉得秘书说的有道理，又感觉秘书这道关也很关键，在他身上再出啥别的纰漏，儿子的事有可能要黄汤，遂思量着给秘书也送个啥礼。他和小灵通商量来商量去，决定再请一幅名公的书法作品送给秘书。名公的书作价格只是秦巨江的十分之一，送给秘书看起来也合适。老头同小灵通商量定了，又让摘下一幅名公书作，数了半沓子老人头票子交给小灵通。小灵通手里攥着钞票，心里甜滋滋的，目送老头离开了画廊。按说书画取走付了钞票，这档子事就算完了，可是到了第三天下午，老头拿着关中老头画又回到了小灵通的画廊，说是大领导狠狠把他批了一顿，说如果不把画退回去，老头的事不但不帮忙，连十几年的老交情都要断了，说得老头只好将画退了回来。小灵通内心是老大的不愉快，这进了嘴里的肥肉再吐出去，搁谁都不愿意，而且画也是真迹。对方没收礼品，这是你老头的事，现在要退货，这不是一个萝卜两头切嘛。账都让你给算完了，别人还怎么活呀？小灵通看着老头那可怜巴巴的神色，心软了，一口答应老头下午三点退货拿钱，老头先是感激，再是作揖。到了下午三点老头搁下画，揣了钱，千恩万谢地走了。

第七章　酒疯子

脚踢残碑没人要,靠着就睡惹谁笑?

人生百年天天醉,不过裆下一泡尿。

煎茶送来人心暖,数九寒天春风到。

芸芸众生难普度,撕心裂肺知音少。

　　书院门这条不长的街道就像一块磁石吸引着国内外各色人等,酒疯子就是其中之一。说起酒疯子,书院门的人都认识他,但他咋疯的,知道的人却没有几个。每天下午两点多钟,一个身高近一米八的大个子,推个破自行车,从书院门宝庆寺塔旁边经过,两眼无神,眼眶里红红的血丝告诉人们酒疯子又喝高了。他先是把自行车往塔边一停,抬头望着佛塔龛洞子里的佛像发一阵子呆,然后就疯狂地吼起来:"大王满街走,活着不如狗。给钱就出手,狗跑腿打酒。"吼完把头一仰、胸一挺,自行车也不要了,扛着个一米多长的大毛笔,从牌楼下昂头就进了书院门,来到了关中书院前的马路上,边唱边跳,抡起毛笔就在地上写起来。他疯狂地写完字,把笔一扔,手舞足蹈地再跳。酒疯子每天来书院门逛,就从鸡娃王的画案前经过。最初鸡娃王也饶有兴致地观景,日子久了他也看烦了。每天酒疯子一来,先是一群碎娃跟着跑,再就是一伙帮闲、混混和街串子在后面嬉笑。

今天酒疯子忒兴奋,写着写着就冲到鸡娃王的案子前,突然拿他那个又粗又长的毛笔蘸了鸡娃王画案上的墨汁,就在宣纸上狂抢起来。鸡娃王知道酒疯子是个喝了酒就发疯的人,只好忍了。旁边有一个游客很有些看不惯酒疯子的作为,替鸡娃王打抱不平,就骂了酒疯子两句。酒疯子越发疯了,上前抓住游客的衣领就往他的脸上扇。这个游客还有两个帮手,三个人蜂拥着酒疯子就打了起来。被扇的游客见他的两个帮手已按住酒疯子,就在他的肚子上狠踹了一脚。酒疯子一弯腰就坐在了地上,哇哇地哭起来,嘴里还哼哼着:"断碑没人要,我屙惹谁笑?百年长如醉,不过一泡尿。"最后昏昏沉沉地靠着断碑睡着了。

天快黑的时候,风刮得像刀子一样,冷得刺骨,不一会儿就飘起了雪花。雪越下越大,把书院门给染白了,街道上也冷清起来。酒疯子被冻醒了,摆摊的鸡娃王早已收了摊回家了,酒疯子一个人在断碑旁两眼发直地坐着,老杨把一条铺画案的软毡盖到酒疯子的身上。小杨跟着老爹,也拿了把热茶壶,想让酒疯子暖暖手。酒疯子像是没看到这父子俩,起身晃着头步履沉重地朝佛塔那边去了。

第二天,酒疯子又来了。他狂吼着冲进小灵通的画廊,嘴里喊着:"永宁门外雪满天,关中书院疯子喊。古城长安看大戏,字锁乌沙墨染钱。书院门里画廊站,冷眼热心佛祖鉴。七级浮屠留新迹,礼义廉耻娃娃念。"小灵通看见酒疯子已近前来,本就有些慌张。想起前几天门外的光景,也不知如何打发眼前这疯子。等他听完酒疯子的打油诗,觉得蛮有意思。这书院门每天都能听见酒疯子的疯吼,他今天进店不知道又会弄出些啥名堂,小灵通只用眼望着酒疯子,紧张得不知如何说话。酒疯子张口就问他借钱,说是借,那架势就跟要抢一样。小灵通比酒疯子瘦小,来硬的他不是酒疯子的对手,最后,只好给了酒疯子十块钱。酒疯子一手接钱,另一只手又把小灵通上衣口袋里的零钱都撵走了。酒疯子得了钱刚出了画廊的门,街对面鸡娃王冲着酒疯子挑衅:"酒疯子,有本事你再来张狂,你狗日的再敢皮干,我让我儿扁你一顿。"酒疯子急着打酒喝,也没工夫理鸡娃王,直奔杂货铺买酒去了。一

会儿,酒疯子双手搂着大瓶小瓶的白酒从杂货店里出来了,乐呵呵地问鸡娃王:"你刚骂谁是狗日的?我现在要喝酒,没工夫理你。"鸡娃王知道酒疯子沾了酒会更张狂。昨天在光天化日之下,他在要饭的疯子跟前失了面子,今后咋在书院门混呢?鸡娃王一双老眼紧盯着酒疯子,嘴里不依不饶地骂他:"狗日的就是我说的,看你敢把我吃了?"酒疯子已大步冲到鸡娃王面前,两个人互相较着劲,直到头顶着头。鸡娃王像个滚刀肉一样,拍着早已萎缩了的胸膛高声嚷嚷:"你个疯子能把我咋样?今天我在这等你,有本事就把我这一百多斤交代在书院门,朝这打!"酒疯子突然笑了,他一屁股坐在了离鸡娃王两步远的廊檐下,随后咬开酒瓶盖,大口大口地喝起酒来。老杨端着热茶壶从断碑那边走过来,招呼他俩:"大家都在一条街上走动,低头不见抬头见的。"说着在酒疯子一旁坐下来,对鸡娃王说,"你也来喝口热水,再用茶壶暖暖手。"鸡娃王先看一眼酒疯子,见他只顾喝酒,就接老杨递过来的茶水喝。老杨继续说:"咱老哥俩,还是投缘,喝了杯子里的水,再拿壶暖手。"老杨见酒疯子喝得浑身酒气、满脸通红了,就又对酒疯子说:"酒逢知己千杯少,你肯定是不舍得把你的酒给旁人喝。今天你听我劝一句,先放下酒瓶子,端上这杯茶,我有话要对你说。"老杨把茶杯塞到酒疯子手里说:"你和鸡娃王把这杯茶碰了,你俩一饮而尽,今后就化干戈为玉帛,谁也再不提那些不愉快的事,咋样?"酒疯子的酒喝多了,嗓子正干得难受,就把手里的茶杯胡乱送到鸡娃王面前,和鸡娃王的茶杯一碰,咕咚一口,就把茶水喝了。"红红的太阳刚刚升起,干裱糊的老杨九点才起。一手茶壶,一手茶杯,边走边喊,快来暖手。"酒疯子喝完茶,嘴里嘟嘟嚷嚷,把两个正在喝茶水的老头逗乐了。鸡娃王的摊上来了买主,他起身去招呼客人,应买主的要求画好了一幅四尺群鸡图,题上了大吉大利的款字。一会儿又回到老杨和酒疯子跟前说:"老杨,你把这幅画拿去裱了,客人三天后来取,不敢耽搁了,裱糊费照旧。"老杨接过鸡娃王才画好的软片回了裱画铺。酒疯子像是啥都不曾发生过一样,拉着鸡娃王坐在自己身旁,给他倒酒喝。

　　小灵通正在店里打瞌睡,猴大王一闪身进了画廊的门。小灵通赶紧站起热情招呼："猴大王老师光临小店,真是瑞气盈门。"猴大王见小灵通对自己很客气,就摆起谱来。他两手一背,头仰得老高,故意在小灵通面前端着架子,指着墙上挂的名公的作品点评道："名公的书法越写越差了。"又见小灵通把一杯热茶端到他面前,故意不伸手接杯子,自顾自地继续说,"这人啊,不敢出名,一出名作品就粗制滥造,萝卜快了不洗泥。"小灵通看出猴大王故意在自己面前贬低名公书法,也不在意,就顺手把茶杯放到茶几上了:"书院门的老师们都说猴大王老师到外地挣大钱去了,今天咋想起我小灵通了?"猴大王坐到了椅子上,端起茶杯慢慢喝着茶说:"小灵通是咱这条街上的人才,我今天是有求于你。"小灵通本来对猴大王贬低名公的做法不以为然:猴大王贬低名公不就是为了抬高自己? 果然猴大王继续说:"你把名公的字取下来,换上我的猴寿书法,今后在书院门我授权你独家销售我的猴寿字。"小灵通不愿意,但又不便当面让他下不来台,就支支吾吾地既不答应,也不拒绝。猴大王还来了神气,正要进一步给小灵通洗脑,就见画廊进来了客人。

进来的人一看就是个南方人,鼻阔嘴方,五十多岁,年富力强的样子。他径直走到名公的书法跟前仔细欣赏起来。小灵通也不想再和猴大王拉扯下去了,就起身去招呼客人。小灵通的眼力不差,客人来自岭南,在永宁门外开发房地产,资产几十个亿,是个地地道道的广东富翁。猴大王见小灵通不搭理他了,就摇摇头说:"人情世故利字当头呀!"于是起身沮丧地离开了画廊。

第八章　陷　阱

痴待和乐真恓惶,从来秀才不栋梁。

长安大师谁敢假,螳螂一梦不思量。

假亦真时真亦假,大海水深鲨鱼藏。

生吞活咽不吐骨,城外黄土埋皇上。

　　袅雪妹在秦巨江的目送下,拐进了和乐巷,她是去找沙舟的。甘肃渭源人的工作室中,锅里的水冒着气泡,噗噗作响,沙舟正一把一把地往锅里丢挂面。见有人来访,起初还以为袅雪妹走错了门,没有搭理她。袅雪妹看到沙舟这光景,似乎不像外面传的靠高仿秦巨江的水墨画发了大财的样子。袅雪妹开门见山地对他说:"我急着要几幅秦巨江的关中老人水墨画送外地客人用。"沙舟回过神来,开始热情地招呼眼前的美女坐。这时煮面锅里的水沸腾了,就好像他的内心世界一样。袅雪妹看着正为自己倒水的男人有点猥琐,低垂着眼睛也不敢看她一眼,屋子里乱七八糟的。沙舟还是低着头问:"你要多大的尺寸,都画些啥?"袅雪妹趾高气扬地命令着:"你就画上十幅秦巨江的关中老头画,一定要一模一样,不然到时我不给你钱。"说着就瞪起了眼,显出不可一世的买主相。沙舟赶紧谦卑地说:"我可以画得一模一样,只是咋算钱呢?"袅雪妹依旧把头仰得高高的,冷冷地说:"五千元一幅!"

也不接男人递过来的白水。她抬起屁股，从包里摸出一张纸说："你尽快画好后，就按这个地址给我送来。"出门时，思索了一下，又从包里掏出一整沓钞票，递到沙舟手里说："你去打个收条，这是订金，一定要画得像。"衮雪妹拿到收条后，仔细地看了看，生怕男人拿了钱会跑掉似的，这才下楼出了和乐巷。屋子里仍然留着女人的香水味，挂面也煮好了，沙舟不知是被香水熏的，还是接了单大生意让他激动得吃不下饭，一个人呆呆地坐在刚才女人坐过的板凳上，一碗没油没肉的白挂面端在手里都凉了，也没送到嘴里一口。

一周后，沙舟夹着一卷卷画，往东大街美好时光酒店去，按他和衮雪妹的约定是去送画的。这是笔大生意，那个来路不明的美女要了十幅、五千元一幅的高仿秦巨江的人物水墨画，还要他多带几幅以备挑选，说不定还都买了呢。之前衮雪妹自己先报出了这个五千元一幅的克隆画价格，而且一要就是十幅。他还以为自己听错了，激动得心怦怦乱跳，差点晕了过去，这笔生意他一下子能挣上个六七万块钱。

他一进酒店大堂，酒店的服务台就接通了609房的电话。话筒那边传来了衮雪妹的声音，说是让他赶紧上来。到现在克隆高手还没有醒悟过来，他已经变成秦巨江设伏诱捕的瓮中的鳖了。沙舟进了609的房门，衮雪妹很热情地招呼他坐下，沙舟一边展画，一边和衮雪妹搭话，然后才注意到609房的套间里还有两个年轻小伙子。衮雪妹朝其中一个说是她男朋友的帅哥挤了一下眼。沙舟拿的二十几幅画衮雪妹都要，一算账，十万多一点，就十万成交，刨去一万订金，再付九万。衮雪妹示意身后的两小伙子付钱，她在一旁欣赏着画。两个帅哥提过一只黑箱子，不慌不忙地打开，箱子里面整整齐齐的九沓子百元钞票倒是有，但是还准备了一副明晃晃的手铐。两个帅哥先拿出了公安的工作证，个头低一点的小伙叫查仁轩，是个公安干警；另一个，也就是被衮雪妹称作男朋友的小伙是书院门的片警。两个警察把沙舟以涉嫌造假诈骗罪给逮捕了。这突如其来的变化，惊得沙舟不知所措，他两腿发软，一屁股坐在地上还尿了一裤子。套间里又出来了一个扛摄像机的记者，刚才发生的一切都让电视台录了像，可能还现场直播着。

　　满长安城的人都听到了沙舟因造假被民警带走的新闻。说是他高仿的关中老人画诈骗十多万元！他的房东看了新闻，张嘴就骂渭源农民不是啥好东西，还欠她一个月房钱没付。两天后，沙舟从派出所里被放出来了，他辛辛苦苦挣的三万元钱全交了罚款还不够，剩下的就是他手里攥着的一张两万元钱的欠条。和乐巷的蜗居屋他是不敢回了，肚子饿得咕咕叫，当他走到书院门那块断碑子旁时，两腿打战，头一沉就昏过去了。沙舟在潮水一般的人浪中看到了他熟悉的面孔，那是他时而疯狂、时而正常的婆姨。他奋力地伸出手，终于抓住了婆姨的头发，找到了有精神疾病的婆姨，她在长安书院门里安了家，还喝着香喷喷的肉汤。一睁眼，才发现自己坐在小杨的裱画铺里，老杨正给他喂胡辣汤，眼泪从他干涩的眼眶里流出来。风雪中从巷子外传来酒疯子的疯吼："痴待和乐真恓惶，从来秀才不栋梁。长安大师谁敢假，螳螂一梦不思量。假亦真时真亦假，大海水深鲨鱼藏。生吞活剥不吐骨，城外黄土埋皇上。"

第九章　爱　情

卧龙皓月映楼台，焚香一炷三圣前。

前路茫茫道漫漫，创业理想志愈坚。

狂风骤雨城门下，惊雷声震花彩棉。

幽情愁绪何人见？良辰美景夜阑珊。

　　小灵通在长安书院门站住了脚，还发了财，在他安徽老家那个不大的豆豉村里算是一鸣惊人，传说他现在已是千万富翁了。有些老乡也想走他熟门熟路的书画生意路子，千里迢迢来书院门投奔小灵通，也想搭他这条大船驶向钞票的汪洋，每个老乡来长安都带着二三十万的本金，找投资发财门道。小灵通是个聪明人，心中暗喜，发财的机会来了。他在韩勇的大酒店包了两桌海鲜酒席，说是给老乡接风。席间韩勇听说是书院门的小灵通宴请，也斟酒陪席，开怀畅饮。最后小灵通是让老乡抬着回书院门的，小灵通说是醉了，其实是装的，他趁着老乡酒后吐真言，摸清了他们的资金底细，总共有现金二百八十多万哪！这么大一块肥肉已经送到他的嘴边，小灵通已下定决心要吞下这块肥肉。

　　小灵通拿定了主意，就在流金岁月的包间里找来了几个生面孔的书画贩子，商量了计策以后就喝酒。一伙人猜拳行令豪饮起来，一会儿进来几个

小姐陪侍,小灵通想起了肚兜,眼见周围这几个花枝招展的妹子里没有肚兜,想打听却不知道她的姓名,之前只远远地在鸡娃王摊上见过几面,记得她丰硕肥美的样子,便起身跑到外面找了找,也没有见人影,随即返回了包间。

自从画廊开门以来,小灵通总觉得身子不安稳,心里空落落的,好像什么大事还没办。回想起安徽老家连小饭馆开业,都要毕恭毕敬地到附近的庙里请师父诵经开光、祈福发财,如今大战在即,画廊开业时竟忘了请卧龙寺的师父开光祈福,好像长安城没有这种习惯。书院门东有卧龙寺,西有宝庆寺,中间正街有面南背北的关中书院,真是一块风水宝地。他来书院门创业才两年多,就有今天这番景象,没有神佑,怎来得如此顺利?小灵通从流金岁月歌舞厅出来,往东直奔一里开外的卧龙寺,他打算烧香许愿,在佛祖面前跪上一跪,让佛祖给他顺风顺水的书画生意保驾护航。一边想着他就来到卧龙寺的大门前,正要抬腿进门,忽然一股寒风迎面吹来,莫非西方如来显灵?小灵通一愣,想进寺门,两腿却好像动弹不得,如同灌了铅。天上落下了雪花,飘在小灵通身上,最后他也不知如何进的门,只觉得四周黑漆漆的。

到了寺里中间的院落,他见右手边一间不大的偏殿殿额上书"三圣殿"三个大字,进了大门,除了一佛二菩萨像外,就是角落里的一张桌子,旁边有打坐的师父。殿内左右的楹柱上赫然写着:欲知前世因,真心自如直观见;欲知后世果,此身原在自家园。小灵通先把准备好的一把香燃了,双手合十,在三圣像下拜了再拜,然后再把香插在香炉里,退后跪在垫子上合手又拜。起身朝打坐的师父走去,看见师父桌上摆着《参禅真源》和《因果文》,他随手拿起《因果文》翻了翻。师父醒了但没睁眼,就好像他不存在一般,嘴中念念有词:"施主缘何起? 三圣度众生,不知因缘事,向善菩萨了!"小灵通只听清了第一句:"施主缘何起?"就张嘴想请教师父,只见师父摆摆手,将《因果文》施予小灵通,又合上眼,敲着手上的木鱼念起"南无阿弥陀佛"了。小灵通翻开《因果文》,看了头几行就从三圣殿里出来,小灵通口里念叨着:"前世修来今世受,紫袍玉带佛前求。"走到光秃秃的玉兰树下。他看见廊檐下有两位师父坐在长椅上合眼默念着什么,一个高个子的师父很像酒疯子,雪落满身一动不动。走出卧龙寺的大门时,天都快黑了,小灵通在门柱上瞥见四个字"照顾话头"。他把话字误认成活字,心想,照顾活头,不由得眼前一亮,自语道:"没有钱,人还咋活呢?佛祖帮忙,君子爱财取之有道。"回到书院门正街,远远看见酒疯子在雪地里摇摇晃晃地走着,从腋下抽出一个酒瓶子朝地上摔,随后听见砰的一声响,酒疯子又去拾地上的碎玻璃碴,扎得满手的血,天黑了,也没人管酒疯子。小灵通本想上前去给他几个酒钱,让他喝了酒赶快回家,又想到之前酒疯子向他借钱的事,摇了摇头装着没看见,关了店门。"卧龙皓月映楼台,焚香一炷三圣前。前路茫茫雪漫漫,创业理想志愈坚。"窗外传来酒疯子的疯吼,这吼声越来越小,看来酒疯子走远了。这一夜,雪下得特别大,小灵通一个人躺在店里想着从安徽到长安书院门这两年来发生的事,翻来覆去睡不着。他想起了才从街对面关中书院师范毕业还不到一年的女生花彩棉,现在她已是长安电视台《社会新闻》栏目的主持人了,打开电视就能见面。

他俩是在书院门外永宁城门的城门洞子里认识的。前年夏天,又闷又热的长安城在中午突然下起了暴雨,小灵通把批发商品画的新疆客人送到永宁门外,往回走,暴雨就瓢泼似的下了。他跑到城门洞子里还没站稳,就看见从宝庆寺塔那面有个学生模样的女子拖着个行李箱,费力地朝他这个城门洞子跑过来,大雨已经把她淋湿了。小灵通跑出去,帮着女孩搬箱子,一块返回了城门洞子。女孩也不说话,脸红红的,喘着粗气,湿衣显出了女孩身体凹凸的曲线,起伏的前胸微微颤动着,小灵通感受到了一股藏不住的青春气息。小灵通知道女孩是对面关中书院里的师范生,女孩也知道小灵通是书院门串街的画贩子,雨停了,小灵通要女孩的电话,她没有拒绝。

"红红的太阳刚刚升起,书院门的花彩棉九点才起。彩电里说,彩电里笑,边笑边说观众们好!"酒疯子的疯吼还时常在小灵通的耳边响起。沿街推销商品画的日子里,最让小灵通心旷神怡的美事就是一到中午,对面关中

书院里的师范女生下了课，一群群地走出来，嬉笑打闹，把个正在推销商品画的小灵通眼馋得都顾不上手上的画轴了。在一群群小鸟一样的女生里，时常有花彩棉鲜花一样的身影。修长的背影，乌黑的头发紧紧地揪住小灵通的双眼，电流似的从他的眼睛进去传到心脏，又流遍全身。

　　那场暴雨让他俩有了结缘的机会，也有了第一次的约会。一天傍晚，小灵通买了两张电影票，约花彩棉到钟楼电影院看电影。电话拨通了，原来是关中书院女生宿舍楼的电话。先是楼管员的吆喝，等了一会儿，传来了花彩棉的声音，她支支吾吾说不想去，但也没有撂电话的意思。小灵通努力争取了好长时间，从电影的名字《我的兄弟姐妹》，说到了女主演是港台明星梁咏琪。刚好花彩棉是梁咏琪的粉丝，最后终于答应了小灵通的邀约，花彩棉只是说让他去城门洞等就行了，她会来的。

　　电影说的是几个同胞姐弟失散又团聚的故事，很煽情。小灵通想起自己千里迢迢从安徽老家孑然一身来书院门谋生，每天跑街卖画、风吹日晒，有时还饿肚子的情况，被电影画面触动，流下了眼泪。在他家乡人的观念里，出门谋生，如果没有成功，是无颜面回乡与家人团聚的。眼下小灵通沧海浮萍一样的窘境，使他闭上了双眼，不想再看下去。花彩棉似乎意识到了什么，又一想学校晚上十点半就要关大门，也急着想回去。两人一商量，就从电影院里出来，从南大街走到了永宁城楼下。长安城的夜色真美，月光洒在黑灰色的高大城墙上，城门楼雄伟高耸，下面绿地花园如同一块大地毯从他俩的脚下向远处延伸，身后不远处的马路上，车灯点点，周围好像一下子安静起来。他俩坐在城门楼下的草地上，望着黑色的城砖，也不说话。过了好一阵，耳边好像听到了酒疯子的疯吼："永宁城下生情话，花境绿地起香尘。幽情愁绪何人见？良辰美景夜阑珊。"小灵通问花彩棉："你听到疯吼声了吗？"彩棉回答："听见了，只是'幽情愁绪何人见'里的'愁'字应该改成'苦'字！"小灵通不解地问："我真不懂，说出来学习学习。"彩棉说："我们女孩易动情又怕动情，所以情字里面含着苦。"小灵通不解地问："不见得吧？我就是不明白这情和苦怎么一定有联系。"花彩棉想了想才说："前几天我们学校的一个女生就跳楼自杀了，先是把自己灌醉了，然后在宿舍的楼道上翻跟头，到了半夜女生从五楼的窗户上跳下去了！"小灵通吃惊地问："我们街上可一点都没听到你们学校有学生自杀的消息！那是为啥跳楼呢？"花彩棉叹了一口气说："这还用问吗？那个女生失恋了。"说到这里花彩棉的表情凝重起来。两个人都听到了身后传来脚步声，小灵通回头看见一个小女孩到了他俩的身后，手里捧着一束玫瑰花，让小灵通买给旁边的花彩棉。花彩棉摇头说浪费钱，小灵通没有迟疑，买下这束花，但花彩棉没有接他递过来的玫瑰花，小灵通只好拿在手里。花彩棉看了看手腕上的表，已近十点了，就提议回学校。他俩就这样相跟着从草坪里出来，穿过大马路朝宝庆寺佛塔走去。花彩棉不让小灵通送她回学校，只说到宝庆寺佛塔旁就可以了，小灵通又一次把玫瑰花递给彩棉，她还是不接。等走到了宝庆寺佛塔下，再往前去就是书院门里了，只见不远处的街上灯火通明，书院门正街在晚上已变成餐饮一条街了，烤肉的香味直往鼻子里钻。小灵通既兴奋也失落，他想送她进校门，而花彩棉不愿意，玫瑰花也不要，临分手时，她只是对小灵通点头示意了一下，就头也不回地径直朝学校方向去了。小灵通和花彩棉有了往来以后，串街卖商品画，就不太往关中书院这边跑了，隔三岔五地往花彩棉住的宿舍楼送些女娃们爱吃的零食，有的时候先电话和花彩棉联系好，送去时要是不见她的人影，就往宿舍楼管员窗台上一放，因为他忙着自己的生意。到了周六，小灵通约花彩棉逛街，她总是不去，说是要回家。

等小灵通睁开眼，已是第二天上午九点多钟了。晚上下大雪，书院门正街上积了一层厚厚的雪，街道上通知要清扫积雪，一会儿满大街都是做生意的大小老板在自扫门前雪，好生热闹，只是没有南来北往逛街的游客。小灵通望着对面不远处关中书院大门前厚厚的积雪，想着花彩棉，双手连铲雪的铁铲都拿不动了。

第十章　击鼓传花

贵客惠顾开门红,字画无声名头重。

收藏行内吃行外,供需失衡狼争肉。

设局利诱巧变现,击鼓传花无退路。

商海无边回头岸,名利二字真缘由。

雪停了没几天,书院门正街上残留的积雪,已冻成薄薄的一层冰了,路面既湿又滑。小灵通刚开了店门,就迎来了认识不久的朋友广东富翁。小灵通把客人让进屋里,又是端茶又是倒水忙了起来。广东人进了画廊一边跟小灵通说话,一边看着画廊满墙挂着的长安名流书画作品说:"小兄弟,今天我选几幅长安本地的名流书法作品回去送礼,你给我推荐几幅如何呀?"小灵通往茶杯里倒着水,扭头对广东人说:"大老板是要买长安书画名家的作品还是长安名人的书画作品?"广东人疑惑地问他:"你说的不是一回事吗?"小灵通笑了笑继续说:"依我看,老板要是送礼,就买'长安名人'的书画作品吧,送礼本来就是个面子工程,名人的书画作品,卖的是名气,你买到手再送出去,无非是图'长安名人'响亮的名声。收礼的人,收的当然是体面和尊贵。"广东人觉得小灵通说的有理,略一思考又问:"那'书画名家'的作品……"小灵通赶紧回答:"长安书画名家的作品,是用来收藏的,你可以根据自己的喜好、价格的高低购买和消费。"广东人听完小灵通的一番说辞，赞许地点点头说："那好吧，你就给我准备个十几幅长安名人的书画作品，等一会儿我公司的公关部主任把钱送来，你就和他一起办理书画礼品。"小灵通是个心明眼亮的人，知道这笔大生意就快要做成了，但又怕广东人的公关部主任还没来书院门的这段时间里，又跑到别的画廊去逛而改变主意，不在自己这里购买了。情急之中，他看到了广东人手里攥着的一本字帖和两支毛笔，就赶紧问广东人："老板平时也练书法？以老板的鉴赏力，写书法也一定是出手不凡啊！我这画廊的二楼上常年置备着画案和文房四宝，老板不如屈尊上我的二楼书房挥毫来上一阵子？"广东富翁眉毛往上一挑，显出兴致盎然的样子说："可以啊，正好我要等公关部主任来书院门。"说完就随小灵通一边上画廊的二楼，一边问小灵通："我看你画廊的门头上，到现在也没挂出个字号牌匾，你这没名没姓的画廊怎么做生意呢？"小灵通一听脸就红了，赶紧说："我是从农村出来的，没喝过多少墨水，画廊的名字，我想了许久，都没想出个自己满意的名字来。你是大老板，走南闯北，见多识广，要不然你也帮忙给我想想，给小画廊起个名字？"广东人还是笑道："这起名字的事可是关乎你画廊事业发展的大事，眼下这一条街，还就你这家画廊没有个名号，当初我也纳闷你这画廊的门头上怎么光秃秃的，连个匾也没挂，所以就进来看看，不然我可能就进了另外一家画廊的门喽。"小灵通说："那真是太感激了，这也是我们的缘分。"两个人上到二楼，小灵通忙着在书画案子上铺好上等徽宣，然后就接过广东富翁手里的字帖和毛笔。字帖是名公才出版的书法作品集《行书正气歌》。广东富翁问小灵通："你怎么看长安书法名公的书法艺术呢？"小灵通一边把从广东人手里才接过来的两支新毛笔用温水泡进笔洗里，一边："名公写的字，艺术水平最高的是他练就的'万岁枯藤'的书法线条，苍劲有力。"广东人也点着头说："一语中的，'万岁枯藤'的线条质感，我也琢磨练习过很长时间，但我总感觉不得要领，只学了点皮毛而已。"小灵通这时已把毛笔墨汁都准备好了，他又替广东人翻开字帖用镇纸压好，置放在案子的左面。广东富翁心满意足地开始练字了。

　　还有几天就是新年了,书院门正街上,来来往往都是忙着送礼选购书画的客人,这里面就夹杂着小灵通布置好的"书画收藏家"和"送礼客"。这些人故意放出话说长安这个名家的书法要涨价,那个著名画家的山水画价要翻跟头往上蹿,制造书画收藏利多的氛围,弄得小灵通的老乡们跃跃欲试,都想大显身手,在节前下海试水搏上一把。时间不长,整天泡在小灵通画廊的安徽老乡也和常来画廊惠顾的长安"书画收藏家"和"送礼客"混熟了,满脑子都是投资书画如何只赚不赔的投资梦想。

　　长安城里据说笔墨从业者不下万人,除了金字塔尖上的少数名家外,其他人等的笔墨丹青统统都没有什么价值。初来乍到的安徽老乡们不知道长安城谁的画卖钱、谁的字价值高。他们眼看着小灵通一幅幅卖画数钞票,每天顾客盈门,好生忌妒和羡慕。终于这些安徽老乡新结识的书画收藏家开始问他们要货了,有的是电话预约,有的当面点名说要长安某位名家的书画作品。两眼一墨黑的安徽老乡,就来找小灵通商量。小灵通人也爽快,直接提供长安书画名家的地址电话,让他们自己上门收购。这些老乡有的试着电话联系,对方报价高得吓人,比他们下家的买价高出一大截。也有长安名家让他们上门来谈的,老乡们怕受骗,一时也不敢贸然前往。最后问小灵通的库存里有没有这些书法绘画作品,小灵通当然有了。只几天工夫,小灵通的藏画变成了安徽老乡手里的存货,那些起初要画的收藏家,不但再没有电话订画,连人影也不见了。小灵通把那些"书画收藏家"和"送礼客"为做局付了的订金如数奉还,再加一笔奖金提成。最后他一算账,回笼现金二百多万,这回小灵通真正是发了。也有个别胆小冷静的安徽老乡没有下手买画,他们总感觉这不能吃不能喝的一张纸,就值那么多的钞票,是件不靠谱的买卖,风险太高,捂住了自己兜里的辛苦钱。而那些手里攥着一卷卷书画的老乡,跳楼的心都有了,因为他们的钱是东凑西挪从亲朋好友那里借的,取画时小灵通说得明白,市场买卖,风险自担。有些老乡反悔了想退货,小灵通拒绝了,劝说他们长期持有,这些长安名家书画墨宝肯定会大幅度升值,只要把它们暖热了就成。那些捂住了自己钱兜的老乡,有的返了乡,有的干脆在书院门开起了宣纸毛笔店。时间一长,他们的脑子也灵光起来,从不买这个名家的书法、那个名流的画,他们用宣纸毛笔换,遇上送礼和喜好的人,抓住机会立马出售变现,而且价格还相当便宜,弄得客人好似捡了漏一样欣喜若狂。

小灵通从老乡们的兜里猛赚了一把钞票,开店流动资金匮乏的局面缓解了。早晨小灵通开了画廊的门,蹲在门槛上朝街上望风景。不大一会儿工夫,街面上摆摊的各路人马陆陆续续都到齐了。有的从三轮车上卸下画案,有的从手推车上搬着唐三彩,还有的大包小包地掏出家里祖传的宝贝,金光闪闪,把个不宽的街市都摆满了。等这些下苦人出完地摊,就快中午了,书院门的正街上人也多起来。小灵通看见一个手有残疾的贼娃子在摊前驻足正寻找下手机会,他觉得面熟,定睛一看,就是裱画老杨抓住的那个贼娃子。还没等小灵通站起身来,贼娃子已经从一个刻印摊的桌子上偷走了一方上好的朱砂红寿山印石,往前走不到五十米,就处理给另外一个以刻章子谋生的摊主。贼娃子抽出裹在绷带里的手,麻利地把钱揣在兜里,原来他手上的残疾,是为了绺窃化装的。这时街上突然骚动起来,只见有些没有在街道办过摆摊许可证的摊主,慌乱收拾着自己的摊子,往背巷子里躲。后面开过来了一辆中型卡车,从上面跳下四五个壮汉,不由分说,见摊子就动手,七手八脚抬着就往车上扔,不一会儿卡车装得满满的。男男女女、老老少少的摊主又骂又叫,整条街一下子变成了战场。小灵通嘴里骂了一句:"暗偷明抢没商量。"

小灵通手里有了硬通货,又想起了花彩棉,他决心要到长安电视台去找她。这时门外传来了酒疯子的疯吼:"贵客惠顾开门红,字画无声名头重。收藏行内吃行外,供需失衡狼争肉。设局利诱巧变现,击鼓传花无退路。商海无边回头岸,名利二字真缘由。"这时店里突然进来了几个穿制服的城管员,一个满脸通红、刚喝过酒似的管理员手里掂着大盖帽嚷嚷:"谁是店老板?"小灵通转过身笑着回答:"我就是,你们有啥事?"喝过酒的大盖帽瞟了一眼小灵通,命令道:"这街面上按说是不准立广告牌的,老板既然立了,取

下来也可惜。上面说了,就按每年每块牌子五百元收费,你自己立了几块牌子心中有数,下午就把钱送到街管办来!"说完留下了一张缴费单,几个人趾高气扬地出了店门。小灵通手里捏着缴费单也郁闷了。

第十一章　神笔一枝梅

红梅一枝书院香,妙笔生花艺精湛。

书院暗藏贼双眼,黄浦江畔钓鱼船。

春风得意开怀饮,不察疯吼漏天机。

西望渭水路漫漫,毛笔何堪比利剑?

　　猴大王走了以后,书院门又来个摆摊写字的,打出招牌:长安一枝梅。满长安城的人都知道,书院门就是在江湖上行走的靠书画讨生活的民间文化人耍把式卖艺的擂台。平日里在书院门街上谋生活的街串子和做生意的大小老板们都能看到,能在书院门立足的人可不是一般的贩夫走卒,没有个三头六臂,想靠耍笔杆子混饭吃比登天都难,还真得有摆擂台比武的实力和勇气。一枝梅的功夫堪称了得,他的绝活是用笔如飞,在毛笔落到宣纸的转瞬间,能在起笔的点画处,画出几个不同形状的环环,犹如梅花的花瓣一般,一幅字写下来,引来观者的惊叹。他能写善画,还会吹笛子,原先在一国有企业工会里当宣传部长,他的工作就是领着一帮红男绿女给分厂的工人兄弟们吹拉弹唱。遇着厂里职工的红白喜事,都能看到他的身影,每当听到工人师傅们亲热地称呼他"梅部长"时,一枝梅心里总是美滋滋的。后来他和其他工人兄弟们一样都下岗了,为啥?厂子倒闭了,已过中年的"梅部长"要

走向社会自己养活自己了。

一枝梅的开花字书法在书院门大受欢迎,让他又找到了"梅部长"的感觉,再加上他卖字的价格在百元上下,很受广大工薪阶层和那些来自世界各地的老外的喜爱。那些高鼻梁、大个子、白皮肤、蓝眼睛的外国人,高举写着他们名字的中国开花字书法,高兴得前仰后合。第一个人来买,一个旅游团来的游客都跟着买,他们给钱时也爽快,三百五百的也不还价,让一枝梅的经济效益犹如芝麻开花节节高。一旁摆摊的鸡娃王看在眼里,嫉妒在心上。一枝梅置摊卖字以来,鸡娃画就卖得不火了,想起之前猴大王在书院门昙花一现,他心里竟希望摆摊的"梅部长"也有走麦城的那一天。想归想,他只能悻悻地躺在逍遥椅上闭目养神。不怕贼偷,就怕贼惦记,每天一枝梅哗哗流水一般地赚钱,就被书院门暗藏的贼人盯上了,这是后话。在围观的粉丝里当然也少不了酒疯子,他只要见一枝梅挥毫,就高声喝彩:"长安一枝梅,笔似云龙飞。抡笔写得美,买主要排队。"竟成了一枝梅摊前的铁杆帮闲。每次挣了钱,一枝梅也豪气,数出几张票子,交给他买来些酒菜,然后把棉毡往起一掀,就在画案和酒疯子一块喝酒咥肉。酒疯子得意之余,总是用眼瞟鸡娃王,示意他一块来吃喝。一枝梅撕肉往口里塞,不理一旁的鸡娃王。鸡娃王心烦,只闭眼不看,心想,你狗日的酒肉再香,也有吃完喝完的一天,我就不信你一枝梅天天开张见喜、花开见佛。

一大早,一枝梅的摊前来了个大老板。听口音是江浙人士,手上戴个大金戒指,戒指镶着祖母绿缅翠戒面,粗壮的手指头翻着神笔一枝梅案子上的开花字,脖子上小拇指头粗的纯金链子分外显眼。一枝梅心想:这回可能碰上大买主了。这个满身金的金大老板从兜里摸出一叠百元钞票,数了五张,往一枝梅画案上一撂,让他给自己卷上三幅四尺的神笔开花大字,说是回去挂在他的别墅里"静观世事",然后"宠辱不惊",最后再"笑对人生"。临走时还给了一枝梅一张名片,说是年底华东地区进出口公司要在上海浦东世纪星摩天大楼上举办全国最大规模的国际贸易洽谈会,他是进出口行业协会的主席,是这次会议的主办方,准备订购一大批一枝梅的开花字,由他们协会再准备绸缎面的字画封套,一包装就成了高档礼品,送给参会的客商。等一切准备就绪后就打电话通知一枝梅,让他去上海现场书写,最后照价付款。这账一算,就知道是笔大买卖,神笔一枝梅心动了。他说要请金大老板晚上宴饮,把事最好定下来,能签个合同什么的最好。金大老板一笑,摇手拒绝说自己整天饭局一场连一场不断,推都推不掉,都喝成酒精肝了;这只是小意思,君子之交淡如水,等预付了订金,一枝梅到上海笔会,预祝双方合作愉快。鸡娃王凑上前去,问金大老板讨要名片,卖力推销他的鸡娃画,金大老板也不搭理他,只摆摆手便远去了。一枝梅手里的钱还没暖热呢,小杨的河南老爹一边祝贺他生意好,一边和神笔一枝梅拉扯着说:"一枝梅老师,恭喜发财!这笔生意这么大,你也得帮衬一下老哥哥的裱糊生意。"一枝梅满口应承:"好说好说,到时咱老哥儿俩一同去上海,我写字你裱糊,再把做封套的活路揽下来共同发财。"裱画老杨认真地拉着一枝梅,郑重地说:"咱哥儿俩说的事就算定了,我裱糊赢了利,也有你的一半。"一枝梅笑得合不拢嘴:"咱哥儿俩那就说定了,只要南方有电话联系我,咱立马就去。"鸡娃王见一枝梅人逢喜事精神爽,一副得意扬扬的嘴脸,悻悻地返回逍遥椅躺下,又哼哼起了眉户《梁秋燕》。他哼完了一段,嘴里嘟嘟囔囔着:"关云长也有走麦城的时候。"说来也怪,在看热闹的人群里不见酒疯子,一枝梅正想和酒疯子痛饮一番,一边听他说怪话,一边喝着酒,美美地痛快一回。这时打酒狗摇着尾巴嘴里含个酒瓶过来了,这次是河南裱画铺的老杨请喝酒,还买了一只长安城有名的金家烧鸡,这俩老头子就在关中书院外的廊檐下,有酒有肉地喝将起来。他俩干喝酒不过瘾,还猜拳行令地吼叫起来,老杨乘兴拉了一把鸡娃王,示意他一块来喝几杯。鸡娃王知道是河南老杨请的客,自己也常在他儿子的裱画铺装裱书画,所以也不推辞,只一把撕下鸡腿,然后端起酒一饮而尽,说道:"一枝梅你是关公,要过五关斩六将了。"一枝梅也慢呷了一口酒得意地笑。宝庆寺佛塔那边终于传来酒疯子的吼声:"长安上海万重山,秦岭横亘前路险。才入书院眯双眼,黄浦江畔钓鱼船。坐困闵行遇故知,迷雾散去才见天。西望渭水路漫漫,毛笔何堪比利剑?"等神笔一枝梅和

裱画老杨的酒喝干了,烧鸡也吃完了。裱画老杨收拾着面前的残局说:"一枝梅老师,我咋听不懂酒疯子吼些啥?"一枝梅一副很不在意的表情说:"我也听不懂。这个怪人今天也不来和咱一块喝酒了,要不然,我倒要当面向他讨教一回呢!""真的?"裱画老杨期待地看着一枝梅。鸡娃王这时在他的逍遥椅上应了一句:"你甭理他,一个疯子懂个啥?见了酒就没命了,嘴上胡言乱语的。"老杨还是坚持说:"孔夫子不是说'三人行必有我师'嘛,不然咱再等他来,一块说道说道?"一枝梅正在兴头上,又喝了几杯酒,趁着酒兴,并不在意裱画老杨的话,返回案子边上,提笔就写了"境由心造,事在人为"八个大字。写罢,把笔往案子上一摞,两手叉腰欣赏起来:"看咱这字,前无古人,后无来者,长安满城有谁能让字里开花、人见人爱呢?"

第十二章　下　岗

卧龙墙角老槐孤,树洞里窝苦行僧。

莫问苦行缘何来,放下便是四大空。

既然酒肉穿肠过,自古狂禅天成就。

佛门跏趺坐禅定,受戒永不露峥嵘。

　　一枝梅写了几幅字,撂下毛笔向老杨打听酒疯子的身世来路。老杨就把从儿子那里听来的有关酒疯子的故事说给他听,只听得一枝梅眼泪不停地流。老杨一边叹气,一边擦嘴,指着身旁摇着尾巴的打酒狗说,酒疯子的老朋友是它,这宠物不是想吃咱碗里的肉,是为没见酒疯子跟着咱一起吃喝惋惜呢。

　　酒疯子来书院门之前,在秦岭深处华阳镇的一个小炼钢厂的子弟学校里当语文老师。说是子弟学校,倒不如说是一个幼儿园,厂里的职工把自己的孩子,从会走路的到上初中的都往小学送。说白了他就是看孩子的孩子王,顺便再教孩子们识文断字。二十多年前,国家改革开放的大步迈开,酒疯子赖以生存的小钢厂,效率低又对一里地开外的月河有污染,就停产了。职工自谋出路,有的投亲靠友,有的上街做小买卖糊口,一千多职工都各奔东西了。厂里的旧车间闲的闲、租的租,厂长、车间主任靠租金过活。可酒

疯子是个白面书生,不但个子大还特别好面子,不会问厂长车间主任讨饭吃,不干"为五斗米折腰"的事。时间不长,他家里的那点积蓄就花光了。老婆以前在学校教算术,现在和酒疯子一样没了收入,一家三口没米没面,儿子还不满周岁,酒疯子一家这日子就过不下去了。他整日里在大街上漫无目的地闲逛,家里还等着他挣钱过日子呢。起初酒疯子每天晚上回家,不管咋说都带些饭馆里的剩饭剩菜,只说是自己挣的,没多长时间,镇上不多的几家食堂饭馆也不让他上门了,这会儿真是无米下锅了!一天到晚酒疯子急得浑身像着了火。他实在没办法了,傍晚回家时,就从厂里堆放的鸡饲料的麻袋里抓几把饲料带回家煮稀饭喝。厂里仓库堆放的饲料是镇上饲料公司的库存商品。时间不长,饲料公司的保管员就发现了问题,派人跟踪,跟到了酒疯子的家。保管员就把他的发现,一五一十地汇报给公司经理了。饲料公司的经理误以为酒疯子偷饲料回家喂鸡呢,于是带上饲料公司的几个人,追上门去破口大骂,侮辱他们一家猪狗不如,啥不能偷,连鸡饲料都偷,闹得镇上沸沸扬扬。人要一张脸,树活一张皮,饲料公司的人大闹炼钢厂的事,让好面子的酒疯子门也不敢出了。说起来就让人掉眼泪,最后谁也没想到,他两口子往煮鸡饲料的锅里倒了老鼠药,然后抱头痛哭,一家三口就喝了这锅毒稀饭自杀了!第二天,邻居发现都日上三竿了,这一家三口还没有出门,就给镇派出所打了电话,酒疯子活过来了,可遗憾的是酒疯子的妻子和不满周岁的儿子都死了。酒疯子当时躺在镇卫生院的抢救室里,好几次想拔掉输氧管、输液器,他真真正正不想活了。

酒疯子一家的悲剧激起了镇上人的义愤,华阳镇镇上群众自发地组织起来,声援酒疯子,最后竟把饲料公司给砸了。饲料公司迫于当地群众的压力,又出医疗费,又是赔偿的,但是两条人命和一个家庭从此再也不存在了。后来酒疯子扒上了一列拉煤的火车,等他酒醒了,火车已把他拉到了离县城千里之外的长安城了。满身煤黑的酒疯子一路就来到长安城里的书院门,他初来乍到,没地方吃,没地方住,只能将就在离碑林不远的卧龙寺后墙根边的老槐树的树洞里。来书院门卧龙寺参禅、拜佛的香客起初以为树洞里昏昏沉沉的酒疯子是个苦行僧,正在潜心修行,对他也生出了敬意和崇拜,顺手就把装着好吃好喝的塑料袋放到树洞里,酒疯子的衣食住就在长安卧龙寺边上给解决了。这种半神半人的乞讨生活,酒疯子也不觉得过不去,因为酒疯子的心已经随着老婆娃走了。一个已经连生命都不挂牵的人,真正到了"了无挂碍"的佛国净土了。"卧龙墙角老槐孤,树洞里窝苦行僧。莫问苦行缘何来,放下便是四大空。既然酒肉穿肠过,自古狂禅天造就。佛门跏趺坐禅定,受戒永不露峥嵘。"天一黑,伴随着卧龙寺低沉的钟声,从老槐树的树洞里也传出了他的心声!

第十三章　花彩棉

窈窕淑女师范生，书院佳人君子逑。

明皇书碑映沧桑，碑亭怀古上心头。

七月七日长生殿，轻抚石台与昨同。

花影纷纷舒广袖，才下眉头心上愁。

　　花彩棉是个美丽而传统的师范大三女生，家住长安城东郊纺织城，父母都是国棉大厂的纺织工人，她一出生，就有了这个好听的名字。父母是青岛人，当年双双从海滨城市到延安插队落户，"文革"结束后知青大返城，他俩回不了青岛，就在长安东郊纺织城的国棉厂当了工人。花彩棉长得非常漂亮。上中学的时候，学校里的男生要死要活地追她围她，让她不能安静地学习，最后只考取了关中书院里的师范学院。她在师范学院是文艺骨干，学校组织晚会她一定是报幕员，独舞跳得也好，是学校里很有名气的校花。书院门里的关中书院是长安城里的著名一景，每年都有来这里拍电影电视剧的剧组。每当这时候，书院门整条街都被封死了，在摄影师的镜头里，书院门变成了古老美丽的旧长安街市，害得正街上的店铺无法正常营业。

　　花彩棉的倩影打动了小灵通及师范学院的男生，还有来关中书院拍外景的影视工作者。有一个长安电视台的摄影师抓拍到她的回眸一笑，她就有了进入影视圈的机会，到大四的时候，已经开始上镜。有了在电视台实习的机会，也开始了她灿烂的人生。那个摄影师是长安电视台一位领导的公子，花彩棉多了一个有实力有背景的追求者，小灵通却增加了一个强有力的竞争对手。

　　周六下午，花彩棉从学校里出来在街上找到小灵通，想让小灵通陪她转转。他俩一前一后，相隔十几米从书院门的正街上穿过，来到城墙根下。高大的城墙把长安城严严实实地围起来，城墙下的内环城巷安静而悠长，这里很少有行人和车辆通行，是长安城里一处难得的安静地。落日把一眼望不到边的高大城墙染成金黄色，西面不远处，永宁城门楼子的青砖碧瓦、朱红楹柱在阳光和倒影的交相映衬下让人敬畏使人严肃。他俩没有朝西，而是朝东往卧龙寺方向走，小灵通拉住了花彩棉的手，花彩棉没有拒绝，只是默不作声地往东走。小灵通边走边说自己的理想，要开店当老板成为有钱人，花彩棉只是专心听。后来她说心情不好，在电话里跟母亲吵了架。小灵通安慰着她。不一会儿他俩来到卧龙寺门前，听到了寺内的钟声和诵经的吟唱声，正准备进门，花彩棉改了主意，拉着小灵通说："我在长安城长这么大，还没有参观过碑林博物馆，咱俩进碑林博物馆逛逛吧。"小灵通点头同意了。他们走进碑林博物馆，找了一处僻静的碑亭坐下来，小灵通从背包里掏出了红富士大苹果递给花彩棉。花彩棉接过苹果说："这果子没洗怎么吃呢？"小灵通又从包里取出了水果刀削着苹果皮。花彩棉看着面前的石碑惊讶地说："这是唐明皇写的《石台孝经》啊！"小灵通削好了苹果回答："你先吃了苹果再说。"花彩棉也不接苹果，嘴里喃喃道："七月七日长生殿，夜半无人私语时。"小灵通看花彩棉无心吃苹果，就自己先咬了一口问她："你念的是什么啊？"花彩棉说："就是唐明皇和杨贵妃阴阳分隔后约定相会的日子。"小灵通不懂这些典故，随口说道："皇帝有三宫六院七十二嫔妃，什么情不情的，我才不信呢！"花彩棉听到小灵通世故的回答，白了小灵通一眼说："没想到唐明皇不但有情有义，书法还写得这么好。"小灵通看着碑上的隶书说："他是皇帝，要给全国人民做表率！"这句话把花彩棉给逗乐了："你这话说的对。

所谓'帝则敬,臣则忠'就是这个意思。"两个人又来到了一通碑旁。小灵通指着碑上的一笔虎书法说:"这是康熙皇帝写的一笔虎书法。"花彩棉边看边琢磨着。小灵通对花彩棉说:"就是一笔写成个虎字,没啥神奇的。"花彩棉说:"你都让书院门街上那些写一笔猴、一笔鹤、一笔寿的书法家们给搅和得好坏都分不清了。"小灵通争辩说:"我的意思是一笔书法的老祖宗是康熙皇帝。"花彩棉若有所思地问道:"一笔书法,一笔书法用英语怎么翻译呢?"小灵通也不懂英语,帮不上花彩棉的忙。他突然想起神笔一枝梅给外国人写开花字时,嘴里老念叨的音调,自己也不懂,就学着发出音来:"This way."花彩棉眼睛一亮,高兴地说:"小灵通你真聪明,可惜学上得太少了!"花彩棉说完凑到碑前,举起手比画着一笔虎从起笔到收尾的书写动作说:"这就是你说的 This way,你猜对了。从哪儿学来的?"小灵通说:"我从摆摊卖字的神笔一枝梅口里听来的。"两个人玩得高兴,不知不觉天色已晚,花彩棉提议让小灵通送她回学校,小灵通看着花彩棉说:"现在学校大门肯定锁了,怎么进去?"花彩棉露出了少有的调皮神色,只说:"你跟着我就行了。"等他俩返回书院门正街关中书院外的围墙边时,天都已经黑严实了。花彩棉把小灵通领到了一处两人高的围墙下面,让小灵通先爬上墙,然后再拉她上去。小灵通照着做爬上了墙头,然后俯身扒住墙头来拽花彩棉,花彩棉身手也很麻利轻盈,不太费事地就上了墙头。下的时候,小灵通先下去,在下面接花彩棉,等花彩棉紧抓着墙头的双手一松,她的身子就落了下来,掉在了小灵通的怀里,两人一同扑倒在师范学校的草地上。等他俩反应过来是咋回事的时候,花彩棉一把把小灵通推开了。小灵通回味着一生中从未有过的感觉,呆呆地望着花彩棉,花彩棉这才拉着小灵通的胳膊,把头靠在他的肩头,和小灵通往教学楼走去。

　　他俩摸着黑上到三楼,再一起走过长长的过道,到了楼道尽头的门前,花彩棉打开房门,开了灯。这是一间音乐教室,她告诉小灵通,这是她们上音乐课的教室,也是平常排练文艺节目的地方。花彩棉随手打开身边一架坐式风琴的盖子,然后坐在琴椅上,她要弹琴唱歌给小灵通听:"展翅膀,让爱情快飞翔,去梦想的地方。银河边,水荡漾,鹊桥上,星闪亮,月发光。彩棉正彷徨,我俩起舞,我俩相拥。星是哥的眼睛,女儿盼,静享受,哥哥年轻的呼吸。卧身旁,细倾听入梦乡。银河波涛声浪,为我俩无声唱。双双舞月亮上,谁低语?鹊桥中央畅翔。为爱起舞,梦中天堂。只为幸福甜美,哥眷恋,女儿追,比翼展翅双双飞!"

等花彩棉弹唱完了,小灵通觉得他已在天上,对面的花彩棉是个天使,他又好像在地上,像家乡黄梅戏里的董永一般的微不足道,花彩棉就是天上的月亮,他可望而不可即。花彩棉离开琴椅,朝教室中心走,轻盈的步子如同飘起来一般,她在翩翩起舞。小灵通看着她飘来飘去,如同天上的彩虹。他看得发呆,面前的女孩化作一缕洁白的飞絮,围着他飘。小灵通觉得喘不上气,他感觉和面前的女孩离得很远很远。彩棉飘到眼前,他用手去抓,彩棉又飞走了,一会儿又围着他飘起来。小灵通头晕、腿软,随即蹲在了教室的木地板上,埋着头不敢看花彩棉。她太美了,美得让他只想逃跑。小灵通起身出了教室,抬头望着满天的繁星,心想,花彩棉是七仙女,自己是董永。花彩棉正陶醉在她的舞姿中,突然发现小灵通出了教室,这才收了步子,跑到小灵通身旁,说自己累了,就靠在小灵通的背上。小灵通也不回头,内心叹道:明天还要串街卖画,现在的浪漫和幸福是在做梦,不是真的。

第十四章　元青花

贪念不歇欲难停,利字在前害在后。

乍遇美色无气力,埋好陷阱脚下头。

店门新开就遭劫,旧瓶新酒泣无声。

关门大吉平常事,无心捡漏小灵通。

　　书院门街上的古玩字画店,每年就像走马灯一样更换频繁,但关门的要比开张的多。店铺开张时红红火火,可一开门几个月不开张,不管谁当老板,就如屁股底下搁了火盆子一样。这位开门不到三个月就关门歇业的失败者,就是一个从内蒙古来的小老板,由于从开张到关门时间太短,连他的名姓都没人知道,所以就叫他蒙古人。

　　蒙古人大学没考上,在家闲了几年,他爸看儿子老在家闲着心就发慌,如果儿子再不出去做点事,可就要成废人了。他爸是内蒙古鄂尔多斯市医院的专家,私底下收了不少礼品。从医几十年,手里也存了几册古籍善本医书,但真正读过的却很少,更别说研究了,因为他学的是西医。把这些古玩字画礼品汇集在一起,家里再拿出些现金,就在书院门街上开了家古玩店。为什么大老远要跑到长安来开店? 一是因为书院门在全国有名气,都快赶上北京的琉璃厂了;二是长安城里有儿子的亲叔叔,他就是承包长安电视台

《收藏鉴赏》栏目的张总，他可以照应侄子的古玩生意。他的古玩店就开在小灵通画廊的隔壁。书院门除了销售笔宣文房四宝的店铺，就是以经营长安名人书画为主的画廊了。蒙古人像模像样地当起了古玩店的小老板，而且感觉良好。古玩是成年人的玩具，玩的是书画、瓷杂、青铜彝器、古籍善本和拓片旧书，也就是玩个古、耍个旧。有闲钱、闲时、闲趣就玩上一把。因为好玩的古玩，它不能解决小到衣食住行，大到石油、煤炭、钢铁，关乎国计民生的问题，都说古玩价值连城，但到头来一文不值的时候倒是多见。

蒙古人开店时间不长，他爹存下的古籍善本就卖了。卖出的价不高，但兜里装着一沓子钞票，蒙古人"饱食思淫欲"，就想娶媳妇。来书院门的国内外游客多，白皮肤、高鼻梁、蓝眼睛的外国女生对他最有吸引力，他想学英语。每天早晨，他拿着小学英语课本，跑到永宁城门外环城公园的小草坪上席地一卧，便"下楼，下楼（hello）"地读了起来。他学英语的心思不专，老是看到成双成对的情侣从面前过，也妄想来个"城根儿恋"。那些每天晨练的大妈姐姐总是好奇地打量他。后来他等来了两个凶神恶煞的恶汉，手里举着大砖头朝他冲过来。蒙古人吓得妈呀一声惊叫，撒开腿就跑，要是跑得慢了，他非被要了小命不可。离他不远的小广场是个晨练的舞场，经常会有因晨练跳交际舞，引起家庭不和睦、打闹争吵的事发生。可能两个恶汉是因为老婆跳舞跟别人跑了，他们没地方出气，见他这个色眯眼乱飞的小白脸一定不是什么好人，想拿他出口恶气。

时间不长，蒙古人发现街上打听佛像收藏的客人多了起来，他也开始寻思着倒腾佛像买卖的路子。一天下午，蒙古人的店里来了个老板模样的年轻男人，这人是金大老板的跟班，和贼娃子是发小，两个人搭伙来长安投靠金大老板在书院门混。宰蒙古人这单生意，就由他扮作"老板"出面诱使蒙古人上钩。老板扎的势很大，一开口就说要请一尊石质弥勒佛回家供奉，为的是消灾弭祸、祈福迎祥，只要东西老，品相完整、开脸慈祥，不在乎价钱多少。可是蒙古人手里没现货，这笔买卖没法做。老板说不急，他也在别处正找着，临走留下电话，说让有消息就和他联系，然后开汽车走了。名片上的

头衔也真有来头,什么投资集团主席,某某大公司控股董事。蒙古人看着这些头衔还真给唬住了,心急火燎地就开始打听谁有佛像现货,他做个中间人,小赚一点就成。消息传出去后,陆续就有人送照片来。蒙古人不懂,就让长安的亲叔叔请了收藏协会的专家给掌眼,最后留下来两张石质弥勒佛照片。他马上和那位老板电话联系,让他看实物照片。老板很快就来了,看完照片很满意,指着其中一张照片说就和它结缘。双方说定价钱后,老板留下一万元定金,说过几天等蒙古人备好了现货,就花二十万来店里请佛。

老板走后,蒙古人立即联系供货的上家,让他们往店里送货。对方不干,没钱谁会给他送货,要先见现钱,因为供货的上家远在甘肃天水。蒙古人也怕对方只有照片没有石佛,只能说好见货说价,可没说在哪儿验货付款。他拿不定主意,就找亲叔叔商量。亲叔叔的意思是买卖就是不做也别带着钱往天水跑,那里人生地不熟,一旦发生了意外可不得了。蒙古人觉得叔叔说的有理,就把这事给搁下了。可转念一想,定金都收了,做生意哪有不冒险的?先让上家来长安,如果不来,他不带货款,自己亲自去趟天水,他光杆一个,难不成对方是老虎,还能把他吃了?随后他把自己的打算告诉了亲叔叔。叔叔起初不同意,但最终拗不过侄子,只好听侄子的,说好如果一切顺利,那边见货,这边汇款,于是侄子带着照片和地址就奔了天水。

第二天中午,蒙古人就到了天水。他下了火车,接他的是一位年龄二十二三岁、青春标致的女孩。蒙古人是个王老五,在长安城墙根没有结上的缘分,没想到在这个穷乡僻壤的小县城给结上了。这女孩不是别人,正是肚兜。蒙古人来书院门的日子不长,不认识她,而且蒙古人还不知道,他早已被这伙人盯上了。初次见面,彼此感觉良好,据肚兜介绍,石佛是玉质的,可能是汉白玉,也可能是和田玉,从莲花宝座到佛顶有九十多公分高,是从地里挖出来的,出土的地方是甘谷的破庙,因此还要再往西面的甘谷去。

蒙古人犹豫了。心想,甘谷还要往西再走好几百里地,于是就动了回长安的心思。肚兜看出了他的顾虑,也不勉强,只说来天水一趟不容易,玩上几天,参观麦积山的石窟寺。蒙古人想,有美女作陪在天水玩几天,还真不错。于是两人手拉着手就去了麦积山石窟寺。蒙古人可真是开了眼，一座大山满山都雕着佛菩萨，大大小小，有石有泥。蒙古人认真参观、仔细琢磨，恨不得把这些佛菩萨都装到心里。两天下来，蒙古人腰酸背痛，闭上眼一想，除了身边的肚兜，什么也没留在脑子里。"冰冻三尺非一日之寒"，古玩行里的行家里手哪个不是经过千锤百炼，用了几十年的工夫，才练就出了火眼金睛。不过这两三天参观旅游下来，蒙古人倒是和肚兜难舍难离了。经不住美色和利益的诱惑，两人又手拉手去了几百里外的甘谷。

他俩下了长途车，又坐了几个小时的带篷三轮摩托车，来到了不知啥地方，反正满眼都是望不到边的沟壑峁梁的黄土高坡。眼前有三孔废弃的窑洞，杂草丛生，墙壁上残留着"千万不要忘记阶级斗争"的标语，看得出标语的时间比蒙古人的年龄要长许多。下了三轮摩托车，蒙古人就被几个村民模样的人请进洞子，其中最年轻的那个人正是被铐在书院门断碑根下一天一夜，偷窃韩勇钱包的串街贼娃子。窑洞里除了早已坍塌的土炕，还有一堆麦草，贼娃子指着墙角里的一尊木观音让蒙古人付款提货。蒙古人知道他上当了，但也不敢反抗，知道对方设局，要宰他这初涉古玩行的外行。贼人从蒙古人身上搜出了银行卡，要了密码，让蒙古人通知长安的叔叔给卡上打了三十万。从甘谷回来，蒙古人一蹶不振，在古玩店里睡了好几天，他心灰意冷，和叔叔一商量，决定回鄂尔多斯，再也不干古玩这一行了，最后想把店盘出去，可没人接。小灵通知道了蒙古人的遭遇和盘店的意思，来蒙古人的店里友情赞助，买几样东西。他一眼就看上了一只高约二十五公分的青花梅瓶，蒙古人说这是前些年，患者送给他爸的礼品，没人知道是啥年代的。小灵通感觉这只梅瓶是个不错的古玩，给了蒙古人两万块钱收下了。蒙古人千恩万谢了他的邻居小灵通，几天后就回内蒙古了。小灵通当时还不知道，他捡了大漏，这是一只国家一级文物元青花梅瓶，价值好几百万呢！但这都是后话了。

说起来受金大老板指使，设诱饵钓鱼的贼娃子的发小，可算是立了功了，但最后发小嫌金大老板分给他几千块钱的利益太少，对着贼娃子抱怨金

大老板不仗义后，就不辞而别，单飞去了长安以东百里开外的东府潼关。发小听说那边的大山里出金子，发达的机会多，本打算拉贼娃子一块去，可是贼娃子舍不得肚兜，犹豫不决，发小失望地摇着头，独自离开了金大老板的团伙。

第十五章　城　墙

一枝红梅翘雪扬,城墙春色怒放香。

柳叶才弯蛾眉下,春风化雨温柔乡。

两相缠绵不自禁,玉体妖娆盼初尝。

谁叹年少远游子,烈火熊熊映城墙。

　　第二天一大早,衾雪妹就来到书院门小灵通的画廊。小灵通看着眼前这位韩勇大酒店的美女,有些纳闷:自己虽然和她在大酒店见过几面,并无瓜葛,只是见面熟那种关系,她来干什么呢? 小灵通客气地让座,倒好热茶,这才谦恭地说:"美女,今天来我的小画廊,不知我有什么可以为大美女效劳的?"衾雪妹心情舒畅地回答:"灵通老板,你是我崇拜的偶像。"小灵通不解地看着面前的女人,一时不知从何说起。衾雪妹继续说:"人家早就很关注你了,在书院门创业的时间不长,哪个能有你这番光景呢? 你都成了我们酒店耳熟能详的名人了!"小灵通听到衾雪妹这番恭维之词,不免脸有些发烧,她的姿色和甜而清脆的嗓音的确吸引了小灵通。衾雪妹端起茶杯,轻轻地抿了一口茶水,朝小灵通抛了个媚眼说:"要不是你有女朋友了,我们大酒店的好几个妹子都托我当介绍人,想和你交朋友呢。现在像你这样既能干又年轻,而且有生意眼光的帅哥真是凤毛麟角了。"小灵通回避着衾雪妹热辣

辣的眼光,只低着头想,她开场白说完了,看看下面会说些什么。果然衮雪妹转入了正题:"我今天来是求你的。我手里有两幅秦巨江大师亲手给我画的关中老头水墨画,不管多值钱,在我手里不还是张纸吗?我想把它们在你画廊变现,你这里客人多,有机会就卖掉了。这对你我来说,不是两全其美的事嘛!"小灵通模棱两可地回答:"我画廊的流动资金最近也很紧张,再就是……"衮雪妹有意往小灵通的跟前凑了凑,一股香水味浓浓地扑进了小灵通的鼻孔,然后说:"这两幅画是秦巨江大师亲笔为我画的,有一幅还上了彩。"小灵通这才缓缓地说:"这两幅画上面有秦大师带暗记的指纹吗?"衮雪妹听小灵通这样问她,认为自己的事有门,笑着说:"那当然有了,没麻达。"

小灵通站起身,稍微朝后回避着衮雪妹的热情说:"你给我留两成的利,把这两幅画挂在我画廊的墙上为你代销吧。"然后用询问的眼光看着衮雪妹继续说,"我是韩勇的好朋友,你如果信得过我的话。"话说到这里,衮雪妹明白这生意眼下已谈成了一半,剩下的就是如何收款的事了。衮雪妹对收款有信心。她知道自己对男人的优势,她掌握小灵通的弱点,这也是所有男人都有的弱点。衮雪妹笑盈盈地说:"那咱俩的这事就算说定了。不过我正急等着用钱呢!"小灵通却不接女人这话。衮雪妹又问,"你昨天拿的照片,就是我们老板看了很长时间的有只花瓶的照片,我能看看那只花瓶不?"小灵通也没多想,就答应:"可以,就在我画廊的二楼上,咱们现在就去欣赏。"说完不由得流露出得意之色。衮雪妹也起身轻轻用手挽住他的胳膊,两人一块上了二楼。

小灵通被衮雪妹弄得不知如何是好,他又不好再避让,便搂着她的腰上到二楼。衮雪妹一眼就看到二楼墙角的核桃木方桌上拿玻璃罩子罩着的青花梅瓶,衮雪妹不懂也看不出个所以然,只盯着花瓶上的青花纹饰喃喃道:"好漂亮的龙凤呈祥花瓶。你就是这花瓶肚子上的飞龙,而我就是瓶肩上的飞凤。"衮雪妹又笑着问,"听你昨天说,它属于文化财富,可不是拿钱来衡量的?"小灵通把抚在她腰上的手臂放下来说:"现在还不好说,还要看今后这种藏品的收藏投资趋势。"衮雪妹又问:"这件宝贝,你是怎么得来的? 我怎么就没有这样的运气?"小灵通说:"书院门一家古董店倒闭了,我抄底买来的。"衮雪妹认真地问道:"抄底?抄底是多少钱抄的?"小灵通此时心一紧,生怕自己说漏了嘴,但还是把元青花梅瓶的来历给透露了。他纠结起来,支支吾吾地不想说下去了。衮雪妹其实是奉了韩勇的命令来打探小灵通这件宝贝花瓶的来龙去脉的,要是小灵通亲口说出来这件元青花梅瓶是土里头挖出来的,那就有好戏了,韩勇就会另有夺宝之法。但这是韩勇心里头的盘算,不能为外人道破!昨天衮雪妹看出和小灵通一同来大酒店就餐的广东富翁对这件宝物也很上心,说起来头头是道。能够会得老板意的衮雪妹已猜到韩勇心里的小九九,所以对老板一大早就让自已来小灵通画廊里打探这件宝贝的动机心知肚明。

欣赏完了这只玻璃罩子里的宝贝,时间已过了中午。衮雪妹提议和小灵通一同逛街吃饭,小灵通也没有拒绝,两个人就下楼出了画廊的门。衮雪妹此时正盘算着如何收服身旁这男人,达到她收款的目的。他俩先到湘子庙街,美美咥了一顿小炒泡馍,穿过南大街地下通道时,见一个小伙挎着吉他正在唱歌,两个人停下,站在卖唱的小伙面前听了起来。也不知过了多长时间,等他俩听完了,小灵通在地上的琴盒里放了几块钱,然后他俩就出了永宁城门楼。天已黑了,两个人就在松园露天茶吧的假山石后面,坐在一张桌子旁,点了一壶铁观音茶一直喝着。衮雪妹突然带着醋意对小灵通说:"我看花大美人追求者不一定就你小灵通一个人,到头来你可不要竹篮子打水一场空哟!"小灵通听到女人这样说,尴尬地一笑:"美女,你操心操得太多了吧!"衮雪妹把凳子挪到小灵通身边,见小灵通已不再避让她,就把头靠在小灵通的肩上。小灵通一扭头,嘴唇已碰到了女人的额头,女人嘴里呼吸的气息,和着浑身的香水味,刺激着男人的本能。小灵通起身付了茶水钱,拉了一把衮雪妹,就朝西面城墙根的灌木丛中走去。这时天已完全黑下来了,小灵通往树丛中一躺,衮雪妹就往他的怀里钻,小灵通只当身上这女人是花彩棉了,就缠绵起来。

第十六章　贼娃子

落日还恨地流金，风尘路远难归心。

鱼龙乱窜潜污水，纸醉金迷泣哀音。

可怜银北回水远，可叹六盘西望深。

贫家女儿愁苦意，沥沥辛酸才登临。

　　沙舟逃离书院门时，除了一张两万元的欠条，他没有从长安带走啥。他也不知道是回甘肃渭源夏家河乡，还是去再找他有神经病的老婆，走时他还没有忘记他落在和乐巷出租屋里那心爱的铜盆，但他不敢返回去取，因为他还欠着房东的房租。他从裱画铺里出来，手里捏着老杨塞到自己手里的几十块钱盘缠，他的心已经死了。他恨毛笔，恨宣纸，更恨画画，它让他心贪，让他落到了这步田地，书院门是吃人不吐骨头的地方。从此以后，沙舟在书院门消失了。沙舟逃走了，他在和乐巷的出租屋让酒疯子住了。酒疯子接到倒闭的钢厂通知，让他回去办了下岗手续，每个月厂里有一点生活费发给他，他就在和乐巷租了沙舟曾经住过的工作室，从此他就再也不回卧龙寺墙角的老槐树树洞里了。酒疯子舍不得树洞，他在这个树洞里蜗居了几年，对这棵老槐树还生出了依依不舍之情。就是酒疯子再有不舍，还是离开了这个半人半神的修行之地。酒疯子来到和乐巷的出租屋，房东见他第一面心里就发怵:这疯疯癫癫、成天抱着酒瓶子的疯子鬼能按时付房租吗？如果再碰上个像沙舟那样不靠谱的房客就不好办了。房东还是吸取了上次的教训,先让他交了押金试住三个月,最后见他月租能按时付清,就把沙舟的架子床、铺的盖的还有那铜洗脚盆,拿塑料布一卷,再一捆,打包都甩给了酒疯子。酒疯子十几年前在华阳镇上一座没落的茶商旧宅里见过一幅仇十洲画的工笔猫头鹰,印象很深。他嘴一沾酒,猫头鹰就满脑子飞,闹得他头大睡不着觉。现在每天喝酒身子一乏,用铜盆把脸一洗,猫头鹰就飞跑了,日子一长,就连夜里睡觉还抱着铜盆不撒手。

再说神笔一枝梅,自从和那个金大老板结了缘分,起初还有个念想,几个月后,他把两个人的口头约定也忘了,每天依旧和鸡娃王比邻摆摊,鸡娃王唱眉户《梁秋燕》,神笔一枝梅吹着笛子在一旁伴奏。街上的混混们都说,字画卖不动了,他俩是闲得无聊,闹着玩呢!鸡娃王也纳闷,他和肚兜也有两个多月没联系了,也不知道她又跟哪个野男人跑了。鸡娃王想着就给肚兜打电话,但见天地电话联系,就是打不通。神笔一枝梅正陶醉地吹笛子,接到了金大老板从上海打来的电话,说是让他一周内准备好,动身赴上海笔会。神笔一枝梅很兴奋,到裱画铺找到老杨说好了过几天一块去上海。在金大老板电话邀约时,一枝梅没有提老杨和他一块前往上海的这个枝节。正是一枝梅和老杨同行,才把一枝梅救了。

在书院门混的贼娃子有几伙。让老杨抓住的这个贼娃子,在断碑根铐了一天一夜,到了派出所没多长时间就被教育释放了。释放的时候,要交罚金,贼娃子就给肚兜打电话,最后肚兜去了派出所,把贼娃子赎出来了。贼娃子早就和肚兜认识,彼此知道对方的"深浅长短",贼娃子是肚兜的第一个客人,在流金岁月认识的。肚兜才下海时,还妄想着卖艺不卖身,但常在河边走哪有不湿鞋的,有一回贼娃子一伙扒窃一个外国人,就在鸡娃王的摊前。外国游客正在和鸡娃王讨价还价之时,贼娃子就下手而且很快还得手了。贼娃子一个人进了流金岁月歌舞厅,这天在包间陪他的是肚兜,贼娃子喝点酒,肚兜的鲜肉在他眼前波涛汹涌着,贼娃子耐不住了,借着酒劲就按

住了身旁的肚兜。等贼娃子把浑身的力用完,起身再喝酒时,肚兜起身往厕所跑。她不想在流金岁月干了,她想回老家银北回水湾,回去过童年的日子,每天稀的稠的总有一碗吃,漫山遍野地跑,没人管。"落日还恨地流金,风尘路远难归心。鱼龙乱窜潜污水,纸醉金迷泣哀音。哀怜银北回水远,可叹六盘西望深。贫家女儿愁苦意,沥沥辛酸才登临。"在流金岁月歌舞厅外的书院门大街上,传来了酒疯子悠长而又高亢的吼声,酒疯子又喝醉了。肚兜上完厕所,她把钱数了数,她要存钱,把钱存得多多的。

第十七章　狂　禅

花自凋零水自流，各有去路难牵手。

张网以待贼才笑，意外脱险愁沽酒。

苏州河畔内讧起，西返潼关匪勾连。

狂禅借酒露峥嵘，不倒流金不罢休。

　　肚兜离开书院门之前要找一个人，这人不是鸡娃王而是小灵通。在书院门正街上，肚兜最佩服的人就是这个头脑灵活、肯吃苦的安徽小伙。眼见着小灵通事业有了起色，她回想起前几年小灵通在流金岁月包间里陪客人消费，和小灵通一起来的男人个个如狼似虎，唯独小灵通斯斯文文地坐在包间外面给客人守门，说是怕遇到意外，扫了客人的兴。还有一回，肚兜和鸡娃王在永宁城门外刚吵了架，起因是肚兜的老家回水湾的祖屋要修缮需要钱。她手里没攒上钱，就把鸡娃王叫到城门外，想让鸡娃王先出点钱帮她一把。鸡娃王一听扭屁股就走，肚兜追上他，连骂带央求，还是无济于事。正当两个人纠缠不清的时候，让经过的小灵通出面解了围。小灵通给肚兜借了这笔钱，虽然钱不多，也就两千元钱，但肚兜知道小灵通是个好人。她要找小灵通，说自己需要帮助，她不愿意跟着贼娃子入黑道。如果在老家，她碰上了小灵通，那他们就在山沟里过一辈子。肚兜和贼娃子走以前，她要和

小灵通说说话,想让小灵通救她。晚上,肚兜来画廊找小灵通,但见大门紧闭,她就敲了一会儿画廊的门。小灵通从门缝里看见是肚兜,既不出声也不开门,最后肚兜失望地在门外喊:"小灵通,你等着,我还会来找你!"肚兜揣着绝望离开了书院门,穿过南大街地下通道时,听到了地下通道卖唱小伙的歌声:"而今当你说你将会离去,忽然间我开始失去我自己。你可知道我爱你想你念你怨你……"她站在卖唱小伙跟前,已哭成了泪人。

神笔一枝梅收到了金大老板汇来的邀请他到上海笔会的交通费。他草草地收拾了行囊,带着在书院门打天下的神笔和老杨一起乘火车往上海去了。第二天晚上在上海闵行下了火车,左等右等不见人来接,他们给金老板打电话,金老板说公司的女秘书小杜已经去接了,马上就到。两个人才安下心来蹲在出站口,盼星星盼月亮地等着,一个多小时过去了,还是不见秘书小杜的影子,再给金大老板打电话,就打不通了。这让一枝梅一头的雾水,老杨也想不明白啥地方出了问题。两个人一商量,先在火车站附近住一晚,等天亮再说。老杨心里嘀咕:都说坑人是为了利己,今天碰上的事还真把他弄糊涂了。想着想着就打起了鼾声。神笔一枝梅也在床上翻来覆去睡不着,见老杨睡了,他一个人起身喝起了闷酒。

实际情况是,金大老板说去接站的女秘书小杜,就是肚兜。她先到了上海闵行火车站,老远地站在出站口等着神笔一枝梅,但同时也看见了跟在一枝梅身边的老杨。肚兜傻了眼,老杨在书院门不但见过她而且还认识,如果老杨发现来接站的是肚兜,肯定会起疑心,肚兜就电话告知金大老板,让换人来接。金大老板一想,钓一枝梅的买卖一开局就出了岔子,感到凶多吉少,他让肚兜不要露面,立刻就取消了这个计划周全的买卖。神笔一枝梅和老杨侥幸躲过了一劫,但他俩稀里糊涂地不知个中原委,在上海闵行火车站又等了两天。两个老头一个在火车站出站口死等女秘书小杜,另一个围着火车站广场转圈圈,一边不停地给金大老板打电话。

"红红的太阳刚刚升起,满街的贼娃子九点就起。贼眼不闲,四爪忙乱……"酒疯子又在街上疯吼着进了流金岁月歌舞厅,他也要高消费一回。

他不坐包间,他要坐到最前排看表演、听唱歌。酒疯子点了酒,只顾自己喝,一会儿鸡娃王也来了,就坐在酒疯子的旁边。鸡娃王不停地在红男绿女中寻找肚兜。说实在的,鸡娃王还真是想肚兜了,怀里揣着几百元钱就来了。

　　酒疯子在流金岁月歌舞厅里喝醉了,疯疯癫癫地要砸流金岁月歌舞厅。那天晚上,人家模特正在T台上为酒客走秀,酒疯子也不知哪来了一股子猛劲,把喝空的酒瓶子就砸到表演的舞台上,疯吼着让台上的模特给他打酒喝。一边吼着,一边在台上闹,吓得模特大呼小叫地四处乱跑,把个流金岁月的夜场表演给搅和了。歌舞厅的保安蜂拥着朝酒疯子扑过来,酒疯子猫着腰,避开刺眼的灯光,把手里的空酒瓶像手榴弹一样朝保安砸过去,只听到哗啦哗啦瓶子摔在地上的声音,吓得保安呼啦一下趴在地上。酒疯子把空酒瓶子扔完了,就一头栽在台上。几个胆子大先冲上来的保安,七手八脚就把酒疯子抬起来,扔出了流金岁月的大门。酒疯子的头碰在了门外的树干上,脑门子上顿时起了一个大包,紧接着鸡娃王也被歌舞厅撵了出来。后来鸡娃王见了酒疯子就拱手抱拳,嚷嚷着说酒疯子酒量好。原来鸡娃王到流金岁月找不到肚兜,酒疯子见他情绪不好跟丢了魂一样,就故意和他说,他俩今夜在流金岁月喝酒看表演消费一晚上都不用花钱,老板不会问他俩要钱。鸡娃王不信,还反问如果酒疯子输了咋办?疯子说他今天一定把肚兜领到鸡娃王面前成就他俩的好事,如果鸡娃王输了,今夜流金岁月老板真为他俩消费免了单,鸡娃王从今往后要给酒疯子下半辈子喝的酒全部埋单。两个人酒桌上打的赌,鸡娃王以为是玩笑话,没想到酒疯子就上演砸场子的狂戏。当时还真把鸡娃王吓得腿软走不动路了,最后他是让歌舞厅保安给架出来的。不过他俩在流金岁月的消费还真没有埋单,歌舞厅的张大老板知道整天在街上闲逛、喝得烂醉、发疯发狂的酒疯子是个什么货色。后来鸡娃王一见酒疯子就拱手抱拳,张罗着给疯子打酒喝。

第十八章　逃　离

东海水漾晴天暖,局如沙吹白日阴。

坐困闵行遇故知,车轮滚滚回家人。

风吹蒹葭怜幽草,大河滔滔动杏林。

后悔流连一杯酒,踏进阴曹地府门。

　　神笔一枝梅和裱画老杨在上海闵行火车站等到第三天晌午,正一筹莫展之时,裱画老杨眼前突然一亮,看见不远处的停车场一辆吉普车眼熟,车身上用漆喷绘着"中华猴大王万里行全国送书画活动"的大字,同时还有各种各样的一笔猴寿图案。裱画老杨高兴得一拍手,就如同找到救星一般,这肯定是在书院门摆过地摊卖猴寿字画的猴大王的车。裱画老杨一边这样想着,一边拉着神笔一枝梅跑过去,坐在车旁等车主回来。裱画老杨来书院门时间长,猴大王他认识,而且还有点交情。猴大王在书院门摆摊时,常在老杨的裱画铺里裱猴寿字画。

　　还真是,时间不太长猴大王回来了,他忙着和裱画老杨握手,裱画老杨也介绍神笔一枝梅和猴大王认识。老杨把眼下的遭遇和猴大王一说,猴大王说他俩上当了。猴大王才来书院门时间不久也让贼人盯上过,后来也是散财消灾。他俩现在还算幸运,只是空跑了一趟,既未折财,也没有生命危险,只是眼

68

下碰上点暂时的困难。最后猴大王豪爽地说,他明天就回长安,让他俩搭他的顺风车,不到两天就到,路上花费也不用他俩操心。猴大王现在是名人了,还上了《中华世界名人大辞典》,不管到哪里粉丝也多,吃呀住呀都有人管,临走时只要写几幅猴寿字画留下就行了。这真是"久旱逢甘霖,他乡遇故知",老杨也学书院门酒疯子的架势唱了一嗓子,但听着总不如酒疯子的韵味好。

第二天一大早,三个人就上路了。车轮飞快,到了下午就进入河南境,天还没黑就到了三门峡。坐在猴大王的车上,一枝梅没有一点精神,去上海这件事让他情绪低落。一路上猴大王的粉丝的确有过盛情接待,在喝酒吃肉的场面上,都是猴大王唱主角,在人面前风光亮堂。一枝梅也不便过多张扬,连一张长安神笔一枝梅的名片都没往外撒。等车到了潼关县武装部,宾主开怀畅饮之时,有一个当地的企业家来了。他一进门就认出了长安神笔一枝梅,这使猴大王面露愠色,老大的不愉快。不过猴大王到底是名人,这点不快只在猴大王脸上一闪而过,他的心胸还是能容这点委屈的。一枝梅心情好了许多,吃喝完毕,把他的开花字也写了几幅,赢了个满堂喝彩,一枝梅的兜里也挣了个红包。他咋想都觉得过意不去,从信封里抽了一半硬是塞到猴大王的裤兜里。猴大王不要,一枝梅塞在猴大王的口袋里的手也不往回缩,只说这是他和裱画老杨的路费,一定要让猴大王收着。最后猴大王也不再争辩了,神笔一枝梅才把手收回来。猴大王说一枝梅一看就是江湖上能交的真朋友,以后有机会,一定要好好合作几把,共同发财。把个老杨看得又是羡慕又是拍手,这里没有桃园,要是有,三个老头子还真要歃血为盟,桃园三结义了。

席间来晚的企业家,听说了三个人的江湖遭遇,一边向长安来的书法名家敬酒夹菜,一边感叹行走江湖的风云莫测,酒桌子上的气氛一下子冷清起来,企业家提议"门前半瓶一吮当",大家猜拳行令一醉方休。县武装部是请客的主家,推说明天要上班,不宜多喝,最后提议各人自清门前酒,结束宴饮。老杨突然想起要回河南巩县老家办点事,这让猴大王和一枝梅感到意外,不知其中原因,也不便追问。县武装部的公车明天刚好要去郑州,就说定了让老杨搭便车路过巩县时下车回家。

第十九章　女明星

柳絮漫天茉莉飞，西湖碧水花争艳。
闻香红鱼惊涛起，莺啼柳梢只影单。
流泉一壶月在口，坐饮清茶境如禅。
素袖推杯不忍去，风打珠帘暮潇潇。

　　沙舟被派出所抓走的消息让秦巨江高兴了几天。从开始打假到把沙舟抓获归案，这次打假行动可以说非常圆满，秦巨江不仅又在长安，甚至在全国，大大火了一把。这使他想起了他的父亲秦岭云这位二十世纪中国画绘画大师。一时洛阳纸贵，一幅秦岭云的真迹，拍卖行一拍，动不动就是天文数字。真应了打仗亲兄弟、画坛父子兵的老话。父亲是大师，活着时没机会享福，到了儿子辈上可真是享用不尽了。不过秦巨江不想沾祖上的光，他凭着自己的真本事立志开创一片长安画坛的新天地。

　　这几天秦巨江接到了杭州方面的邀请，以画会友、学术交流。出面办笔会的是温州的大老板，他们有意收藏秦巨江的关中老头水墨画，并想和这位自己心目中的大师见上一面，当面求一幅画作。杭州是一个暖风熏得文人墨客醉卧花下死都愿意的繁华之地。秦巨江是个谨慎的人，一旦离开长安远行，红尘凡事丝毫不染，绝不参加预先不通知、不计划的公关活动，因为秦

70

巨江的身价是不能随便降低的。至于碰到美女色诱，为了防止遭人暗算，秦巨江自有打算，他把衮雪妹带在身边，不但使钱塘的采风之旅旖旎风光，还能在异地他乡返老还童，聊发一次少年狂，醉生梦死地生吞活剥一回衮雪妹。衮雪妹是个聪明的女人，她知道自己想要的一切都能得到，但要拿自己的身子去交换，如果自己今生还可能有锦衣玉食的荣华和富贵，就要靠这个年纪已过半百的大富大贵之人给自己的回报了。

衮雪妹给韩勇请了病假，就和秦巨江一同去了杭州。都说上有天堂下有苏杭，衮雪妹没有去过江南，但对美丽的西子湖、六和塔、灵隐寺也早有耳闻，更听说西湖美女赛过七仙女，这回去真要见识一下江南美女是啥模样，但她自信自己也一定不逊色于她们。

雪后的西湖别有一番韵味，天阴沉着，一丝微风掠过柳梢，柳梢轻佻地飘动着，朝不远处的桃树打着招呼。桃枝微微晃动着，上面的残雪尚未褪尽，桃枝上的水滴就像少女水汪汪的媚眼，让从树下经过的人不由得多看几眼。远处的湖面没有一艘船帆，水波荡漾着，湿润的空气中带着寒意。三潭印月的石幢如同孤独的老人在水中暗自落泪，一层淡淡的薄雾缓慢地飘过来，把个西湖渲染成了云烟袅袅的水墨画。等两个人在西湖边上一家静谧、隐蔽的别墅式小宾馆安顿好后，天已黑严了。江南地区比长安黑得早，柳条拍打着窗户发出啪啪的声音，听着让人心慌，衮雪妹独自一人望着黑夜嘤嘤地哭起来。秦巨江是过来人，他知道衮雪妹在哭什么，想要什么。他能给衮雪妹心里想的东西，只要他愿意。衮雪妹能跟秦巨江一同来杭州，是得到了秦巨江的承诺，同时她又是忐忑不安的，她和秦巨江的关系对她来说是个全新的挑战，她下定了决心，只要回报丰厚，她可以永远做秦巨江的女人，她甚至想到了和秦巨江结婚。

第二天，他俩住的小宾馆突然住进了一个电影摄制组，电影的名字是《猴王》。秦巨江和衮雪妹都一惊：难道长安城书院门的猴大王，名气大得都要拍电影了？他俩听着在酒店大堂进进出出的摄制组成员们都操一口京腔说话，判断出这摄制组与书院门的猴大王没有啥关系，这才放下心来。到了

晚上小宾馆也不安静了,宾馆的走廊里、大堂上到处都是扮演小猴子的一群男娃在练功翻筋斗。秦巨江推门出去给宾馆提抗议,见剧组的一位女演员正在打电话,哭得死去活来,好像是她的男朋友和别的女人好上了,要和她绝交。这女演员说着说着一头栽倒在大堂的沙发上昏过去了,然后就是一阵混乱……秦巨江趁机瞄了一眼沙发上的女演员,认出来她是头几年秦巨江在北京出席全国美展上的嘉宾主持。等医生来了,只用了一会儿工夫,女演员就苏醒过来了。医生说女演员没有大毛病,只是累了,好好休息就会恢复。女演员开口了:"秦大师,今儿个咱可算是他乡遇故知了,你还欠我一幅画呢!"秦巨江盯着女演员看,嘴里喃喃道:"没忘,没忘!那怎么能忘呢!"女演员两眼闪着光继续说:"这回我可算把你逮住了!大师你可跑不了了!"女演员紧握着秦巨江的手不松开。

第二天一早,女演员果然来拜访秦巨江,说是一会儿还要出外景拍戏,让秦巨江一定等她回来。还说刚好浙江艺术学院离此地不远,她已约好几个杭州艺术学院的画坛名流,在"断桥残雪"和秦巨江雅聚。她瞥见了秦巨江身后的衮雪妹,招招手,莞尔一笑,叮咛秦巨江一定要赴约。"断桥残雪"是许仙和白娘子相遇定情的地方,安排在此雅聚,可谓用心良苦,特为纪念她和秦巨江他乡遇故知、平生难得一相逢的喜事!秦巨江明了此中真味,也有意不在衮雪妹面前点破。这意外的插曲,让秦巨江和衮雪妹始料未及,他们早到一周,时间还很充裕,只是两个人的秘密幽会被《猴王》摄制组打断了。但是衮雪妹兴致很高,一副很好玩的神态,她很想和这些影视界的人拉扯结交,既然远在他乡,彼此结了缘分,他俩就只能顺其自然了。

女演员是《猴王》剧组的女一号,时下当红的女明星,她的一举一动引人注目。酒店老板知道自己酒店里还住着个画坛名流,在全国都是响当当的,就盛情邀秦巨江为饭店作画,这着实让秦巨江盛情难却。秦巨江自有主意,他和衮雪妹商定,对方不出到秦巨江身价的买画钱,他绝不动笔。具体操作办法是,两人一红一白摆开阵势,和酒店的老板过招,不见现钱绝不动笔画画。衮雪妹是个聪明人,只把秦巨江的田黄石印章往手里一攥,说道:"你只管画画,没有印把子,让他们干瞪眼去。"秦巨江满意地点头,心想,这真是个好办法,得罪人的事就让衮雪妹去玩,只要钱到手,一切都不在话下。但有一个人要例外,那就是《猴王》剧组的女明星。大师叮嘱衮雪妹,他以后到北京少不了要和女明星打交道,求她帮忙的事肯定有,叫衮雪妹不要在她面前提钱的事。酒店老板趁女明星出外景的空当,邀请秦巨江去酒店荷花亭雅聚,两个人一进去就看见桌子上有笔墨伺候着,美女一大群等着和他俩过招。酒店老板只求秦大师留下一幅墨宝,作为永久的珍藏,要装框挂在酒店的总统套房里。秦巨江也一口答应,等吃喝完毕,挥毫立就一幅六尺《西湖荷花》水墨图,酒店老板带着一大帮美女鼓掌喝彩,又是拍照又是合影,但绝口不提钱的事。秦巨江也显得大气,笔一摆下,净手坐下,继续观赏美女的表演,直到日头西下,才和衮雪妹返回房间休息。不一会儿女明星就来了,说是要在"断桥残雪"的望月阁雅聚,日子和包间都订好了。秦巨江答应一定和杭州的同道相聚笔会,多谢她的出面主持,遂请女明星点题,承诺精心创作一幅画作让她留存。女明星心情大好,把秦巨江一声声叫着大哥,咯咯的笑声,在房间里回响。这时酒店老板敲门进来了,后面跟着个美女秘书,说是秦大师忘了给《西湖荷花》图上盖章。女明星见他们有事商量,就转身出去了。秦巨江送女明星出去就再也没回来。酒店老板等了很长时间不见秦巨江回来,就问衮雪妹原因,衮雪妹说了秦巨江一幅六尺水墨画的身价,酒店老板故作明白状,让身后的秘书,提上大捆的人民币回到包房。衮雪妹一见这些钞票摆在眼前,便在展开的《西湖荷花》图上盖上了秦巨江的田黄印章。

　　"断桥残雪"的雅聚,在女明星的组织下如期进行。一帮文人雅士和两个天仙一样的美人在"茶禅一味"品茗欢聚。秦巨江和衮雪妹一上二楼望月阁,见女明星和杭州的几个书画名流已在座等候,背后的竹帘卷起一半,西湖美景一收眼底,相互寒暄过后喝茶聊天。开席前,一浑身着素白连衣裙貌若白娘子的女服务员提议开席前先行茶令:茶杯推到谁面前,谁就是白娘子的情郎许仙,情郎是不能白做的,必须当着众人赋诗一首,或讲故事,不然就

喝掉白娘子手里的满壶茶,直到喝得肚胀认输为止。众人齐声赞同叫好,行茶令就开始了。白娘子的第一杯茶就到了秦巨江的面前,因为白娘子明白谁是今天的主宾。大家起哄怂恿秦巨江对白娘子回以郎意。秦巨江也毫不含糊,张口就来:"断桥残雪未消融,三潭印月静无声。含苞桃枝早春俏,朗心相印断桥亭。喇叭诵经飞来峰,悲欣交集茅屋清。无心西子晴方好,息霜同度众苦生。"杭州的名流听罢,先是一静,再就鼓起掌来。"好诗!好一个'息霜同度众苦生'!"白娘子低眉颔首,甜甜一笑,又是一杯茶推过来到了他面前,大家重又聚焦秦巨江。只见他清了清嗓子再吟道:"柳絮漫天茉莉飞,浪卷碧水雪花追。闻香红鱼惊涛起,莺啼白花思君归。"刚吟诵完,又爆发了一阵热烈的掌声。"这首诗是吟给白娘子的!茉莉花就是白娘子啊!"不知谁说了一句,白娘子脸颊这时已染了一层淡淡的红晕。"藏头诗,每句打头的字连在一起,就是'柳浪闻莺',妙!妙!妙!"扎辫子的名流说出了这首诗的奥妙。这时女明星和衮雪妹不约而同地会心一笑。白娘子又一杯茶推到女明星面前。一帮男人见状让她即席表演一段电影片段,这个美人也不推辞,起身清唱起来:"雪未残,桃花俏,伤春二字空中飘。似这般相思萦牵绕。春呀!你到底知道不知道?哎呀,奴家我心一样焦,要知道女儿心肠,哪个女儿不想郎?只要郎情真心真意一世长,哎呀呀!情郎你到底怎么想?哎呀呀……"女明星迷得一帮男人口水都要流出来了。白娘子又把茶杯推到了扎辫子的杭州名流面前,看他怎么应和。这位杭州名流用手梳理了一下辫子吟道:"流泉一壶望月间,坐饮青茶境如禅。素袖推杯不忍去,风打竹帘暮潺潺。""这是一首禅悟诗。"秦巨江立刻应道,"颇有唐代僧人灵一的风骨!"大家还正在琢磨诗的意思时,秦巨江品出此诗的妙处,继续赞赏道:"在座各位,我们已入了西子湖畔的饮茶禅境了!'风打竹帘暮潺潺'。"他口诵着这句诗分别看了看女明星、衮雪妹,最后把眼光停在了白娘子身上。白娘子见每个客人茶喝得差不多了,就起身告辞。随后就上了一大桌海鲜。返回酒店的路上,衮雪妹让女明星第二天一大早就来房间取秦巨江送给她的画作,秦大师对画好这幅画已成竹在胸。

回到房间,两个人都累了,相拥着睡去了。半夜秦巨江起身,在桌前凝思一会儿,下笔勾连点染,时间不长,女明星的水墨肖像就在他笔下跃然而出。

　　第二天一早,女明星匆匆忙忙地取走了秦巨江为她画的《美人桃花》图,就赶外景拍摄去了。秦巨江和衮雪妹坐着浙江艺术学院的小车,只用了半个小时就到了学院的大门口。他俩从车窗望出去,外面的欢迎场面让他俩有些意外,学生的热情还真让秦巨江热泪盈眶,一旁的衮雪妹用崇拜的目光仰视着他,心里头有说不出的甜。

第二十章　鉴　宝

浪里行船人已倦,玩古道行心惟危。

偷闲半日才驻足,元瓷珍宝自钩心。

龙飞凤舞息天籁,魂牵梦回不忍归。

卧榻推被聚光冷,故人漫传天子音。

广东富翁年轻的时候在岭南一家工艺美术厂当过美工,厂子主要生产工艺画框、玻璃雕刻。改革开放,让广东沿海最早受益,他辞去铁饭碗下海经商,从店堂装修做起,几年以后就开始承包建筑工程,才十几年的工夫,生意就做大了。广东富翁把第二个事业的目标选在了十三朝古都的长安城。他先在长安考察了几个月,就下定了决心。夫人也随他一同来长安打天下,永宁城门外方圆几公里的大片地产都由他建设开发。他把公司的日常事务往夫人儿子手上一交,就忙里偷闲在书院门逛,观展览、玩古玩、欣赏字画。有时在小灵通的画廊里也铺纸蘸墨写上几幅狂草。他欣赏名公的行书书法,手头有名公各个时期出版的书法作品集,一有闲就琢磨一下写上几笔,倒是逍遥自在。

关中书院外的长廊子下面好玩,有时酒疯子也在,见他从狗嘴里接过酒瓶,仰着脖子就喝的场面更是有意思,广东富翁索性就往廊沿下一坐,听酒

疯子的疯话。

鸡娃王还没到中午生意就开张了，一枝梅心也急，铺纸现场挥毫，在游客面前写他的绝活开花字，引得一大群游客拍手叫好。酒疯子和一大堆帮闲在一旁吆喝起来，还真有个外国老师从神笔一枝梅手里头请了一幅开花字，书写的内容是外国老师的中文翻译名字。外国老师和一帮子学生娃们手里举着神笔一枝梅的开花字和两个老头、酒疯子以及一帮混混们合影留念。广东富翁受到气氛感染，提议要打酒给大家喝，想再观摩一枝梅走笔如飞的用笔绝活和开花字的花瓣儿是咋个一笔弄出来的。等一枝梅给广东富翁演示完了，撂下毛笔在画案上，酒疯子早已打来了酒，还买了一大包长安书院门街头的梆梆肉做下酒菜，一伙人就吃喝起来。富翁也没啥架子，往青砖台阶上一坐，听酒疯子的疯吼声。酒疯子三口酒下肚，就扯着嗓子吼上了："庚辰焦阳孟冬雪，文雅书卷置成摊。风卷白沙案上走，狂风暴雨泼脸面。忽遇故交佛塔下，满目热泪无言答。风吹日晒难回首，一团卧龙问因缘。"吼罢，不尽兴，又吼上了，"关中书院书画摊，糊口行当卑微贱。门里老婆心思异，鸿鹄一飞永不还。风霜雨雪廊檐下，城管扫荡忙躲闪。形同陌路不相认，尴尬无颜面对面。"吼完了这一段，拉着鸡娃王让他倒酒，鸡娃王一边挣脱着一边喊："这狗日的疯子是我的克星，非把我的摊子搅黄了不可！"酒疯子又吼："人生从来不如意，都要认命命不同。富贵贫贱啥不顶，最后青烟飘上天。卧龙参禅迷雾散，般若极乐转瞬间。有肉吃还有酒喝，大梦不醒赛神仙。"酒疯子唱着吃着，抓起鸡娃王案子上的一张宣纸，先擦了嘴再一揉，擦起手来。鸡娃王在一旁看着张口骂他："有辱斯文。"酒疯子也不依不饶地回他："为老不尊。"广东富翁听了酒疯子吼出的打油诗，不觉得好笑反倒感觉沉重，酒也喝不下了，起身在一枝梅的画案上用毛笔比画着，琢磨一枝梅的用笔诀窍。

鸡娃王摊前的人气一旺，街串子和混混们也来凑热闹，推销手里的商品画。有的举着下山虎，有的手里托着几幅红艳艳的大牡丹在人群里兜售着，价格才十几元一幅。神笔一枝梅不解，仔细盯着这伙人手里的画，不像人工

画的,凭一枝梅的眼力,不难看出这些国画不是手绘丹青,而是印刷的,不然价格不会如此之低。再一想,最近街上的老虎王、牡丹王还有荷花王、蝴蝶王好像有日子都见不着了,原因一定就在这里——人是打不过机器的,不管你啥啥大王本事再大,把你累死一天画个三幅五幅,印刷机开关一合,一天几万幅都能印出来。想到这里,神笔一枝梅脖子后头直冒冷汗,等到了他的开花字也让人开机印刷的那一天……他不敢往下想了,捏毛笔的手也渗出了一把汗。

午后的书院门正街,游客渐渐多起来,滚烫的阳光照到街上,青砖灰瓦的店铺高高低低错落着,打酒狗卧在关中书院的廊檐尽头无精打采地睡着。太阳把书院门变成了蒸笼,鸡娃王喝点酒沉沉地睡在他的逍遥椅上。

广东富翁写了一阵子书法,告别一枝梅去了小灵通的画廊,他想在小灵通那里休息到下午,晚上和小灵通一块到韩勇的饭店吃火锅。他一进小灵通的画廊,见小灵通正和花彩棉说话,他也不打扰,上二楼去,在二楼的躺椅上看了一会儿书倒头睡过去了。楼下花彩棉告诉小灵通,一会儿电影明星张大林要来书院门逛,这几天大明星在长安电视台录制节目,恰好长安电视台安排花彩棉接待,又加上张大林发迹之前在长安一家公司当了几年搬运工,对故乡有很深的眷恋之情。张大林在北京就听说这几年书院门很火,堪比北京的琉璃厂,有心看看长安名胜街市书院门的光景,这会儿马上就要到书院门正街了。花彩棉提前赶到书院门打前站,为大明星选几个有档次的去处参观。花彩棉计划让张大林来小灵通的画廊,欣赏长安文化名流的笔墨丹青艺术。最后她带着崇拜神情说:"张大林上电影学院以前,也是学画画的,连美院都考上了。"小灵通心想,彩棉交往的平台高了,往来的都是大明星级别的人物。他这边想着心事,花彩棉那边电话就响了,说是大明星及随行一伙伙人的车子已到了书院门。花彩棉掏出镜子照一照自己,一边跨出画廊的大门,说他们一会儿就会来店里参观鉴赏。

工夫不大,一伙子人一下子就拥到了小灵通的画廊里。人群中个子最高光着头的男人,就是大明星张大林,身后跟着一大群助理,当然还有电视台的陪同花彩棉。热情的粉丝们往张大林身边挤，几个助理一面推挡着，一面护着大明星进了画廊的门。画廊的大门早已被粉丝们堵严实了，外面嘈杂起来，竟有人带头鼓起了掌，也有人在傻笑，场面很滑稽。大明星只用眼一扫画廊挂的长安名流书画作品，一副没有啥的样子。他开口问咋没有"秦岭画派"大师秦岭云的山水大作，小灵通反应过来后直摇头说很难收藏到这样的作品。花彩棉在一旁仰慕地望着大明星，也顾不上理睬小灵通。大明星一脸的遗憾，挥挥手转身要出小灵通的画廊。小灵通赶紧说："本画廊二楼有难得一见的收藏品！"大明星淡淡地说："那就饱个眼福吧！"说着上了二楼。花彩棉一边跟上去，一边朝小灵通使着眼色，小灵通心领神会地堵住楼梯口，不让别的人上去。大家还真理解，就都止住了脚步不上去了。花彩棉陪大明星上了画廊二楼，见广东富翁正弓着腰，打着聚光灯鉴赏着元青花梅瓶。大明星叹道："莫道君行早，更有早行人！"广东富翁见到大明星，客气地往后让了半步，继续欣赏着。大明星看得很仔细，好像身边的人都不存在似的。大明星用一只手摸着光脑门子，停顿了一下低声说道："不过是景德镇高仿的。"说完谁也不看，就往楼下走。花彩棉也跟着下了楼，一大伙子人蜂拥着出了画廊的门。花彩棉离开画廊时，给小灵通撂下一句话："别关门，等着我回来。"等大明星走了，广东富翁静静地回味着刚才发生的一切，等小灵通上了楼，把大明星说的话告诉了小灵通。

天还没黑，书院门的正街上人正是多的时候，花彩棉回来了，要和小灵通一起去逛街。小灵通说广东富翁就在楼上休息，晚上要和他一块到韩勇的大饭店吃火锅，让花彩棉一同去。花彩棉继续问小灵通秦岭云是谁，名气这么大，让大明星满长安找他的书画真迹。小灵通告诉她，秦岭云已去世多年，但一幅作品的价格已涨到五六百万之巨。花彩棉愕然道："难怪大明星满书院门地找秦岭云呢！"然后又自言自语，"大明星说秦岭云的画价一两年内会涨过千万元大关。要是手里有一幅秦岭云的真迹，这一辈子啥都可以不干了。"花彩棉说到这里露出了惋惜的神色。小灵通被花彩棉触动了："我去楼上叫广东富翁，咱们去吃火锅，今天他请客。"两个人正说着，广东富翁

79

就下楼来,三个人一块去了韩勇的酒店。到了酒店门外,见很多食客在外面排队等座,手里头拿着有编号的小白条,一派热火朝天的景象。个别眼尖的食客见宝马车里下来了长安电视台的美女主持花彩棉,就窃窃私语起来。一会儿韩勇亲自出来迎接,一行人还没等食客围上花美人,就被迎进了三楼的观景台式包厢里。包厢的楼下是个大舞台,准备了歌舞表演,身后的服务生推着不锈钢流动餐车,上面整整齐齐地摆放着各种各样的时令美味佳肴,任由食客取食。包厢里早有名公在等候,几个人落座就开席了,火锅里腾腾地冒着热气。这时大家才注意到在名公的身后站着一个年龄约二十多岁的后生,是名公的跟班儿。名公介绍说,他是才从山里头出来的,姓曹,名公叫他小草。他在电视里见到名公很是崇拜,扔下了锄头和老婆娃,徒步来到长安拜名公为师,愿意侍候名公一辈子来学习名公的书法技巧。名公听了小草的志向,激动得两眼冒光。但一个年轻后生整天跟在屁股后头也不是个办法,就想让韩勇在酒店里给他找个干杂活的差事,让他先混个肚儿圆再说,至于书法研习也不是着急的事情,得一步步慢慢来。小灵通问小草天赋如何,名公只说孺子可教。

包厢下面的歌舞表演开始了,一群红男绿女又唱又跳,五彩灯光乱闪,把个大堂闹腾得热闹异常。幕间休息,大堂所有的灯都打开了,主持人上来说是趁幕间休息活跃气氛搞现场书画拍卖。只见两个美女拉开一卷卷画轴,在主持人的拍卖声中,一百二百地叫卖开来,美女朝来取画的食客报以迷人的微笑。幕间休息的二三十分钟里,一卷卷山水、牡丹花、荷花和上山虎、下山虎,还有一幅幅猴寿图,都千儿八百地成交。下一幕的表演又开始了,花彩棉把头靠在小灵通的肩头,两眼微闭想着心事。电话铃响了,是台领导公子打给她的,邀约着去看汽车展,说碰上花彩棉中意的就往家开。小灵通大约听到了他们的电话内容,内心焦灼起来。花彩棉烦躁地挂了电话,两只手拽得小灵通的胳膊生疼,小灵通也不作声。

小灵通也想给花彩棉送汽车、送别墅,把花彩棉娶到屋里头。想到这里,他朝韩勇面前凑了凑,问他对元青花梅瓶的观感如何。韩勇说约个时间,他要亲眼鉴赏实物,如果小灵通能忍痛割爱卖给他,钱不是问题。韩勇的答复让小灵通兴奋,他收藏的元青花梅瓶要是真能变现,别说是别墅名车,就是韩勇这大酒店也能买下来送给花彩棉。小灵通见韩勇又和广东富翁谈得投机,也不好敲定鉴赏元青花梅瓶的时间。

第二十一章　禅　音

卧龙禅音和春唱,如师诵经玉兰香。
庭院鸟啼香客寂,一缕斜阳照禅房。
能容燃香主受戒,燃指烧疤现佛光。
排山倒海棒喝起,禅林道上摆战场。

　　长安卧龙寺的白玉兰花开了,满寺里白花花的一片。今年长安的春天来得晚了几天,卧龙寺的香客也没有往年多,庭院深处传出忽高忽低的诵经梵音,不时还伴有几声撞钟的铛铛声。小灵通一进卧龙寺,身心安稳了许多。"卧龙禅音和春唱,如师诵经玉兰香。庭院鸟啼香客寂,一缕斜阳照禅房。能容燃香主受戒,断指烧疤现佛光。排山倒海棒喝起,禅林道上摆战场。"随着疯吼声,在小灵通的前面出现了酒疯子的影子,他定睛看时,影子又消失了。小灵通直走到了卧龙寺大殿,大殿里跪着许多善男信女,三圣像下,三位师父双手合十,两眼紧闭,口中吟诵着。小灵通往功德箱里塞了一把钱,也跪在这些信徒的后面。不知多长时间过去了,小灵通抬起头见有一个摄影师正在拍摄住持诵经仪式,一会儿蹲着,一会儿立起,旁边的服化道助理们忙前忙后,累得满头大汗。等佛事完毕,众人散去,小灵通直奔师父而去,其中一位转身示意小灵通说话。小灵通满腹的疑惑,一句话也说不出,最后嘴里只吐出"成功"两字。师父回答:"成是何？功在哪儿？不知来处,不曾有成功二字,只吃喝拉撒睡便是。"小灵通不懂师父的话,又问:"姻缘如何？"师父答:"因果轮回,自有因缘,一切是虚,不曾见到。"听到"自有因缘",小灵通心里安稳了许多,还想再问些话,那师父已经到殿外去了。

　　小灵通按约定把元青花梅瓶送到了韩勇的酒店。韩勇说自己不懂,要请人掌眼,办了交接手续后,小灵通离开酒店回到书院门。他心里七上八下。这件元青花梅瓶承载着他的希望和梦想,他想到卧龙寺问个究竟,不是说佛祖很灵验、大慈大悲的观世音菩萨有求必应嘛,一定灵验。这样想着就出了卧龙寺的大门,只见门外有两个人在推搡吵架,仔细一看,是酒疯子正和卖香的商贩打架。商贩骂道:"不要脸,白拿香烧不给钱,要遭神的报应。"酒疯子说:"欠几个香火钱,你就急了,不怕没了功德。"小灵通前去劝架拉开了酒疯子,说香火钱他给,商贩接过小灵通递过来的钱也不作声了。

　　酒疯子脱了身,就想自己走,小灵通叫住他,酒疯子只问他有没有酒喝,小灵通说今天可以喝个够。酒疯子一听高兴了,抢着步子往街对面卖猪头肉的馆子奔过去。酒疯子要了二斤猪头肉两瓶老白干,傍着小灵通坐下,开瓶往碗里倒着,然后抓起一大块子肥肉往嘴里塞。小灵通看着酒疯子也来了酒兴,他喝了一口酒,问:"晌午踏进卧龙寺大门时,听到的诗是谁写的？"酒疯子答:"是洒家。"小灵通一皱眉:"洒家？啥意思？""我酒疯子的打油之作。"酒疯子得意地一笑,又往嘴里灌了一口酒,啊了一声,很享受的样子。小灵通问:"能容是什么意思？""能容是主持受戒的师父,就是和你在三圣殿里说话的师父。""断指烧疤是干什么？"酒疯子一听小灵通问出这一句话,突然停了吃喝,望一望小灵通不理他。小灵通见酒疯子这般模样,越发好奇了,赶紧给酒疯子倒酒。酒疯子见他心诚才又清了清嗓子说:"就是要斩断手指,受了皮肉之苦才能入得禅林佛门。所以说跟过堂打仗一样,不舍半条命,当不了和尚！"小灵通若有所悟。想了片刻又问:"咋个棒喝呢？""就是拿个大木棒朝心不诚、有二心的和尚身上痛打,禅林佛祖憎恨用心不专、身在曹营心在汉的假和尚。"小灵通听到这儿才想通了,禅林佛门也不是世外桃

源，和凡世一样，不舍命去拼搏就别妄想成功。小灵通见酒疯子抓肉的手好像不太听他指挥，以为酒疯子酒喝多了就是这样子，便建议道："少喝点酒，手都抓不稳了。""不是不稳了，是眼快看不见了。"小灵通一惊，这才去看酒疯子的一双眼。

　　小灵通眼见酒疯子这般情形，心里发酸，眼眶子也湿润了，低头只管喝酒。天快黑的时候，打酒狗不知啥时候来到馆子外面来回转着。酒疯子最先发现，手里抓了几块子肉，就出了馆子的门，往台阶上一坐，搂着狗的脖子，把肉塞进狗嘴里，狗摇着尾巴，黏着酒疯子不走。小灵通见两个白酒瓶子都空了，就起身结账埋单，出了馆子门，拉扯酒疯子一起回书院门。酒疯子说自己回和乐巷，小灵通一定送他到门口，狗在后面跟着也不叫了。"卧龙禅林孔庙墙，晚睡早起愚梦乡。棒喝不醒少年郎，莫道前路景凄凉。彩棉花开谁敢采？势单力薄难依傍。创业艰险真如铁，成就大事生生闯。"酒疯子刚到书院门正街，就又疯吼起来，现在酒疯子吼的小灵通明白，是专门吼给他听的。他思忖：莫说前路还没有刀山火海，就是有，我小灵通也要搏上一回。才十几分钟就到了和乐巷酒疯子门前，酒疯子一抬脚嗵的一声把门踹开，门没锁，咣的一声碰在墙壁上。两个人进了屋子，见墙角床下堆满了酒瓶子，一屋子的酸酒气，小灵通觉得恶心，勉强站在床边。酒疯子往床上一躺，不看小灵通，两眼湿湿的，可能是想老婆和孩子了。小灵通安顿好了酒疯子起身想走，见酒疯子怀里抱着个铜盆，直径有一尺半，两边各有一个大铜环。第六感觉告诉小灵通，这铜盆不一般。

　　返回画廊时，小灵通看见摆摊卖字的一枝梅旁边，有个青年正在收写字摊，小灵通认出来，那个青年就是名公的超级粉丝，徒步几千公里来长安书院门寻梦的小草。看来他不怕吃苦，天都黑了才收摊，这让小灵通想起了几年前的自己，一个串街卖画的街串子忙碌卑微没有安全感的身影。

第二十二章　铜　罍

官商新贵亦皇族,阁空鼠聚少人登。

别墅三层免费住,尘灰纷飞泳池空。

商周彝器局中局,心明燃香佛前灯。

大业宏图明泾渭,玉壶冰心勿自惊。

　　韩勇邀约小灵通和广东富翁一起去他家里玩。他的家在长安南郊富人别墅区"皇族御园"里。小灵通前几日送过来让他鉴赏元青花梅瓶的事,还得等几天,这是花钱的事,得往后靠。再说长安的国家级首席瓷器鉴定专家在北京国家文物部门开会还没回来。等专家鉴定有了结论再做打算。不过想让他按元青花瓷器的价码买进这只不会说话的青花瓶,小灵通未免就天真了。对这件价值连城的元青花梅瓶,韩勇不但不愿意花一分钱收藏,而且还想白得呢!只是眼下白得的办法还没想出来。所以韩勇就让小灵通不要着急,只管和广东富翁一起来皇族御园家里玩。

　　下午,广东富翁正好来小灵通的画廊赏画。小灵通就说起韩勇邀约的事情,广东富翁也说韩勇曾约他去皇族御园聚会,只是日子没有定。小灵通一想择日不如撞日,如果今天韩勇方便,就和广东富翁一起去韩勇的家里小聚。小灵通先打电话通知了韩勇,就坐着广东富翁的宝马往长安城南去了,

不到半个小时车子停在了一栋明式建筑前。门铃一响,出来迎接的是一个十五六岁的肥胖大男孩,嘴里喊着韩勇"爸爸"。小灵通和广东富翁进了别墅的大门。别墅还没有装修,正面的墙上挂着个六尺的玻璃镜框,里面装的是一幅桂林山水画。小灵通正在玻璃镜框前发呆,广东富翁叫了一声,他赶忙收了思绪,坐在了广东富翁的旁边。韩勇在厨房正忙着。小灵通不解,难道韩勇不是个爱花钱往脸上贴金的人?话又说回来,人这一辈子能活多少年,住着这么豪华的别墅,不让自己住舒坦了,这又是为啥呢?难道韩勇只是徒有富贵虚名?看来想在韩勇这里变现元青花梅瓶的事情可能性不大了。小灵通是个心明眼亮的人,想到这里,他就打算过几天从韩勇那里取回元青花梅瓶,不要再生出别的枝节来,连朋友也做不成了。这时韩勇已来到两人面前,先拉住富翁的手,满脸堆笑,那个亲啊。小灵通说要参观别墅,胖儿子指引着上楼梯,小灵通看见一个中年妇女怀里抱着个月月娃,正从另一间屋里出来,和广东富翁打了招呼坐在小沙发上。

小灵通上到二楼,胖儿子就自己下楼去了。出乎小灵通的预料,楼上给人一种长期没人居住的印象,三楼的房门都锁着,已有一段时间没人打扫了。等小灵通下了楼就闻到了炒菜的香味,韩勇亲自下厨做了几样下酒小菜。胖儿子吵着要认广东富翁做他的干爸爸。抱娃的中年女人是韩勇的夫人,他把儿子和夫人介绍给广东富翁认识:"这是我们家老大,长得口大心直,而且还能吃,是个活宝。他喊你爸爸了,你就收他做干儿子吧!"广东富翁呵呵地笑:"你家公子一脸福相,富贵当头哦。"韩勇的夫人说:"孩子的舅舅——长安城法院的院长,和市公安、文物部门联合罚没一些好物件……"韩勇插话说:"东西不是送到北京去了吗?"夫人说:"不是还有没送的嘛!北京的李部长不让送了,剩下的还在屋里搁着。让他们看看咱家和李部长的合影。"说着就让胖儿子去拿照片。韩勇殷勤地招呼小灵通和广东富翁动筷子吃喝。一会儿胖儿子拿来了相册,夫人指着照片说:"这是我哥,坐在他旁边的,就是李部长。"小灵通听到这里,明白了韩勇的生意顺风顺水的原因,他背后有大靠山啊,不免重又燃起心中的希望。广东富翁听得兴致很高,停了手里的筷子,酒也不喝了,身子往后一靠,眼睛眯成一条缝听女人说下去。

酒过三巡,菜过五味,大家都觉得喝不动了,韩勇就当着小灵通的面和广东富翁谈起了合作意向。韩勇说是他的大舅哥在青海上层有关系,在格尔木青藏铁路指挥部有一个大的建筑项目,目前正准备发包,只要打开了这个市场,可以干上几年,产值有几十个亿!广东富翁也激动得两眼放光,如果意向能落实,大家可以到格尔木去一趟,实地考察项目。小灵通见他俩谈得投机,也插话说想去青海旅游,顺便去趟塔尔寺。话说完了,胖儿子也从楼上下来,在大堂的方桌上摆开了两件青铜彝器:铜罍和铜匜。韩勇请他俩一块到跟前仔细鉴赏这两件青铜彝器。广东富翁看得很仔细,在这两件物件前反复看,还转了好几圈。小灵通随着广东富翁一起看,这使他想起了酒疯子怀里抱着睡的铜洗脚盆了,他也不多说啥,只看广东富翁的表情。广东富翁一个劲地看,好像心里盘算着,屋子里沉静了好一阵子。最后广东富翁对韩勇说:"这就是你大舅哥那批罚没物资喽?"韩勇点着头说:"这可是国宝级的古玩!""是啊!长安自古就出商周彝器,难得一见,真是好东西啊!"还是小灵通反应快,事情明摆着,要想到青海投标吃肥肉,就得先过韩勇桌子上摆的这两件青铜彝器的关。要是这两件东西真是货真价实的国宝,少说也值上千万了,以广东富翁的事业规模,这点钱应该不算什么。格尔木的建筑工程项目才是未来的大事业。广东富翁心动了,只是觉得当下的时机还不成熟,他还需要再等等。

第二十三章　道　士

不惑渐又双眼瞎，而立大梦空蹉跎。

满街字画地摊挂，白菜萝卜小贩驮。

孔庙墙角站钟馗，诗词墨迹下酒多。

金石古董烂铜铁，见钱眼开讨生活。

　　小草在书院门摆摊卖字都一个多月了还没有开张，急得提着毛笔蘸水在地上练字，引来一群群看热闹的人。他身旁有两个老头摆字画摊和他竞争，他竞争不过只能干瞪眼、白着急、没法子！有时候酒疯子从他手里抢过毛笔，在地上就画起来：只见一个女人领着娃的影子出现在地上，太阳一晒，在地上还没画完的人影就消失了。酒疯子不甘心再画，画了又干，一个人执拗地在地上画着。小草心烦，就打趣地说要拜鸡娃王为师，鸡娃王嘿嘿一笑说："咱书院门背街有个专画老鹰的驼背老头，小伙子甭着急，在书院门街上提毛笔混饭吃，要学的还多着呢！"鸡娃王说完又躺回逍遥椅上。

　　"不惑渐又双眼瞎，而立大梦空蹉跎。满街字画地摊挂，白菜萝卜小贩驮。孔庙墙角站钟馗，诗词墨迹下酒多。金石古董烂铜铁，见钱眼开讨生活。"酒疯子吼起来了。小草听酒疯子吼得有道理，从酒疯子手里接过毛笔，想在地上把酒疯子的疯话写下来，这时有人在人群中高喊："慢着写，写在宣

88

纸上,就写这首诗,贫道要收藏!"循着喊声,众人抬头见一个道士打扮的老者正挥手要小草给他写字。酒疯子这时也来了精神,凑过来怂恿小草提笔赶紧写。"今天有酒喝了!"打酒狗在一旁摇着尾巴望着小草,小草望着道士没有挪步子。道士继续说:"给你一百五十元,你把诗写在四尺宣纸上就可以了。"酒疯子在一旁看着小草书写,又吼了一遍他的打油诗。不大的工夫,字就写成了。小草内心忐忑不安,这毕竟是他平生第一次卖出自己的字,既激动又不自信。但小草一撂下毛笔,道士就拍手赞道:"后生的书法出自龙门二十品,气旺笔狂,难得难得!"收好字后,一边付钱,一边又说道,"书法之为法,追求身心和谐之法;书法之为道,追求与自然相通之道。"众人见道士语出惊人,都来了兴致,还想听他继续说下去。神笔一枝梅有些文化,一听这番说辞,也凑上来。只有鸡娃王一副不感兴趣的神情,躺在逍遥椅上没动。"贫道刚从武当山下来,准备登顶华山,在华岳仙掌之上驾鹤登天,长生不老!""啥,啥? 长生不老?"众人开头是惊愕,再就嘻嘻地笑,不信他。"当然长生不老不可能,贫道能让诸位养生长寿,活到九十九!"人群里就有人喊着:"活那么大,都要成仙了。""就是成仙! 我带大家成仙。每晚十二点半,长安电视台《贵生与乐生》栏目,不见不散。"说完长袖往上一甩,做仙风道骨势,一阵风似的飘走了。众人见道士如此这般,都很惊奇,都应承着说要看《贵生与乐生》节目呢。打酒狗在小草手里叼过十元钱,摇着尾巴去打酒了。小草让酒疯子去买点下酒菜来,酒疯子一把抓过小草手里的四十元钱朝卖白煮羊头羊蹄的馆子去了。众人又听见酒疯子的疯吼:"道士华山要成仙,长空栈道万仞险。南峰不及乱云飞,四肢无着两腿颤。身已无力力耗尽,一望绝壁心胆寒。小草一株随风舞,书院门前荒废年。"小草很开心,此时已无心来欣赏酒疯子的打油诗,单等酒肉一到,畅饮一番。小灵通也来到人群中看热闹,小草见他老师名公的朋友过来了,显得谦恭了许多,指着面前的椅子让坐。小灵通一边坐一边就张口说:"恭喜恭喜,小草开张之喜! 你咋不打出'小草书法'题匾?"小草一边搓着手,一边嘿嘿地笑。鸡娃王不知啥时也凑过来了:"谁给他题匾?""长安大名鼎鼎的名公啊!""他是名公的弟

子?"鸡娃王一副不相信的样子接着说,"几十年前,我在秦岭云门里当学生……""啥啥,你还拜过大师秦岭云为师?"小灵通质问鸡娃王。小灵通对小草说:"把名公题的匾一挂,生意肯定好!"鸡娃王又哼上了:"绿茸茸半地接住了天,菜籽花黄,菜籽花鲜,豌豆叶肥,豌豆叶胖。再也不怕遭年荒,问妹妹这是啥心肠?"

打酒狗和酒疯子一前一后都回来了,小草把递过来的酒肉往书案上一摊,招呼摆摊的前辈老师一道吃喝。三个人也不推辞,重又聚到一起。鸡娃王一声不吭,只低头喝闷酒。一枝梅抓起羊蹄子一口撕了上面的皮肉吃,再和酒疯子碰了杯咕咚咕咚地喝起来。酒疯子用力掰扯着羊头,连骨带肉递给打酒狗,打酒狗不张嘴,见神笔一枝梅嘴里吐出了骨头,才张嘴一含,叼着羊骨头摇着尾巴走了。

第二十四章　侮　宝

冲冠一怒为红颜，叵测难度是黑心。

首鼠两端不负责，元青花瓶泣哀音。

收藏水深三千尺，口是心非双面人。

趁火打劫逼就范，半斤八两阴谋深。

名公还真为韩勇和秦巨江因打假风波产生的误解做了一番斡旋调解，但秦巨江没接名公的招儿。他只是忙着在皇族御园给衮雪妹挑选别墅。他俩杭州一趟畅游，交情已今非昔比。衮雪妹的功夫也好生了得，和秦巨江一个红脸一个黑脸，几场笔会下来，怀里就揣了一百多万。衮雪妹和客户往来的手段，让秦巨江很满意。余杭、萧山，还有绍兴、温州的暴发户土财主，以及附庸风雅的区县小官吏，手捧秦巨江的画作，一见衮雪妹勾人的媚眼和妖精一般的气场，乐呵呵地往外一捆捆地掏钱，衮雪妹数百元大钞数得手指头都快断了。秦巨江心疼地捧着衮雪妹的白手在嘴里含、在唇上吹，还往自己的怀里塞。衮雪妹激动地说："我心里只想着大师，不感觉疼！"直听得秦巨江也眼眶红红的。现在秦巨江身旁有了衮雪妹的谋划经营，他真是如虎添翼了，创作激情澎湃，把秘密在皇族御园为衮雪妹置办的别墅兼做绘画工作室。他让衮雪妹不要到酒店上班了，专心致志地在皇族御园别墅里住着，经

营他俩的美好未来。名公为打假的误会邀约他和韩勇见面谈和解一事,他也有如意算盘:让袁雪妹出面就行了,像韩勇这种唯利是图的商人,档次太低,不配和自己——当代中国画绘画大师同桌。韩勇,一个卖饭的算老几?想跟我同桌议和,也不拿秤称一下几斤几两?要是袁雪妹高兴了,她自会处理这件小事情。

　　韩勇从名公的嘴里听出了秦巨江的意思,他是想让袁雪妹来羞辱自己。如今袁雪妹已麻雀飞上枝头,变成凤凰了。不过袁雪妹在变成凤凰之前,还是韩勇雇佣的汉江边上的村女,有啥了不起的?秦巨江要给他难看,他先让秦巨江的姘头难看,看谁笑到最后。秦巨江要让村女羞辱他,但是韩勇北京有人,惹急了,先把秦巨江长安美协主席的职务抹了再说,看他再猖狂,韩勇还真就不信了。一提起汉江村女袁雪妹,韩勇既恨又无奈,嘴边的一块大肥肉生生让秦巨江给叼走了。要不是当初顾及名公的面子,秦巨江一个糟老头子,敢来他的地盘打劫?秦巨江今天得逞了,明天就不一定能得逞,那就走着瞧。韩勇想着,就叫袁雪妹来总裁办公室听训话。一会儿袁雪妹就来了,她还没等韩勇开口,就先递上了辞呈。韩勇不接辞职信,他扫视着这个手段了得的汉江女孩,一副厌倦神态。他挥挥手,让袁雪妹先坐下,在心里盘算:只要袁雪妹还在公司上班,就等于手里握着秦巨江的人质,还有雪洗拍卖行自己丢人现眼被秦巨江羞辱的机会。他一定要报仇,而且要连本带利地收回来。想到这里,韩勇笑眯眯地说:"像你这样的人才,本公司现在还很需要,来日方长、来日方长嘛!"袁雪妹一听,微笑着说:"老板这些年来对员工的体恤关怀,我们一辈子都忘不了……"韩勇不愿意听袁雪妹把话说完,也不同意她辞职。袁雪妹还想说什么,公司秘书来电话通知韩勇开公司管理例会,袁雪妹无奈,只好转身出了韩勇的办公室。本来袁雪妹已计划好和韩勇好说好散的,临走把秦巨江的印章往那幅和韩勇结了缘分的六尺关中老头画上一加盖,自己、秦巨江和韩勇的恩怨也就一笔勾销了。但看今天这架势,韩勇不冷不热地让她吃了一个软钉子。但聪明的女孩已看出来韩勇和秦巨江已势同水火!

小灵通一个多月前送来的元青花梅瓷瓶，真就打动了韩勇的心。真东西自己会说话，韩勇见多识广，第一眼就判断出来元青花梅瓶是货真价实的珍宝！小灵通年纪不大就有非凡的眼力，才一上手古玩陶瓷，就能抓住这宝贝疙瘩，也不知道这狗日的咋弄到手的？最后他还是决定让长安的文博专家鉴定一番，听听专家的意见。几天以后专家来了，就是花彩棉提到过的聂博士。韩勇让秘书从保险柜里请出了小灵通送来的元青花梅瓶放在老板桌上说："交给你了。"聂博士从包里掏出一双白手套戴好后，双手轻轻捧起瓷瓶，看了足足有半个多小时。韩勇问："东西怎么样？"聂博士一笑立刻又收住笑脸回答："很漂亮！""很漂亮？"韩勇显然不满意他的说辞，又问："是真是假？"聂博士回答："你想要什么结论？""啥意思？我想要什么结论？"韩勇被他一反问，就抓着脑门子用疑惑的眼光打量着聂博士。只听聂博士继续说："真又如何，假又如何？"韩勇明白聂博士的意思，一切尽在不言中。依他看，这些专家比做生意的人都精明！做生意还要担风险，感情这伙子博士专家们一点风险都不担！出土的是真的，连傻子都能当专家了。

第二十五章　日　食

苏麻离青元青花,水里捞月雾看花。

一叶浮萍落沧海,几人鉴得识得它。

真赝莫辨看不透,高仿如潮骗傻瓜。

泥牛入海脱胎去,海归金身坐皇家。

　　聂博士对元青花梅瓶鉴定的含糊态度,从另外一个角度说也给喜好收藏的韩勇上了生动的一课。两个人虽然没有把话说明,但心里对这件文化财富都有自己一致的判断。起初韩勇还很生气,但转念一想:实际上聂博士是在替他说话。换句话说,就是不要上杆子地动不动就这个国宝、那个文化财富的,等真要是按国宝,或者文化财富拿现金来标价,真金白银几百万、上千万地往外掏钱购买时,有谁不心疼自己的钱? 说到底这世界上,什么宝贝疙瘩,这个奇珍价值连城,那个异宝又是孤品难求,和真金白银一比,啥都不是! 韩勇算是想明白了,只有每天蜂拥着来的食客,才是自己的祖宗,其他的通通都是扯淡! 他决定要好好玩上一把这宝贝疙瘩,要玩透玩烂它,最后要让它成为臭狗屎,到那时元青花梅瓶可就真的好玩了!

　　小灵通接到韩勇的电话,说再谈谈元青花梅瓶的事情。小灵通就一个人去了韩勇的大酒店。当听说国家级的鉴定专家组经过慎重鉴定、民主评议后,得出一致的结论是这件青花梅瓶不是什么文化财富,只是一件景德镇制作的高仿品,由于它是费时、费力、费心血的高仿品,顶破天也就值个几千元人民币。韩勇说他很喜欢这件"高仿"花瓶,看在大家朋友一场的分儿上,如果小灵通愿意带上八千元走人,"高仿"元青花梅瓶就留下。小灵通一听心就凉了半截,浑身跟结了冰一样寒透了。他心里首先想到的是花彩棉,还有她身后站着的电视台领导的公子,以及身旁的高档跑车。韩勇这样的说辞,区区八千元钱,连画廊一个月的房租水电开支都不够,凭卖元青花梅瓶娶花彩棉的念想看来是做白日梦了!他一边想着,就到了书院门,他都忘了自己是如何看着韩勇从保险柜里把元青花梅瓶取出来,又是如何装箱,带回书院门的。"苏麻离青元青花,水里捞月雾看花。一叶浮萍落沧海,几人鉴得识得它。真赝莫辨看不透,高仿如潮骗傻瓜。泥牛入海脱胎去,海归金身坐皇家。"小灵通还没进自己画廊的门就听到酒疯子的疯吼声。他站在画廊门前发呆,一直等酒疯子吼完,两眼一汪泪水才扑簌簌地流了下来。他连开门的力气都没有了,心想:花彩棉是追不上了,自己从哪儿找钱买别墅、买跑车呢?突然电话铃响了,电话里传来了花彩棉的声音,说是今天下午有百年不遇的日食,她要和小灵通一块上城墙,在永宁门城门楼上看日食。小灵通的眼泪像泉涌,花彩棉有说有笑的声音,传到小灵通的耳朵里,好像成了一把把尖刀刺痛着小灵通的心。小灵通应承着,说在画廊等花彩棉。花彩棉没听出来小灵通心情低落,直嚷嚷着让小灵通隔着听筒亲她一口,花彩棉从听筒那面嘻嘻地笑出了声。

到了下午,花彩棉来找小灵通。两个人手挽着手出了画廊的门,朝背街南边的城墙走去。小灵通的心情很沮丧,午后热得烫脸的阳光照在他脸上,不一会儿脸上就渗出了热汗,但他没有觉着热,好像还感觉到浑身发冷。两个人沉默了很长时间,都感觉到了一种说不出的压抑。两个人走到永宁门里,在瓮城楼梯口准备买票上城墙,小灵通走到购票口正准备购票,见里面的售票员既不看他也不接他手里的钱,而是朝他身旁的花彩棉张望,突然惊喜地自语道:"啊!是花主持人来啦!上吧上吧!城墙上有电视台来的人正在拍呢。"花彩棉只是一笑,挽着小灵通的胳膊缓缓地登上了城墙。青砖全

砌出厚实挺拔的城楼四面墙体,再往上就是雕梁画栋木质构建,红色土漆打底,木椽子齐头面再用青色勾出卷云、莲花和缠枝,木椽上面用青色琉璃瓦一层层砌出展开的顶檐,就像雄鹰腾空跃起瞬间展开的双翅一般。两个人就坐在城头的青砖上呆呆地望着。远处城墙下车水马龙,整个书院门、宝庆寺古塔、关中书院、卧龙寺、碑林外墙的孔庙砖雕大字和墙外的千年古槐,还有北边不远处的钟楼、鼓楼、湘子门……都在两个人的眼里。不远处一伙电视摄制人员也在忙碌着,他们在拍日食下的古城长安,从永宁城楼一直拍过去。这种特殊光影笼罩下的长安城,成了时光隧道,把人带回了长安的远古时代。他们越走越近,镜头从天空慢慢聚焦,一点点位移,最后落到了花彩棉和她身后的永宁城楼。花彩棉以专业的视角点评:"古都沧桑,千年旧影!"这时天上的太阳变成了黑洞,外面的光环闪烁着。

天上的太阳没有了,城头一片漆黑,身后的永宁城门楼子也隐去了,整个世界跟毁灭了一样漆黑一团!不知道过了多长时间,周围又开始亮起来,花彩棉从小灵通怀里抬起头也不戴太阳镜,睁大眼望着日食嘴里叹道:"嗨!这么快日食就过去了!"小灵通从花彩棉手上取了太阳镜戴在她的眼睛上说:"这样会灼伤眼睛的。"城墙下面传来了疯吼声:"玄夜凄风白昼吹,长安怀古慧空为。徘徊缱绻何人鉴?永宁城楼日黑时。"小灵通问花彩棉听到了什么,花彩棉摇摇头说什么也没听见。小灵通没有再问,就挽着花彩棉的胳膊,两个恋人相拥着,朝朱雀门城楼走去。日食结束了,太阳又如往常那样灼热滚烫,犹如两个年轻人此刻正在怦怦跳动的滚烫的心。来看日食之前,台长转给花彩棉一个信封,她也没顾上看,随便把它塞入包里,就来找小灵通了。她现在想起来了,从包里抽出那信封,小灵通看见了那信封下的一行印刷红字,这时信封里的白纸被花彩棉打开了。纸上除了一行2字打头的数字什么也没有,两个人都猜到可能是电话号码,但是以2打头的电话号码,他俩从来没有见过。两个人彼此都没有吭声,默默地从朱雀门门楼下了城墙,再朝南走不远就是长安电视台了。小灵通望着花彩棉,感觉喘不上气,压抑、焦灼得更强烈了。

第二十六章　推　销

真真假假心反复,人性性恶贪接连。

窈窕去影魅力满,恨遗欲念未争先。

青砖瓦檐低头草,乒乓西施手晚牵。

旧情难忘从此始,泪热心寒摩的汉。

　　韩勇把元青花梅瓶让小灵通取回去后,心里总觉得空落落的,好像一块心头肉被狼叼走了一样,情绪低落,比秦巨江从他手下打劫走了衮雪妹还心疼。要说这宝物和美女一样,都是韩勇的最爱,就如同一个人的左右手,割下哪一只都心疼。他双手捂住脸痛苦地沉思了良久,打电话叫衮雪妹来见自己。一会儿工夫衮雪妹来了,韩勇色眯眯地对她说:"公司交给你一项重要工作。从今天开始,凡是到我这里推销古玩的所有人等,不论来路一概拒绝。你就把这些人往书院门小灵通的画廊介绍就行了。"衮雪妹心头一喜,自己这两天正想找小灵通一块玩呢。衮雪妹故意皱了皱眉,好像不明白韩勇交代给她这项工作的具体操作办法是什么。韩勇继续说,"尤其是那些来推销仿古青花瓷的人,把他们领到小灵通的画廊里,这些推销高仿青花瓷的可是有一番功夫。"衮雪妹疑惑地望着老板问:"高仿青花瓷?"韩勇肯定地说:"小灵通是个半睬儿,专门收藏高仿的青花瓷。之前,我让你打听小灵通

的元青花梅瓶,就是一个江西人高仿的杰作。他还跑到我这里胡诌说什么价值连城,他连我都想忽悠。"袄雪妹流露出一副不相信的神情,韩勇也察觉到她怀疑的眼神,又补充说道,"这话不是我妄说的,这是国家级的鉴定专家聂博士说的。啥都不用管了,照我说的做就行了。"袄雪妹领了老板的旨意转了身,韩勇又叫住她叮咛道:"你不要让小灵通知道是我在背后有意安排你这样做的,你是聪明人,知道如何做。另外到了书院门,还要多散布这些专家的话,最好满书院门都知道小灵通拿高仿的元青花梅瓶忽悠我的事,这小子不地道。"袄雪妹出了办公室,心里骂道:"昨天还说小灵通那只花瓶是元瓷珍宝,今天就成了忽悠人的假货? 要说小灵通是个半眯儿,那你就是个睁眼瞎。"

小草白天在书院门摆摊卖字,晚上在酒店停车场看大门,每个月也算有了固定的收入,在长安算是落了脚。日食这天,小草还是没有开张,他正在地上蘸水写字,摊前来了一个年轻人。有一个街串子认出了这个年轻人,口里喊着:"长安青年书法十杰来了!"大家都看着这个年轻人。这年轻人用眼一扫名公题写的牌匾说:"胡吹冒撂,假匾。"小草不抬头也不吭声,还是在地上练字。街面上人来人往,只要忍住一时,就可平安一世。青年书法十杰见没人答话,又冷笑着说:"就这水平,还敢在这儿招摇撞骗。"众人都回身看小草。小草一想名公题的匾明明是真,这伙计却说是假的,就冷冷地说:"你又不买字,说那些话干啥呢?"书法十杰几天前才得了奖,正春风得意,被摆地摊的戗了一句,让他失了面子下不来台,也回骂:"就你这臭字,我拿脚都比你写得好。"一枝梅上前对小草说:"小草,书院门地头街面啥人都有,忍一忍算了。"小草也说:"是可忍孰不可忍,我山里出来的农民一个,不争啥面子,但不能受侮辱。"这时,一个老头子要了一幅小草的字,撂下五十元钱在小草的案子上,卷了幅小草写在四尺对开宣纸上的"真水无香"书法走了。

天快黑的时候,小草的摊子前来了个开着摩托车、大约四十多岁的男人。他卸掉头盔,就见满头的热汗裹着尘土流到面颊上,脸上留下一条条黑印,风尘仆仆的样子,一看就是个开摩的的司机。他先是在卖字画的摊前转了一圈,最后停在了小草的案子前,问写一幅四尺宣纸的歌词多少钱,小草说最多一百元。他说了句"给咱写",就站在众人面前高声唱起来:"沧海一声笑,滔滔两岸潮……"摩的司机唱得很动情,唱完了就蹲在小草的案子边上哭,哭得很伤心,旁人也不敢问是咋回事。小草写完了歌词,也不催他付钱而是倒了一杯水递给他。心想,这大哥怕是遭了大罪、受了大难,实在不行,自己的写字钱就不要了。摩的司机哭完了,掏出一百元钱放到小草案子上才把字收好,抹着眼泪戴好头盔,开着摩的走了。在一旁默不作声观察了好一阵子的鸡娃王对神笔一枝梅嘀咕:"这摩的司机怕是乒乓姐的前夫。"声音传到了小草的耳朵里,小草心里七上八下的,这男人该不会是找自己来寻仇的吧?乒乓姐都离婚好几年了,但自己还是要谨慎小心,要不然乒乓姐的屋里自己以后就不去了?反正经她的手卖出去的书法,自己没得一分钱,不亏欠她娘儿俩的啥。小草心烦意乱地提起毛笔写字,手脚无力,眼又走神,一点感觉也没有了。他把毛笔往案子上一撂,抽起烟来,不一会儿地上一堆烟头。

第二十七章　六盘山

西望长安乌云翻，脚踏六盘入云端。

青海湖阔湟水碧，风吹杨柳菜花鲜。

塔尔金顶祥光耀，柴达木雪艳阳天。

鹰击苍穹遥不及，唐古拉山一日攀。

　　小灵通后来再也没去过皇族御园韩勇住的别墅，也不知道青海格尔木"青藏铁路指挥部"办公大楼投标的事情进展得如何。他凭直觉认为这里头的水分大。再说了，这也是广东富翁和韩勇之间的合作意向，没他什么事，也用不着他瞎操心。但他希望广东富翁能够打开更大的市场，除了自己和广东富翁的交情外，主要是希望广东富翁打点关系时，能从他的画廊里买些字画当礼品送人。早晨，小灵通还没起床，就接到了衮雪妹打来的电话："灵通哥，你忙啥呢？人家要来找你。"小灵通没想到衮雪妹一大早就打电话过来，就皱着眉问："是你呀，我这会儿还在床上，你有事吗？"衮雪妹略带伤心地叹道："我也不知为什么得罪了老板，他把我闲下了，扔在一边啥工作也不让干了。"小灵通关切地问："那老板还给你开工资不？"衮雪妹笑道："工资倒是开，只是整天闲得发慌，我想去书院门找你玩。"小灵通开玩笑说："欢迎欢迎，有美女光临寒舍，我这光棍还真求之不得。"衮雪妹咯咯地笑道："你最近店里的生意好吗?"小灵通叹息道:"别提了,买主没几个,倒是推销假古董瓷器的闲人、混混踏破了画廊的门槛。这伙人整天在我画廊里,扰得我什么都干不成了。"电话里传来衮雪妹咯咯的笑声:"灵通哥真是声名远扬,今天我也去凑凑热闹,看看这帮人是个啥嘴脸。"小灵通这时也上了劲,埋怨道:"这伙人真是脸皮厚到了极点,一大清早来到我画廊就不走了,凡是看见进出我画廊的客人,就揪住人家推销什么古董瓷器。"衮雪妹好奇地追问:"还揪住客人,怎么个揪法?人家想听。"小灵通说道:"就跟狗皮膏药一样,死缠着客人,不让人家走。客人很生气,还以为这伙人是我雇来推销高仿青花瓷的,你说气人不气人!"衮雪妹笑得前仰后合的:"灵通哥,这回你可遇着强敌了,你干脆把店门一关,陪我出门逛上几天,人家想让你陪着。"小灵通听出女人很认真的口气,一时语塞,不知如何回答。女人继续说,"我这会儿就去找你。"小灵通搪塞着说:"广东富翁约我去青海,就这几天动身,我得准备准备。"衮雪妹既失望又生气地嚷嚷着:"我就知道你心里没我,人家不开心。"说完就撂了电话。小灵通搁下衮雪妹的电话时间不长,广东富翁的电话打过来了,约他一起去青海,小灵通也正想避开画廊门前乱哄哄的局面,出去散散心。

之前,韩勇的大舅哥已经给青海那边打过招呼,有关投标的事情都安排好了,让广东富翁到青海格尔木去取标书。韩勇在酒店为他们送行,小灵通吃着桌上大盘子里的手抓牦牛肉,喝着碗里的酥油茶,想起了上次在皇族御园见过的那两件青铜彝器,也不知广东富翁是怎么处理的,今天一起吃藏餐,也不见两个人提到此事,小灵通也不便多问。难道小灵通判断错了?反正韩勇给广东富翁介绍的投标项目他是看不明白,小灵通为广东富翁捏着一把汗。广东富翁既然已决定去青海格尔木考察项目,领取标书,准备开拓投资市场,那就意味着两件青铜彝器的事已经搞定了,不然韩总的大舅哥不会出面拉扯广东富翁去和青海项目发包方见面。要不说大老板就是大老板,无论是广东富翁还是韩总,看待事情和对未来走向的判断,都远非他一个画廊的小老板可企及。想到这里,小灵通觉得自己目光短浅,自己做的啥

生意? 这两个大老板又做的是啥生意? 他这样问着自己,狠狠地撕咬手里抓的又干又柴的牦牛排骨肉,又喝了一大口酥油茶,在嘴里搅和着吞咽下去,奶膻味直往鼻子里冲,肚子也叽里咕噜地上下翻腾着,他起身去了卫生间。他因元青花梅瓶的事情对韩勇有偏见,再往深了想,韩总的为人的确也有深不可测的地方。

说是第二天出发去青海,直到太阳西下广东富翁才处理完了公司的事务,腾出身和小灵通一起出长安西门。再一直往西,他们在平凉休息了一晚,等天亮了,广东富翁和小灵通才注意到这个甘肃小镇的静寂与原始。广东富翁问小灵通:"在你的朋友中有没有一位懂青铜器真伪鉴定,而身份呢,既不是国家单位里的公职人员,又不是收藏圈里的熟面孔?"见小灵通不解地看自己,就又补充说,"就是在收藏鉴定圈子外,又能鉴定青铜彝器真伪的人。"小灵通听明白了广东富翁的意思,看着广东富翁接话说:"避免投鼠忌器。"广东富翁见小灵通明白了自己的意思,脚一踩油门,开车的情绪也快乐起来。小灵通第一时间想起了酒疯子睡觉时怀里抱着的铜盆,又怕自己提议让酒疯子来做这件事,使广东富翁误解自己。他在书院门的书画摊上原本是见过酒疯子的,一个酒鬼除了狂吼几句打油诗,怎么还懂青铜器鉴定的事情? 他话到了嘴边,又咽了回去,只说让广东富翁放心,这件事自己会替他办妥当的。然后又问:"是不是韩总的大舅哥罚没的那两件青铜彝器鉴定的事情?"广东富翁点点头:"长安城收藏圈子就这么大,这么重要的两件青铜彝器露出来,背景不会像他说的那么简单,牵一发动全局啊。"小灵通不明白广东富翁是指什么,就不解地问:"全局指的什么?""你都明白投鼠忌器,还不明白全局?"小灵通还是不解,皱着眉望着广东富翁。"我们是外地人,以他们在当地的势力和根基,长安收藏鉴定圈子里的人都攥在他们手上,我们就是有孙猴子大闹天宫的本事,也逃不出如来佛的掌心。"广东富翁一番话说得小灵通眼前一亮,这样交底的话都给他说,而且是在奔往青海格尔木的路途上,看来广东富翁把他当知己了。不知不觉中车已翻上了六盘山,从车窗望出去,四周已是白雪一片了。广东富翁把车停在六盘山主峰最高处的公路旁,下了车,朝车后的高崖上一指说:"上去看看。"一副"不到长城非好汉"的气概。小灵通往他指的山头望去,有一座亭子立在那里。广东富翁已开始踏着积雪往山头上攀爬了,只见他身手敏捷,完全不像五十多岁的人。小灵通一抬腿登上一块坡石,去追广东富翁,积雪已没了两人的膝盖。站在六盘山的最高峰,小灵通被广东富翁的精神感染了,也望着脚下的群山,东边是秦岭,西面是乌鞘岭,刺骨的寒风吹进衣缝,全身好像结了冰。小灵通躲进亭子看碑上的题字,上面刻着毛泽东《忆秦娥·六盘山》的诗词。"这是当年红军长征走过的地方。"广东富翁已进了碑亭,欣赏了一阵毛体狂草的气势,把"今日长缨在手,何时缚住苍龙"吟出声来,拉着小灵通站在六盘山顶上的碑亭里久久不愿离去。

两个人到了格尔木已是两天以后了。广东富翁的电话铃响起来,按电话里的指示,车最后停在了青海省格尔木军分区招待所。住下后,广东富翁准备着第二天所需的手续材料,一份份摞在一起,而且反复检查了多次,确认没有任何疏漏后才上床睡觉。第二天一大早,接待的人来了,三个人开车就奔了茫茫大戈壁,车在一片插有开发区牌子的荒原上停下来。小灵通只听到他俩对话里什么批文、设计草图、土地使用证等等一些议题。

第二十八章　启明星

裱糊书画利润少，生意清淡太萧条。

夜深见觉生计紧，身怀六甲儿媳躁。

千里贩回古董卖，只为孙儿出世焦。

同行冤家都结仇？倚老卖老众小瞧。

　　老杨从潼关返回长安书院门的裱画铺，把从潼关贩回来的古董，大大小小的坛坛罐罐，往材料房里一堆，影响了儿子和媳妇的日常生活。一家人进出也不方便了，再加上还有两个小工和老杨都住在这间屋里，一到晚上三个人都进屋里睡觉，连转身的地方都没有。小杨的媳妇怀孕了，人也变得焦躁易怒。小杨媳妇晚上睡不好，就找小杨出气，两口子在隔壁屋子经常吵架，弄得老杨也着急着找韩勇，想把从潼关贩回来的古董赶紧倒卖给他。老杨出了院子散心，屋里传来了儿媳妇的嚷嚷声："我肚子里反正是又有了，你不能把压力都压在我肩上。"小杨只应承："知道知道。"小杨媳妇声音更高了："知道啥？听懂了吗？我在说压力，我受不了了，要崩溃了。"小杨低声说："崩啥溃？又不是没生过。"小杨媳妇骂起来："生个屁呀，怎么生？没攒上钱，生了咋办？又送人？""现在不是天天有活干嘛。"小杨回答媳妇的声音越来越低。"六张嘴要靠裱画铺吃饭！我跟你从河南来，我图了什么？"小杨媳妇说着,好像把啥东西往地上摔,只听小杨啊了一声:"你别砸东西,有话慢慢说。"小杨媳妇顺手抓了糨糊刷子砸到小杨的头上,小杨捂着头回着话,捡起了地上的刷子,也不敢抬头望一眼正发着怒的媳妇。"砸东西?我还砸你,我恨死你了。你开不起铺子,也不要害我母子。"老杨又听到裱画板的撞击声。他知道,现在裱画生意也清淡,街上又开了好几家裱画铺,都是机裱,价格压得很低抢生意,小杨裱画铺五六个人的生计艰难。"过活不下去,咱就回乡去。"小杨低声说。小杨媳妇没等他说完就拿话戗他:"你有脸,我还没皮呢,回去谁养孩子?"小杨提了提嗓音颤声说:"咋这样说话?""我没脸回娘家见人,跑出来几年还是个穷光蛋,回去丢人现眼。"小杨媳妇有点声嘶力竭了,"到那时,再让我把孩子送人,我抱着孩子去死,叫你姓杨的熬煎死。"一阵死一样的沉寂过后,传来了小杨媳妇呜呜的哭声。

老杨听到这里叹了一口气,推开院子的门,到了巷子外的断碑跟前,望望黑漆漆的书院门正街,蹲在了断碑根下抽起了旱烟。寒露过后,长安的丑时深夜又黑又冷,老杨蹲在断碑根下也不觉着秋凉,只想着心事。一个礼拜前在潼关把贼娃子一伙给举报了,也没见有啥动静,那伙贼人若是都被抓了倒好,如果再让贼娃子跑了,知道是我举报的,来裱画铺寻仇可咋办呢?想着想着,他呛了一口烟,剧烈地咳嗽起来。老杨身后传来脚步声,见是儿子过来了,就起身望着儿子。小杨走过来提醒着:"爹,外面冷,当心冻着。"老杨端详着儿子说:"跟媳妇又吵架了?她怀着娃,多忍忍,别往心里去。"小杨无奈地点头回答:"熬着吧,爹说咋办呢?"老杨不看儿子而是仰头望天,见北方的启明星一闪一闪的,不再说话。小杨把一件自己的厚外套披在了老爹的身上。老杨没有把自己在潼关的遭遇说与儿子媳妇听,他怕他们担心一家人的安全,而影响到裱画铺的正常开门。自己从潼关运回来的古董,如果老熟人韩勇像之前那样,照单全收了,裱画铺眼前的危机就能渡过去,换来的现钱就一分不动地存着,等孙子出生用。要真的如了愿,儿媳妇生出个孙子……想到这里老杨脸上绽放出了一丝欣慰的笑容。他对儿子说:"我这次回来没赚上啥钱,还带了这些货,用去了不少钱,白天开门,还能周转吧?"

小杨宽慰地说:"爹你甭操心了,还过得去。"小杨见爹不打算回裱画铺,就自己回去了。他一进院门,屋里的媳妇就嚷嚷开了:"大天黑的,跑到街上做啥?嫌弃我了?说啊,我是丑八怪了,是不是?你快说啊!"一嗓子喊破了天,连巷子外的老杨都听得见。然后她就拿脚踹身旁的裱画板,只听见一摞子裱画板哗啦啦地摔在地上:"过不下去了,明天就去离婚。"小杨也顾不上地上的一堆乱板子,上去拉着媳妇,推开一张压在媳妇身上的裱画板,搂住情绪失控的媳妇,抚摸着她的背不吭一声。小杨媳妇还是呜呜地哭着,小杨的心跳加速,胸口也憋闷起来:媳妇的不满能够理解,日子太苦了,现在她肚里又怀着孩子,今后的日子真是熬煎;照现在裱画铺的状况,很难养活六张嘴,解雇一个小工也不行,随着媳妇肚子一天天变大,不但什么活计也干不了,还需要专人照顾。小杨一发急,心跳得更快了,背上还流出了冷汗,从背到后脑勺开始发麻,肩膀也疼起来,但还是强打精神安慰媳妇道:"会好的,会好的,天塌下来,有屋里的男人顶着。"

第二天一大早,老杨事先没给韩勇通电话,就去了他的大酒店。衰雪妹把老杨堵在饭店过道上不让见老板,说老板以后不再收古玩了。老杨说自己和韩勇是故交,死活都要见一面他本人,衰雪妹拗不过这倔老头,只好让他等。老杨等了一上午,直等到韩勇开完会,两人才见面。韩勇听了裱画老杨的来意摇着手说:"家里还有河南人送来的坛坛罐罐,多得连摆放的地方都没有,眼下收不了。"但见老杨失望和伤心的眼神,添上一句,"你回家等我电话,要的时候你再送来!"老杨听了韩勇最后一句话,心宽了些许,千恩万谢地出了大酒店的门。他走在回书院门的路上突然想起,韩勇并没有说什么时间给他打电话,这才意识到韩勇是在搪塞自己。他想到挽救裱画铺的唯一希望几乎要破灭的时候,一把老泪扑簌簌往下落。回到裱画铺后,他呆望着儿子,眼眶里的泪水在打转。小杨安慰爹说,刚才河南老乡来联系一批秦岭云的书画作品装裱的业务,可能业务量很大,又是名家名作,裱工价高,让爹放心,眼下的困难能够过去。老杨听儿子这样说,心也放宽了许多,但一挤进塞得不能转身的裱画材料屋,就想:这要是失了火可咋办呢?面前一直堆到屋顶的陶罐包装箱占了大半间屋子，老杨觉得没了希望，两腿又打起哆嗦了。屋外小杨媳妇在抱怨："菜价天天涨，现在连肉也吃不起了，活不成了，活不成了。"小杨也没停下手里的活计，一边从裱画板上揭下一张张拓好的绫子，裁去毛边，麻利地码齐摆好，再把空板子靠墙摆好，这才抬起头微笑着对媳妇说："我兜里还有前些日子买轴头剩下的三十几块，你去安居巷买二斤肉回来吧！"媳妇从丈夫裤兜里摸出了皱巴巴的旧票子出了门。

老杨又转身出了裱画铺的大门，手里端着茶壶，来到巷子口的断碑根，望着不远处摆摊的鸡娃王、神笔一枝梅和新来的小草。他踌躇了一会儿，就迈步朝他们走过去。还没等走到跟前，就听到鸡娃王在高谈阔论着："今天还是说鹰大王拿不出手的儿子。有一天他在城门洞子里骗人。等了一上午也没人去上当，就去了洞子外的露天舞场。快到中午了，舞场也没啥人了，鹰大王的儿子见广场正中一个男人，正在做俯卧撑，很认真、很费力，不一会儿就满头大汗了。他一会儿猫腰看，一会儿站着看，等男人立起身，又围着练俯卧撑的男人转了一圈问：'你身子底下咋没女人呢？'"围观的众人一阵哄笑，鼓噪着让鸡娃王再讲。鸡娃王看着小草挑衅着说："现在是年轻人的世事，让小草来一段村里头的事。"围观的人都转头看小草，小草知道自己的存在让鸡娃王心里不舒服，就不示弱地讲了一段村里发生的笑话。

围观的闲人、街串子和帮闲都笑得前仰后合的，小草还煞有介事地说："我说的这事是真的，你们不信可以到我们村上去问，我带你们去。"本来鸡娃王是为了让小草丢人现眼，找难看给小草。没承想小草还应对自如，也显出了能耐，他就飘出了怪话："孤男寡女在一团，还真弄出来点笑话了。"小草听出鸡娃王在指桑骂槐，还是在大庭广众之下，又见围观的人都露出戏谑的神情，就生气地回道："谁孤男寡女了？"不等鸡娃王张口就又说，"我没说你为老不尊，你还讨伐起我了？"鸡娃王从逍遥椅上一翻身立起就骂开了："你说谁为老不尊了？是谁睡了女人，女人屋里的男人都找到摊子上来寻仇了？"小草被鸡娃王的话一激，气得浑身发抖，就上前去推了鸡娃王一把，鸡娃王也不依不饶地拿头撞小草，小草一闪，鸡娃王就扑了空，一头撞在自己

墙上挂的镜框上。哐当一声镜框玻璃碎了，一块玻璃碎片飞到了小草的手背上，立刻就见了红。小草见血一流也红了眼，就抬脚要踹鸡娃王，一旁的一枝梅和老杨冲上去抱住了小草。鸡娃王趁机高喊着："我要去报案，咱摊子上闯来土匪了。"说完撒腿就跑，朝和乐巷报警室去了。小草挣脱着抓起案子上的白宣纸止着血说："到了所里，我也不怕讲理！"说着就收拾摊子，想回避一阵再说。他长这么大还没进过派出所，心里头也有点怕。

时间不长，来了长安一家报纸的记者，在乱哄哄的摊上拍着照。鸡娃王在后面跟着喊："我是国家一级美术师，大师秦岭云的关门弟子，一幅画价值十万元。"然后指着小草说，"就是他，嫉妒我，把我框子里的画作给撕了，我要让他赔。"说着就流出了眼泪。记者一边听一边拍照片，也应承着："我们一定伸张正义，明天见报。"小草站在边上，看着鸡娃王恶人先告状，气得说不上话。这时片警也来了，看见有媒体在拍照，站在人群外不肯进来，表情从开始的轻松变得复杂起来。等记者拍照完了，收好了照相机，他才挤进人群，说有当事人报案人身受到侵害。在鸡娃王的指认下，小草在众目睽睽之下，跟着片警上了警车。警车并没有一下子开走，片警开了车门，叫过鸡娃王高声说："明天你也来所里协助调查。"顿了一下压低了声音不满地说："是不是你让报纸的记者来的？"一甩车门上了车，还拿眼瞪着鸡娃王。"同行冤家不相容，从古到今都一样。鬻字糊口业难立，而立困穷孤难当。自古生存道漫漫，随波逐流不思量。离乡人贱卒过河，借问前路在何方？"看热闹的帮闲、混混和一帮子串街的画贩子，都听到了酒疯子的疯吼时，打酒狗领着他走到书画摊前。众人注意到酒疯子的眼睛快要看不见了，但他还是朝小草的画案子这边望着，站在那里一动不动。一枝梅和老杨收拾着小草留下的摊子。老杨让把小草摊子上的画案、宣纸和毛笔暂放到裱画铺院子里。鸡娃王像个没事人一样，一个人躺在他的逍遥椅上闭目养神，也没哼哼他的《梁秋燕》了。

等老杨和一枝梅把小草摊子上的一堆东西弄到裱画铺的院子里，两个人都闻到了红烧肉的香味，小杨媳妇已把晚饭做好了。老杨招呼一枝梅进屋里吃饭，一枝梅婉言谢绝了，从裱画铺院子出来，想起刚才发生的事情，还有酒疯子的一双眼就快瞎了，长叹一声，也生出了人生无常的感慨。

第二十九章　算　卦

卜卦不辨作生涯,又见秋风卷案刮。

野火连根都燃尽,春风不愿对黄花。

坎离水火天机露,世事悠悠无觉察。

误入书道三十载,沽酒上路满地洒。

　　小草到了所里,把刚才发生的事一五一十说给片警听,片警做了笔录,然后告诉小草必须明白两件事,第一损坏东西要赔偿,第二根据《治安管理条例》,公共场合打架斗殴要罚款。小草还要辩解,片警一摇手,只让他在笔录后面签了字,说明天一大早来所里警务室等待最后处理结果。临离开派出所,小草壮着胆子说:"鸡娃王的画没有他说的十万元那么贵,在摊上只卖几十元钱。我赔不起十万元!"片警也答了一句:"凭啥就卖十万?抢人呢!"最后拍拍小草的肩,看了一眼对面墙上"严格执法,热情服务"的大字标语后说道:"明天就处理完了。"小草心里还是七上八下地出了派出所的门。

　　第二天长安城里的一家报纸果然报道了书院门书画摊上小草和鸡娃王打架的新闻,并附现场照片一张,鸡娃王流着眼泪站在打烂的画框边,但报纸上并没有登载鸡娃王口口声声自吹自擂的一套说辞。第二天,片警把鸡娃王批评了一番,画框是鸡娃王自己撞坏的,这一点有证人证明,最后以开玩笑的口气说:"你的画价值那么大,快和秦巨江的画价一样了,还摆什么摊呢?"见鸡娃王不答话才又说,"撕烂的画算一百元,镜框子按新的算,就一百五十元。总共让小草赔你二百五十元。"鸡娃王一听不情愿地说:"才二百五十元,那我不成二百五了!"片警扑哧一声笑了,但马上又收住笑容说:"画框可是你自己撞坏的,小草手上也流了血。"

小草从派出所里出来连夜就去找师傅,把白天发生的事情说与名公听。名公让小草晚上和往常一样去韩勇的酒店上班,善后的事情交给他来处理。小草走后,名公拨通了派出所的电话,给小草说情。片警相当客气,只说小草和鸡娃王在书院门街上打架是小事,不会让小草吃官司,他和所长商量一下,让名公等电话,马上就可结案。一会儿电话就来了,派出所所长邀请名公当下来所里做客,说小草的案子已经结了。电话才通完时间不长,派出所的车就在名公的门外等着了,车里有片警和所长等着名公一起上车去吃饭。名公心中有数,今天晚上他要忙活一整夜了,不写出个十幅八幅的书法作品,他是出不了派出所的大门的。

第二天小草照常出摊,鸡娃王去了派出所,摊上只有一枝梅和小草。小草从老杨的裱画铺院子里搬出画案置好,一枝梅就过来打听派出所的处理情况,直称赞小草拜了个好老师。老杨也端着茶壶和茶杯到了他俩的摊前,三个人一边喝着茶就说到长安各大媒体报道名公在北京办书法展大获好评的新闻。最后一枝梅问小草:"你手里头就没攒几幅名公的书法作品?"见小草摇头,又补充说,"脑子放活些,有钱赶紧多收几幅,名公一旦当上长安书协主席,一幅四尺的书法少说也值个两三万元!"小草连连点头。三个人正说得热火朝天,摊前来了个算命的男人,中等个头,头发散乱,一双鹰一样的大眼先把三个人扫视一遍,最后把目光落在了小草身上。小草好像觉着有一双眼在扫视自己,一抬头正和算命的一双鹰眼对到一块,算命的张口道:"眼前这位书法少翁印堂发黑兆头不祥啊!"一副欲言又止的神情。小草不答他的话,一挥手示意他赶紧走人,不要耽误自己做生意。老杨起身一把拉回小草的手说:"听听他往下咋说。"老杨最近也是诸事不顺,也想从旁看算

命的对小草咋算,看灵验不灵验。算命的又说:"伏羲上人创乾坤八卦,占卜未来,关键就在一个'易'字。"偷眼窥了众人一眼,见大家来了兴趣,又继续道,"以易制不易;以不易制易才是卜卦的根本。"众人听他说得有理,就流露出欣赏的表情。算命的一见众人这模样,就越发高声地说道:"这位少翁,我才看你第一眼,就已知晓你……"算命的突然闭嘴,吊起了众人的探知欲却不说了,一副痛苦的表情望着小草。小草这时也踌躇着不知如何应对面前这个算命的。还是老杨怂恿着小草说:"让他先给你算,若是准了,我也算上一卦,问一问前路如何。"见小草还是不应承自己的话,又补充说,"小草我出钱让他给你算。"算卦的加重了语气说:"信则灵,不信则再卜也是白搭。"小草答应了:"只管算,算得好钱会多给,如果不准……"算命的急忙插话:"少翁不妨一试,灵验了再说。"随后拿出了八张白纸片,在手上翻腾着,把八张纸片和洗扑克牌一样洗了又洗,就让小草任抽一张。小草照着做了,把抽在手里的白纸捏着。算命的说,你先拿着不要看,我先算以前的事。他又从腰里掏出了一张八卦图,朝小草面前一摆,只见火爻离卦对着小草,不由得一惊,脸色阴沉下来,半晌不说话。又见众人都眼巴巴地盯着自己,就张口说:"你手里一定捏着个水爻,就是坎卦!"随后让小草翻过白纸,只见背面画着坎卦。他指着小草手里的卦纸神秘地说:"伏羲爷已告诉我,你昨日遭了难。"众人见算命的这么说都惊呆了,神笔一枝梅和裱画老杨都知道小草昨天打架被带到派出所的事,都睁大眼望着小草,再回头看算命的如何往下说。"手里的水爻说明少翁写字近水,犯了忌才有昨日一劫,这只是一小坎。"又继续说,"伏羲告诉我,让你赶紧离开长安,不然会有'血光之灾'!"说着脸色阴沉,一副见了鬼的模样,就要收拾东西离开众人。小草见他说自己过去的事还算准确,就给了五十元钱,算命的说什么也不要。裱画老杨也从衣兜里掏了五十元钱一并塞在算命人的手里,让他再给自己算一卦,算命的还是不肯算下去。双方拉扯推搡着,但后来算卦人还是收了钱,装进口袋。看着他满脸一副赶紧想走的表情,裱画老杨急忙说:"先生再详细解释一下离卦的说辞。"算命的才又勉强蹲下开口说:"少翁赶快离开书院门,离开长安回家避难吧!"小草觉着算命的是在耸人听闻,为的是博得众人认可,好再赚嘴皮子钱。见他收了钱,也不多说了,就回案前写字。只见算命的突然站起身不依不饶地对小草喊:"伏羲爷说了'离开长安',赶快离开,才能逢凶化吉!"

一枝梅见状也觉着这位不知从何处来的算命先生卜的卦有一些道理,就对算命先生说:"我听着有些道理,以后等你给老杨算了,我也请你卜上一卦。"又提高声音对小草说:"人家称呼你'少翁',你要多想想为啥?"就上前几步问算命的要名片:"留个联系方式,将来一定找先生卜卦。"一枝梅接过算命的递过来的名片看时,算命的早已无影无踪了。刚好从关中书院里吹出一阵狂风,院子里古槐树枯叶漫天狂舞着,黑煞煞到处乱窜,大家忐忑不安起来,都沉默着不说一句话。这时一枝梅突然喊了一嗓子:"我看咱这关中书院外的小小廊檐下,该请一幅钟馗挂在面南背北的墙上了。"鸡娃王刚好从派出所里回来了,听见了神笔一枝梅的话也来了神气,嚷嚷道:"不用请,我给咱画一幅就行了。"一枝梅回头一看是鸡娃王,提高声音说:"这一阵子,咱这摊子上阴风乱窜,大家都诸事不顺,难不成谁得罪了阴间的神圣,所以才说要请一幅钟馗像挂在墙上。是请,不是画。"鸡娃王一副不屑的表情,开始忙着出摊子。等摊出得差不多了,好像突然想起什么似的高声叹道:"今儿个咋也不见酒疯子来摊子上搅和了?"只听一枝梅伤感地说:"酒疯子眼已经看不清了,恐怕是要瞎了!"

第三十章　梅赛德斯

以画谋色计离间，开弓没有回头箭。

新仇旧恨积怨深，欲罢不能争脸面。

冷泪湿身鲜肉在，沉瀣还畏人弄权。

人格不立成玩物，梅赛德斯卖身钱。

　　韩勇请来了法律顾问，咨询了秦巨江导演的"打假"闹剧中自己遭受不白之冤，以及名誉权受损害的有关法律认定，并对起诉秦巨江一事进行了探讨和评估。法律顾问综合分析后，认为这个官司韩勇胜诉的可能性很小，因为鉴定话语权在秦巨江手里，而关键的证人衮雪妹又不可能出庭做证。站在对方的立场上来看，秦巨江对韩勇起诉打官司还求之不得，双方一打起官司，秦巨江可以继续借打官司炒作自己，也就是乘着"打假"的东风，和持续打官司的漫长司法诉讼期，让"打假"事件持续发酵，最终对秦巨江的名声地位只有好处，而无一坏处。分析到这里，韩勇把牙咬得咯嘣嘣响，张嘴骂道："难道我这亏就白吃了？我咽不下这口气。"法律顾问说："你写个授权书给我，我可以代表你私下和秦巨江交涉，还可以搬出你大舅哥压他，现官不如现管，先看他怎么说。"韩勇觉得法律顾问提出的这个办法比较好，一定要还击，先咬住对方再说，总之这个亏，自己不能白吃。

韩勇立即给法律顾问写了授权书,让他尽快去找秦巨江。法律顾问临离开韩勇的办公室时,韩勇半开玩笑地问:"你见过精神最顽强的推销员吗?"法律顾问不知自己的代理人是何意,不知怎么回答,韩勇干脆把话说明了,"你就天天去找这个不可一世的秦巨江,像死缠烂打的推销员一样,时时刻刻和他交涉,让他啥也干不成。"法律顾问看着韩勇愤怒的眼神,明白了委托人的意图。法律顾问郑重地说:"我明白你的意思,你放心,我一定能保质保量地完成交涉任务。"韩勇望着法律顾问离去的背影,心里说,我要和秦巨江玩到底,还要玩死秦巨江。

　　韩勇让秘书请衮雪妹来自己办公室一趟。一会儿就听见女人皮鞋跟儿踩地板的咯吱声,他知道这个在嘴边一直无法吞到口里的鲜肉来了。韩勇挺了挺腰板,清了清嗓子,故作客气地说道:"衮雪妹,你最近的工作做得还可以,不过还是让书院门的老杨到我办公室里搅扰了我。"衮雪妹想争辩,他挥手制止着话锋一转:"我决定起诉秦巨江。以侵害公民名誉权起诉他,在法庭上我想请你当证人,指证他损害公民名誉权的不道德行为,你也是当事人。"韩勇话出突然,衮雪妹一下子呆在椅子上,沉默了一会儿,她装作可怜的样子说:"老板我想辞职,请你批准。"韩勇一听衮雪妹的回答,又声色俱厉道:"你可以不辞而别逃之夭夭,如果你敢这样,我也让律师起诉你,你和秦巨江串通做局侵犯公民名誉权,咱们在法庭上见。哼!"衮雪妹此时好像已被吓得哭出声来,但也让韩勇的心情复杂起来,他点燃一根烟抽起来。衮雪妹心想,当务之急是赶紧见到秦巨江,商量如何应对韩勇。眼下要立刻离开韩勇去找秦巨江商量对策。于是她露出一副娇媚的神态,擦着眼泪怯生生地辩解道:"人家给你的是秦巨江画的真迹,至于在拍卖行,当着媒体的面,秦巨江说是假的那幅画,我就不清楚是咋回事。"韩勇一边听,一边就给她递纸巾。递纸巾的手让衮雪妹抓住了,韩勇触到了女人温软的手指头,好像过了电一般,一下子就说不出话了,就势想拽衮雪妹的胳膊。衮雪妹又风一样轻轻地一甩,细长的白手指在韩勇面前一闪就缩了回去,她红着脸低声说:"不好意思老板,人家要上厕所。"说完就迅速离开座椅,逃出了韩勇的办

公室。韩勇把烟头重重地往烟灰缸里摁着骂道:"衮雪妹,你就是变成一只贼猴,也逃不出我如来佛的掌心,到时你会乖乖地送上门来。"

秦巨江正在他的工作室里创作着壁画式巨幅组画。他穿着深灰色的工作服,站在两人高的梯子上正凝神沉思着,手指头缝里夹着三支大小不一的毛笔,而另一只手里的烟头已烧到了自己的手指。秦巨江一哆嗦,扔掉了手里的烟屁股,慢慢地下了梯子。这时,几个研究生正按之前他的吩咐,把画完的几幅组画草稿毕恭毕敬地送到他面前。秦巨江瞟了一眼,好像很不满意的样子,他并没有接过草稿,而是一个人思索着,踱到了并在一起的一大排沙发边,往上一躺。他画累了,应该说,是画得没有激情了。他躺在大沙发上,眯着眼朝不远处的几个研究生的方向看,一个女学生的背影进入了他的视线,这个女学生实在是太丑陋了,招研究生的时候,要不是上面的领导压下来,一定要内定这个人选,他是断然不会让这个毫无姿色的女子当自己的研究生的。秦巨江由这个学生想到了衮雪妹,只要这团鲜肉在自己身旁,他就有使不完的劲。这时几个研究生惊异地看到他们的导师突然从大沙发上蹦起来,发疯似的冲到梯子跟前,爬上去抓起工作台上的毛笔点染起来。几个研究生围在梯子下面,个个双眼发亮,他们懂得,导师的创作激情又回来了。等秦巨江把这几个人物皴染完毕,几个研究生都没了踪影,取而代之的是衮雪妹。秦巨江还以为自己在神游,又眨了眨犯困的双眼,才确认梯子下面站着衮雪妹。

秦巨江差一点从梯子上跌下来,但还是把持住大师的风度,不紧不慢地下了梯子。衮雪妹崇拜地看着两米多高、三十多米长的巨幅水墨画稿,瞥见她崇拜的秦巨江大师从梯子上下来了,她扶着秦巨江走到大沙发旁。衮雪妹先往上一躺,闭着眼,她等着秦巨江像一条狗一样地爬过来……等了一会儿,不见秦巨江扑上来,衮雪妹睁开双眼,看见秦巨江靠着沙发背睡着了。

等秦巨江醒来天已经黑了。衮雪妹想和他开车出去,如果他心情好,就把今天上午韩勇和自己说的一番话转告给他,看看秦巨江有什么对策。横竖衮雪妹是不想再在韩勇手下干了。秦巨江站起身,显得轻松愉快的样子对她说:"我们去看房子吧,皇族御园的别墅首付已经付过了,这是别墅的钥匙。"说着就掏出一把钥匙在衮雪妹的眼前晃着,还没等衮雪妹反应过来,就又把钥匙揣回身上,因为他有重要的事要和衮雪妹商量。秦巨江拉着衮雪妹出了工作室的大门,上了车。衮雪妹坐在他的车上,把两条胳膊朝起一扬,伸了个懒腰说:"我也想学开车。"然后就看着秦巨江。秦巨江说:"好啊,你专门给我开车,咱可说好了,你就是我的专职司机。"衮雪妹迎着他的话头,不依不饶地说:"人家要开自己的车。"秦巨江爽快地答道:"你要什么车,我送你一辆。"衮雪妹一听,就抱住了秦巨江的脖子亲了他两口说:"我喜欢'梅赛德斯'跑车。"秦巨江努力控制着方向盘,心想,她只顾高兴了,没听清自己话里的意思,让她先高兴一阵子再说。秦巨江把车开到了离皇族御园别墅区不远的落叶松林里,这才注意到衮雪妹已准备从座位之间的空当往车后爬,小圆屁股撅得老高,正蹭到了他的脸。秦巨江刹好手刹又关了车灯,朝车窗外望了几眼,确定这是一处安静的地方,就双手紧紧抱住了女孩的大腿,衮雪妹还是咯咯地笑,故意挣脱着身后的秦巨江……闹腾到最后,秦巨江手里只抓住了她的高跟鞋。秦巨江确实累了。早晨,才接待了韩勇委托的法律顾问的来访,他已经想好了应对的办法,就差和衮雪妹商量了,所以心思就跑了偏,没有跟着女人爬到后座上。衮雪妹又骚情道:"人家冷。"秦巨江脱口说:"解铃还须系铃人……我钻不过去。"衮雪妹又嬉闹着:"不行,你立刻从这儿钻过来,不然,今天你就吃不上本小姐。"说完朝不动身子的秦巨江要挟着,"你倒是爬过来,不然我可要按喇叭了,你不是说铃啊铃的。"秦巨江脸一沉,郑重地说道:"别闹了,我有话说。"就把怀里的鞋递给了她。秦巨江开了车里的暖风,又从车窗朝外面黑洞洞的落叶松林看了看,才卧蜷着爬到了后座上。衮雪妹又咯咯地笑了,搂住他的脖子不松手。秦巨江抱着香喷喷的一团鲜肉,显得心有余而力不足地说:"自从'打假'以后,你们老板没有为难你?"怀里的衮雪妹好像突然想起什么似的,收住了笑脸说:"怎么没有? 他不准我辞职,还说要到法院告我。"秦巨江的双手在女人光滑的鲜肉上抚摸着,很慢很温情,喃喃道:"他要是公开对簿公堂就好了,我还

求之不得呢。"女人起初是不解，然后也明白了，但还是焦虑地说："我真是不想在饭店那儿干了，咱也不稀罕他那一个月的工资。"秦巨江启发式地问她："你老板这亏就白吃了？他已经派律师来我这里交涉了。"本来衮雪妹想说，韩勇早已对自己心存不轨了，听秦巨江这样说，衮雪妹说道："咱不怕他，咱就和他法庭上见。"秦巨江听完没有做任何表示，似乎不同意女人的说法。最后才慢慢地说："你老板正想把你从我这里夺回去。"说完就仔细地观察怀里衮雪妹的表情，衮雪妹突然不在秦巨江怀里骚情了："他倒是癞蛤蟆想吃天鹅肉，难不成咱还害怕他一个卖饭的？"衮雪妹坐到后排座上，看秦巨江还是不说话，眨了眨眼显出失望的神色。原本衮雪妹毫不怀疑地认为秦巨江会义愤填膺地和她一起咒骂那个畜生。秦巨江轻轻地搂住了她的肩膀说："韩勇要从你身上讨回咱俩'打假'所吃的大亏。"衮雪妹吊了脸，把搂在身上的男人胳膊一甩，头就挣脱出来，浑身颤抖起来，激动得说不出话了。秦巨江说，"你也知道那畜生的后台可硬，他的心病就在你身上。退一万步说，就是将来对簿公堂，无论双方谁输谁赢，他的心病都去不了。"衮雪妹这时已蜷缩着，泣不成声。秦巨江继续说："那畜生的大舅哥是法院的院长，我听说他马上就要升为副省级了。"又说，"我当初不也是为了替你出气，才一口咬定那幅六尺画是假的嘛！"说完他从兜里又掏出了那把下午在衮雪妹面前晃了一下又不肯给她的别墅钥匙，塞在了她的手里，开了车门，独自一个人踱到了落叶松林里。就听见背后车门响，只见衮雪妹也从车里下来了。借着月光，秦巨江看见她脸上已没有了泪水，手里举着别墅的钥匙，凝视着他。秦巨江的心剧烈颤动着，他无法预料衮雪妹会做些什么，生怕她把钥匙摔在自己脸上走了。也不知道过了多长时间，衮雪妹咬着牙，晃动着手里的钥匙挤出几个字："还少一把'梅赛德斯'的钥匙。"

第三十一章　江　湖

元瓷珍宝独一件,煞费苦心贼惦念。

双龙穿云自在舞,飞凤牡丹缠枝莲。

拍片奸计看不穿,趁火打劫处境险。

江湖波平暗流急,内外强盗虎视眈。

　　小灵通刚开了画廊的门,慧空野就点头哈腰地进了门。小灵通眼前一亮说:"慧空野居士终于回来了,纪录片《江湖》还继续拍吗?"慧空野站在一楼画廊若有所思地只顾问小灵通的好,一副不急不忙的样子。小灵通见他这般模样,就请他上二楼,慧空野赞赏地点着头,两个人一同上到画廊二楼。刚一落座,慧空野就又起身,毕恭毕敬地对小灵通一鞠躬,小灵通见他这样给自己正式行礼,很不习惯,也起身站着,不知如何应对,一脸的窘相。慧空野行完礼开门见山地说:"恭喜你,你收藏的元青花梅瓶是真的,我国东洋陶瓷馆的专家看了我带去的图像资料,做出了一致的判断,你收藏的青花梅瓶是元代唯一青花瓷器真品。"痛苦、焦虑还有巨大的利益诱惑以及对花彩棉的爱纠缠在一起,小灵通遇到了此生从未碰到过的难题,如何抉择,一直纠缠着小灵通。慧空野最后说:"你以后经营上有什么困难尽管开口,千万不要客气。"小灵通现在听到慧空野这样的说辞,已经不觉得他只是纯粹的客

气了。小灵通摆着手说："先生帮我这么大的忙,鉴定出了孤品元瓷珍宝,我现在正考虑着如何答谢你。"话题一转又说,"慧空野先生,我想拜师皈佛。"慧空野看起来更严肃了,憋了好一阵子才蹦出一句:"你可是当真?"小灵通很认真地说:"当真。"慧空野说:"缘起缘灭,全在一心,等你再来卧龙寺,我介绍能容师父给你认识。不知你尘缘了还是犹未了,我见了能容师父怎么说呢?"小灵通一时也无法说清一团乱麻的头绪在哪里,慧空野看出他的心思,又试探着问:"你打算什么时候娶花彩棉女士为妻呢?"小灵通一愣,苦笑了笑只沉默着,也不回答慧空野。"啊!明白了,"慧空野嘴张得老大说着,"你正在追她,但花女士还没答应你。"小灵通觉得慧空野说的对,自己的这个尘缘犹未了!就说:"先生真是了不起,我的情况瞒不过你的眼睛。"慧空野哈哈笑着:"尘缘好了,好了。不过花主持人可是长安城里数一数二的人才,你不抓紧的话,寸步佳人可相距遥遥啊!"说着就望一眼小灵通,才又把话说完,"红粉佳人最好,可也最贵啊!"最后这句话刺到了小灵通的痛处,但也是小灵通的现实,他不怪慧空野说话直接,不给自己留情面。事实如此,无论任何人摊上,都无法解开这个死结。"难不成他要逼我卖出孤品元青花梅瓶?"小灵通这样想着,觉着慧空野在咄咄逼人了。慧空野不再说下去了,起身准备离开,不等小灵通说话,慧空野就先张了口:"你皈佛之事,我一定代为办妥,请你静候佳音。"说完鞠了躬就下楼走了。

　　肚兜回书院门后,见鸡娃王在摊子上画画,老远地等了一会儿,还是不见他抬头,就索性进了小灵通的画廊。小灵通刚好送慧空野出门,就碰见了肚兜,肚兜就听到慧空野最后说的一句话:"这件元青花梅瓶珍宝你保管的责任重,可千万不要有意外啊!"小灵通嘴里应承道:"是的,我一定多加小心。"送走了慧空野,小灵通见到肚兜有些意外,来的都是客,看她怎么说。肚兜冷冷地说了一句:"你如今可是大老板了,不知眼睛还能看见我不?"小灵通看着眼前这个女人,一团乱麻的心思就更乱了。肚兜进了屋里,也不停步就往二楼上,小灵通也不拦她,跟着上了二楼。肚兜上了二楼反倒不作声,她一眼就看见右墙角的核桃木方桌上,用玻璃罩子罩着的元青花梅瓶。

心想:这就是贵客嘴里说的元青花梅瓶珍宝吗？不一会儿她的眼睛里就流出了眼泪。小灵通倒了杯水，发现肚兜似乎变了一些，但一时也说不清楚，便问:"这么长时间，书院门一条街也不见你的影子，到哪儿发财去了?"肚兜不想和小灵通扯不咸不淡的话，只是回答:"我坐坐就走。咋? 坐都不让坐了?"小灵通只好说:"哪里的话，随便坐。"肚兜拿话激他:"人家这几天没钱花了，等着你救济。"小灵通听肚兜这么说，眉头皱了皱勉强答应:"好说好说，没有多的，吃顿饭的钱还是有的。"肚兜知道小灵通会这样说，何况他也不欠她什么，而自己还欠小灵通两千元呢! 他没有张口问自己讨要，已是很有情义了。怪只怪自己当真，不过她真是喜欢小灵通。肚兜深情地看着小灵通。小灵通知道她的心思，也很激动，但也很无奈，两个人是两股道上跑的车，走的不是一条路。肚兜见小灵通不愿意和自己再多说话，也觉得心寒，起身想走，她突然来了一股子劲，就抱住了小灵通，抱得很紧，小灵通能感觉到怀里女人的心跳和温热，但理智还是让他掰扯开了肚兜死死抓住的双手说:"大白天在画廊里，你这是干啥呢? 好了好了，你以后遇到难处，我一定帮上一把。"肚兜相信小灵通这话是真心话，但只有这些了，除此以外，再没有情分了，本来就没有什么情，是自己多情罢了。肚兜这才清醒了过来，她失望到了极点，估摸着鸡娃王这会儿该闲了，就走出小灵通的画廊寻鸡娃王去了。

第三十二章　偷　窥

元瓷珍宝贼惦记，元青花瓶又临险。

一朝下海难上岸，狼狈为奸贼贪婪。

折柳哀叹无力长，窗外偷窥三只眼。

浴盆乒乒余温在，梁上君子不等闲。

　　贼娃子和肚兜在一块住着，肚兜眼看着手里的钱就快花完了，两个要张嘴吃饭的大活人不能坐吃山空，就指着贼娃子骂上了："你个砍头子，年轻轻的还不如鸡娃王，难不成我再回流金岁月坐台去？"听见肚兜提鸡娃王那个在书院门摆摊的老不死的畜生，贼娃子身子里就憋出了两把火。兽性，让两把火一烧就疯狂起来，他两眼露出了凶光，不眨一眼地瞪着肚兜。肚兜一看这男人的架势，既让自己胆寒，又显出了男人的兽性来。肚兜继续说道："我在小灵通的画廊二楼，就在墙脚的桌子上，看见一只青花瓶子，用玻璃罩着，听小灵通的贵客说，是个珍宝，肯定很金贵。"贼娃子还没听完，满不在乎地说："还珍宝呢，有多金贵？"肚兜生气地说："小灵通二楼上的青花瓶子，是个珍宝，你记住——珍宝！"贼娃子明白肚兜是想让自己把这青花瓶子悄无声息地从小灵通屋里取回来送给她，或是再拿去卖大价钱，这里面一定有名堂。贼娃子察言观色，看得出肚兜的话里带着恨、带着怨，她要解恨，要出怨

122

气。莫非这野女人和小灵通也有一腿？想到这里，贼娃子抓了一把肚兜的肩膀问："你和小灵通是啥往来？"女人一听就来了劲，骂贼娃子："你真是个砍头子，我没工夫理你。"说完，气哼哼地下了床，一摔门就往长安城里的永宁门去了。

肚兜一进城，过地下通道，见卖唱的小伙一个人站在墙角，旁若无人地弹着吉他在唱："仿佛如同一场梦，我们如此短暂地相逢。你像一阵春风温温柔柔，吹入我心中，而今何处是你往日的笑容？记忆中那熟悉的笑容！你可知道我爱你想你念你怨你，深情永不变！难道你不曾回头想想昨日的誓言？就算你留恋开放在水中娇艳的水仙，别忘了山谷寂寞的角落里，野百合也有春天。"肚兜往卖唱小伙对面一圪蹴，眼泪就止不住往下流。这可怜的女人谁都不想找，不管是鸡娃王还是小灵通，她恨男人，不管老的少的她都恨。但是眼下她只能圪蹴在地下通道里暗自流泪，望着眼前匆匆来又匆匆离去的身影。地下通道越来越冷，不知过了多长时间，面前卖唱的小伙也走了，耳旁传来了地下通道那头锁门的哗啦声，肚兜走出地下通道朝宝庆寺佛塔走去。

早晨贼娃子从床上爬起来，闷坐了一会儿，他在心里琢磨：小灵通画廊里头摆着的元瓷珍宝花瓶是个什么样子，咋就那么值钱呢？既然肚兜说了，就想着要把这值钱的花瓶给她弄来。贼娃子下了床，思摸着行动的办法，他知道，自己已经是书院门街上的熟面贼了，只要一出现在书院门街上，不要说小灵通了，就是街上闲逛的街串子都认得他。所以必须来暗的，就是不在书院门正街上露面，先察看一下地形再说。他主意定了，就先到环城公园闲转打发时间，等太阳落了山，才从草地上起身进了永宁门城门洞子，沿着内环城巷，朝小灵通的画廊方向去了。内环城巷笼罩在落日的阴影里，他一个人麻利地走过去，再进甜水巷来到了小灵通画廊的后墙外。贼娃子环顾四周，这里很僻静，等了一会儿，也没有人进出。他有些纳闷，咋就没有人呢？他再往前走了几步，才发现这是一个死胡同，有一堵砖墙挡住了去路，砖墙有两人高，墙头砌着挑檐。他转回身再折到小灵通画廊的后墙外，墙面手能

够着的地方既没有窗户也没有手能抓住的建筑构件或脚能蹬住的缝隙,但能看得见画廊二楼的窗户框子。他摸索了一会儿,又摸到了有挑檐的那堵墙下。他打定主意,先爬上这堵墙,从墙上攀到和小灵通画廊相邻的房屋上面,再顺着房梁摸到画廊的屋顶上。想好了以后,他就决定返回,准备明天再来,做最后的踩点,然后就准备行动。

第二天天一黑,贼娃子没有和肚兜打招呼就一个人出了门,他身上只带了一条细细的但很结实的尼龙绳。他把绳缠在腰上,再穿上外套一挡遮,走起路来也方便。等他再来到昨天察看过的地方,转过小灵通画廊后墙外的墙角,往上一看,见头上紧贴着墙面,好像安装着一个苹果包装箱大小的东西,黑夜中看不太清楚。他顺手捡起一块石头,站起,手一扬,石头缓缓地被投到那东西上,只听得当的一声响。过了一会儿,也没有动静,他放心了,猜出这是安装空调散热器的角铁架子。他从腰上解下尼龙绳拴上石块,把带着尼龙绳头的石块甩过了角铁架子,等带石块的绳头落到地上,他拾起这绳头,拽了拽,感到能吃住力,知道绳子已经挂在了角铁架上,随后双手拉住绳,蹬着画廊外墙蹿了上去。等他双脚站在空调铁架上,收拾好绳子,直立起身来,手就能把住侧面房檐了,转手再抓住房梁顶头的立瓦,收腹再一跃,就攀上了房顶。

他上了房生怕惊动屋里的人,就势在屋顶上趴了一会儿,见没有什么动静,就朝通风口小窗户爬过去了。这通风口盖得像个鸽子笼,在房底下看很小,但他到了跟前,试了试,刚好可以进一个人。推了推通风口的玻璃窗户,推不开,贼娃子掏出准备好的胶布,米字形贴在玻璃上,再用力一击,噗的一声,玻璃碎了,声音很闷。他打开了通风口的窗户,钻进了通风口,探着身子才进去一半,就看见半人高的吊顶空间一根根膨胀螺栓吊下的铁丝拉着吊顶框架的铝合金网格,网格里摆放着石灰泡沫板,挪开泡沫板就是小灵通画廊的二楼了。贼娃子没有贸然进到吊顶隔出的空间里,贼娃子知道,细细的铁丝只能拉住吊顶铝合金网格,根本撑不住身子的重量。前面黑洞洞的,他趴了好一会儿,不知该怎么办,最后还是退了回来。他决定明天再来,白天趁人不注意,借着通风口进来的亮光,观察一下吊顶空间的结构状况再说。

　　他退出身子,缩着头,从通风口里出来,已是满身大汗了。他坐在通风口的旁边,有意让通风口遮住自己的人影,擦着汗,坐了一会儿,不见有动静,他知道自己还算运气,没有被人发现,就松了一口气,把头靠在通风窗立起的砖棱上,放松了一会儿。他注意到对面院子里有一处二楼的窗户里灯还亮着,窗帘半拉着,可以看见屋子里的情景。他看见窗帘的后面好像有一个女人的身影,便饶有兴致地看起了窗子里的风景:只见一个徐娘半老的婆娘刚洗完了澡,从又红又大的塑料浴盆里出来,拿毛巾擦身子,肥硕臃肿的大屁股扭动着。他看着女人的光身子,忽然才反应过来自己在什么地方,立马起身,揉了揉眼睛,顺着原路从房上下来。

第三十三章　佛　像

流金岁月即鳌宫，栈道明修陈仓度。

长安城北感业寺，盛唐菩萨贴金容。

走私文物暴发户，作奸犯科罪恶盈。

别有暗道通东海，败家孽种古今同。

　　承包长安电视台《鉴定》栏目的张总，最近从藏友筛选鉴宝活动中发现了宝贝，张总有意没有张扬这个信息，而是压了下来，没有公开让这个藏友上电视曝光，这也是张总和儿子一起进军文化产业，承包长安电视台《鉴定》栏目的重要目的。只要有高档文物古玩出现，张总就把照片带到儿子的办公室里，仔细认真研究一番。今天，张总带着一组在长安北郊出土的三尊汉白玉贴金盛唐菩萨造像的照片来见儿子了。

　　流金岁月的老板见进门的是自己的父亲，就知道又有高档货色面世了，高兴地从老板椅上站起身，毕恭毕敬地把老爸让到老板椅上。张总一屁股坐定后，就从包里掏出照片让儿子看。儿子瞟了一眼照片，就掩饰不住喜悦的心情说："老爸，这回咱可碰上好东西了，最好先把东西私下买过来。"张总皱起了眉头，疑惑地看着儿子，然后就盯着照片看。儿子继续说，"你那里要是周转不开的话，我这里有十五万现金，你拿着去先买断了再说。我立马联系人,这次咱俩又得忙活一阵子了。"张总看着儿子两眼放光,问:"你看准了,这三件东西不是新活儿?"儿子抑制不住满脸的喜色说:"你就放心地收过来吧,每一件东西算五万,当然越便宜越好。爸你就看着买了,抓紧! 最主要的是让那个藏友不要声张,一次性了断后路。"张总看见儿子坚定的态度,也放下心来。这时,儿子若有所思地看着老爸,一副想说又不敢说的样子,抓耳又挠腮,不知如何张口。张总已站起身准备要走了,见状疑惑地问儿子:"你是不是还有啥话要说?"儿子吞吞吐吐地说:"最近圈子里都传说你是个'半眯儿'呢!""半眯儿"是长安地区的土话,意思是不懂装懂,还爱在专家面前显能充方家的意思。张总听儿子这么一说,轻松地说:"'半眯儿'能认识这三件好东西? 他们这样评价我,我还求之不得呢。"听到这里,儿子会心一笑,那意思是说干这一行的,"不懂比懂"更方便运作。但张总说完又长长地出了一口气,叹道:"也就是我不全懂,不然你堂弟头些年在书院门开店时,在架子上摆的那件元青花梅瓶,我都没看出来是个宝贝疙瘩,生生地石沉大海不见了踪影。"儿子一脸遗憾地说道:"最近你咋就留心起我堂弟店里那只元青花梅瓶的下落了?"张总说:"我听韩勇说最近市面上出现了一只元青花梅瓶,按他说的'龙凤呈祥'的青花瓷器装饰特征和高低大小,我推测是你堂弟原先店里的那只元青花梅瓶,遗憾的是当时我没有上心多琢磨。"儿子恨恨地接过老爸的话说:"韩勇给你透露了这只元青花梅瓶现在的下落吗?"张总一脸茫然地说:"他又不傻,怎么可能透露给我?"儿子露出了一丝狞笑,一字一句地说:"这只元青花梅瓶就在离我这里只有几步远的画廊小老板小灵通手里。"张总一惊:"小灵通? 是啥来头?"儿子不屑地说道:"是个开画廊的安徽农民,原先是个街串子,他开画廊比我开歌厅早几年。"张总收拾着照片准备走了,但突然想起了什么,说:"我们电视台的花大美人据说还和这街上的小灵通谈着呢!"儿子也应道:"有这事,当时花大美人是对面的师范生。满书院门街上的人都知道这件事,不过我不信,花大美人能看上他,一个安徽豆鼓村的农民!"张总也肯定地点着头说:"我千真万确地知道,花大美人现在正和咱长安的一个大人物打得火热,连台长都不敢得罪花大

美人。"张总还没把照片装进包里,儿子赶紧说:"照片要留下,我还得让人看。爸,你等我的消息,那人见了肯定眼珠子瞪多圆,咱俩这次再美美地猛赚一把。"张总收住了一脸的遗憾之色说:"这次就看你的了。不过,我还是过不去这道坎,那只元青花梅瓶错失得太可惜了。想起它来我失魂落魄的,连觉也睡不着。"儿子露出了一副孝顺的表情说:"老爸,这事你放心,就交给我来办,我一准再把这瓶子弄回来。"张总满意地看了儿子一眼,情绪好了许多,出了流金岁月的偏门,然后朝东走了不到十米,在小灵通画廊的门上张望了一会儿,才开车回电视台去了。

贼娃子一大早起来感觉很爽,肚兜也不问他的工作进展得顺利与否,这回两个人倒是很默契。贼娃子去了甜水巷,反正是个背巷子死胡同,也没有人注意,他准备白天去察看清楚画廊的吊顶空间里啥地方能立住脚,再挪开吊顶上的石灰泡沫板,从上往下观察画廊二楼的情况,锁定花瓶的位置,再盘算如何下手。正像他估计的那样,到了画廊背面的甜水巷,还是按老路数上了房,钻进了通风窗口。白天这吊顶空间还能照进微弱的光线,他看清了在墙角有一处用角铁固定的角钢龙骨,他推测,四面墙都应该有这种生根角钢龙骨吊顶架。他用手摸索了一下,摸到了,有一只鞋的宽度。他就把一只脚站上去,试了试能撑得住自己,于是就挪了几步站了上去,再静了一会儿,确定吊顶板下面没有人活动的声音,才弯下身,轻轻地挪开了吊顶泡沫板。一条缝隙露了出来,屋子下面的灯光投射上来,贼娃子从缝子里看出去,左看右看,这显然是一间办公室,不是什么画廊的二楼,他很失望,这三天的工夫就白费了。正准备悄悄离去,突然下面就有了动静,只见一个老板模样的人推门进来了,坐在了老板椅上,从抽屉里拿出了三张照片,反复琢磨着。他认识这人,是流金岁月的老板,他的心咯噔一下,自己踩错了点,来到了流金岁月的屋檐里。但此时贼娃子已判断出,脚下踩的连排门面房,从流金岁月数起,朝东第三间门面就是小灵通的画廊了,从房顶上是可以过去的。等下面的老板离开,自己就可往东去,再寻摸出进小灵通画廊二楼的办法。

张大老板把照片重又放回到抽屉里。门开了,进来了一个女人,贼娃子也见过下面这女人，是流金岁月的女人。一男一女说着话，根本没有发现自己头顶上有一双贼眼注视着他俩。老板问女人："最近不见长得像姊妹俩的那俩女子来咱这儿了，你知道为啥？"女人立刻答道："你说的是翠琇和丹婵？"老板答："就是那两个女子。"女人说道："可能是从了良，听说街上来了个刻章子的，是个南方人，这男人有些子手段，把她俩都收服了！"张大老板狞笑着说："我看咱这街上的各行生意都快让南方人垄断了。这伙南方人挣了钱，也不出来找小姐，把钱都寄回了老家盖房子。"女人也附和着："就是，咱北方人的钱都让这安徽、江浙还有江西的赚走了。"老板最后说："你去忙吧，不要叫外人来办公室打扰我。"老板说完，把头一仰靠在椅背上闭目养神。又不知过了多长时间，贼娃子从缝隙里看见门开了，又进来了一个男人，对着流金岁月的大老板又是点头又是哈腰地行礼。两个人坐定，后进来的男人就迫不及待地问道："老板所说的唐代菩萨贴金造像呢？"流金岁月的老板麻利地从抽屉里拿出照片，毕恭毕敬地送到来人的手里。这人接过照片，目光如电一样扫着手上的三张照片，神情紧张，几滴汗珠从脑门子上渗出来，正想张嘴说话，流金岁月的老板却谦卑地开口了："慧空野先生，这三件唐代皇家寺院感业寺出土的菩萨贴金造像，不知先生鉴赏的结果如何？"慧空野又对老板一鞠躬说："我很满意这三件东西，你报个价吧，呵呵！"流金岁月的老板好像早都准备好了一样，显得胸有成竹的样子，但一张口却没说价格的事情。吊顶上的贼娃子显然也来了兴趣想听下去。老板清了清嗓子说："慧空野先生，你我合作多年，我首先要感谢你这么多年对我生意的照顾。本来我应该以很优惠的价格给你，但是但是……"慧空野眯着眼睛看着他，似笑非笑地说："让我来猜猜，你这次狗嘴里会吐出什么牙来。"说着就伸出了一根指头，老板镇定地摇着头，慧空野也摇了摇头，似乎是同意这个数字太低。在慧空野心里，一是指一百万，然后就继续伸出了两根指头，老板又摇了摇头。慧空野流露出一丝狞笑，不耐烦地嘟囔了一句："就这样吧！"说着手指头变成了三根，流金岁月的老板大喜过望地抓住慧空野的手，压低声音说："就按你说的三百块吧！"在长安的古玩行里，一块钱就代表一万块

钱,所以按张总说出来的价钱,这三尊唐代贴金汉白玉质菩萨造像以三百万元成交。慧空野一听,差点昏过去,但还是装作无可奈何的样子说:"不够朋友,拿这个数来宰我。"说着抑制不住地兴奋,咳嗽起来,伸出的三根手指头,一直不肯缩回来。流金岁月的老板也差点乐得背过气去,不由得一条腿单跪在了地上。上面的贼娃子目睹了这一切,知道了跟文化沾边的古董可真是值钱。贼娃子屏住呼吸,生怕自己被发现,手抓着木梁上的膨胀螺栓,腰都快弯断了。

等两个人都出了老板的办公室,贼娃子这才从通风窗口钻出来,躺在屋顶上休息了一会儿。不远处的城墙上,游人朝他这边张望,很悠闲的样子,贼娃子判断,这些人没有想到自己干的事情,也不慌不忙地朝小灵通画廊方向张望,准备从房脊上走过去。贼娃子又想起了昨晚看见的乒乓姐了,他顺着老位置望过去,那扇窗户还是没拉上窗帘,只是屋子里是空的,贼娃子就朝旁边一间屋子看过去,只见屋子里面,有两个人正忙活着,一老一少配合默契。年轻的先取过一张宣纸,蒙在了一张用玻璃板做桌面的画案上,玻璃板底下打着强光,照射着一幅书法作品。年轻人把宣纸蒙在下面有强光照射的书法作品的玻璃面画案后,就取出木炭条按白纸下的书法字体结构精准地描了起来。等描好了,再反复核对,最后就从案子上揭下来,铺到相邻的一张铺着书画软毡的桌面上,老人就用毛笔蘸上墨汁,按照木炭条描出的印迹,把墨汁填上去。等填完了,一对比,和玻璃板底下强光照射的那幅书法一模一样。贼娃子看明白了,对面房子里的一老一少正在仿造名家书法呢!贼娃子狞笑着心里叹道,这倒是一笔好生意。就看这一老一少还很熟悉,认出来了,是书院门的鹰大王和他吸毒的儿子正在"工作"呢。等两个人忙完了,鹰大王坐着喝了几口水,就抽着烟出门去了。

贼娃子猫着腰,在书院门的房上,与其说是飞檐走壁,倒不如说是连滚带爬地在几间门面房的房顶上由西往东挪着,浑身上下全是土。等摸到了小灵通的画廊房上面,贼娃子就傻了眼,这栋房子上面,没有通风窗。贼娃子找了一会儿,发现通风口就在画廊东面侧墙瓦檐下,用铁网封着,而且看

130

起来还钉得很死,自己的手根本够不着。贼娃子绝望了,看来从这个通风口进到小灵通画廊里的可能性已经没有了,贼娃子提着的这口气就泄了,漫无目的地拿一双贼眼四处瞄着,见画廊外后墙边立着一根水泥电线杆子,贼娃子重又燃起了希望。他又提起气爬到后墙这面往下看,电线杆子离后墙大约五六十公分的样子,他就想好了进到小灵通画廊二楼的办法。贼娃子重又坐到画廊房脊后面,让立起的挑檐房脊挡住自己,这才舒了一口气,坐在阴影里抽起了烟。贼娃子把烟盒里的几支烟抽完了,从腰间解下细尼龙绳,攥在手里,翻过齐腰的房脊,来到小灵通画廊的后墙房檐上,把手中的绳子往电线杆子上一套,绳的另一端再把自己的腰紧紧捆死,抓住绳索,跨步一跃,两手就抱住了电线杆子,手抱腿夹地贴紧光溜溜的电线杆子,这才扭了头从画廊二楼窗户朝里张望。正巧二楼没人,贼娃子借着绳子的力量一扭腰,面朝二楼窗户,观察着画廊里面的情况。靠着窗户这边隔出了个小密室,里面放着一张床,看来是小灵通休息的地方。这间小房子里并没有陈设那只元青花梅瓶,肚兜所说的元青花梅瓶应摆在这间小房子的外面。张望完了,收住眼神,他这才注意到,画廊二楼装着防盗网呢。贼娃子一下就泄了气,腰上也感觉着没了力气,身子一松往下滑去。画廊二楼里,刚好小灵通和衮雪妹上楼来了,差一点就看见窗外的贼娃子了。

现在衮雪妹和小灵通成了难舍难离的合作伙伴。这次她的嗅觉似乎灵敏些,她朝窗户这边张望着,没看见什么,就继续和小灵通拉扯:"那两幅秦巨江的画卖了吗?"说着就挽住了小灵通的胳膊。小灵通一手抓住衮雪妹来挽自己胳膊的手,就想把另一条胳膊挣脱出来:"你那两幅画的钱我不是早都付给你了嘛!"衮雪妹还是死死地拽着小灵通的胳膊不松手,骚情地说:"本小姐那么多男人在后面想拉扯都拉扯不上,你小灵通倒是要得大,还鼓着劲想甩开我。我就拽着你,咋啦? 有本事你就把画廊扔下,往外跑啊!"小灵通见手挣脱不出来,就辩解着说:"我是要给你倒水喝。"衮雪妹一瞪眼说:"我不喝你倒的水,我要喝你口里的水。"小灵通没想到她会这样骚情,不由得咽了一口唾沫才说:"那两幅画,还在我手里压着呢,变现不那么容易。对了,你叫啥? 我还不知道

你的名字。""衮雪妹。"女孩回答了自己的名字，就进到靠窗户隔出来的这间小屋子里："瞧你这床上乱的，花彩棉也不来给你收拾收拾。"说着就给小灵通叠起了被子。小灵通朝屋里张望着，看见她在收拾自己的床铺，不由得走到元青花梅瓶的前面，看着玻璃罩子里的腾龙飞凤发呆。衮雪妹又说："你想甩了我，就不要动这个念头，我已经是你的人了，就要跟你一辈子。你比我爸我妈要靠得住，我爸我妈眼里就只有我弟弟，为了他，早早就把我撵出家门。我在酒店宿舍住烦了，不然咱俩一起住？"说到这里她想看小灵通的反应，自己和秦巨江的事，她想探探小灵通知道不知道。衮雪妹在两个男人之间穿梭冒险，她觉得既好玩又刺激。她把小灵通和秦巨江做了比较，小灵通是头狮子，自己和小灵通受活的时候，像火山爆发，被烧得粉身碎骨、无影无形，到了另外一个世界里。而和秦巨江身子绞在一起的时候，就像两个人吵架一样，嘴斗得凶，就是着不起火来！想到这里，见小灵通还是不理她，就生气了："人家让你来陪我，你算算，你才陪我了几次？"屋外的小灵通听得出来女孩真的是生气了。他现在就是不想理她，他断定这个叫衮雪妹的女孩肯定很麻烦，就执拗地站在元青花梅瓶前发着呆。楼下传来声响，一定是有客人进画廊了，小灵通匆匆地下楼去了，衮雪妹失落地叹着气回到屋里，倒在床上生着闷气。小灵通下楼一看，原来是韩勇的胖儿子，就客气地问面前的胖男孩："你咋不在学校里上学呢？"胖子嘻嘻哈哈地显得很不好意思，手从书包里往外掏东西："学校放学了，我带点东西到叔叔这里来，你看着收下吧！"小灵通见胖子手里正抓着几幅字画，慌慌忙忙地展开来，铺在画廊的地上。小灵通瞥了一眼，是秦巨江一幅三尺关中村落写意水墨图和两幅名公的四尺对开行书书法，不是仿作，而是真迹。小灵通又在灯下照了这三幅字画的落款处的指纹暗迹，也都没有什么毛病，这才看着胖子发起愣来：难不成这三幅字画，是从他爸韩勇屋里偷出来的？就试探着问："怎么卖呢？"胖子兴奋地说："叔叔随便给几个钱。我缺钱花，学校里一帮同学正等着我请客呢！"小灵通摇着头说："叔叔给你一千元钱，但这三幅字画你还是带回去还给你爸爸。"说着就低头从怀里掏钱，等小灵通拿出钱，这韩总的胖儿子，已一溜烟蹿出了画廊的门外。

第三十四章　捡　漏

梁上君子徒忙乱，作奸犯科狞笑脸。

捡漏销赃没二话，从小坑爹路走偏。

滥情脚踩两只船，自作自受后悔难。

无心插柳柳成荫，初恋情衷花彩棉。

　　韩勇的胖儿子拿着三幅从他爸屋里头偷出来的字画，灰心丧气地从小灵通的画廊门里出来，走了不到十米，就见有人注意他。胖子看了一眼注意自己的人正站在流金岁月歌舞厅的门口，手里端着个紫砂壶，一双鹰眼直勾勾地盯着他手上的字画。胖子心中窃喜，此处不留爷，自有留爷处，也许这老板能收了我手里的三幅字画。正想着，盯他的男人先开口了："小胖哥手里拿的字画，让我瞅一眼，瞧你一脸的福相。"胖子问道："你算老几，我又不认识你。"说着嘻嘻哈哈地翻着白眼，就不迈步子了。男人嬉皮笑脸地说："你问我算老几，我不知道，但我是身后大门里的老大。胖哥看着面善，我今天就算和你认识了。跟哥哥我进门里说道说道，我就喜欢你这样的孩子。"胖子又一翻眼睛："你喜欢我？我又不是女的。"男人一听哈哈大笑起来："我这门里头女的多，男的少，以后你就是我亲弟弟了。"说着就拉住了胖子的胳膊，两人一起进了流金岁月的大门，进了经理办公室。这张大老板没费多长

时间,花了不到两千元,收了胖子手上的三幅字画。他推测这三幅字画是真的上等货色,在孩子手里,肯定来路有问题,但他不管这些,就按高仿字画的价收了,日后要是失主找后账,他也好对付。胖子兜里揣着钱,高高兴兴地要走,张大老板指指楼下,一脸怪笑地说:"男子汉,底下的黑屋子里你进去看看,挺好玩的,里面的姐姐漂亮着呢。"胖子这回没上张大老板的贼船,出了大门回学校去了。

再说刚才从画廊后墙外面的电线杆子上滑落到地上的贼娃子,坐在地上收拾好了那条细尼龙绳,重又站起来,灰心丧气不知如何是好。小灵通画廊二楼的宝贝青花瓶子,说到最后,也就是个钱嘛,早晨他在流金岁月屋顶上偷听到的两个老板的谈话,不也是一笔大的买卖? 他就再到流金岁月屋上头观察着,看看这两个人交易的时候,有没有机会捞上一把。贼娃子想着美事还信心十足。等主意定了也觉得肚子饿了,就起身拍拍身上的土回去寻肚兜。

小灵通见天快黑了,就关了画廊的大门,在街上买了两碗擀面皮,用塑料袋包好,然后买了两个牛肉饼,一并提着又回到了画廊。等上了二楼,见衮雪妹已经起来了,站在元青花梅瓶跟前看。小灵通走到桌前,打开吃食袋子说道:"你这一下午睡得肯定过瘾,不去大饭店上班,当心韩勇炒你的鱿鱼。"衮雪妹不屑地说:"他炒我? 我还不想干了呢。"小灵通一听,就严肃起来,还想问她下一步有啥打算时,衮雪妹先开口了,语气里带着试探、撒娇和挑逗:"等我辞了工作就来你的画廊,咱俩以后就住一起。"小灵通听见她今天已经是第二次说要和自己住在一起的话了,有些紧张,他还没想好今后如何和衮雪妹相处下去。如果花彩棉知道了怎么办呢? 衮雪妹走到桌前吃起了擀面皮:"辣子放少了,比起我家乡的热面皮,这味道还真不咋样。"小灵通打趣地说:"你白吃枣还嫌核大,快拿牛肉饼堵住你的嘴。"女人又咬了一口才夹起来的饼子,一双大眼盯着小灵通嚷嚷:"就嫌就嫌,你给我在街上找汉中热面皮去,人家要吃。"小灵通问她:"这条街上有吗?"衮雪妹说:"有啊,在和乐巷朝里走不到十米,就有一家。"之前她去给克隆高手"挖坑",知道和乐

134

巷里有一家热面皮店。小灵通见她说得如此这般，就准备起身去买，衾雪妹赶紧摇着头："人家只说说你还真去？看不出来你心里头还真有我，快过来咱俩一块吃。"小灵通一走到桌边，衾雪妹就把手里的饼子往小灵通嘴里喂，他没张嘴，拿起了另一个饼子咬了一口。衾雪妹瞪了他一眼："你不让我喂你，那你就喂我。"说着就张着嘴、伸长了脖子。小灵通在韩勇的大酒店喂过花彩棉，没想到她也来了这一出，就正色道："行了，别玩了。"衾雪妹这是故意的，她在大饭店里，远远地见过小灵通喂花彩棉，她也想叫小灵通喂她一口。小灵通没有按她的意思做，衾雪妹把饼子往桌子上一搁，埋怨道："我就知道你心里只有电视台的那个女人，人家不高兴，不吃了。"小灵通嘴里的饼子也嚼得慢了，他没心思安慰面前喝饱了醋的衾雪妹。双方僵持沉默着，屋里的空气显得紧张起来。最后还是衾雪妹妥协了："你给我倒杯水喝吧，我渴了。"小灵通把热水壶提到桌子上，衾雪妹先给小灵通倒了一杯水，递给他嘟囔着："人家喜欢你，你知道不？"然后愤愤地继续说，"我猜花彩棉连一根手指头都不会让你碰。"小灵通没让她把话说完，一股火气就冲上了脑门，抢起水杯狠狠地摔在了地上，吼道："怎么说话呢？闭嘴！"小灵通的反应把衾雪妹吓住了，她也知道自己挑衅的话刺激了他，于是就扔下手里的吃食，不管不顾地搂住小灵通的腰，把头贴在小灵通的胸上央求着："人家错了，我给你赔不是。"小灵通又骂："你是什么东西？你不配在我面前提花彩棉的名字！"衾雪妹被小灵通骂得浑身哆嗦起来，谁叫她对小灵通的感情不纯洁呢？她在小灵通的衣服上擦着眼泪，被小灵通一把推开了。衾雪妹被推倒在地上不起来，而且还大哭起来，她想在小灵通屋里痛痛快快地哭一场。小灵通收住怒气，弯下腰拉着衾雪妹，声调缓和地说："对不起，我不应该骂你，我向你道歉。"衾雪妹只顾呜呜地哭，抓住小灵通的手贴住自己的脸哽咽着："人家爱你，真的爱你。我离不开你！"小灵通不想说出再让她伤心的话，就把已到嘴边"我只爱花彩棉"的话咽回去了。衾雪妹一头倒进小灵通的怀里，搂住了这个男人的腰，任泪水哗哗地往外涌。

第三十五章　暗　战

元瓷珍宝迷雾幻,凤舞龙飞名声远。

艺作天工神物化,盛世收藏太平年。

忽听半眛一言出,元青花瓶真名掩。

人心险恶隔肚皮,言左行右虎视眈!

　　小灵通刚一开画廊的门,流金岁月的张大老板和一个高个子中年男人就进了画廊的大门。小灵通既高兴又纳闷,高兴的是开门见喜,有客人来惠顾自己了,纳闷的是这隔壁流金岁月的张大老板是欢乐场中人,和舞文弄墨不沾边,咋今天也来登自己画廊的门了? 小灵通热情地招呼道:"是张大老板来了,我进了你流金岁月的大门不知多少次了,你张大老板,我没记错的话,今天可是第一次登我画廊的门。张大老板也对字画收藏感兴趣了?"张大老板和来人没见那只元青花梅瓶,索性开门见山地问:"听说你收藏到一件孤品元青花梅瓶,我这朋友是长安收藏协会的副主席,姓付,他想一睹元瓷珍宝的风采。"高个子的付主席表情严肃凝重,朝小灵通点点头,派头十足地说:"听说有外国媒体给你拍元青花纪录片,所以我就想来瞧一眼元瓷珍宝啊!"说着就递过来了名片,小灵通很认真地看着名片,心头一惊,还没有开始拍片子,自己收藏元青花梅瓶的事闹得收藏协会的人都知道了,就殷勤地回答:"付主席怎么知道这消息?"张大老板似乎不在意两个人说些什么,只顾欣赏满墙的长安名流书画作品。只听付主席说:"给你拍片子的日本朋友我也认识,他计划筹拍我收藏的鸡血石名品。"小灵通松了一口气说:"我收藏的那只元青花梅瓶,被长安的国家级专家们否定了,说是高仿品,我现在也糊里糊涂的,收藏这行当水太深了。"付主席一听呵呵地笑了说:"不是收藏的水深,是人心难测,肚里想的和嘴里说的总不是一回事。"小灵通听付主席说话中肯就打消顾虑,仗义地说:"我收藏的那只元青花梅瓶就在画廊二楼,请二位上楼吧!"

张大老板示意付主席和小灵通先上楼,他殿后自己就留意画廊的环境。三个人走到楼梯口,张大老板注意到楼梯口的侧后面有一个写着"给水"的铁盖子,然后就随着两人上了二楼。付主席一边打开聚光小手电隔着玻璃罩照射着里面的元青花梅瓶,一边问小灵通:"这瓶子都有谁看过?"小灵通说:"电影明星张大林来看过了,看那样子也很喜欢。"付主席露出轻蔑的表情说:"张大林懂个啥?他能演好戏就不错了。"小灵通正犹豫该不该说出之前张大林的鉴赏观点。付主席又说:"我不懂瓷器鉴赏,我懂鸡血石鉴定,说错了小伙子别介意。"然后就非常自信地指着玻璃罩子里的元青花梅瓶说,"我的看法是这件青花瓶是个明代景德镇民窑造的普通青花梅瓶。"小灵通一听就笑了,说:"付主席至少还说这是件真古玩,真的总比高仿的好。"付主席也笑了又继续说:"我们收藏界正在刮一股子歪风,就是崇洋媚外,只要外国人说好的,就说好。国内的好东西不收藏,偏要跑到国外夺宝!掀起了'回流风',说不清道不明啊!"小灵通听不明白付主席话里的真实意思,随便应道:"钱多想咋花就咋花。"这时张大老板也插话进来说:"你说得对,都是钱多烧的。"说完就和付主席下了楼,走到楼梯时又朝楼梯侧后面的给水井盖瞟了几眼。

"灵通有幸三生前,凤舞龙飞名扬远。艺作天工神物化,盛世收藏太平年。忽听半睐一言出,岂以元瓷真名传。人心险恶隔肚皮,言左行右虎视眈。"小灵通跟着两个来访者下得楼来,就听见了门外传来的疯吼声。小灵

137

通现在对酒疯子的疯吼已经喜欢起来，等那两个人出了画廊的门，就想招呼酒疯子进画廊问个明白。但他在门外看了又看，就是不见酒疯子的身影，便失望地回到画廊，嘴里念叨着"人心险恶"。一抬眼，看见了一个江西人站在离画廊三五步的地方，望着一高一低两个男人的背影进了隔壁流金岁月的大门。他想，今天这江西来的瓷贩子咋不上去揪住他俩推销仿古瓷器呢？江西人见小灵通正在盯着自己看，便也望着小灵通。

张大老板对付主席交代："过几天你就亲自和小灵通联系，就按你说的'明代的民窑青花瓷，出个三四万元，试着看能替我买过来不。"付主席反问："三四万元？这个价没有亏他小灵通？"张大老板肯定地回答："他从我堂弟手里买过去也就花了两万元。"付主席说了声"知道了"，准备离开。张大老板又问："你估计小灵通这小子会不会就范？"付主席自信地说："天下最难卖的就是古玩，越是高档古玩越难卖。你能给他出三四万的价收购，他已经是百分之百赚了，我寻思这小子没有不卖之理！"张大老板点点头笑了，目送付主席出门。紧接着张大老板叫来了鸡头，说道："最近咱公司要装修。"鸡头试探着问："装修？那咱歌舞厅就是要歇业了？装修要多长时间？"张大老板摇着头说："歇业？不是不是，是小修小补。我想把歌舞厅里的上下水管道重新走一下，主要是疏通疏通。""也对。"鸡头应道："来舞厅消费的啥人都有，素质也差，把那乱七八糟的脏东西往下水道里塞，上下水管道就堵塞了，真是恶心死了。"张大老板说："就是啊，我现在就去端履门外劳务市场上找几个好劳力，把上下水的管子重新走一遍，以后这些堵塞的情况就不会有了。这几天我主要干这件事，歌舞厅你给咱招呼管理好，我施工时，不要叫旁的人来打扰我们。"张大老板同时也做了付主席办不成事的补救办法，这是张大老板想出的一个绝妙的能成功的取宝计划：让民工从歌舞厅秘密地挖一条十几米的通道，朝东通到小灵通画廊楼梯口后面给水井的垂直侧壁上。等打通了以后，趁哪天小灵通不在画廊里，就从给水井口推开井盖，进入画廊，神不知鬼不觉地取走堂弟卖漏的那只元青花梅瓶。若是这瓶子再回到了老张家手里，一转手至少又是几百万的收入。张大老板盘算好了，就去了端履门外的劳务市场，他要找两个个子小但耐力强的好劳力，一个挖土，一个运土，施工的小包间用来存土，等得手了，再把土回填回去，神不知鬼不觉地就把事办了。

名公的竞选造势活动告一段落。他准备从北京开始在全国搞一次巡回书法展，来开拓长安以外的收藏市场。这只是计划，真要落实起来，还有许多的准备工作必须做。首先，名公要答谢帮助过自己的大买家和赞助商，于是就在韩勇的酒店搞答谢宴会。名公请书协的上一任主席、副主席还有秘书长，以及收藏协会一干人等，当然书院门经营名公字画的画廊老板和房地产老板，他也邀请了几个。本来名公也邀请了秦巨江，但秦巨江拒绝了。令人意外的是，韩勇的大舅哥长安法院的院长来了。席上，韩勇有意让衮雪妹作陪，这既是给衮雪妹面子，也是看一看衮雪妹的举动，想测试一下法律顾问的办法灵验不灵验。宴席上自然少不了广东富翁和小灵通，只要名公做东请客，当然少不了这两个人的身影。本来衮雪妹想推掉和韩勇一伙的饭局，又听说小灵通也在座，还有那个让秦巨江惧怕三分的长安法院的院长也来宴饮，就参加了。

宴会才开始，每个人的面前就先放了一瓶半斤装的长安老窖酒。美其名曰：酒席酒席，先酒后席。每个人先喝空了这面前的白酒，才能动筷子吃大圆桌上的美味佳肴。男食客倒是不在乎这个，而入席的女客们摇着头窃窃私语着。还是高官有发言权，法院院长说话了："男人的酒一定要自己喝，而女人的酒可以请男人代劳，但喝之前要行酒令。"在座的都齐声叫好。韩勇问道："咋个行酒令呢？"院长笑了笑说："咱这桌子上，谁做东啊？做东的既是今天的主家，又是书法名家，就由名公开始吧。"众人拍手叫好。名公也不推辞："我先吟诗一句，从右往左为次序，我下面的一位，接住这句诗的最后一个字，继续吟下去，谁接不上来，吟不出下句，就喝酒，多喝少喝自便。但每个人一圈轮下来，酒瓶子里的白酒就要喝干。如果赞同，我名公不才，就先献丑了。"大家都觉得这个办法好，于是名公就先喝一口自己面前的白酒，以示对各位的尊重。名公张嘴就来："一日看遍长安花。"名公旁边坐的

是法院院长，这官员也不含糊："花开满园人陶醉。"坐在下首的是韩勇，他瞄了一眼身旁的衮雪妹来了情调："醉卧花下才风流。"众人对眼互相一望，就看下首的衮雪妹如何接下面的诗句。衮雪妹慌忙应道："人不风流枉少年。"小灵通使眼色给衮雪妹，众人随即也发现了问题。韩勇看见身旁的衮雪妹和小灵通眉来眼去的，来了醋意，白了对面的小灵通一眼，就抄起衮雪妹面前的酒瓶子说："喝一口，你接错了！"衮雪妹和小灵通正眉来眼去的，突然身旁的韩勇把酒瓶子塞到了嘴边，她明白过来，只好接过酒瓶子说："小灵通你替我喝。"小灵通一犹豫，没想到衮雪妹直呼自己来挡酒，反应就慢了半拍。这时院长却插了一句话："你也不给衮雪妹往杯里倒酒，让人家怎么喝？"韩勇一怔还算反应快，就缩回攥着酒瓶子的手，往桌上的两钱半小杯子里倒酒。衮雪妹一是为小灵通没有第一时间站出来为自己挡酒生气，二是院长特意关照她让她心头一亮，就温婉地说："院长大哥能不能陪小妹罚喝一杯？"院长沉稳地说："可以啊！"就拿眼光示意韩勇也给自己把酒满上。韩勇照办，毕恭毕敬地把一杯酒送到大舅哥面前。一男一女一碰杯，衮雪妹在全席各色人等的注目下，款款地啜下了杯子里的酒。韩勇见衮雪妹和大舅哥干杯时起身不方便，顺势就和她换了位子，衮雪妹就坐在了韩勇和院长之间。下一位接衮雪妹诗的是个书法家，这位老兄主动站起来说："酒这东西是我的最爱，诗我就不接了，我自己随意喝几口，一瓶子不够我喝。"在座的拍手鼓掌。韩勇后悔自己不该换位子。只听衮雪妹对大舅哥甜腻腻地说："院长大哥，现在我和你就结缘了。"院长一脸的惊异神色道："哦？你有官司要打？"衮雪妹抓住时机进一步说："说来话长，不知院长大哥有没有时间听？"院长老练地应道："先吃饭，来日方长嘛！"衮雪妹的脸颊已飞出红晕，酒精刺激了女人，两眼已水汪汪的，在院长面前显出让人疼怜的样子来。院长多看了身旁的衮雪妹一眼，被韩勇敏锐地捕捉到了，他心想，衮雪妹手段了得，煮熟的鸭子，不会再飞走了吧？韩勇看着是个肥头大耳的粗人，实际上特别会揣摩人的内心，难道衮雪妹又要借桥搭上大舅哥？他不愿再往下想了，这次他已横下一条心，一定要先吞下这嘴边的鲜肉。但自己总不能霸王硬上弓,这水到渠成的机会怎么才会出现呢?韩勇趁大舅哥和其他人等应酬的空当,就举着杯子对衮雪妹说:"衮雪妹,你想走我也不难为你,只要你今天当着众人喝空了你面前的这瓶酒,我就放你走。"衮雪妹一听,也来了股子劲,毫不示弱地应道:"这话可是你说的,今天大家做证,这瓶酒我当众喝了。"说着就抄起酒瓶子,咕咚咕咚地喝起来。众人看了,并不明白两人之间到底发生了什么,只是鼓掌喝彩。广东富翁也高声地说:"酒中巾帼和男人比起酒量来,输的一定是男人!"小灵通觉得今天衮雪妹的情绪有些异常,只能默不作声地看着对面的衮雪妹。衮雪妹喝干了一瓶酒,往桌上一趴,但她的最后一眼,是盯着小灵通的。

名公见一圈酒喝下来,男人面前的酒瓶子基本都喝干了,就招呼身后的服务员继续上酒。然后对小灵通说:"年轻就是好啊,能留住美女的眼光,你看美女不但让你挡酒,现在眼光还在你身上。我们这些老头子羡慕嫉妒恨呀!"小灵通也喝得头晕眼花的,糊里糊涂地应道:"我咋没发现谁在看我?"名公继续说:"玩笑玩笑,我的书法作品,以后还要靠你们这些在一线的书画老板大力推广啊!今天你无论如何都要喝了我给你倒下的这杯酒。来,干了!"说完就和小灵通干杯,两个人一饮而尽。趴在桌子上的衮雪妹看着好像要呕吐的样子,法院院长提醒小灵通:"年轻人帮她一把,搭个手她吐了就好了。"小灵通起身过来,扶着衮雪妹走到里面的卫生间门口,衮雪妹进去了。小灵通听到了反扣门的声音,他推测衮雪妹脑子还算清醒。小灵通回到饭桌前,和大家继续吃喝着。广东富翁早已坐到衮雪妹空出的位置上,和院长聊得起劲。韩勇和其他几个自己不熟悉的老板、收藏家拉扯着,你来我往地碰着杯。见小灵通回来了就问:"衮雪妹喝醉了?"小灵通点着头也和这几个人拉扯起来。韩勇干了杯中的酒,心中窃喜,知道自己的激将法奏效了。"看来今天晚上,就可以把这让人流口水、恨得浑身痒痒的一团鲜肉吞吃了!"他想到这里,把一大块子酱排骨填进嘴里,用力地嚼着,好似嚼着衮雪妹的鲜肉一样。

等衮雪妹从卫生间里出来,宴席也散了,外间的餐桌旁只有韩勇一个

人。她用眼仔细搜寻每一个角落,想看见小灵通的身影,但她失望了,只有肥头大耳的韩勇在色眯眯地望着她。韩勇见衮雪妹出来了,就跨步上前搀她,衮雪妹本能地想推开这个令她生厌的畜生,但她没有力气。男人抓住了她的胳膊,搂住了她的腰,心里美滋滋地说:"我说过,你衮雪妹就是变成一只贼猴,也逃不出我如来佛的掌心。"衮雪妹在心里也诅咒着:"这狗日的,今天终于要得逞了。我恨,恨秦巨江、小灵通,还有这眼前的猪,恨所有的男人。"韩勇搀着衮雪妹到顶楼的总统包房里,想和衮雪妹度过销魂的一夜。

第三十六章　绝　情

心死泪枯梅已摧,徘徊悱恻墙头悔。

一点星火风吹尽,自作自受空垂泪。

失爱初尝苦果酒,绝情一别难再回。

唯有余情依稀在,缱绻空阁金银堆。

韩勇搀着衮雪妹还没走到电梯口,衮雪妹一眼就看见了站在楼梯口的小灵通。她也不知哪来了一股子猛劲,挣脱了韩勇粗壮的胳膊,朝小灵通扑了过去。小灵通一只脚还在楼梯口的台阶上踏空着,衮雪妹一头扑过来,他身重脚空,就已经失去平衡了,本能地两手一扬,抱住了衮雪妹的上半身,两个人抱作一团,从楼梯上滚了下去。幸亏楼梯铺着地毯,跌跌撞撞地还没摔伤。等两个人站立在楼梯拐角处,只看见韩勇恶狠狠的眼光一闪。衮雪妹推搡着小灵通继续往楼下赶,逃出了酒店的大门。衮雪妹神道道地哈哈笑起来,不知是醒着还是醉着,斜倚在一面发荧光的广告橱窗上,一只手捂着肚子,一只手指着小灵通喊:"你你,我就知道你是个男人,敢来争我。你有种回去,跟那头肥猪决斗,把他杀了。"随后又一口口地往外吐着酒水。小灵通坐在窗台上,看着烂醉如泥的衮雪妹发着疯,想着下一步该怎么办。女人在橱窗上靠了一会儿,就觉得两腿无力、身子发软,一屁股就坐在了地上。

南大街上人来人往,个别好事者驻足看着躺在地上的女孩,又看立在一旁的小灵通。小灵通觉得还是带她赶紧离开最好,于是就挽起衮雪妹跌跌撞撞地来到马路上叫出租车,出租车没有一个停下来的。小灵通只好背起她就往书院门走,过南大街地下通道时,还是往日的那个卖唱的小伙弹着吉他,自顾自动情地唱着:"你是不是像我在太阳下低头,流着汗水默默辛苦地工作。你是不是整天受了冷落,一次一次徘徊在十字街头。"小灵通放慢了步子,把这首歌听完,他又回忆起他和背上的女人第一次去城墙路过这里的情景。小灵通又耸了耸肩,再两臂用力,把背上往下滑的女人重又背好,朝书院门自己的画廊走去。

两个人到了小灵通的画廊,就见花彩棉站在门旁,带着一丝愤怒看着他俩。小灵通说:"你在我兜里把钥匙拿出来,先帮我开了画廊的门再说。"花彩棉一边帮小灵通掏着钥匙,一边瞟着小灵通背上睡着的衮雪妹,开了画廊的门,也没有进去,把钥匙往门里一摔说:"台里的张总让我带话给你,说是推荐你上电视鉴宝,要不然我还不来呢,谁知道你唱的是哪一出啊。"小灵通摇着头,把背上的衮雪妹放在画廊的沙发上,花彩棉已一阵风似的消失了。小灵通又把衮雪妹架着上到二楼。衮雪妹满身酒气喘着粗气。小灵通把她扶到自己的床上,就准备热水,想让女人擦擦脸。等小灵通回来,衮雪妹已吐得满屋子都是酒味。小灵通感到恶心,把热毛巾往床头一扔,在屋外拉开小躺椅躺下,盖上件大衣。他翻来覆去睡不着,今天自己和衮雪妹一起让花彩棉撞见,以后怎么给花彩棉解释呢?屋里衮雪妹呕吐的声音传了出来,更增添了小灵通的不安和烦躁。也不知过了多长时间,小灵通总算是睡着了,梦里面小灵通正和一个女孩吵架,而且还打了起来,不过和自己打架的女孩那张脸,他始终也看不清楚,有的时候是花彩棉脸庞的轮廓,有的时候又变成了衮雪妹的。

第二天,小灵通醒来看见屋里已没有了衮雪妹的身影。衮雪妹起得早,自己回酒店去了。小灵通收拾了床单被罩准备清洗,电话就响了,里面传出了衮雪妹的声音:"灵通哥快来救我,我快要摔死了,你快来啊!"小灵通反应不过来电话里她在说些什么,一皱眉责怪道:"这一大早你跑到哪里去了?我还以为你回酒店了。"电话里又传来了衮雪妹哭丧着的声调:"人家爬城墙,爬到半截处不敢上了,怕掉下去摔死!"小灵通一听,脸色就变了:"爬城墙?你在哪儿爬呢?"电话里的衮雪妹哭着说:"就在你画廊后墙对面的城墙上,你快来救我。"然后小灵通就听到了衮雪妹的哭声。小灵通收起电话,就朝画廊后墙直对着的内环城路跑去。等小灵通来到城墙下,只见衮雪妹沿着高大的城墙砌出的排水槽凸出的砖棱子,往城墙顶上爬着,小灵通面前的城墙有三层楼那么高,头顶上的衮雪妹已爬到二层楼那么高了。小灵通脸色已变得铁青,脑门子上的冷汗都下来了!衮雪妹显得身子轻巧,还继续爬着,就快要到城墙顶了,小灵通大气也不敢出,屏住呼吸,生怕这个不要命的女人一脚踩空,从上面摔下来。

衮雪妹就要爬上城墙了,她抓住了城墙上的顶砖,像燕子一样轻轻一跃,就翻上了城墙。小灵通这才松了一口气,冲着她吼道:"你不想活了,你摔死了谁来负责?"衮雪妹一边喘着气一边嚷嚷着:"我就是不想活了,摔死算了。你有种也从这儿爬上来,爬呀。"小灵通气得说不出话,衮雪妹又不依不饶地说:"你有种爬上来,咱现在就登记结婚。你没这个胆爬上来,你怕死,我不怕死,你要是不答应娶我,我就从这城头上跳下去,为你殉情!"小灵通瞪大眼睛大喊着:"你不要发疯了,我是不会爬上去的。你今天是怎么了?"衮雪妹好像是哭着骂道:"你骂我'是啥东西'?我是不要命的东西。而你呢?是个懦夫、胆小鬼。我都不要命了,你心里头还装着电视台的那个女人,我恨死她了。我也更恨你,你现在不要惹我,把我惹躁了,我就跳下去,让你看到我满身是血的鬼样子!你不上来,那你昨天为什么要救我?你现在上来救我呀,现在怎么不敢了?你不是怕死,你是怕我,你是怕爱上我,是吧?我就敢大声说,我爱你!你敢承认你不爱我吗?你敢喊出来吗?"小灵通被城头上衮雪妹的疯狂惊呆了,蹲在墙角里,清理着自己的思路。衮雪妹又喊,"你昨天晚上,把我一个人扔在一边,我都快死了,死了你知道不?我恨你,恨死你了!"说完就做要往下跳的姿势,又问城墙下的小灵通,"我再问

你最后一遍,你现在跟不跟我去登记结婚?快回答我!快说啊!"小灵通还是蹲在地上,双手捂着耳朵,一声不吭。城头上的衮雪妹彻底失望了,理了理一头乱发,绝望地喊了一声:"那咱们只有来世再见面了!"小灵通吓得冒出了冷汗,抬头看上面的衮雪妹,但上面的衮雪妹消失了……"衮雪妹!衮雪妹!"小灵通紧张了,"难不成衮雪妹在城墙那一边跳护城河自杀了?"小灵通一想到这里,撒腿就往永宁城门楼洞子方向跑,他想绕到城墙的外面去救衮雪妹。

才往西没跑出几步,就见前面马路上停着一辆红色的法拉利跑车,门开了,推门下车的是花彩棉。小灵通愣住了,眼前这局面着实让小灵通吃了一惊。花彩棉先开口了:"没想到,小灵通,还有人愿为你自杀殉情呢!我都感动得快要哭了,我要是你啊,就从城墙这排水槽爬上去,看人家小姑娘都寻死觅活地为你跳城墙了!"小灵通也顾不上理睬花彩棉的酸味话,焦急地说:"城墙上的女孩现在不见了,要真是从城墙另一面跳了护城河……赶紧去救人。"花彩棉不屑地瞪了小灵通一眼,提高声调说:"你对她还挺上心。"小灵通也不多辩解,拉着花彩棉就往城门洞子方向去。"要去你去,我去干吗?我还非得蹚你小灵通的浑水?"花彩棉怒不可遏地甩开了小灵通拉着自己胳膊的手责怪道,脸色涨红,已露出了愠色。小灵通还想说什么,花彩棉又戗了小灵通一句:"你今天要是敢去救她,以后就不要再来找我了。"小灵通收住被花彩棉甩出的胳膊,还是往前跑,只听花彩棉厉声喝道:"你跑什么跑?那女人才不会自杀呢,没见过你这么傻的人了。"小灵通听出花彩棉话里有话,就驻足道:"我傻?你怎么这样说话呢?"花彩棉指着小灵通的鼻子骂着:"你就是傻,要跳城墙自杀的这女人,她要死,早就死了,她是不是叫衮雪妹?"小灵通听到花彩棉说到此处,才停住步子,望着花彩棉,想说什么。"没话了吧?衮雪妹可是不简单,艺术圈子里没有人不知道她的大名,她就是长安画坛大名鼎鼎的秦巨江的模特兼情人,听见了吗?"花彩棉故意把话说得很慢。又指着小灵通的鼻子骂:"你感觉不错吧?秦巨江的情人都那么青睐你,你有多得意啊!哼!"两个人都沉默了一会儿,小灵通这才说:"我和她没有什么。"花彩棉更愤怒了:"没有什么?昨天晚上,你们孤男寡女在画廊里待了一晚上,酒不醉人人自醉,多爽啊!"女人的眼眶里荧荧地闪着亮光,好像是流泪了。小灵通的脸更红了:"昨晚,昨晚,我们是清白的。"花彩棉又愤愤道:"清白的昨晚?你听她在城墙上面都对你说了些什么?你不会忘得这么快吧?你太让我失望了。"花彩棉一转身拉开车门上了汽车,车子就发动起来。花彩棉临走,从车门里扔出一句话:"你好好想想,对咱俩的未来,还有信心吗?"一道红光在小灵通面前一闪,法拉利跑车就消失得无影无踪了。"残酒浓睡留空房,早霞映照灰砖墙。满目含泪哭还笑,冷冷清风吹面庞。青砖碧瓦知旧恨,寒梅折枝为谁香?彩棉飒爽红光去,休管含泪杜十娘。"小灵通耳朵里听到了酒疯子如泣如诉的疯吼声,心乱如麻。等小灵通返回画廊,早早就有客人在等他了,小灵通认出来了,来客是长安收藏协会的付主席。两个人进了画廊,小灵通明白了付主席的来意,很客气地婉拒了付主席愿意以三万元买走他收藏的元青花梅瓶的提议。但付主席临出画廊的门还热情地对小灵通说:"年轻人眼光放长远点嘛!日久见人心,等日后你我成了朋友,你就知道我这人是可信赖的。"

第三十七章　沧浪阁

紫气东来摇窗扉，求画金银一身围。

纷纷沧浪水如银，片片油污井枯泪。

画里自有黄金屋，金屋藏娇颜如玉。

大师挥毫皴染毕，不问白骨满地堆。

　　袤雪妹在皇族御园看上了 22 号别墅，之所以选这个号，倒没有什么其他的特殊原因，因为她在二十二岁生日刚过不久，就有缘遇到了秦巨江。袤雪妹自从在长安城墙上和小灵通告别后，明白了一个道理，人生只有一条路，只要这条路你选定了，就已经回不了头而不得不走下去。从永宁门城楼的瓮城楼梯上下来，她头也不回就去了皇族御园，然后就开始装修那栋秦巨江买的 22 号别墅。袤雪妹想给这别墅起一个别致的名字，她和秦巨江一起翻资料查字典，闹腾了几天也想不出个两人都满意的名字。还是秦巨江有学问，突然就想到了八百多年前的宋代有一个官场失意的文人苏子美，被皇上削官后独自返回苏州老家，花了四万多两白银买了钱姓人家的旧园，改造成居所，并临水筑亭。旧园经苏子美重建改造，特别是水边又修一亭，好像重新赋予了钱姓旧园新的灵性，站在水边亭中有感于"沧浪之水清兮，可以濯我缨；沧浪之水浊兮，可以濯我足"之句，故以"沧浪"命亭，是为沧浪亭。秦巨江把这典故说给衮雪妹听，衮雪妹拍手叫好，因为衮雪妹爱钱，尤其享受秦巨江给慕名求画者画完后，让自己数钱的感觉，对"钱"很中意。秦巨江的母亲刚好又姓苏，加在一起就更妙了，皇族御园22号别墅就叫"沧浪阁"。

　　沧浪阁有三层，面积五百多平方米，独栋式仿明建筑。一楼是客厅，专门用于接待慕名而来的粉丝和求画的客人，装饰得古色古香，面南背北的正面，陈设一张清式黄花梨雕刻西番莲大平头三米长的条案，正中央，供着明代何朝宗塑制的观音渡海瓷塑像，一左一右摆放一对清代康熙官窑"指日高升"美人肩青花观音瓶。二楼是衮雪妹和秦巨江的卧房，主打暖色调，铺的盖的，都是从欧洲进口的、镀着外文金字商标的高档货色；从地上铺的地毯，到窗户的窗帘软装饰都是粉红色，双人席梦思床对面的墙上，由秦巨江精心为衮雪妹画了一幅《美人含笑》图。只有秦巨江是深深知晓衮雪妹的美丽来自灵魂何处，这幅画美得让衮雪妹动情，也让秦巨江沉醉和迷乱。秦巨江在皇族御园置业养模特的作为虽然很低调、很保密，但在长安书画圈子里却掀起了不小波澜。

　　沧浪阁装修好没到一个礼拜，就来了慕名求画的上门客。等衮雪妹开了加了三层保险的别墅大门，看见站在门前的这位来客灰头土脸的像个乡镇企业家。客人的脸被太阳晒得黝黑，中等个子，人也瘦，看见开门的衮雪妹一副名媛望族小姐的气质，有点自惭形秽。他手里拉着行李箱，由于箱子太沉，箱子的轱辘都压变了形，进大门时拖着很不方便。宾主落座后，来客开门见山说是要秦巨江十幅精品画作，不能重复，还要秦巨江现场作画，他要亲眼看着大师完成后立马付钱。讲完来意，就用手指着行李箱说："这里面装着三百八十万元现金！"稍一顿，"大师喜欢现金，不爱转账，所以特意准备好了！"衮雪妹听到这里，心不由自主地狂跳起来，但还是保持着矜持的名媛仪态，也不多看那个大行李箱一眼，只是缓缓地低眉答道："先生喝茶，秦大师出门了，下午回来。"再抬头望一望客人迟疑着说，"如果愿意等，今天可以让你满意而归的！"来人也没推辞，就端着茶杯起身欣赏黄花梨大条案上的观音像："这是大师给你塑的像吧？像得很。"衮雪妹知道客人说错了，也

不说破,只抿嘴笑,脸上也泛出了红晕。"一笑就更像了。"客人很自信自己的鉴赏力,又说,"大师就是大师,能写善画,还能雕刻。"衮雪妹点头,一副欣赏客人的眼神。客人又踱步到临时休息的小厢房坐下来,顺手从红木书架上端出了一函古籍。这是两函装《昭明文选》的第二函,第一函缺失。望着桌上的一函古籍,沉默了片刻,他打破了沉静:"我是个粗人,不看这些天书,但我崇尚有文化的人。""老板是做哪个行业的?"衮雪妹趁机插话。"打油井的,在陕北我有四口油井。""原来是油老板啊!"衮雪妹以既羡慕又崇拜的眼神赞叹着。"可能就要当不成了,唉!""打不出油了吗?""井里的油抽不完,但井要被收走了。"衮雪妹也听不太明白采油行业的情况,就顺嘴问了一句:"要是井里打不出油咋办呢?""有钱就再打。""要是没钱了呢?""就破产倒闭。""有倒闭的吗?""有啊,前一阵子,有一个温州来的女老板,打到第三口井也出不了油,屋里掌柜的一头栽倒在井架边上,就再也没起来,才几天工夫女老板的头发全白了不说,还疯了。""女老板的丈夫死了?"衮雪妹同情地问。"死了,吓死的。是借了高利贷还不上吓死的。""高利贷?"衮雪妹不解地问着。"连本带利温州女老板欠了近一千万的高利贷,井里打不出油,你想想一天的利息十多万,只剩死路一条了!"衮雪妹带着更为崇拜的表情又问:"老板你能打出油啊!""运气好! 可能我家祖宗上辈子行善积下德,让我享用了。"沉默了好一会儿又哀叹地说,"今后就不一定了。"客人无奈地摇着头。衮雪妹推测客人的油井生意可能是遇到了啥麻烦要打点,才来求秦巨江的画了。

衮雪妹准备了小茶点,一盘迎春糕、一盘牛肉肉松烤西饼,再配以碧螺春清茶一壶和牛奶咖啡一杯,送到客人待的厢房里。客人远道而来,也确实饿了,客气地邀她一同进餐。衮雪妹只给自己倒了杯茶,喝着说:"若是累了,也可以先小憩片刻。"客人正吃着,秦巨江回来了,就在客厅正堂右面的紫檀大画案上开始创作。厢房里摆着一张金丝楠木贵妃榻,客人看了一阵子也累了,就往贵妃榻上一躺睡了。衮雪妹拿了羊绒毯,替客人盖好了,就侍候秦巨江去了。等客人醒来已是晚上十点多钟了,秦巨江也画完了。眼见着客人打开旅行箱,搬出了整捆整捆的现金钞票,衮雪妹坐在贵妃榻上点着面前一捆捆的现金钞票,手指头这回真的要断了。打油井的老板眼见三百八十万的现金换回了十张不足半斤重的画纸,脸也不红了,变成了青白色,拉着空箱子和秦巨江合了影,头也不抬,弯着腰离开了沧浪阁。

第三十八章　街串子

沧海飘零东到西,印石刻刀随身系。

空谷幽兰才破土,静水流深浪不急。

七级浮屠佛眼直,卧龙古槐落叶地。

追梦书院双艳娇,美人如玉遍地金。

深秋的长安城让一阵阵凉风一吹,白天就一天比一天短了。一连几天的阴雨,老天沉着脸,见不到日头。来书院门的游客,长安城里的闲人,还有那些最不缺时间、整天游手好闲的帮闲和书院门的街串子好像一下子都从书院门消失了。整条街从"文物天地"牌楼到书院门外的宝庆寺佛塔,一整天也见不到几个人影。一枝梅和往常一样出摊置案子,在身后的墙面先挂出他精心书写的四尺中堂"宠辱不惊,看庭前花开花落。去留无意,望碧空云卷云舒。山阻石拦,大江毕竟东流去。雪压霜欺,梅花依旧向阳开。"然后分别在一左一右配上"事到盛时须警醒,境当逆处要从容"的开花字对联。等摊出完了,还不见鸡娃王和小草的身影,他俩不来摆摊置画案,一枝梅觉着很孤单,没了往日的兴奋和激情,一个人在画案后面坐着打盹。"老师要刻印章吗?"一枝梅被一声呼唤叫醒,他一睁眼,见一个二十四五岁的年轻小伙子正望着他笑。小伙子头发整齐而且梳得很光亮,两眼眯成一条缝,弓着腰,身后背着个挎包,面皮微黑,人勤面善的样子。只见他一边说着就从背后的挎包里摸出一册精致的篆刻印稿,让一枝梅指教;当听到赞许的回答后,就又从挎包里摸出几方寿山芙蓉石章料,说自己立马能给一枝梅刻就印章,并恭维道:"我是专慕一枝梅的大名来的。"一枝梅立刻问道:"能用我的书法换你刻的印章吗?"年轻小伙为难地说:"阿拉从上海来,初来乍到缺钱花,以后可以用字换。"然后又添一句,"阿拉叫赵华亭,请一枝梅前辈照顾后学的生计。"一枝梅见他的印拓朱文铁线刻得流畅圆润,就答应他刻两方闲章,闲章的内容是"前无古人"和"墨海弄潮"。赵华亭接了活计就站在一枝梅的案子前埋头刻起来。一枝梅问他:"你大老远地从上海跑到长安城混啥呢?""路过此地,随便玩玩的。"赵华亭头也不抬地应承着。一枝梅又问:"路过? 那你是往西去的?"赵华亭答:"我回家,家在新疆。我父母家在新疆建设兵团农四师,是上海援疆知青。"一枝梅已大致明白了赵华亭的身世,又问:"小伙子的篆刻功底不错,师傅是谁?""我投的是韩冰铁门下,专学圆珠铁线一路技法。"赵华亭很郑重地回答。"啊! 是名家的高徒弟子。"没等一枝梅说完,赵华亭又赶着话说:"我阿公和韩老师在一个弄堂住过,小的时候我住在阿公家,就去韩老师家玩,看着韩老师刻字好玩就看会了。""韩冰铁可是上海篆刻大家。"一枝梅带着崇拜表情说。赵华亭又说:"我喊韩老师公公,他让我三分刻,七分写,就是练习写篆书。"一枝梅见眼前这后生人聪明,嘴又甜而且还出自名门,不由得赞道:"以后是你们年轻人的世事,前途不可限量。只是这书院门良莠不齐,你在这儿混会耽误了你小伙子的前途。"赵华亭不解地望了一眼一枝梅说:"为啥? 我看这里文化气息浓厚,傍着碑林,全国有名,一定有很大的发展机遇。"一枝梅摇着头苦笑着说:"你是初来乍到,浮在水面上,不知道书院门这池子的水有多深。"赵华亭好奇地问:"能说说吗?"一枝梅叹气道:"一句两句话给你说不明白。前几个月吧,我就被贼人骗到上海,差点就回不来了。这事裱画的河南老杨知道,不信你可以问他。"赵华亭这时已把两枚闲章刻好了,做了印拓递给神笔一枝梅。"刻得好,到底是名师出高徒啊!"一枝梅不由得赞叹着就掏钱:"多少钱?"赵华亭

自信地回答:"八百元。"一枝梅先是一怔,迟疑了一下,最后就摸出了一沓钞票,数了八张交与赵华亭说着:"八百元,以你的年龄是贵了些,不过也值。"

赵华亭收好钱又问:"书院门秦岭云的画容易买到吗?他的画作现在在南方炒得厉害,一年之内,画价就翻了好几个跟头。"一枝梅眼睛一亮说:"可不是嘛!我听说秦岭云被评为二十世纪中国画大师以后,画价疯涨。"赵华亭推测着说:"在长安城秦岭云的画价应该还低一些。说是他的儿子秦巨江也被尊为未来大师了。""谁说不是嘛!"一枝梅也赞同地继续说,"秦巨江可是不得了了,画画挣了大钱,钱都数不过来,还专门雇了几个小姐,在别墅里天天数钱。""那么多钱,不可能吧?"赵华亭怀疑地看了一枝梅一眼。"不骗你,有人说秦巨江画画都画得吐血了,就这也不歇息,每天在画室里看着十几个美女模特,一边数钱,一边受活。"赵华亭听了这些长安城里成功艺术家的疯狂传闻,觉着又新奇又刺激,心想,这西部的人情世故和江南水乡差别很大,难不成这里有金矿等着自己来淘?才一抬头,熙熙攘攘的人群围拢过来,有的看热闹,有的问字画的价钱。一枝梅也开始招呼生意,抢起毛笔,龙飞凤舞地写着开花字。赵华亭就注意到人群外有两个个头一般高的美女朝他这里张望,眼睛大的冲他抛来了媚眼,电流一闪;另外一个在催促,像是要走的样子。赵华亭看着这两个美女,头也不转一下,只见大眼睛的婀娜多姿,一旁陪着的娴静妩媚。赵华亭从心里赞道:"一对仙女,好整齐的模样,长安地处西部怎么也能养出江南一样的两个美人!"两个美女见赵华亭也在看她俩,就互相对视一眼转身走了。赵华亭望着两个美女的背影,决定把去新疆的火车票退了,留一段时间在长安。

鸡娃王终于来了。他一边置着画案,一边嘟囔着:"刚才我见翠琇和丹婵在这儿转呢,该不是来寻摸你一枝梅的吧?"一枝梅只顾写字也不理鸡娃王,鸡娃王走到摊前才注意到一枝梅案子旁站着个陌生青年,油头粉面的,正笑眯眯地一边看一枝梅写字,一边喝彩捧场:"精彩,使笔如有神助。"赵华亭一旁赞叹着显起能来,"一枝梅老师的结字出自松雪道人。"一枝梅听了赵华亭的溢美之词,不由得沾沾自喜起来,这南方小伙子出口就是不同凡响,把自己书法的来龙去脉一语道破,顿生遇到知音之感。只是这南方后生辈分小,一枝梅众目睽睽之下,不便飘飘然,于是越发写得卖力了。旁观的众人也高声喝起彩来,鸡娃王又嘟囔着说:"舒服,跟两个仙女一块睡,一枝梅你受活得赛神仙了,呵呵!"这时小草也来了,一边出摊,一边观察摊四周的情况,见神笔一枝梅摊前人气火爆,还有一副生面孔正在给一枝梅喝彩造势;又偷眼瞄鸡娃王,见鸡娃王扭着脸,也不看他,但嘴里喊上了:"嗨,人家所里让你赔钱交罚款,咋也没动静了?"小草答非所问地朝着一枝梅说:"钱所里有的是,本事大,自己去取。"鸡娃王见小草口气不软,也不再纠缠了,往逍遥椅上一坐,看一枝梅和周围火爆的人群,一副羡慕嫉妒恨的嘴脸露出来。今天说来也怪,里三层外三层看的人多,就是没人买一枝梅的开花字。不一会儿工夫,神笔一枝梅已写了五六幅了。赵华亭专门捧神笔一枝梅的场,从兜里掏出二百元钱放到案子上,高声吆喝着:"后学赵华亭慕一枝梅老师之大名,从上海来到长安城,专为请神笔老师的一幅墨宝。"然后对着一枝梅说,"请老师给后学书写'海内存知己,天涯若比邻'。"一枝梅更来了精神,把外套一脱,花开满篇地写下了赵华亭要的这段诗句。小草见状就对赵华亭搭讪:"也请师兄给小弟指点指点。"说着就拉扯赵华亭在自己身边坐,赵华亭也不推辞,先把一枝梅写的字收好,就坐在小草一旁,看小草的书法作品,问:"师兄是长安书法名公的弟子,我喜欢名公的书法。"小草听他这样说,也很得意,忙着答道:"名公要当长安书协的主席了。"赵华亭也附和着:"早就应该是了。"小草一听,这人没在长安书画江湖上混,可啥他都知道,赶紧答道:"名公就要办全国巡回展了。""如果是师生展,师兄也可一展才华。"小草被赵华亭这样一说,也飘飘然起来,遂就展开画轴,让赵华亭点评他的书法。"不敢不敢,只有名公可以指点、评论,我只是刻章子的后学,不敢点评。"小草听他这么说,就更得意地说:"但评无妨。""康南海说'魏碑有十美',我以为师兄早已具备了。"小草一听倒愣了,以前师父名公从来没这样教过自己,这南方人看来有一些理论功底,也不由得对赵华亭尊敬起来。"虽然秦巨江在长安乃至全国都很出名,但我不喜欢他的画。"赵华亭自信地

评价着秦巨江,"倒是他爹的画作,堪称当代中国美术史上伟大的大师真迹,要是我这次来长安能亲眼看到就算三生有幸了。"小草见他谈到了"秦岭画派"的创始人和美术史的话题,就不吭声了。小草的美学知识无法和赵华亭对话。赵华亭见小草默不作声,就又说,"我想和名公认识,我很崇拜他。"又凑到小草耳边,显得是至交一般,低声说,"你我有缘,我给你刻一方寿山桃花冻石印章,你一定要领我见名公。"小草直点头,只是不知道名公老师的意思如何。两个人亲密无间地说笑着,打酒狗就溜溜达达地跑过来了,后面跟着酒疯子。"鸡娃王,你还欠我下半辈子的酒。"鸡娃王一看见酒疯子和打酒狗一块走过来,头就大了。他也不从逍遥椅上起身,只眯缝着眼看。只见打酒狗把舌头从嘴里伸出来,盯着鸡娃王哼哼地喘着,好像很生气的样子。"狗眼看人低。"鸡娃王嘟囔了一句,掏出二十块钱,打酒狗一叼,就转身跑去打酒了。小草对赵华亭说:"鸡娃王老师是大师秦岭云的弟子。"见赵华亭一副不相信的表情,就说,"不信,你自己问他去。"赵华亭接着小草的话头方向冲着鸡娃王点了点头打了招呼。小草又说:"你我都是南方人。"然后用手一指对面小灵通的画廊羡慕地继续说,"那个安徽豆鼓村来的小伙,也就差不多咱俩这么大的年纪,才来书院门没几年,就开了大画廊成了老板了。""我知道他,卖商品画发的家。"赵华亭露出不服气的表情,"我这次来书院门是专门投资'秦岭画派'的大师作品,如果瞅准了,一定比他发达得快。"说完了把手里的印拓纸揉成一团,往地下一摔。"红红的太阳刚刚升起,刻章子的街串子九点才起。一手掂刀,一手拿石,边走边喊,'印章的买!'"酒疯子正张口疯吼着,打酒狗就返回来了,酒疯子从狗嘴里取下白酒瓶,一口咬去瓶盖,咕咚咕咚喝了两口,正爽快地嗨了一声,就听街对面传来画廊老板小灵通的叫喊:"酒疯子,酒疯子。"酒疯子就让打酒狗在前面领路,横穿马路,朝小灵通的画廊挪过去了。

第三十九章　即　心

疯子把酒心即佛,普度众生老槐窝。

胸藏宇宙无穷尽,心印真如铸般诺。

大隐高卧巳白头,洞明因缘还欲说。

和乐一醉狂禅吼,还问灵通顿悟佛?

　　打酒狗把酒疯子领过马路也不进小灵通的画廊,就在外面不远处溜达着,看见了两个瓷贩子,冲上前去,就张开了大口、瞪着眼,瓷贩子吓得拔腿就跑,手上装得鼓鼓囊囊的帆布包也没抓好,掉落在地上,只听到瓷器摔碎的声响。年轻的瓷贩子骂着"狗拿耗子……"想端一脚打酒狗,只见打酒狗张嘴就叼住了这人的脚丫子,年轻的瓷贩子一屁股坐在了地上,打酒狗这才吐出了脚丫子,嘴里叼着一只鞋,摇着尾巴,往关中书院门口去了。小灵通见酒疯子手里握着个酒瓶,一脚深一脚浅地迈进了画廊,就关心地问酒疯子:"眼睛还能看见吧?少喝点,不然双眼都看不见了。""今日有酒今日醉,明日没酒喝凉水。瞎了往三兆一躺,也就交代了。"小灵通见酒疯子和自己犟着说话也不生气,继续说:"喝了酒,再吃点热饭,肚子才受活。咱书院门新开张了一家羊血冒饸饹的馆子,一会儿叫人给你送一碗来。"酒疯子脸上没表情,只哼了一声:"我酒疯子除了疯吼,啥也做不了。"小灵通一笑也学酒

疯子："我就爱听你的疯吼，'红红的太阳刚刚升起……'"酒疯子赶紧摇着手说："难听死了，甭学唱了，我现在有酒喝没肉吃。"小灵通说："咱今天去吃回民街上的腊牛肉咋样？"酒疯子一听高兴了："要多买牛筋，烧酒就牛筋有嚼头。无功不受禄，小灵通你今天有啥事让我酒疯子干？等疯子成了瞎子，就有心无力了。"小灵通只管说："我想你了，就是想和你说话，街上摆摊的又来新人了。"酒疯子答："上海来的，说是刻章子的，还自称是篆刻大师韩冰铁的高徒。又说是来投资秦岭云书画的，我也不懂里面的名堂。"小灵通震惊道："投资秦岭云？口气大啊。走，咱去吃腊牛肉。"小灵通说着，起身拉酒疯子出门。酒疯子这次很固执，不迈步子，喝了一大口酒才又抱怨道："有话赶紧说，我急着喝酒呢。"小灵通见酒疯子这态度，也就不再兜圈子了，笑着说："上次我到你屋里见你睡觉怀里抱着个盆盆，比老婆娃都亲的样子，我就纳闷了，凉冰冰一块铁，有啥可抱的？""你管？我爱，我给你说，我怀里头抱的盆子不是铁的，是铜的！"小灵通知道是铜的，他故意说成是铁的，为的是观察酒疯子对铜盆的态度。沉默了一会儿，小灵通又说："我这里有两件和你怀里的铜盆盆大致一样的坛坛罐罐，不知是铁是铜，你也怀里抱一回，看是铁是铜？"酒疯子听小灵通这样说，人一下子就放松了："我当是啥事呢！就抱上一抱，酒照喝，腊牛肉照吃。"小灵通也松缓了许多，上前拉着酒疯子上了二楼。

二楼上广东富翁正在大画案前书写着，见小灵通和酒疯子上来，也不搭话，像是没有人上楼来的样子。他一边写一边吟道："大梦卧龙觉，安禅老槐知，书院日落早，宝庆钟敲迟。"酒疯子觉得这首诗似乎是吟给自己听的，他定睛看吟诗的人，但看不清，只能跟小灵通一起来到案子边。小灵通说："你在怀里把这两件坛坛罐罐抱上一抱，完了我有话要问你。"酒疯子见小灵通很庄重地对自己说着，先是一怔，又打趣地说："有啥了不起的，抱就抱。"说着分别抱起了两只青铜彝器。酒疯子按小灵通的吩咐把事做完了，小灵通让酒疯子先坐，他只站着不坐。小灵通问："这两件东西，是铜是铁？"酒疯子答："铜的。"这时广东富翁抬起头和小灵通一对眼，小灵通又问："和你怀里抱着睡的铜盆盆一样不一样?"小灵通的两只眼紧紧盯住酒疯子,害怕漏掉一丝一毫酒疯子脸上流露出的表情,屋子里的空气好像凝固了一般。广东富翁也停住手不写了,站在对面望着酒疯子。"不一样,没有我怀里的盆盆滋润,感觉不亲。""能不能再说明白点,啥叫'感觉不亲'?"小灵通又问。"手感不好。我才租住和乐巷时,一抱住我怀里的那只铜盆盆,手上就觉着舒坦,而现在我怀里抱着的,却不是这个感觉。"小灵通又和对面的广东富翁再次对了对眼。广东富翁又开始写字了。小灵通突然转了话题问:"我最近看到你从早到晚在宝庆寺古塔边上转圈,看不明白你在干啥。""我在念经哩!"酒疯子这么回答,把小灵通给弄糊涂了,又追问:"念经?"酒疯子极为认真地回答:"口念经可保平安,包治百病。"小灵通笑了:"真有那么神?""不信你也可以试一试,念经不会错的,我眼睛还会看见的。"酒疯子自信地说着就想走,小灵通起身和他一起下楼。酒疯子止住他说:"你有客,喝酒吃肉的事来日方长,我还要到宝庆寺古塔边念经去呢。"说着独自下楼出了画廊的门,让打酒狗领着往街正西去了。

广东富翁和小灵通见酒疯子下楼走后,就重又坐在一起。小灵通不安地问:"你交托的事办得怎么样?""很满意,很满意。"广东富翁笑着说,"这个酒疯子不会说假话,'手感不好,感觉不亲',和他怀里的铜盆盆感觉不一样。"说完了转过头看着小灵通又继续说,"好一个'不一样'!我们抽个时间看一下酒疯子抱着睡觉的那个铜盆盆,如何?"小灵通望着那两件青铜彝器点头。广东富翁说:"我带回去还给韩勇,至于青海格尔木的工程,目前银行正紧缩银根,从我的流动资金回笼情况来看,也顾不上那么远了,手里的房子眼下卖得也不理想,只能观望观望再说。"小灵通听广东富翁说话不避讳自己,心里也有某种说不出的痛快。韩勇对待元青花梅瓶的态度,让小灵通耿耿于怀,心想,人算不如天算,韩勇也有不如意的时候。就故意问:"这两件东西,你决定不收了?""我若是资金充裕,再朝西发展一步,无论这两件青铜器是真是假我都要买下,就算送给韩勇大舅哥的一笔买路钱,为以后的发展铺路子。现在我公司的业务情况,只能允许我买真的,送钱铺路的事看来

不现实了。"广东富翁已做了最后的决断,小灵通心情也好了许多。"你和花彩棉的事进展得怎么样了?"广东富翁突然问小灵通的私事,让他感觉很意外,不知如何回答,只不解地看着广东富翁。"她那里人脉广,遇到大人物的机会多,你要把握住机会啊!"广东富翁意味深长地拍拍小灵通的肩膀。小灵通望着广东富翁,显得信心不足地说:"前几天我俩才为一些小事吵架,花彩棉已经开上法拉利跑车了,我和她的差距也越来越大了。"广东富翁一听,微微一笑,给小灵通打气鼓励道:"要相信花彩棉,相信你俩之间珍贵纯洁的爱情。"看着小灵通疑惑的表情,广东富翁又补充说,"爱情就是一男一女心灵的契合,人的心灵会产生强大的力量。"小灵通思索着点点头,这才坚定地说:"我应该向酒疯子学,他的内心好像大海一样,又好像高山一样,我也说不清,每当我迷惑困顿之时,他的疯吼就在耳边响起,我的心好像突然就明亮起来!"广东富翁听到这里,表情也凝重起来,严肃地说:"我看酒疯子就是每一个迷茫的人内心的明灯!他能用自己的心鉴定出这两件青铜彝器的真伪,说明他的心通着远古圣人的心。"小灵通双眼明亮,脱口说道:"真的?"广东富翁点着头肯定地说:"我总觉得他和卧龙寺的住持如诚师父之间有着特殊的关联,但一时也悟不明白。"小灵通推测着:"他的心通书院门每一个迷茫人的内心,还直通着远古圣人的心,那他不就是'佛'吗?"广东富翁一听,脸色立刻就变了,望着小灵通说不出话。显然他也被小灵通的顿悟和石破天惊的判断给惊住了,只喃喃地说:"佛在心,不在表,更不在外露的言行。我就一直不解,我为什么也爱听酒疯子的疯吼呢?可能这是心灵之光和酒疯子心印相和的缘故!"

第四十章　鹦　鹉

前路曲折暮色垂,乒乓西施乐不归。
关中书院鹦鹉来,无奈落霞夕阳西。
春暮花谢客依旧,不待门冷车马稀。
投石问路早筹划,华亭借道寻机遇。

小草自从在摊上遇到了那个大眼的算命人后,头几天还想着算命人的卦辞说法,心里忐忑不安,晚上值夜班也更加小心谨慎了,不敢踏实地睡觉,开门关门及时利索。只是到了白天和乒乓姐在屋里头一见面,两个人一块里睡着,瞌睡得睁不开眼,出摊的积极性也没平日里高了。乒乓姐问:"鸡娃王得是又跟你过不去了?"小草起身下了床准备要出门了,回乒乓姐道:"不是,那糟老头子,没有啥了不起的。"乒乓姐不解地又问:"那你这几天是咋了?""有个算命的说我有'血光之灾',让我赶快离开长安。"乒乓姐一听轻蔑地笑道:"你连算命的胡诌都信哩,我看你是没救了。"小草看眼前这女人不在意自己的一番说辞,也觉着自己可能是过虑了,就拉开门出了屋子,门里头传来了乒乓姐的叮嘱声:"下午我要带个人到你摊上买字,你问他要个五六百块一幅,最低五百,千万不要忘了。"小草答应着就赶着到关中书院门口廊檐下出摊去了。

　　小草走了没多长时间，乒乓姐屋里就来了个矮矮胖胖、年龄已快六十岁的秃头男人，一见乒乓姐关上门，就抱住了比他高出半头的肥女人。乒乓姐半推半就着退到床边，秃头男就把肥女人扑倒在床边，钻进了被窝……

　　小草刚把摊摆好，翻看着案子上的字帖，只听见耳边传来熟悉的声音："师兄早。"没等他抬头，赵华亭已走到案子跟前，坐在了小草身旁的凳子上，继续说，"我看书院门只有关中书院外这一块地方还可以坐坐。"小草不解地问："这是为啥？"赵华亭说："只有这里的老师们在玩真正的书法，其他地方的摊子只能说是写字。"小草见赵华亭没有坐坐就走的意思，心想，看这小子还会咋个显能法。"书法讲究有源有根，师兄的书法源自龙门二十品，根子扎在魏碑里；一枝梅老师取法赵松雪，中锋立骨，起笔侧锋取妍；开花字的技法在于侧锋的取妍上！"赵华亭这样一点评，说得准确中肯，一语道破一枝梅的用笔天机。一枝梅也听到了赵华亭的说辞，会心地一笑："哈哈，看不出来后生还真是个神眼。"停了手里的笔说："光能说出来还不顶啥，实践起来还难着呢。"赵华亭也得意地说："我看过好多人写字画画，但真正弄懂了用毛笔诀窍的人却没有几个。"小草一听，就试着说："你也写上几笔，我们也学学你所说的用笔诀窍。"赵华亭也不露怯，从小草手里接过毛笔，痛快淋漓地写了一篇《玉人何处教吹箫》的诗词。周围看热闹的帮闲和街串子胡乱喝着彩，赵华亭倒不在意别人的鼓噪，只顾自己写。小草一看，知道赵华亭写的是米南宫的书体，华丽多姿，就像赵华亭初次留给人的印象一样，只可惜唯见华丽的外在形式，但却暴露出气格骨力不足的内在书写缺陷。小草也不说出自己的观感，只和着众人说赵华亭的书法好。神笔一枝梅也过来了，站在小草的案子边，看赵华亭写字。等赵华亭写完了，就点评道："骨力还弱，但写得漂亮。不简单，书法篆刻双绝，人才难得。""年轻人，你已经入得书法艺术的大门了。"鸡娃王突然在人群里插了一句话，"几十年前，我的老师秦岭云大师让我学写《石鼓文》，说是《石鼓文》有奇妙的力量，可以直入书画印三绝，只可惜我练了一辈子的字，都没入《石鼓文》的门呢。"赵华亭听老师们对自己的书法篆刻这样点评，眼睛一亮，急忙撂下毛笔说道："我的恩师韩公公也是这么说的,他就逼我每天要通临《石鼓文》一遍,再默写一遍,只可惜我做不到,太苦太难了。"周围看热闹的人群,见这几个摆摊的文人墨客说的都是一些听不懂的话,也觉得没了意思,自然散去。赵华亭又提起了昨天对小草说过的话:"我把给你的寿山桃花冻石印章刻好了。"又咬着小草的耳朵继续说,"一枝梅要我为他刻印,我只用了芙蓉石,还收了他一千元的工料钱,给你刻用的桃花冻石已经绝坑了。"小草知道他收了赵华亭的礼就得带他见名公。这时赵华亭把一只拳头大的锦盒不由分说地塞进了他的兜里。

不知啥时候众人的摊前来了一个耍鹦鹉的男人。只见他推着个自行车,鹦鹉在自行车头上立着。等到了众人前,就停住脚步,把自行车靠在关中书院外廊檐下的楹柱上,解开扣在车梁上的闪闪发亮的银链环扣,身体一晃悠嘴上喊"起",那只鹦鹉就飞到了男人的手腕上,叽叽呱呱地打招呼:"你好、你好,老师们好。"耍鹦鹉的男人纠正说:"大师们好!快说快说。"鹦鹉不耐烦地多了多翅膀,在男人手上重又立稳了学着舌:"都死了好都死了好。"四周看热闹的闲人笑出了声。鹦鹉的主人脸一红,赶忙给眼前的人群作揖:"不好意思,驯养无方,教育不力。"重又对着鹦鹉说,"祝大家发财!快说快说。""发财,发财,大家发财!"这次鹦鹉学对了,周围的人欣赏着这只红头黑顶大鹦鹉。鸡娃王凑到近前问:"这是啥种的鹦鹉?"男人答:"亚马孙金刚鹦鹉和中国红太阳鹦鹉杂交的后代,叫金刚红太阳。""金刚戏娘娘,金刚戏娘娘。"鹦鹉这样一学舌又把大家给逗笑了。鹦鹉的主人也不纠正就跟着嬉笑,口里还念叨着:"只要有个乐子,开了心就好。"见众人想听他说道,他就打开了话匣子:"我原来是唱样板戏的,李玉和、杨子荣都唱过。""来一段儿,来一段儿。"众人起着哄。鹦鹉的主人也不推辞,一手扶着自行车把,另一只手举着鹦鹉就唱开了:"临行喝妈一碗酒,浑身是胆雄赳赳。"鹦鹉在一旁也学着:"喝酒,喝酒。"众人都看着面前的男人表演,小草案前乒乓姐领着秃头男人过来了,秃头照小草要的价格,爽快地付了小草五百元钱,拿起字画正要离开小草的书画摊,就听见耍鹦鹉的男人喊:"座山雕,座山雕。"秃头先是没反应,见手里举着鹦鹉的男人冲自己喊着,才从让开的人群看见了耍鹦鹉

的男人，一拍脑门子喊了一声："杨子荣。"两个人都互相认出彼此是几十年前在工宣队里唱样板戏的队友。耍鹦鹉的男人也不唱了，重又把鹦鹉在自行车头上锁好，和叫座山雕的秃头坐在廊檐下谝起了闲传。

乒乓姐在案子边上和小草说话："咋不见你说的算命的人呢？要是他来了，我还要让他给我算一卦呢！"小草不说话，乒乓姐继续说，"算命的都是骗子，只管给人算，咋就不给自己也算一把，要是算准了，也不用在日头里耍嘴皮子混饭吃了。"赵华亭笑眯眯地和乒乓姐搭讪："大姐说得好生准呢，光耍嘴皮子就能混饭吃，把这世上的人都骗了。"乒乓姐见既英俊又嘴甜的小帅哥同自己说话，也来了情趣："只有乡下人才信这一套呢。"说着拿眼瞄一瞄小草，露出城里人对乡下人固有的偏见表情。小草脸涨得通红，瞪了乒乓姐一眼，把毛笔往案子上一拍，啪的一声，墨汁溅得到处都是。乒乓姐一看小草当真了，又一想还有五百块钱在小草兜里头还没讨回来，就收了张狂劲，在案子底下轻轻地踢了小草一脚，抛了个媚眼给他。这一切赵华亭看得真真切切，他装作没看见的样子说："大姐好生迷人，要是有人要刻章子，我一定效劳。""你们男人刻章就如同我们女人绣花一样，都是活命本事。以后呀，我的朋友要来书院门刻印章，我一定介绍给你。啥时候我也从你那儿请一枚印章。"小草见面前的一男一女聊得相见恨晚的样子，心生厌恶，烦躁地翻着手里的《龙门二十品》字帖。这时听见一枝梅喊："小草，你啥时候跟你老师名公联系一下，咱一块搞个大笔会，我再把猴大王叫上，到全国各地跑上一圈，美美地赚上一大把钞票，又逛了风景，两全其美，多好的事。"小草一听也觉着是好事，但他不敢在老师面前说，他没这个资格，他怕老师骂自己没脑子，被别人利用了还不察觉。一枝梅见小草只是笑，就说，"早动手早赚钱。"小草还是不说话。就在他们说话的时候，乒乓姐和赵华亭都走了。

第四十一章　魑　魅

书院追梦天光晴,不懂水缓暗流急。

金石篆刻敲门砖,借桥过路寻机遇。

魑魅附体魍魉影,黑心墨香染血腥。

丛林法则食物链,强者恒强不忘记。

　　小草抽出时间和他的恩师名公见了一面。名公在韩勇的大酒店有一间工作室,小草晚上值夜班,就抽空去了。小草说了书院门市面上的种种话题,最后掏出赵华亭刻的桃花冻石印章请师傅点评。名公从徒弟手里接过这枚寿山名石桃花冻印章就爱不释手:"好石头、好水头,透明、温润如玉!"又仔细看了一会儿辅首的俏色雕刻道:"桃花红色不浓不淡恰到好处。"最后看了篆刻的印面赞道:"篆刻功底很不错,是谁刻的呀?"小草赶紧道:"是弟子新近在书院门认识的赵华亭。""赵华亭?"名公嘴里嘟囔了一句。小草接着说:"从上海来的,他自己说是韩冰铁大师的弟子。"名公对手里的桃花冻印章一边欣赏,一边自言自语道:"从治印的风格看,像是海派篆刻大师韩冰铁的路数。"小草听到恩师这样点评,就高兴了起来。只听名公说:"你啥时候把这个赵华亭叫到我屋里来,我让他治几方印章。"小草差点以为自己听错了,望着恩师说不出一句话。"我是说啥时候你把他叫来给我治印。"小草

165

急忙答应着说:"老师把这方桃花冻印章留下,让赵华亭来时给老师用了。"说着又把桃花冻印章毕恭毕敬地递回到名公的手上,名公毫不推辞地说:"我先替你收着,你看啥时候让赵华亭来就是了。"

秦巨江在皇族御园 22 号建了工作室后,人就待在这栋大别墅里不太爱出门了。单位和美协的外出写生采风活动他也不再愿意多去,实在推不掉的,也是勉强出席个剪彩仪式。镜头一曝光,报纸头条一登,秦巨江总是占据大部分版面,很是风光。成功艺术家就是这样滋润,就是这样让同行羡慕嫉妒恨着。这样一来,他的名声传得更远了。每天早晨起来,秦巨江百无聊赖,以前艰苦奋斗的日子让他留恋,为了理想,他付出了他所能付出的一切,现在自己终于站在了长安画坛金字塔尖,他反倒感到空虚和无聊了。但是他一想到父亲死后多少年才被追认为画坛大师,一想到曾经在痛苦中煎熬的父亲那活着还不如死去的没有尊严的生活,他的心就凉了。只要父亲一出现在他的梦里,那种被冷酷的环境和病痛折磨得无法再活下去的痛苦,就开始折磨着他。难道他是父亲灵魂的附体,自己只不过是一具没有灵魂的行尸走肉?现在的一切,都是父亲生前应该享受的荣耀,却落到了自己身上?他这是站在父亲的肩膀上。他开始恨自己,为自己是秦岭云的儿子感到惭愧。他的肉身已随父亲去了,只留下了自己的灵魂。在黑夜里,他用自己的灵魂作画,这是不是死了的父亲的灵魂?或是自己和父亲两个人共同的灵魂?秦巨江一个人在黑夜里用两手比画着,紧追着父亲的影子。他想把这些闪电一般的幻影留下来,紧紧抓住。"你在梦游呢?"衮雪妹在身旁偎依着他软软地问了一句,秦巨江还陶醉在只有灵魂没有肉身的黑暗里。"人家冷。"女人光着身子搂住了秦巨江的肩膀,他觉得自己的肉体又被黑暗中的灵魂附体了。

秦巨江深更半夜的癫狂和连他自己也无法掌控的夜游魂,让衮雪妹觉得自己正在和一个真正伟大的艺术家一块生活。难道秦巨江不是人间凡人?秦巨江癫狂地冲到三楼歇斯底里地发泄后,无力地瘫倒在谁也看不明、闹不懂的满纸线条和刺目的色彩相互交织的天外图像水墨画上时,衮雪妹满意地笑了,只有她才能读懂身旁这个癫狂的秦巨江,他才是真真正正的水墨画绘画大师!第二天一大早,两个人好像都又变回了正常人,一块坐在床上吃早点。衾雪妹把一块羊肉塞到秦巨江嘴里说:"最近外面好像热闹得很嘛!"秦巨江问:"你都听到些什么新闻?""名公竞争长安书协主席,还联络了画坛的那几个人轰轰烈烈地搞宣传活动呢!"衾雪妹不无担心地望一眼秦巨江。"一将功成万骨枯。"秦巨江自信地回答道,"这几个人都是乌合之众,再造声势也是白搭。"衾雪妹还是不放心地说:"假的说一万遍就成了真的了!就凭他们几个人不停地宣传造势,我看没几天,人们就忘了你这位秦巨江大师了!"秦巨江也听出来她的意思,只是一时还没想出反制竞争对手的好办法,所以沉默着不说话。

第四十二章　刻　印

醉卧花下身软滑,秋尽古城双艳家。

寒风落叶犹有枝,惊艳初醒欲生芽。

夜闻柳莺感情思,毒瘾缠身叹落花。

一为书院花下客,野芳尽采哀哉他。

　　赵华亭在离书院门不远的柳巷租了一套三居室的公寓,时间不长,就在流金岁月里收获了翠琇和丹婵。三个人一块就住进了赵华亭在柳巷的出租屋。真让鸡娃王说中了,赵华亭过得比皇上还快活,每天和两个女人一块睡觉。翠琇和丹婵走到赵华亭干活的桌前,见纸上写着秦巨江的名号和陌生的名字,就问:"刻字的活蛮多嘛,能挣多少钱?"赵华亭看着她们说:"一字五千,总共有三四万块钱的手工费。"她们一听,兴奋地搂着赵华亭,赵华亭急着想赶快完成手里的活,但就是从两个女人的包围里挣脱不出来。三个人疯狂过后,赵华亭回到桌边,拿起了刻刀,这才发现一点力气都没有了。赵华亭盯着样章看了很长时间,还是强打精神开始奏刀刻印,刀下得很慢、很稳、很准。

　　赵华亭用了一上午只篆刻了一方秦巨江的印章,章子边角的细微之处还没有处理好,很使他沮丧。他眨了眨酸困的两眼,到卫生间洗了把脸又回到桌前,仔细琢磨着样章。

小草在摊上刚吃完面馆送来的一碗扯面,见赵华亭朝自己走过来,想起了老师的嘱托,就拉过身后的凳子,让座说:"我已经同我老师说好了,我带你去见他。"赵华亭听了小草的话,情绪高涨起来:"太好了,真谢谢师兄了。"坐定又开口说道,"我还有事要师兄帮忙,不知师兄方便不?"小草人很实诚,头几天见师傅名公对赵华亭的篆刻水准很赏识,就满口答应:"今后咱哥儿俩就不要客气了,有啥话你就直说。"赵华亭把手里提着的三尺对开大的镜框送到小草的面前说:"这是我的印拓稿,已装了框,就挂在你的摊上,帮我接活。"他迅速地扫了一眼小草,见小草表情如常,又说,"我帮你在外围拉扯书法客源,咱哥儿俩合作,你看如何?"小草见师傅赏识的朋友也有事交托自己办,自然是高兴,就满口答应了。

一枝梅见赵华亭来了很是高兴,也过来和他说话:"看来你是准备在长安落脚了?"赵华亭一副志在必得的神情回答:"书院门机会很多,发展空间还很大,我决定试一试,以后还请一枝梅老师多提携,多指教。"一枝梅苦笑着摇头。刚好老杨端着茶壶茶杯过来了,一枝梅、鸡娃王就一块和老杨喝起了茶。老杨对赵华亭这个新面孔后生,也见面熟地招呼他一起来喝茶:"来来,年轻人,一块喝茶,多个朋友多条路。"赵华亭就和他们一块喝起了茶。这时肚兜来找鸡娃王了,鸡娃王揣摩着肚兜:又混不下去了,没钱花了。肚兜也不近前来,就在两步远的地方看着鸡娃王,最后鸡娃王起身随着肚兜到廊檐尽头的角落里说话。肚兜眼红红地说:"我被骗了。"鸡娃王不说话,只用眼看她,想听她把话说完。肚兜就继续说,"有个男人先说是要跟我结婚,把房都买好了。"鸡娃王先是不屑的神情,然后猜测着说:"你就和他住到一块了?""住了半年,男人就走得再也没影了,住的房是他租的,所以……""所以你就来找我了。嗨!"鸡娃王一边叹气,一边摇头说,"现在咱书院门,书画便宜得跟白菜萝卜一个价,商品画都是印刷的,狼多肉少,钱也不好挣了。"肚兜一听就拉住鸡娃王,鸡娃王还是不停地摇头说,"你容我思考思考,把你也好好交代一下,不管咋说你也是我的女人。"说到这里,他看了一眼肚兜。

169

肚兜从鸡娃王的话里听到了话外音,眼睛红了。鸡娃王就对肚兜说:"你先回去将就着,等我的口信,不要常来书院门,最近我屋里的肥婆也搞起了突然袭击,时不时地来查岗。"

这时,鸡娃王的摊前来了个老婆子,指名道姓地找鸡娃王给她画画。鸡娃王起身看她,老太太一见鸡娃王就满脸堆笑地说:"你是鸡娃王吧?我的孙子就爱小鸡娃,我今天特意来,就是要请一幅鸡娃画回家挂在孙子的屋里。"鸡娃王高兴地说:"行啊,你掏五百元,我麻溜地画一群鸡娃。"老婆子一吊脸说:"你满意,我不满意。太贵了,就一张纸纸,咋就那么贵哩?"鸡娃王一见话不投机,但还想拉扯生意,就口气一软,退一步说话:"咱俩投缘,你说多少钱?差不多我画就是了。"老太婆生硬地撂出一句话:"给你五十元,你给咱画两幅,我还有个外孙哩!"鸡娃王一听,像泄了气的皮球一般嘟囔着:"小气鬼。"老婆子不高兴了,面带愠色还击:"你说谁小气鬼?小气鬼咋了?"老婆子甩腿走了,闹得鸡娃王更郁闷了。他咕咚咕咚地灌了一碗浓茶,茶到了肚里,他感到头晕起来。鸡娃王也无心吃午饭,躺在逍遥椅上,盘算着肚兜这档子事。

赵华亭见书画摊子上的生意如此惨淡,开口吟道:"秋风生渭水,落叶满长安。"鸡娃王听出了赵华亭的意思,不服他转弯抹角的判词,也高声吟道:"春风得意马蹄疾,一日看遍长安花。"正吟着,兜里的电话就响起来。鸡娃王把电话听完,两眼放光,就开始收摊。一枝梅喝着茶问小草:"今天咋不见她领人来买字了?"小草也不直接回他的话,问道:"还有茶吗?我也喝一口。"一枝梅给小草倒满了茶水,就回案子上写字去了。

赵华亭起身和小草一起说话:"我今天晚上就随你去见名公,咋样?"小草同意。这几天老师在韩勇的酒店工作室里,正为全国巡回个展准备作品,印章需求一定很急,就打电话询问老师的意思。得到了老师同意的答复,小草就收了摊子和赵华亭奔韩勇的大酒店去了。一枝梅见今天众人都很快地收了摊,也觉得孤孤零零没个依托,就撂了摊子不管,和老杨一块回裱画铺取裱好的字画。

第四十三章　红　尘

新贵何曾长安家,赖有闲情遣岁华。

政绩浅弄在聚焦,醉翁之意雾隔纱。

灵通顾虑才消解,新愁平添心头紧。

安得狂禅棒喝醒? 书院抱厦俩呆瓜。

　　小灵通打电话约花彩棉,但花彩棉很忙。电视台正搞一台以开发大西部为主题的文艺晚会,为了迎接北京来的领导,主管文化的副省长亲自过问这台晚会的主创、编导和节目的审定,并点名要花彩棉做晚会唯一的主持人。在彩排中,台里的领导和编导们时常征求花彩棉的构思和创意,这样一来,花彩棉反倒觉得不太适应了。几个原来自己求教的师傅,现在竟成了这台晚会的副手和助理,协助花彩棉工作。不过大家都明白,全台上下都在为这台晚会服务,上级只有一个,就是年轻有为的海归博士副省长。

　　小灵通与慧空野合作拍摄纪录片《元青花》一事,也不能耽误,慧空野还在等他的答复。小灵通决定亲自去一趟电视台。小灵通来到电视台大门口,说明来意,保安往台里打电话说了一会儿,就把听筒交给小灵通。小灵通听到了花彩棉疲惫的声音:"你进大门,绕到大楼后面,从小门上到二楼找我。"小灵通按花彩棉的指示上了二楼,就看见花彩棉熟悉的身影。他走过去,由花彩棉领

着进了演播大厅的后台。花彩棉让小灵通先坐，就穿过后台幕布消失了。

小灵通从下午一直等到晚上十点多钟，除了花彩棉叫助理给他送了一盒盒饭外，再没人理他，人们忙碌着，就跟他不存在一样。花彩棉终于过来对他说："一会儿就要正式录制了，我领你到观众席看实况录制晚会。"小灵通焦急地问："一会儿是多长时间？"花彩棉想起来小灵通是有事和自己商量，这才说："最多二十分钟。"小灵通赶紧把要拍《元青花》纪录片一事说了。令他意外的是，花彩棉很赞同："你的收藏品得到媒体的关注，是件大好事。"小灵通不解地问："你不是说以后少和这种人打交道吗？"花彩棉就笑了："这是拍片子，是宣传元瓷珍宝的大好事，有啥可担心的？"说完就对小灵通投来赞赏的目光。随后花彩棉领着他进了彩排演播大厅，坐在了观众席上。不远处一个高大男人在人们的簇拥下坐在最显眼的位置上，有三台摄像机从不同角度对着他，镁光灯下，那个男人显得更加高大了。小灵通思忖："那位就是海归博士、长安最年轻的副省长了吧？"

小草从乒乓姐的屋里出来已快中午了，来到书院门正街，才想起名公让他带给赵华亭的一张便笺忘在了肥女人的屋里，上面写着刻印章的具体内容和要求。老师的事情不敢怠慢，他就风急火燎地往回返。他才到屋门前，见乒乓姐和一枝梅一块出了屋门。两个人见小草突然回来了，尴尬的表情一闪而过，但小草没有留意到。还是一枝梅老练，先开口说话："小草你回来了，咱一块回关中书院。"小草点着头对乒乓姐说："我把老师交托的便笺忘到屋里了。"然后答应一枝梅："行，你等一下，我取了咱就一块回关中书院。"乒乓姐跟着小草回了屋里。小草问："他咋来了？"女人说："我看你忙不过来，就想让俺女子跟一枝梅学书法。"小草又问："那一枝梅咋说？""他只说女娃家，学书法不如学琵琶琴好，让我送女子到长安音乐学院找一位辅导老师妥当些。"小草听肥女人这么说就放心了。他从床的角落里寻着那张便笺，往怀里一揣又问："那他咋跑到你屋里来了？"女人一愣反问："你能来，一枝梅咋就不能来？你也把自己看得太高了。"说着就瞪小草。小草不再吭声就出了门。见一枝梅还在等自己，就客气地说："不好意思，让一枝梅老师久等了。"两个人说着话就到了摆摊的关中书院。

小草和神笔一枝梅开始挂画轴出摊子。赵华亭也突然冒了出来,帮着小草置画案,小草顺手把老师委托的便笺交到赵华亭手里。赵华亭激动地说:"师兄,今天我请客,咱们一起吃长安的名小吃金线油塔去。"小草不爱吃书院门街头摊子上的这一款三原小吃,嫌赵华亭太小气,几个金线油塔就想打发人,就回绝道:"不去了。"赵华亭一见小草这情绪,赶紧改口说:"柳巷有一家江南人开的'喜登楼'酒家,里面有一道叫三黄鸡的小菜很有味道。到时候我再点上一桌菜,咱兄弟俩一醉方休,如何?"小草听他改口这样说,也就勉强点头答应了。

酒疯子听到赵华亭不串街要和小草一块联手摆摊,就摸索着过来,坐在小草的案子旁,望着赵华亭的影子说:"醉卧花下死,当鬼也风流。"赵华亭初来书院门串街的时候,对酒疯子的大名就有所耳闻,知道酒疯子见酒就狂,一喝起酒来,没个三瓶五瓶的白酒,根本就过不了酒瘾。自己不胜酒力,所以也不接他的话。小草嫌烦听不进去,写字的手也轻狂起来,满宣纸都是残墨败笔。最后赵华亭笑着说:"我请大家猜个谜吧,谜底是对联的横批。'帝王将相到此俯首称臣,名媛佳丽进来宽衣解裙。'"不管是近前的小草,还是不远处的鸡娃王和一枝梅,都面面相觑,答不出横批的内容,只有酒疯子先哈哈地笑出了声,一副胜券在握的神情。大家都盯着酒疯子看,他就问赵华亭:"我酒疯子如果给出了正确的横批咋办?"赵华亭拍着胸膛说:"我欠你一顿酒。"酒疯子还是哈哈地笑着说:"我不和你吃饭,你只买两瓶老白干就成。"赵华亭知道之前酒疯子曾和鸡娃王打赌赢酒喝的事,就爽快地答应了。酒疯子起身准备走了,打酒狗近前来摇着尾巴,鸡娃王说:"说不出来,不要走,我还想学点知识哩。"酒疯子说:"有本事你再添两瓶酒,我就说出来。"鸡娃王见自己中了酒疯子的计,怕再做既失面子、又赔酒钱的事,就示弱:"这是你和赵华亭之间的事,和我有啥关系?"酒疯子还是不说横批的内容,对着打酒狗的耳朵低声说:"狗娃子,咱上厕所去。"只有赵华亭听到了声音,他知道酒疯子真的能答出横批的内容。

第四十四章　赌　博

书院断碑写沧桑，金石篆刻小石匠。

终南雪松显真容，空谷幽兰才亮相。

价值连城难兑现，半文不值纸一张。

闻说寒来落井石，慷慨出手助一双！

　　一大早鸡娃王就来找小灵通，满脸堆笑地说："老板早。"小灵通应承着鸡娃王："不敢不敢，我是晚辈，老师请坐。"鸡娃王也不客气，一屁股就坐到了小灵通身旁的椅子上。小灵通说："咱来书院门一晃都好几年了，书院门正街不管是开店的还是摆摊的，有的倒闭，有的黄摊，唯鸡娃王老师还生意火爆。"鸡娃王也恭维地说："我遇着的年轻人，你算是个人才。"小灵通思忖鸡娃王不像是来这里闲扯的，就问他："老师一大早来，怕是无事不登三宝殿？这几年咱一条街上挣饭吃，低头不见抬头见的，有事说出来，咱一块商量。"鸡娃王听他这样说，紧张的心情松缓了许多："到底是老板级别的人物，说起话来就是中听。我真是有求于你。"小灵通一惊："啊？不要说我是老板，也就刚混个温饱，我是晚辈，能帮得上忙我决不推辞。"说完了就看着鸡娃王。鸡娃王慢慢腾腾地说："你也知道，我这是为了肚兜，当然也不全是为了那女子，还有我的老伴和不争气的儿。"鸡娃王打开了话匣子，继续说，"我也活不了几年了,白天摆摊辛苦,怕也折了我的寿,我一辈子除了这三个人外,也没有啥牵挂的。"小灵通一看鸡娃王给自己拉起了家事,就耐着性子听下去。"咱俩前一阵子说过,我的老师秦岭云教我学画时,曾给我留下一幅《终南雪松》让我回家临摹、收藏……"小灵通一听眼前一亮道:"就是你在啥报纸上刊登过的那幅画吗?"鸡娃王说:"就是那幅画,是四尺整张的设色水墨立轴,之前在《文化遗产报》上刊载过。报纸的编辑曾经和我在一个单位共事过几年,知道我和秦岭云一块学画的经历。二十多年前,他就见过这幅画,是他建议我要即时著录,不管是对秦岭云还是对社会,都要负起保护文化遗产的责任。""你不是亲口给我说丢了吗?"小灵通插了一句。"大庭广众之下,我能说我屋里有秦岭云的画吗?"鸡娃王白了小灵通一眼继续说,"我想把这幅画卖了,换钱给这三个我放不下的人。"小灵通听到这里,终于知道鸡娃王的真实来意了。心想,姜还是老的辣,不到最后时刻,老头子不会亮出底牌。鸡娃王继续说着:"等换了钱,我先把肚兜一安置,让她回老家买房嫁人,寻个归宿。再把我儿和儿媳妇请出我的屋,给他们置业安个家。剩下的钱我和老伴养老用。"小灵通听明白了,鸡娃王打算把秦岭云的《终南雪松》图轴卖给他。根据他对秦岭云书画投资收藏的市场判断,价格还会往上涨,只是不知道鸡娃王想卖多少钱,就开口问他:"你想卖多少钱呢?"鸡娃王看得出小灵通态度很诚恳,也就认真地说:"我想卖四百万元,你我都知根知底,我绝不乱要价。"小灵通想了想也觉得合理,但眼下自己手里头能动用的活钱,只有二百多万,这资金缺口……小灵通想到这里说:"你报的价合理着呢,容我盘算盘算,再给你答复。你这个价位就不能再松动了?"鸡娃王一脸无奈地说:"要安置这几个人最少也得这个数。"小灵通又问:"你咋不把这幅画委托给拍卖行拍卖?"鸡娃王苦笑着说:"拍卖行的信誉一般都不好,把好东西拿了去,三文不值两文地胡卖,等卖脱了,还不痛快地给委托人付款。"小灵通反驳道:"还是有信誉好的拍卖公司呀!"鸡娃王应道:"那人家的门槛高着呢,没有经纪人领路,甭想敲开人家的大门。再说,经纪人也不白忙活,这一来二去又不知要砍掉多少肉。"小灵通赶紧答应:"老师先不要急,我同

意收了你的《终南雪松》图轴,只是我手里还没有那么多现金,你容我凑凑,等四百万凑齐了,我一定通知你。到时你只管把画送来,带着现金回家,咱再不摆摊了。"鸡娃王一听小灵通这番说辞,眼里涌出了泪水,嘴里说着:"我信你,你是这条街上的活菩萨,佛祖会保佑你的。"说完转身出了画廊的门。小灵通也正想投资秦岭画派的书画作品,赌上一把,自己再不努力赚钱,花彩棉可就要跟着别的男人飞到天上去了。

鸡娃王才出了画廊的门,赵华亭就进来了。他对小灵通说:"老板生意好,谢谢老板对小弟的照顾,我是专程来送一枚印章给老板的。"说着就掏出了一只精致的锦盒,塞到小灵通的手上。小灵通想推辞,只见赵华亭又说了,"以后有人要是请老板代为办理刻章子的事,你就顺手拉过来,虽说是小生意,但我也只能靠做这些小生意过活。"小灵通明白了赵华亭的意思,点头收下了锦盒。赵华亭最后说:"本来我计划动身去北京,在那里待一段时间,寻求更大的发展机遇,但眼下是去不成了。"说完满脸的无奈与伤感。小灵通看他这模样就问:"这又是为啥?"赵华亭叹着气说:"我女朋友患心脏病了。"说完就转身出了画廊的门。小灵通望着赵华亭远去的背影,知道赵华亭屋里正养着两个女人吃饭穿衣,而且这两个女人还都不是省油的灯。

小灵通决定从鸡娃王手里购进秦岭云的《终南雪松》设色水墨立轴,但尚有一百多万元的资金缺口。小灵通的如意算盘是这样打的:除了自己手里的二百多万现金,他要将店里的大部分存货——长安名家字画,以六成的价格出让给书院门街上的同行和老乡,凑足三百万元。剩下一百万元的资金缺口,只有靠广东富翁帮忙解决了。他想和广东富翁深入地谈一次,听听他的意见,广东富翁是一个可以依靠的人。想到这里,他满怀希望地看着桌子上陈列的元青花梅瓶,决定马上到广东富翁那里去一趟。小灵通就拨通了广东富翁的电话,说有事要和广东富翁商量。

广东富翁专门抽出了一下午时间和小灵通谈事情,等小灵通把自己的计划和盘托出后,广东富翁以赞赏的口气说:"你的计划所用资金不大,也就一百万,还没有一套房子贵嘛。我这里随时都有这笔钱,你来拿就是了。"小灵通还是迟疑地问:"总得办个手续吧? 是借是贷,要有个合同或借据什么的。"广东富翁一挥手说:"不用了,你需用时只管来拿。"小灵通把手一摊说:"如果这样,我怎么好意思用你的钱?"但广东富翁突然话题一转问:"那只元青花梅瓶现在还在你手里?"小灵通带着顾虑说:"韩勇说是高仿的,不值什么钱。"广东富翁若有所思地反问:"你的东西你自己还不清楚吗?"小灵通被广东富翁的真知灼见感动得说不出话。广东富翁又问,"东西现在在哪里?"口气里带着不安和焦虑。小灵通赶紧回答:"还在我画廊二楼的玻璃罩子里陈列着。"广东富翁松了一口气,泡了功夫茶,请小灵通喝茶,继续问:"你请识货的人再次鉴定过这只元青花梅瓶吗?"小灵通和盘托出之前和慧空野往来的事情。广东富翁沉思了好一阵子,最后很严肃地说:"事情有点复杂了。你跟他们把拍片子的合同签了?"小灵通本来想说还没签呢,可是他却下意识地点了点头。广东富翁就说:"我同意你的意见,就抵押借款,抵押品就是这只元青花梅瓶,办抵押手续时你把梅瓶拿过来。"小灵通面有难色地说:"拍片子要用怎么办?"广东富翁说:"那好,就让他们先集中几天把实物拍完,等拍完了,你赶紧送到我这里。"广东富翁首先想到的是把元青花梅瓶保管到自己手里,就不会起什么变故。小灵通见贷款的事在广东富翁这里有了着落,心情轻松了许多,不停地喝着功夫茶。广东富翁又问:"那位盲人酒疯子的洗脚盆你还在关注吗?"小灵通抱歉地说:"我这几天也不知忙些什么,你等我电话,就这一两天我问问酒疯子。"广东富翁点了点头说:"这是大事,要先办。明天我一定要见这东西。"天快黑了,小灵通起身告辞。广东富翁拉住他说:"不要急,吃了饭再走。你又没成家,在哪儿吃都一样。我太太今天下厨,你就随便吃点吧。"小灵通见抵押的事情办得很顺利,也就不再推辞了。广东富翁继续说,"明天你准备些长安名流书画,我也不看不挑了,明天我公司的公关助理会带三十万去取那些字画的。"

第二天,小灵通正陪着广东富翁说话,见赵华亭赶过来了,就很高兴地介绍广东富翁和赵华亭认识。本来广东富翁是派自己公司公关部的助理来取小灵通准备好的长安名流书画的,突然想到书院门和乐巷里的酒疯子收

藏的洗脚盆的事，非得自己亲自处理，就到了小灵通的画廊，两个人谈着谈着就说起了印章。刚好广东富翁也有印章要刻，所以小灵通就请来了赵华亭。广东富翁见赵华亭赶到，很是满意地问："小灵通手里的铁线圆朱文印章是你刻的？""是的，不知大老板要刻啥章？""我喜欢你的铁线篆刻，你选用一方上好白芙蓉石，给我刻毛泽东的《沁园春·雪》全篇，就用这种朱文铁线刻就。这个任务很艰巨啊，怎么样小伙子？全篇一百一十九字，加上毛泽东三个字，总共有一百二十二个字，能完成吗？"赵华亭思索了一阵，自信地点着头说："按每个字一百元算，再加一方三千元的寿山白芙蓉石，工料总计一万五千元。""没问题，你放开刻，这里是一万元，你先收着，等完工了，你把章子送到画廊，到时候小灵通再代我给你剩下的五千元钱，如何？"赵华亭千恩万谢地收了钱，一颗悬着的心总算放下来了。

第四十五章　纠　结

心话坛经无量尊,华亭纠结才敲门。

名公义开新世界,神笔书案逢甘霖。

情困书院花千片,愁上眉梢白毛昏。

不约同来心交瘁,此情牢锁为女人。

　　赵华亭要去书院门,丹婵见翠琇在病床上睡熟了,就陪着赵华亭出了重症观察室。赵华亭对丹婵说:"翠琇的心脏有大毛病,是吸毒过量导致的。你和翠琇两人好得跟亲姊妹一样,为啥你就没上瘾?"丹婵说:"我就不碰那玩意儿,我每次陪她吸个一两口就想呕吐,我没事。"赵华亭一听放心地说:"你愿意和我去新疆吗?"丹婵不相信地问:"啥意思? 难不成让我跟你一辈子?"她眼里闪烁着复杂的光亮,但很快又黯淡下去。等出了医院大门,赵华亭继续说:"翠琇的毒瘾好戒除吗?"丹婵摇着头说:"不容易,她不吸了,整天无所事事又能干啥? 你说带我去新疆,是真的?"丹婵说着神色忧郁起来,"男人的话我都不敢相信了。"赵华亭见丹婵情绪忧郁,就笑着对她说:"等我手头周转过来,再把翠琇的毒瘾戒了。然后你跟我走,咱俩满世界去云游。最后咱俩在喀纳斯湖边盖一座木屋,望着湖水终老一生,怎么样?"丹婵阴郁的神色明朗了一些,说:"我才不信呢,喀纳斯一年四季都冰天雪地的,怎么

住?""不是。那里才是真正的世外桃源。"赵华亭故意欺骗丹婵又说,"不过是在俄罗斯,哈哈!""原来你要把我骗到俄罗斯去?"丹婵又露出了惊恐的神色,半信半疑地抓住了赵华亭的胳膊。赵华亭的步伐加快了,用满是老茧的手握住丹婵的手说:"你不嫌我的手粗糙吗?""不嫌,我不嫌。"赵华亭动情地说:"世上除了韩公公,你就是我最亲的人了。除了你,别人见了我的手,碰都不让碰一下,说到底我就是一个小石匠。"丹婵听赵华亭说她是最亲的人,心一热说不出话来。过了一会儿,丹婵说:"我以后就叫你小石匠。我去买菜了,你要吃点啥?"赵华亭对丹婵有点难舍难离:"别急着走。翠琇喜欢吃啥,看着买点算了。"

离开丹婵,赵华亭往书院门小草的摊上走去,内心纠结着:当着翠琇和丹婵的面说不去北京了,但眼下自己才铺了一半的路子又不能半途而废,任凭自己对两个女孩怎么解释,她们都听不进去。想到这里,赵华亭的心不由得颤抖起来,脚步也沉重了。他还没到关中书院外的廊檐下,就远远地听见酒疯子和小草说话。小草问酒疯子:"你诗写得那么好,咋不出诗集呢?"酒疯子自嘲地说:"还诗集呢,我现在都成了要饭的了,咋个出诗集呢?"小草又说:"我看出来了,你对诗词很有研究。"酒疯子应道:"我在钢厂当语文老师的时候,写过专著,有二十多万字。"小草以怀疑的眼神看着酒疯子:"真的?"酒疯子一本正经地说:"手稿我还带来长安了。"小草问:"手稿现在还在吗?"酒疯子喃喃道:"让一个报纸编辑给骗走了。"小草相信酒疯子的话,就关切地问:"咋回事?""我才来长安时间不长,就在关中书院外的摊子上碰到了一个长安啥报的主编,我满街里吼诗,他说喜欢我的诗,一来二去就混熟了。后来他说可以帮我出版诗集,我说我那几首打油诗是我胡作的,我的研究专著要是能出版真是一件功德无量的事。主编很热情,满口答应了。我就轻信了他,等他把我的手稿拿在手里从书院门一走,就再也没人影了。"酒疯子说不下去了。"后来咋样了?"小草问。"我眼睛瞎了以后,有一回我在宝庆寺塔旁边听两个书友议论说,历史宗教界出版了一本新的研究专著,学术水准很高,我一听书名,就是我写的那本专著,但作者署名不是我,也不知道署

180

的是不是那个主编的名字。"小草也惋惜地说:"你都为人民服务了。"酒疯子又说:"现在我也想开了,只要是功德,不必在乎是谁施舍的,算了。"

赵华亭来到小草案子前,郑重地说:"我已把名公委托我刻的印章都完成了,是你代交还是我面交?"小草细想:这事还是赵华亭亲自去比较好,万一老师有啥不满意之处,赵华亭重刻还是修改,好当面完成。想到这里回答:"你还是自己去吧,老师的工作室就在南大街韩勇的大饭店里,一问就知道了。只要不耽误老师创作就可以了。"赵华亭问小草如何拜访名公其实只是个形式,他想和名公单独来往,因为他想求名公给他通个去北京拍卖行的路子,也不便当着小草说出,小草这样安排正合赵华亭的意思。

第二天,赵华亭先和名公电话联系好以后,得到了准确的答复,才进了名公的工作室。名公见面前这个晚辈、海派篆刻大家韩冰铁的徒孙,这么快就篆刻完了自己急需的十几枚印章,就从心里喜欢上了这个吃苦耐劳的晚辈。再一看十几方印章都是用上好的寿山芙蓉冻、月尾、文洋等珍贵的寿山石种精心刻就,大的四公分见方,最小的也有半公分,最难得的是那六方不规则随形石闲章,无论从设计到下刀,都是一气呵成,自然流畅,还在看似不经意的地方留了印眼天趣。这着实打动了名公的心,几乎没有做什么修改就收活了。名公高兴地往沙发上一靠,问赵华亭:"说说你让我咋个酬谢法?"赵华亭见名公的敲门砖敲响了,就说:"学生想请名公老师给我通个去北京的门路。"名公听赵华亭这样说,略一迟疑,最后还是问:"通个什么路子? 北京的书画圈我熟,要是旁的啥事情就不一定了。"说着抬眼看赵华亭。赵华亭惊喜地赶紧递话:"我想请名公老师给我介绍一家信誉好的北京大拍卖公司,我想拍大师秦岭云的真迹。"名公质疑道:"秦岭云的真迹?"眼里流露出怀疑的神色。赵华亭赶紧说:"我师爷韩公公临死前,背着他的子女送给我的,他可怜我无家可归,让我以后有机会变现安家的。"名公听赵华亭这样说,郑重地问:"秦岭云大师给你师爷画的是什么题材?"赵华亭回答:"是一幅三尺设色纸本《空谷幽兰》图,品相完好。"名公思索着又问赵华亭:"你师爷生前著录过这幅画吗?"赵华亭赶紧回答:"没听说有著录的事情。"名公

又追问:"上面有你师爷的题字或跋语吗?"赵华亭答道:"有的。"名公又问了一句:"是题还是跋?"赵华亭肯定地答道:"是跋语,在画的最后面。"名公紧盯着赵华亭问:"都写了些什么字?"赵华亭说:"意思我是不懂的,只写了'深挖洞,广积粮'六个字。"名公问:"你师爷有印章盖上或落款吗?"赵华亭回答:"有的。落款和印章都有。是不是我拿来,当面请名公老师鉴赏?""不用了。"名公最后说:"你回去,等我的消息吧。"赵华亭得到了名公的肯定答复,激动得快晕过去了,内心盘算着,如果韩公公留给自己的这幅秦岭云大师的《空谷幽兰》图能如愿在北京拍卖,再顺利地收回一大笔现金,不但能救翠琇脱离苦海,而且还能实现他和丹婵去云游,最后在喀纳斯湖畔安家的梦想。赵华亭刚出了名公的大门,又被名公叫住了:"回来回来,这是我才写的一幅字,你拿去收着,纸里面有我的防伪指纹。"名公没说指纹在纸上的具体位置。赵华亭毕恭毕敬地用双手接了,眼里噙满了泪水。最后名公拍着赵华亭的肩膀说:"你师爷,韩公冰铁,海派篆刻大师,是真真正正的大师。年轻人,要好好学他,不要忘了!"

第四十六章　腾　龙

关中书院孔庙墙,空谷幽兰才吐芳。

晴天霹雳一声雷,宝庆佛塔草已黄。

喜登楼里今朝醉,沦落风尘难依傍。

世事艰险真如铁,石匠磨刀难为将。

　　裱画老杨和儿子一块出了裱画铺走到断碑前,关中书院外传来女人的
争吵声。老杨就往吵架的书画摊跟前赶过去,小杨去找小灵通看他有没有
书画软片需要裱糊。小杨一见小灵通就笑着说:"你是我的偶像,向你致敬,
向你看齐。"小灵通赶忙让座,倒茶,请小杨坐着说话。小杨问:"老板有没有
需要裱糊的书画?"小灵通说:"有个三五幅。"小杨见小灵通有话对自己说,
就坐在了小灵通的旁边。小灵通倒好茶水说:"最近有一家电视媒体要给我
拍纪录片,其中有几个镜头是拍我之前满街推销商品画的创业过程,我想把
几个拍摄现场放到你的裱画铺,当时我不都是把从桂林贩来的商品画在你
那里裱糊的吗?"小杨一听笑了:"这是好事,也是宣传我的裱画铺。只
是……"小灵通猜出小杨欲言又止的原因:"报酬的事,等我和拍摄方交涉好
了再和你说,如何?"小杨赶紧摇着头说:"老板误解我的意思了,我是怕我屋
里的条件太寒酸,上镜头不光彩。"小灵通说:"这一点你多虑了,纪录片就要

真实,这也是我们大家创业的实际情况,没有啥不光彩的。"小杨心放宽了才说:"我回去给媳妇知会一声,我随时配合你的拍摄工作。"

老杨紧赶慢赶到了书画摊前,就见一枝梅的老婆正指着鸡娃王的老伴肥婆骂:"你做你的生意,咋就跑到我摊子上抢买主了?看你能吃多少,吃不了撑死你。"肥婆也不示弱:"是谁到你那里去了,你看清楚了没?人家喜欢买谁的就买谁的,腿长在人家身上,有本事你不要叫人家走。"一旁的鸡娃王装作没听见,躺在逍遥椅上不起来。这边的一枝梅倒是拉着自己的媳妇:"少说几句,一块卖字画说那么多干啥?"一旁看热闹的街串子、帮闲、混混有的嘻嘻笑,有的在一旁鼓噪着。老杨挤进人群,先叫住一枝梅媳妇,倒了一杯茶让她喝着,然后就来拉肥婆:"不生气,你气她不气,生起气气自己,坐下喝口水。"肥婆不依不饶地对老杨说:"你评评理,人家买主自己要来买我掌柜的书画,她硬说我从她摊上抢生意,人家不知道谁家好谁家孬?"

鸡娃王从逍遥椅上坐起来,他很烦。他看到肚兜来了,就一闪身,朝不远处的断碑去了。肚兜站在碑后面哭丧着脸,鸡娃王就示意她跟自己走,肚兜就跟着他走进了和乐巷的一家辣子蒜羊血的饭馆。鸡娃王坐下就说:"你也看见了,我屋里的肥婆天天在摊上盯着我,你以后就不要来找我了。"肚兜不情愿地说:"那你答应人家的话呢?"鸡娃王把眼一瞪:"我鸡娃王说的话掷地有声。"肚兜听他这样说脸色好转了一些,饭馆跑堂的已端上来两碗热气腾腾的羊血饸饹。"再来两个肉夹馍。"鸡娃王知道肚兜爱吃这扎实顶饱的一碗热汤还有肉夹馍,就专门给肚兜点了。"人家吃一个不够。""我给你点了两个肉夹馍,我吃一碗羊血饸饹就够了。"肚兜笑着说:"人家一天还没吃饭呢。"鸡娃王很认真地说:"你甭管了,有我在身边,你不会饿着。"肚兜只管呼呼噜噜地又吃又喝。鸡娃王问:"今后你咋打算?"肚兜也不抬头:"过一天算一天。"鸡娃王见肚兜没有听懂他的意思,又说:"你让我咋个安排你呢?"肚兜还不抬头只顾吃喝:"我不管,这是你的事。"鸡娃王这时很严肃地说:"女娃都是要有归宿的。"肚兜根本没听懂鸡娃王的说辞,一脸茫然的表情。鸡娃王又郑重地说:"就是结婚嫁男人。"肚兜反问:"嫁男人,咋嫁?你把我搁在半道上,谁要我呢?"鸡娃王本来是不同意肚兜这番说辞的,但也不想在馆子里和她争辩什么,就直接说:"半道也罢,哄你的男人跑了也罢,你还是要回你老家嫁人生娃的。"肚兜终于知道鸡娃王的意思了,就不依不饶地说:"你是怕我到你摊子上和肥婆闹才这样说的吧?"鸡娃王看着肚兜说:"等我把银子置办好了,你还是回老家嫁人生娃算了。"肚兜不吭声了,一双眼直勾勾地看着鸡娃王,咽了嘴里的吃食说:"那我等到啥时候?你再突然死了,我找谁呢?"鸡娃王被她的话逗笑了:"死了,我鸡娃王命大着呢,再等几天一准给你个信儿。"肚兜见鸡娃王起身埋单,也站起身先出了馆子的门。

书画摊子上赵华亭正听小草说话,一旁裱画老杨自斟自饮,刚才两个剑拔弩张的女人这会儿也安静了,一个继续织毛衣,另一个坐在鸡娃王的摊子上东张西望地看鸡娃王的去处。小草说:"我才来长安的时候,吃了凉剩饭闹起了胃病,住不起院,就按大夫的药方自己买药吃,黑里不能躺着睡。"赵华亭问:"为啥不能躺?""胃里泛酸嗓子眼蜇得疼。就这么在屋里熬了十几天才扛过来的,现在落了病根,逢天冷或不小心吃了凉饭就胃疼。"裱画老杨就接着说:"到冬天,你要多吃羊肉、喝羊骨汤,慢慢地把胃养好。"小草应着:"羊肉是热性的,以后中午我就吃一碗水盆羊肉。"裱画老杨点头说:"再喝些老普洱茶汤,保准能好,我这壶里冲泡的就是普洱茶,虽说不是陈年茶饼冲泡的,也是热性的,咱一块喝着。"小草撂下毛笔,和裱画老杨喝起了茶。赵华亭突然接了一个电话,情绪异常兴奋。这个电话是名公打给他的,说是北京的拍卖公司联系好了,是全国十大拍卖公司的第五名——大名鼎鼎的腾龙拍卖公司。赵华亭要是赶秋拍的话,一周内须把拍品送过去签委托拍卖协议。第二天名公就把他的推荐信和北京腾龙拍卖公司书画部的主管名片让小草转给赵华亭,赵华亭就可以带着拍品直接去北京了。赵华亭千恩万谢地挂了电话,又回到老杨和小草喝茶的地方一块喝茶。他突然想到去北京还有一笔不小的开支没有落实,就去找小灵通。

小灵通见赵华亭来了,就让着座说:"你不在外面看着篆刻摊,来找我准是有事。"说着就去倒水,赵华亭赶紧回答:"刚才喝了裱画老杨的普洱茶。我是

有求于老板来的。"小灵通问："有求于我？啥事？"赵华亭有意隐瞒自己就要去北京的事，只是说："我女朋友现在正住着院，着急用钱，我手里有一幅名公书法的字，想变现筹个住院费。"小灵通道："我手里头这一阵子囤了一批名公的字，还没卖出几幅。"赵华亭继续说："我头几天通过小草给名公刻了章子，名公跟我换的，价格方面好商量。"小灵通想了想说："代销，你得给我留百分之二十的利。若是我直接收了，我只能以四成的价给你现金。"赵华亭心里一盘算，爽快地说："那就五千成交！"小灵通本想拒绝，又一想，之前自己也和他一样，是个街串子，而且他是筹钱给女朋友治病，心就软了："字你带来了？""还没有，明天一大早我给你送过来。"赵华亭高兴得要走，小灵通又叮嘱道："若是不见名公书法作品上的防伪指纹，那我可没钱付给你。"赵华亭一边起身，一边说："商场无戏言。今天我请客，加上小草咱仨聚一聚。"

从小灵通画廊里出来，赵华亭来到小草跟前，得意地说："收摊，咱今天到喜登楼吃三黄鸡去。"小草正和酒疯子说话，赵华亭也邀请酒疯子一起去。酒疯子摇着头说："你们年轻人一块春风得意下馆子，我个瞎子就不去当电灯泡了，不过酒我还是很馋的。"赵华亭也不勉强酒疯子："我一定给老师带两瓶老窖白干回来。"酒疯子高兴地点头，起身摸索着想走，打酒狗来引着酒疯子离开，赵华亭掏出一张钞票让打酒狗叼着去给酒疯子买酒。小灵通也过来和赵华亭、小草一块准备去喜登楼了。酒疯子眼前晃动着三个年轻人的身影，就又开始疯吼了："篆刻书法有天才，醉卧花下境遇险。江南春色柳如烟，长安烈酒大碗干。书院肃杀百木凋，不知三九冰铁寒。何堪岁月成追忆，梦醒时刻已惘然。"赵华亭听得酒疯子的一声疯吼，也若有所思起来。又听到远处酒疯子继续疯吼："七级浮屠燕归飞，书院起步染风尘。缘定长安腾龙起，空谷幽兰祸上身。"酒疯子还没有吼完，赵华亭就停了脚步对小灵通和小草说："听酒疯子吼完了再走。"三个男人就圪蹴在书院门正街的马路牙子上，静静地听着。"喜登楼里今朝醉，醉死梦死不思量。世事艰险真如铁，石匠磨刀难为将。"赵华亭先立起身来，催小灵通和小草赶紧走，他无心琢磨酒疯子的疯吼了。

第四十七章　道　具

书院摆摊坐街边,几度重阳不知年。

红日红霞红满天,奈何从来转运难。

狂风暴雨全不怕,天寒地冻任随它,

而今迈步从头越,不拜阿弥观音殿。

　　按约定,慧空野和助理青森来到了小灵通的画廊,他俩是来准备和小灵通签拍摄纪录片《元青花》的合同的。小灵通就说出了自己的设想:"我在安徽农村长大,在书院门创业,有幸收藏到元瓷珍宝青花梅瓶的过程,应该是纪录片的三个基本组成部分吧?""好的好的,就按你的想法,然后由我们来创意和策划拍摄脚本。"小灵通又说:"我创业初期经常去的裱画铺,应当好好地拍摄,那里对我的帮助太大了。"慧空野点着头说:"当然可以。"这时慧空野的助理已准备好了两张稿纸,递给慧空野,慧空野接过来看了看就递给小灵通说:"之前我草拟的合同文本,你肯定看过了。这是我们根据你刚才提出的拍摄内容设计的第一个镜头的拍摄脚本,你先过目,然后再签订正式的拍摄合同文本。"小灵通接过脚本文案放在桌上,还想再慎重地思考一下合同文本的具体条款,斟酌以后再签。这时慧空野提议:"我们能不能先看看你所说的裱画铺的实地情况,考察一下摄像机的拍摄角度、灯光布置和空

间景深?"小灵通之前给小杨知会过,就拨电话通知了小杨。

　　他们一行出了小灵通画廊,经过断碑,进巷子到了裱画铺的院子里。慧空野站在院子里看着四周,皱着眉头不知道在想着什么。小灵通见小杨和已经有点显怀的媳妇走到自己跟前来,先和小杨媳妇说话:"有五个月了吧?"小杨媳妇说:"你个毛头娃,还没娶媳妇你懂个啥!"小杨招呼慧空野的助理四处察看,一会儿两人就进屋去了。小灵通和慧空野在院子里站着,小灵通继续和小杨媳妇拉话:"要生个男孩,杨伯可就开心了。咋不见杨伯了?""还能在哪,怕是在书画摊上和老师们一块喝茶呢。"小杨媳妇看着对面的慧空野,用赞赏眼光看着小灵通说:"小杨比你真是差远了。你俩来书院门的日子差不多,你都开了这么大的画廊了,你再看看小杨。"小杨媳妇又是叹气又是摇头的。这时助理青森和小杨从屋里出来了,青森对慧空野说了一阵,慧空野情绪突然高涨起来,重又进了裱画铺的屋里,在老杨和两个小工屋里待了一会儿。

　　三个人回到小灵通的画廊,赵华亭来了。他是按约定给小灵通送名公写的那幅字的。慧空野见小灵通有客来访,就和青森告辞了小灵通,急匆匆地走了。小灵通送走了客人,就过来接待赵华亭。赵华亭看出这两个人不是中国人,就恭维说:"老板都开始做国际贸易了,佩服、羡慕,我要奋起直追。"小灵通听赵华亭的恭维话自然是高兴:"他俩是给我拍纪录片的,没做什么生意。"赵华亭羡慕地望着小灵通:"了不起,书院门一条街上,还没有哪个老板有你这么高的层次,有外国媒体来拍摄专题片的。"说着就竖起了大拇指。虽然赵华亭有拍马屁之嫌,但小灵通爱听,再说《元青花》纪录片的内容看起来也不简单,赵华亭有这样的反应也恰如其分。这时赵华亭已打开名公的书法软片,小灵通把它拿到灯下照名公落款的地方。在灯光照射下,清清楚楚地分辨出名公的红印章下的宣纸里层,有一个指纹印。小灵通放心地从柜子里取出一沓钞票数了五十张递给了赵华亭。

　　慧空野和青森又回到了小杨的裱画铺。老杨也回来了,慧空野的助理直接告诉才认识的老杨,他们拍片子正需要一批道具,裱画铺材料屋里堆着的二十多个坛坛罐罐正好可以使用。老杨见是小灵通领过来的朋友需要这批东西做道具，就爽快地答应了。老杨出价三万五，青森只愿意出三万元，裱画老杨一家人兴高采烈地让慧空野和助理把这批坛坛罐罐运走了。老杨手里捏着救命的三万元钱，除去一万元进货成本，净赚两万元。小杨媳妇生孩子的钱有了着落，裱画材料屋一下子腾出空间，老杨松了一口气。他知道是小灵通介绍的朋友救了急，喃喃自语："小灵通可是咱家的救星。"小杨媳妇的脸色也少有地从阴天转成了晴天，看着丈夫说："可不是，你呀要多跑跑小灵通的画廊，常和他沟通着，这生意都是互相拉扯着才有的。看样子小灵通的生意是做大了，你下辈子才赶得上人家。"小杨郁闷的情绪一扫而空："你快给俺生个儿子，到时候认小灵通当干爹。"老杨低声叮咛着："看得出这两个人是瞒过小灵通来买道具的，以后咱们还是不在小灵通面前提这事。我们只记住他的好，等以后有了机会报答小灵通就是了。"小杨和媳妇也意识到了这点，互相望着。老杨把三万块钱递到儿媳妇的手上，平日里紧锁的眉头舒展开来，腰也挺直了。

　　赵华亭回到摊上见到众人就嚷嚷开了："小灵通要发达了。"鸡娃王第一个问："你听到啥消息了？说出来我们也听听，看能不能也搭个小灵通的顺风车一同发达。"老杨也回到了摊子上继续招呼大家喝茶，一听鸡娃王的话，从心里佩服鸡娃王是老江湖，看问题看得准，一语道破在江湖上混饭吃的真谛。想想自家才搭了小灵通的顺风车赚了钱救了急，不禁偷偷地笑了。老杨只低头自顾自地喝茶，一枝梅溜达过来，感慨地说："小灵通甭看年岁小，但人机灵，连长安电视台的主播花大美人都成了他的女朋友。"小草也附和着说："有电视台的人给他介绍生意，哪有不发达的！"赵华亭也附和着说："人家已进入资金运作阶段了。"众人听不太懂赵华亭的话，就都看着赵华亭，想让他把话说得再清楚一点。鸡娃王也把摊子甩给肥婆，凑到赵华亭跟前，极有兴趣地想听赵华亭说完。赵华亭继续说："是用钱赚钱。"一枝梅的老婆也走到一枝梅身旁对他嚷嚷："你再神，看把你一天到晚写死了，手里头能捏几个钱？钱生钱，发达起来快得很。"鸡娃王也盘算着要和小灵通做一

笔大生意，这几年大家一块在书院门街上混饭吃，他是眼看着小灵通一步一步地走到今天的，他从心里佩服这个安徽农村来长安书院门创业的后生，大事难事可以和他交托。小草也是从农村出来的，想到远在千里之外的老婆娃，心里像打碎了五味瓶，在一旁默不作声地写字苦练。这会儿他也写不下去了，撂下毛笔，端起一杯茶一饮而尽，说："书院门的发展机会越来越少了。"赵华亭不以为然地看了一眼小草说："事在人为，商场如战场，谁战死、谁打赢还不一定。"一枝梅的老婆又嚷嚷道："谁管什么战场不战场的，到最后抓住钱才算真本事。"老杨这时也放下手里的茶杯应道："弟妹说的实在，一枝梅的担子不轻。"一枝梅不甘示弱地说："没有啥，等我再叫几个书画名流一块在全国跑上一圈，啥都有了。"众人也开始对着一枝梅的媳妇起哄："嫂子可听见了？我们给你做证，一枝梅可是当着众人的面打了包票，要满世界地去给你往回挣钱。"一枝梅媳妇这时也有点脸红地说："听他吹吧，你们信，我才不信他满嘴里跑火车呢。"

"书院摆摊坐街边，几度重阳不知年。红日红霞红满天，奈何从来转运难。狂风暴雨全不怕，天寒地冻任随它。而今迈步从头越，不拜阿弥观音殿。"远处传来酒疯子的吼声，这回鸡娃王听明白了，昨天重阳节刚过，摊子上称得上老头的只有他鸡娃王一个。鸡娃王得意地说："听见没，'几度重阳'，那个酒狂人是吼给我听的。"他学着唱道："而今迈步从头越，不拜阿弥观音殿。"老杨一旁问他："你咋不唱《梁秋燕》了？"鸡娃王不屑地说："我嫌《梁秋燕》没劲呢。"这时酒疯子已来到众人面前继续吼着："摆摊才知度日苦，回首书院一场空。一朝辞别长安去，寰宇何处不了踪。世路艰险自己逼，不问几岁一枯荣。花里一醉纵然死，马革裹尸不计功。"等吼完了，酒疯子就对赵华亭说："你不是要跟我学诗吗？你就把我这首诗好好地吟上几十遍，你就会作诗了。"赵华亭见他举止反常，满脸都是血渍，也不见打酒狗前面领路，就问酒疯子："打酒狗哪里去了？"酒疯子冷冷地说："狗都知回家的路呢，可是有些人还是悟不出。"赵华亭迷惑地看着酒疯子思忖："这话是不是说给小草听的？"兜里的电话响了，是丹婵打来的："华亭哥，医院给翠琇下病危通知书了。"赵华亭赶紧问:"病危通知书?"丹婵胆怯地说:"是,今天早晨医院对翠琇的全面检查结果出来了,主治大夫要谈诊断结果。现在护士又在催了,你立刻来医院。"赵华亭收了电话,匆匆忙忙地朝医院赶去,身后传来酒疯子一声叹息。

第四十八章　钟　声

一别和乐离长安,渭水远望接碧天。

明珠暗投落风尘,焚风推牖湿衣衫。

夕阳西下渭源道,书院灯火夜难眠。

同是天涯沦落客,才过潼关思长安。

　　小灵通想到关中书院外摆书画摊的廊檐下等酒疯子。"去年今日荒草中,人面佛陀相映同。人面不知何处去,佛陀依旧度众生。"小灵通听到了从牌楼方向传来的酒疯子的疯吼声:"今年今日宝庆钟,疯子想敲无处逢。觉海顿悟缘起心,色亦诸法都是空。"小灵通就折向西,朝疯吼的方向走去。他没走几分钟,就见打酒狗领着酒疯子朝他这边走过来了,一旁还跟着个又黑又瘦的女人,女人手里抱着一摞书还不停地说:"仇老师,自从你在我书摊前吼《心经》以后,我的生意可好了。"酒疯子问:"你现在去干啥?""我给一个书法班送字帖去。好多人都慕名来到宝庆寺佛塔下,想看看你是个啥样子。""啥样子? 一个又瞎又狂的酒鬼。"酒疯子回答。女人又说:"你吼的那些疯话,里面的名堂不简单。"酒疯子就问:"有啥名堂?"女人只管说:"我就爱听你疯吼。要是你能用秦腔吼上一嗓子,那才过瘾呢。"小灵通迎面走到酒疯子跟前,又是招手又是哈腰地问酒疯子好。酒疯子停了脚步开门见山地问:"小灵通,我早就料到你今天一定会来找我。你这人还可以,我现在跟你走。"小灵通先是一惊,既而说:"有人想见你,你都成长安城里的名人了。明儿个咱就置案子卖字,管保生意好。现在要买字的客人都不用眼看了,而是用耳朵听。"酒疯子不解地问:"买字拿耳朵听?"就把头凑到小灵通的面前,一头雾水的样子。"就是听在长安城里名气响不响,官位高不高。"小灵通这样解释酒疯子就懂了:"我就听小灵通的,明天就在关中书院外和一枝梅、小草还有鸡娃王一块摆摊卖字,不一定谁卖过谁。"小灵通赶紧说:"每天一大早你只管来,我先把摊子给你出好,你提毛笔写就行了。你不是也蘸水在地上练过吗?"酒疯子笑道:"算了算了,你的嘴把死人都能说活了,难怪你发达得快,都是靠嘴上的功夫,你这是故意把我往火上烤呢。还是到你的店里去见你那位贵客吧。"等两个人进了画廊,打酒狗就跑到街对面的廊檐下溜达着,好像关中书院外也应该有酒疯子的领地一般。

广东富翁见酒疯子上来了,就起身让酒疯子坐。酒疯子也不推辞,三个人坐定后,还是小灵通先开口说:"仇老师你口里念的'觉海顿悟缘起心'是啥意思,你能告诉我吗?"酒疯子看着广东富翁说:"你的贵客会告诉你的。"广东富翁也不谦让地问:"小灵通你不是有一件元青花梅瓶吗?"小灵通不解地看着广东富翁,心想,那件元青花梅瓶和酒疯子这句诗能扯上啥关系?"为什么那么多人都不敢确认它的真假呢?"小灵通头摇得跟拨浪鼓一样,一脸的迷茫神情。"你呀早已开悟,只是还在事中迷着没有顿悟!"广东富翁说完最后一句话,目光落到了酒疯子的脸上。酒疯子这时会心地一笑说:"我刚才疯吼的那句诗你现在懂不懂?"广东富翁和酒疯子一块看着他又说:"你还叫小灵通?现在咋就不灵通了?"只见小灵通突然眼睛一亮说:"欣赏欣赏,应该把'欣'字改成心灵的'心'。"广东富翁和酒疯子都不约而同地开怀大笑起来。酒疯子最后说:"小灵通顿悟了。"

广东富翁又轻声问酒疯子:"听你的诗感觉你和如诚师父有关系。如诚师父可是禅林高山、佛门泰斗啊!"酒疯子答道:"半个多世纪以前,长安城才解放,到处是战乱留下的残垣断壁。如诚师父梦见一千多年前的唐代高僧法云

在卧龙寺遗址的废墟上，望着苍天痛不欲生祈祷的情景，如诚师父就立志要恢复卧龙禅寺。自此以后硬是靠一己之力广种福田，才有了今天书院门卧龙寺的禅林功德。""功德无量啊！"广东富翁也赞叹道："如诚师父的大名我在岭南早就听人传颂，只是不知今生是否有缘一睹风采，聆听教诲。"酒疯子表情已变得更加庄重了："如诚师父的顶相我从未见过，能聆听到他的诵经授法之音此生无憾矣。"小灵通这时插话说："书院门东面的卧龙寺都恢复得如此了得，只可惜西头的宝庆寺却没有这番机缘，现在只留一座孤零零的佛塔和荒草为伴。"酒疯子听小灵通说完，赞赏地点头："不愧是小灵通，你的悟性高啊！"广东富翁沉思着吟道："今年今日宝庆钟，疯子想敲无处逢。"酒疯子继续说："所谓缘起心，钟声就是人的心声，心迷钟能解迷，这是受；心乱钟能定心，这是想；心妄钟能破妄，这是行；心觉钟使顿悟，这是识。钟鸣色空，钟静相虚。钟即诸法相，万法听钟鸣！"最后酒疯子庄重地对广东富翁说，"明天我就把我那个铜盆送到小灵通的画廊里，你随时都可以取走，它现在属于你了。"说完头也不回地摸索着下楼，小灵通赶忙上前扶住他，酒疯子也不推辞，就让小灵通搀扶着来到画廊一楼，打酒狗在画廊门外等着酒疯子。酒疯子高声对小灵通说："你这画廊还缺个名号，我看就叫'通灵阁'吧！"

小灵通返回画廊二楼不解地问广东富翁："刚才你们俩说什么，我一句都听不懂，我怎么就没听出来其中的奥妙呢？"小灵通一脸的茫然把广东富翁给逗笑了。他拍了拍小灵通的肩说："你现在是通灵阁阁主了，我刚才听见仇老师给你起了店名，会让你明白这里面的奥妙的。"

酒疯子由打酒狗领路，直接回了和乐巷的破屋里，他只想最后抱一抱那个陪他睡了几年觉的铜脚盆。老婆娃喝药自杀了以后，他再没有亲人了，这个铜脚盆从他来到书院门不久就一直陪着他，是他唯一的亲人。虽说这是之前的房客克隆高手逃离书院门时，来不及带着走的大笔洗，但他知道这绝不是一件普通的笔洗。当他第一次从房东手里接过这个铜脚盆往怀里一抱，就知道它不是一般的物件，它叫铜鉴，是春秋晚期到战国初期贵族祭祀时净手用的水盆，是一件真真正正、价值连城的青铜彝器，不管白天黑夜他都把它抱在怀里。刚才他和广东富翁的一席谈话让他心里有了底数。酒疯子可以放心了，比自己老婆娃还亲的铜脚盆终于有了最终的归宿，而且在不久的将来，这个铜脚盆还可以换来书院门几百年都不曾听到过的，恢复重建后的宝庆寺的钟声！酒疯子幻想着自己在大钟前虔诚地撞着钟，往来进出的善男信女听着钟声，游荡的灵魂有了依靠，茫然的脸上从此流露出了奔往极乐世界的从容和喜悦的表情时，他的眼里流出了泪水。这时打酒狗也摇着尾巴不走了，仰头看酒疯子，尾巴晃悠着，像是明白他的心思一般。酒疯子就要离开这个青铜鉴了，他从心里不舍得它跟着广东富翁远走他乡。酒疯子人也恍惚起来：书院门每天发生的大小事他都知道，还都看得开，可是事情摊到自己头上咋就放不下？放下的话都是说给别人的！打酒狗见他不舒服，就用头顶他，用舌头舔他的灰白头发。酒疯子抬起手抚摸着蹲在一旁带着深情的伙伴，抱着青铜鉴，紧紧地抱着。

"一别和乐去岭南，渭水远望接碧天。明珠暗投落风尘，焚风推牖湿衣衫。夕阳西下渭源道，书院灯火夜难眠。同是天涯沦落客，才过潼关思长安。"酒疯子给青铜鉴吟出了这首诗歌。他喃喃道："随它去吧，我心中的明灯。十三朝古都长安城，有一天能听到生生不息的宝庆寺钟声。"

回到屋里，酒疯子烧了三大壶热水才把青铜鉴添满。他要好好再用它烫烫脚，重温在一块的日日夜夜。热从脚底慢慢地往上传导，一会儿就温暖了他冰冷的身体，四周也开始温暖起来。他的双眼仿佛也能看见了，铜盆里的蒸汽越冒越多，弥漫了整个屋子。酒疯子如同到达了西方净土，云雾里妻子熟悉的身影飘了出来，对他笑，对他招手。才一会儿，她的笑容消失了，变成了哀怨和期待，流着泪问他在阳间是不是天天在想她娘儿俩。这时传来了小娃的哭声，酒疯子分辨得出这是儿子的哭声！他的心开始煎熬，绞着疼，妻子和儿子都开始哭，声音越来越大，他伸手去抓娘儿俩……突然妻子抱着儿子就消失了，屋子里只留下了心碎的哭声。酒疯子缩回双手堵住自己的两个耳朵，天旋地转起来，脚下的水也凉了，雾气消散了，屋里只剩下了自己孤零零的一个人。

第四十九章　希　望

毒发病危花凋残,辗转徘徊难决断。

坐困长安力已尽,再望京华心不甘。

金石篆刻刻刀短,难酬壮志摆地摊。

腾龙此去无多路,柔情缠绵心熬煎。

　　赵华亭回到医院的急诊观察室,翠琇已经醒来正和床边的丹婵说着话。赵华亭看见丹婵正把一块削好的苹果送到翠琇的嘴里,就站在丹婵的身后笑眯眯地看着翠琇。两个女人见赵华亭回来了,情绪一下子高涨了许多,翠琇由于抢救及时又输了氧,脸色也红润起来。赵华亭温柔地说:"翠琇真漂亮。"翠琇脸红了,嘴里嚼着苹果,不看丹婵背后的赵华亭。丹婵也说:"是啊,脸色好多了,你回来之前,她还一直睡着。"赵华亭轻松地说:"翠琇你不理我,难道我是个鬼?"翠琇这才低声应道:"你就是个鬼,一个会引走我们姊妹魂的鬼。"然后扑哧一笑继续说,"你不走了?陪着我俩一块过活。"说到这里脸更红了。赵华亭不想扫病床上翠琇的兴致,就骗女人说:"我不走了,永远陪着你们姊妹俩。"然后压低声音悄声说,"我怕被你俩折磨死。"丹婵也脸红红地在一旁用手指头掐赵华亭的腿:"累死才好,死也死在我们屋里,就让你当我们一辈子的奴仆。"丹婵说话声音很高,也不避旁人的耳目。赵华亭向四周望一望,耳根子有点发热，就瞪了一眼丹婵。翠琇不满地说："瞪，瞪到眼睛里拔不出来了。"翠琇说着话，还不依不饶地从被子里伸出手抓赵华亭的腿，也不顾手上还扎着打点滴的针头，同时又央求着："你别走，我离开你就不习惯。"赵华亭把双手伸进被子里握住翠琇另一只没扎针的手，在自己手掌里轻轻地抚摸着。翠琇闭上了双眼，眼泪从眼角里一点一点地渗出来，丹婵起身出去打开水了。赵华亭低着头把自己的额头凑在翠琇的鼻子上哄着她说："我不走了，永远不走了。"翠琇睁开了盈满泪水的双眼说："你答应我们，再不走了，永远陪着我们姊妹俩，我求求你了。"说着抽泣的声音更大了，赵华亭的眼眶也湿润了。丹婵打水回来，见赵华亭低头蹲在床边，就关切地问："你也不舒服吗？去看看医生！"赵华亭摇着头，感觉到有座大山压在自己身上，脊背也觉得生疼。今晚他不能在医院和丹婵一块陪着翠琇，还要赶回去刻广东富翁委托给自己的印章，再就是上北京办大事。丹婵温柔地问他："你急匆匆地赶回书院门，事情办得顺利吗？""还好，我晚上还要赶着刻完一枚一百多字的铁线圆朱文大印章，今晚我陪不了你们姊妹俩了。"床上的翠琇闭着双眼，把头扭向一边。丹婵哀伤地说："那你回去辛苦地熬夜吧。"赵华亭张开双臂迎着丹婵倾斜过来的身子，抱了抱她又看了一眼翠琇，出了急诊观察室的门。刚出门见到了病房主管护士，护士把赵华亭带到了主治医师的办公室里。主治医师告诉赵华亭，翠琇的心脏需要做搭桥手术，不然翠琇连命也保不住！目前翠琇需要家属时刻看护，让赵华亭准备好二十万的手术费。赵华亭从医师办公室里出来，这二十万的手术费重重地压在了他的身上，让他心烦意乱。两个女孩今后该怎么办，他能有力气背着两个女人一块往前走吗？

　　赵华亭回味着之前和两个女人发生的一切，他需要温暖，直白地说，他需要女人滚烫的身子温暖他，他是一个从没有感到过温暖的男人。他要靠这两个女人支撑住他的自信和男人的雄心，也要用男人的自信和雄心去打天下，为这两个女人挡风避雨。看来自己有可能去不了北京，而且还要立刻筹到这二十万的手术费。从哪儿筹呢？赵华亭胡思乱想了一阵子后，就进了屋门。他先止住了波涛起伏的思绪，然后坐在案子边上，静思了一会儿，

这才进卫生间好好地洗了双手,等手干后,打开台灯开始刻印。

天快亮的时候,他仅刻好了词的上半阕,只觉得手指僵硬、肩背疼痛、两眼发黑,剩下的半阕,只能等明天再刻了。想着医院里的两个女人,赵华亭用凉水浸了浸自己的头,揉了揉干涩的眼睛,就往医院赶去。急诊观察室里的翠琇此时精神很好,正和床边的丹婵说话:"丹,你真的相信赵华亭说的话吗?"丹婵不回答,只是望着翠琇,听她把话说完。"之前和我好的宁飞,就像赵华亭这般模样,脑子也好用,能说会道也能赚些钱。到头来只给我屋里扔下了几支毛笔,人跑得就没影了。"丹婵听到这里说:"你怀疑赵华亭就是第二个宁飞?"翠琇坚定地说:"我看赵华亭家里也是有老婆的,不然他咋那么会哄咱姊妹开心?"丹婵听翠琇如此说,也紧锁眉头,心往下沉,最后叹了口气说:"你说我们还能咋办呢?你我都是女人,在世上就是要寻个可以依靠的男人,眼下不依靠他,又能依靠谁呢?"翠琇又在床上蹬掉了被子,发着狠诅咒:"这次他要是跑了,就是到了天边,我也要找到他,叫他不得好死!"这时护士来了,往床头柜上放了翠琇一天需服的药,冷冷地望了一眼翠琇就转身出去了。翠琇又嘟囔着说:"我眼下的光景,谁也救不了我,过一天是一天,不如死了算了。""赵华亭能救我们,你要提神。"这时翠琇突然绝望地问床前的丹婵:"提神?要是赵华亭真的像宁飞一样失踪了,你可咋办?"丹婵正色道:"我就去跳护城河,我不活了!"丹婵正说着,赵华亭进了观察室,他笑眯眯地问:"提什么神?谁要跳护城河?"丹婵转身看见赵华亭就笑了,低声道:"我们姊妹正在骂你黑心,谁会为你跳河?"赵华亭还是笑着,把早点放到女人面前,认真地说:"你们两个一个是我的左手,一个是我的右手,我们永远分不开。"翠琇也盯着赵华亭看,嘴动着想说什么,却没有力气。赵华亭俯下身去,凝视着病床上的翠琇,这才拉住她的手,捂在自己的双手里。翠琇感到了赵华亭的体温,眼眶又湿润了:"你走吧,不要管我,让我死了算了。"赵华亭安慰着翠琇:"我决定不走了,不去北京了。天塌下来有我顶着,咱不用担心,什么都不用担心,好吗?"翠琇紧闭双眼说不出话。丹婵坐在床边,两眼已闪出了光芒,看得出来她内心重又燃起了希望。

第五十章　下　注

雪压孤松万壑险，造化弄人迷雾幻。

商道诡谲谁参透？狂风海啸巨浪掀。

元瓷珍宝知音赏，脱离险境暂平安。

广种福田收铜鉴，流水无意花彩棉。

　　小灵通把三百万元存到一张卡里，通知鸡娃王把秦岭云的画《终南雪松》水墨立轴送到通灵阁来。等鸡娃王进了画廊以后，小灵通问："你带《文化遗产报》了吗？"鸡娃王郑重地回答："在画轴里卷着呢，你自己打开看。"小灵通仔细核对了《文化遗产报》第四版上刊登的《终南雪松傲骨雪压霜欺》的著录文字和图版，然后又仔细鉴赏了这幅秦岭画派大师秦岭云留下的真迹，重又小心翼翼地卷好，同时伸出三个指头，才对鸡娃王说："这张卡存了你要的数字，你收好卡，画我就留下了，这幅画我以后怎么处置你就放心。至于还差你的一百万元，过一段时间等我周转开了，你来取就是了。"鸡娃王忙说："要不是我遇到了难处，这幅画我不会以这个数字撒手的。它到了你手里我放心，我就是死了也安心了。"说着他收回了伸出去的四个手指，出了通灵阁的门，嘴里嘟囔着："我这今后还摆不摆摊了？"小灵通目送鸡娃王去了对面关中书院外的摊子上，发现鸡娃王的背驼得更厉害了。小灵通手里攥

着才买到手的画轴,心不由得一紧,两眼发黑、心脏剧烈地跳动起来。他紧张得喘不上来气,喉咙里犹如堵着一块石头,呼吸也感到困难了。他既然已经义无反顾地选择了把自己的未来都押在了这幅画上,前面就是有再大的风险和不测他都得自己扛。这就是他的命,他有放弃的理由吗?小灵通迈着沉重的步子出了画廊的门,到南大街银行的贵重寄存库,把画轴寄存了起来。

小灵通很郁闷,自己所做的一切,不都是为了花彩棉吗?前几天他和慧空野签了拍摄《元青花》纪录片的合同,整天忙于研究拍摄内容和拍摄脚本的编辑,他和花彩棉的联系也少了许多。花彩棉那边的工作看起来也很繁忙,彼此偶尔通个电话,也是简短几句就挂断了。目前店里所有的流动资金都被这一幅画占用了,这种资金使用方法不但冒险,而且对于小灵通这种规模的小型画廊来说是致命的,画廊在未来经营过程中稍微遇到一点风险,就会因资金周转不灵而倒闭,小灵通感到了空前的经营压力和资金周转的困难。他决定去让花彩棉帮助,看她在北京的艺术圈子里有没有从事拍卖收藏的朋友,如果花彩棉给自己通一下北京拍卖行的路子那就最好不过了。

小灵通临时雇请了一位略懂字画经营,一个知根知底的小老乡当经理,准备在他到北京出差时,打理通灵阁的书画销售业务。在实施这个计划之前,他想和花彩棉深入地谈一次,最好是花彩棉能和他一块去北京,把拍卖《终南雪松》画轴的事情搞定。小灵通打好了自己的如意算盘,就拨花彩棉的电话,对方关机。他只好留言给花彩棉:"近几天内,我们一定要见一次面,有重要的事商量。"

第二天一大早,花彩棉就来了,她是在彩排的间隙,抽出一小时的时间来见小灵通的。小灵通从门里瞥见花彩棉开的那辆红色的法拉利跑车,心想,彩棉开上了这辆跑车,她和我的距离那么大,今后怎么追她?花彩棉进了画廊,小灵通把他的打算和花彩棉一说,花彩棉直摇头:"我在台里现在是台柱子,省上领导很重视我,全台上下几百双眼睛都盯着我,压力这么大,去北京怎么可能?"小灵通很失望:"那我们的事情就不重要了?"花彩棉遗憾地说:"不是不重要,而是我根本就没时间。"小灵通坚持着说:"你可以请假嘛!"小灵通看着花彩棉,突然觉得她是一个陌生人,说话的语气和态度同以前相比简直判若两人。他鼓足了勇气说:"你不觉得,我们彼此的距离越来越远了吗?"花彩棉听到小灵通这样说也怔住了,这才看了一眼小灵通,只见小灵通的双眼正望着街对面的关中书院,那里面曾经是他俩留下过美好时光的地方。小灵通本想再把下一步的打算和花彩棉议一议,听一听她的看法,但见今天一开口就话不投机的样子,就把话咽了回去。花彩棉看着自己手腕上的表,脸上流露出焦急的神色,她急着要走。最后小灵通叹了口气说:"你忙吧,不管怎么说北京拍卖行这条路我是一定要通的。""你走的时候一定要告诉我,我提前给北京打几个电话,你去了也好有个照应。"花彩棉话还没说完就急急忙忙地走了。小灵通望着一溜烟就消失得无踪无影的花彩棉,失望极了,甚至觉得自己眼下为之奋斗的一切都是没有意义的。他一天到晚忙忙碌碌是为了什么?"寸步佳人,却相距遥遥。"慧空野的话又在他耳边响起,他的人生目标就是开画廊和挣死挣活地把花彩棉娶到屋里,再生一大堆娃?小灵通的信念发生了动摇。这种感觉几乎要使小灵通崩溃,他弄不清自己为什么会如此恐慌,如此无助。难道仅仅是花彩棉境遇的变化给他带来的压力吗?他想找个人倾诉自己的苦闷和孤独。

小灵通想着心事,赵华亭进了画廊的门,问道:"老板早,最近我的女朋友住着院,我忙着在医院照顾她,广东富翁委托我刻的印章会晚几天完成。"小灵通给他让座、倒水。赵华亭继续说,"大家都是熟人了,我也就不说客气话了,等我女朋友病情好转了再刻那枚印章。"小灵通同情地点着头说:"这事摊上谁都一样。过几天我也动身到北京去开拓书画市场,初步计划先去试一下水深,探探路子。"赵华亭见小灵通一副自信的神情,就羡慕地说:"老板一定能宏图大展心想事成的。"然后又试探着问小灵通,"如果老板方便的话,请在北京琉璃厂帮我打听一下宁飞的下落。"小灵通也来了兴趣:"宁飞这人我见过,他和我前后脚来的书院门,我还真想继续关注他。"小灵通爽快地答应了,赵华亭放下心来。赵华亭是想替翠琇打听宁飞的近况,随后说了

声谢谢就起身告辞了。

赵华亭走了没多久，慧空野来找小灵通。小灵通请慧空野上画廊二楼，双方坐定，慧空野眼睛瞪得老大，说："你关于《元青花》纪录片的意见，我方完全采纳，这几天就开始实拍书院门凌晨和夜晚的镜头。我的意思是让你一个人站在孔庙大字下凝神静气地望着城墙，我们想用镜头语言表达……"小灵通点着头："拍摄效果是你们把握的事，我做配合就是了。我只是不明白，为什么选光线黑暗的凌晨或夜晚呢？"慧空野直接答道："我们是想通过光影效果营造出民间人士奋斗的不易。"小灵通说："纪录片的所有脚本构成方案我都看过了，拍实物的镜头只有一次，你看什么时候拍呢？"慧空野回答："之前取资料时所拍摄的影像和图片已足够了，以后主要拍摄的是你。"小灵通下了决心，等慧空野离开画廊，就通知广东富翁把青花梅瓶和铜鉴取走！就拿这件元青花梅瓶做抵押，从广东富翁处贷出一百万元还给鸡娃王。

小灵通花四百万收藏秦岭画派大师的精品力作《终南雪松》设色水墨立轴，是他来长安书院门的第一次豪赌，也是他人生的第一次豪赌，赌资是四百万元，他已经孤注一掷了。小灵通要豪赌自己未来的事业和爱情！广东富翁就是自己的榜样，他必须这样做。"雪压孤松万壑险，造化不定云雾幻。江湖诡谲谁参透？狂风海啸浪里船。敢拿春秋赌日月，何惧岁月冰铁寒。宝庆佛塔傲风霜，流水无意花彩棉。"小灵通只顾着和慧空野说话，根本就没有留意酒疯子的吼声，退一步说，即使小灵通听到了酒疯子的疯吼，他也不会皱一下眉头，因为回头看自己走过的路，无论何种抉择，不都是他一次次地赌出来的吗？至于输赢只有天知道了！

第五十一章　滨菊花

北上京华路迢迢,危机四伏难预料。

翻云覆雨腾巨浪,设局诬陷难脱逃。

藐视人权害忠良,拍卖收藏黑幕罩。

利欲熏心佛难恕,狼狈为奸天知道。

　　名公答应给小灵通通北京拍卖行的路子,让他很激动。自己才收藏到的《终南雪松》设色水墨立轴,是秦岭画派大师秦岭云的精品力作。根据历年的拍卖纪录来看,参考价在八百万到一千二百万元之间,小灵通认为自己这个赌注下得值得。他兜里的电话铃响了起来,小灵通接听电话,话筒里传来了一位中年女士的京腔音:"你是小灵通先生吗? 我是北京腾龙拍卖公司书画拍卖征集部的主管唐莉。"小灵通赶紧应答:"是的是的,我是小灵通。"唐莉继续说:"我和长安书法家名公是故交,他让我帮你的事情,我们都知道了。这一两天内,你把大师秦岭云的《终南雪松》设色水墨立轴的照片寄给我,我们初步鉴定一下。不过有名公的推荐,我们基本上已决定上拍你收藏的这幅画了。别忘了把《文化遗产报》也寄过来。"小灵通听到这里,激动地说:"谢谢你的关照,我一定按你的要求,把照片和报纸寄给你。"唐莉继续说:"你最好用特快专递,明天我就能收到了。收到后我电话通知你,你带着

画上北京来,我们公司就和你签订委托拍卖协议。"唐莉迟疑了一下又继续说,"你还收藏有秦岭云的其他画作真迹吗?如果有也一同带上。我们公司很缺像秦岭云大师这样级别的拍品。"小灵通赶紧回答:"我这幅大师的作品,是秦岭云生前的弟子私下收藏的,我费了很大的劲才弄到这一幅。"唐莉不无遗憾地说:"那好吧,祝我们合作愉快。另外你初步考虑一下,你这幅画的拍卖底价是多少?等我们公司委托我和你签协议的时候,咱再详谈如何?""好的好的。"小灵通说,"我的价格意见只是参考,最终还是你们说了算。"唐莉很满意小灵通的回答,最后说:"这样吧,你现在就订飞机票,明天下午我们公司就开专家会,你最好在中午之前赶到北京。照片明天上午我先看看,专家鉴定会上,我是主要发言人。明天到了北京,先打电话给我。好了,就这样,祝你一路顺风。"对方说完就挂了电话。小灵通想了想,就叫来自己新近聘请的老乡经理,给他交代自己走后的画廊工作。

秦巨江和衮雪妹还没从床上起来,电话铃就响了,是女明星从北京打来的:"秦大师,一大早打扰你,我这里有事情拜托你呢!"秦巨江听出了女明星温婉、柔美的声音,便殷勤地问:"你我情同兄妹,有什么事你就直接说,千万不要客气。""北京我的好大姐唐莉,是唐墨白大师的女儿,她现在是腾龙艺术品拍卖公司书画部的主管,昨天收到来自你们长安的委托人……"秦巨江听出来唐墨白的女儿就在女一号身旁,提醒着说:"叫小灵通的。""啊!对对叫小灵通的。"女明星又继续对唐莉说着,"还是你直接同秦大师说吧。"女明星把电话交给了唐莉。秦巨江继续听唐莉说:"叫小灵通的人授卖你父亲秦岭云'文革'期间作的《终南雪松》水墨立轴,我们鉴定过了,画是真迹。从《文化遗产报》上的著录来看,画的流传过程和来源都还可靠。我们打电话给你,就是想请你把把关,再斟酌一下做最后的结论!"然后稍一停顿又说,"至于鉴定费用……不然……"听到这里,衮雪妹已穿好了衣服,看见秦巨江的得意神情,刚想问些什么,只见秦巨江用手势做了个如愿以偿的胜利状,并示意不要打扰他和北京正进行的重要通话,衮雪妹就下楼准备早餐去了。电话里唐莉又改口说:"不然我们这次上拍一幅你的精品力作,正好你也来趟北京,我们把电话里谈的事情当面在公司里落实下来,或者我们去你们长安也可以。"秦巨江原本是想让唐莉来长安,但又一想,女明星在北京没有外出拍戏,就说:"还是我亲自去北京吧。"秦巨江很爽快地答应了唐莉的邀请,然后客气带吹捧地说:"你父亲唐墨白大师我也崇拜很久了,他老人家虽然去世多年了,但他的画作真迹我还想多多欣赏学习呢。"唐莉见秦巨江要来北京了,在电话里激动地说:"你来北京的一切费用我们公司都包了,你把飞机航班告诉我,我们到机场接你。你看住在'北京港澳中心'怎么样?这是个五星级酒店。"秦巨江也兴致颇高地说:"你们太客气了,那就客随主便吧。"衮雪妹这时上了楼,把一盘"萨尼"煎蛋和一杯参汤及几块糕点放在床头柜上。她本想和秦巨江一起坐着吃早饭,但看见他好像一副不愿意打扰的样子,就识趣地下了楼。衮雪妹已敏感地猜到一大早北京来的电话,肯定是女明星打来的,心里就生出了"既生瑜何生亮"的哀叹。鼻子一酸,豆大的泪珠就从眼眶里涌了出来,早饭也吃不下去了。她走到一楼的厢房里自卑自怜起来,见到身旁含苞欲开的滨菊花,已能闻到淡淡的香味了,就一把揪了花苞在手里揉搓着。楼上的电话打了很长时间,衮雪妹心如刀绞一般,虽然这栋别墅的产权和秦巨江在长安的书画经营权都握在自己手里,钞票就像雪花一样每天不停地往自己怀里落,但她还不知足。衮雪妹渴望的是和秦巨江天荒地老的爱情,和他一起慢慢送走岁月,永远厮守。

打完了电话,秦巨江从二楼下来,在一楼厢房找到了衮雪妹。他走到衮雪妹身后,搂着她的腰低声说:"北京方面看来也有情况了,我俩在过年前后都得忙上一阵子了。"衮雪妹也不回答,身子还是抽搐着,秦巨江猜得出衮雪妹的心思,他也不想多说什么,只是把她越搂越紧。衮雪妹突然挣脱秦巨江的双臂,回过身抱住男人的脖子疯狂地吻起来,秦巨江感到了衮雪妹的不舍和疯狂。秦巨江由她使着性子继续说:"抓河南人造假的事你既然接手了,就一定要紧紧盯住,和《藏家》杂志社的人配合好,不能有半点疏忽。"秦巨江费力地掰开衮雪妹搂在他脖子上的双手提醒说,"绝不能让煮熟的鸭子飞了。"衮雪妹知道他说话的分量和紧要处,用手抹着眼泪嘤嘤地说:"我明白,

人家愿意为你粉身碎骨呢!"秦巨江听到衮雪妹这样回答,松了一口气。衮雪妹撒着娇:"我要你背人家。"秦巨江蹲下,身后的衮雪妹轻轻地骑在了男人的背上,他背着衮雪妹使劲往起站,觉得比以前吃力了:"难道自己真的老了?"秦巨江心里问着自己,才对背上的衮雪妹说:"北京的事情听起来也蛮复杂的,还牵扯到长安的名公,就是你在酒店干的时候,见过的那个写书法的人,下一任长安书协主席的热门人选。他不是也对你动过歪念头吗?所以你就不要出面了,让我单独来处理这事,在北京这块地方闹得越大越好。"然后得意地说,"又有好戏看喽!"衮雪妹发出了银铃般的欢快叫声:"大师又要火一把了。"秦巨江突然就亢奋起来,一把揪住盆栽里的滨菊花,抓了一把花骨朵儿,塞在嘴里慢慢地嚼着。衮雪妹看出来秦巨江正在发狠,做着最后的决断。衮雪妹起身,用自己的红嘴唇想堵住秦巨江的嘴,秦巨江张开了嘴就和她一块吃滨菊花瓣。

第五十二章　龙　潭

终南大雪压孤松,大师激愤笔墨宏。

"文革"风暴蒙冤狱,傲骨冷对迫害众。

破古开新千夫谪,何惧魑魅魍魉虫。

乌云蔽天不见日,终南雪松丹青雄。

　　小灵通坐上了飞往北京的航班,他把所有的希望寄托在这次腾龙拍卖公司的机遇上,他的脑子里只有成功、成功还是成功,丝毫没有想到《终南雪松》可能会流拍,他对成功以外的可能性想都不想,当然也不能接受成功以外的任何结果,更不要说识破秦巨江衮雪妹设下的诱捕陷阱了。

　　小灵通出了首都机场,就按名片上唐莉的电话号码拨电话。电话通了,小灵通听到了昨天下午听过的熟悉的声音:"我是唐莉,我代表北京腾龙拍卖公司欢迎你来我公司办理拍卖业务,你直接在机场坐出租车到朝阳门外的 CBD 中心 A 区,我在公司的楼下等你。"小灵通收好了电话,往出租车站走去,等到了腾龙公司楼底下时已是下午一点了。唐莉在楼下等着小灵通,她先领着小灵通上十二层,在自己的办公桌前坐了一会儿,给了小灵通几册腾龙公司之前拍卖会用过的艺术品拍卖图册让他参阅。然后对小灵通说:"咱俩先把委托拍卖协议签了,我代公司把画先收在库里,然后带你去找住

处。"唐莉见小灵通用信任的眼光看着她点头同意了，便放心地进了公司总裁办公室。等了一会儿，一个五十多岁的中年男人和一男一女两个助理模样的人，由唐莉领着到了小灵通面前。唐莉示意小灵通打开随身带来的《终南雪松》画轴，就向来人介绍着说："魏总，他就是长安名公介绍来的小灵通。"小灵通还是头一次进北京大拍卖公司的门，显得有些紧张。魏总盯着展开的画轴看了老大一会儿，才在两个助理的簇拥下离开了唐莉的办公室，唐莉也跟了出去，把小灵通一个人留在了办公室。小灵通非常紧张，感觉快要崩溃了。不过有名公的面子，再就是秦岭云的《终南雪松》水墨立轴那慑人的艺术魅力，鼓起了小灵通的自信和勇气，他镇定下来，抓起唐莉给自己倒的白开水猛喝一大口。还好，唐莉去了时间不长就回来了，接着拿尺子量了画轴的尺寸，再从抽屉里拿出了三张合同纸，小灵通紧绷的心才算松弛下来。只听唐莉说："你委托的拍卖底价是多少？"小灵通按目前秦岭云画作的拍卖市价打了六折一算，开口道："五百万，你看……"唐莉一听微微一笑，应道："就这么定吧。"然后双方就签好了委托拍卖合同。小灵通愉快地说："我在北京还请唐大姐多体恤照顾，拍卖圈的规矩我不懂，唐大姐要多指点。"唐莉说："小伙子嘴还蛮甜的。公开、公正、公平嘛！你的事交由我办，保管你放心。名公也在电话里说了你的情况，大家都不容易，祝咱俩合作愉快吧！"小灵通赶紧说："我想请大姐和我一起吃顿饭，一是下了飞机到现在我还饿着肚子，二是我有许多问题还要请教大姐。""成啊，我再帮你联系住宿。吃了饭，咱俩朝东到北京老观音庙旧址，那儿的住宿便宜，离我家也不远，完事了，你休息，我回家。家里的一群猫狗还等着我伺候呢。"

小灵通和唐莉吃完了饭，登记好了住宿，已是下午六点多钟了。他初来北京，看什么都新鲜。送走了唐莉，他匆匆赶回招待所，躺在床上，回忆着唐莉说过的话，临分手时唐莉让他只在招待所里等她电话，不要去公司找她，北京的办事习惯是有事一定得提前预约。想到这里，小灵通的眼前立刻出现了这位书画部主管矫情的脸庞："我们每天忙的，送拍的电话接都接不过来。我们拍卖行最要紧的活儿是招商找买家。"他庆幸自己找对了介绍人，不然真应了"拍卖行的大门朝天开,想卖东西别进来"这句话,想着想着就睡着了。与此同时,腾龙拍卖公司又迎来了尊贵的客人秦巨江。

当天晚上,在唐莉的主持下,腾龙公司的魏总、六个鉴定专家和秦巨江一块为小灵通送拍的《终南雪松》水墨立轴,又开了一次现场鉴定会。秦岭云给他的弟子鸡娃王画的课徒画稿《终南雪松》当着众人的面再次打开时,秦巨江激动了,他好像见到几十年前的父亲,被折磨得痛苦不堪,顶着鹅毛大雪孤身一人逃进终南山,在南五台山的破庙里过夜;清晨起来,趴在观音殿断壁后面的山缝里,喝山泉解渴,头顶一棵傲雪孤松迎着寒风摇曳着的情景。现场众人都说些什么秦巨江一句都没听见,当他回过神来,见众人都在看他。只听唐莉说:"请秦岭云大师的长子——秦巨江大师做最后的鉴定评议。"秦巨江也不多看一眼父亲的画作真迹,闭着眼睛心里默念了一句:"对不起了父亲!"冷冷地扫视着众人慢慢地说:"它不是我父亲画的,是仿造的!"在场的人一听,都露出了惊愕的神情,面面相觑,会议室里死一般的寂静。还是会议主持唐莉打破了紧张的气氛,提高嗓音说:"那秦大师能否做进一步的说明,《文化遗产报》上的著录又做何解释呢?"会场顿时笼罩了一层压抑的气氛。"父亲每画一幅画,都有记录,而我保留父亲的日记里,没有提到它!"魏总插话了:"秦大师还能做进一步的详细说明吗?"秦巨江摇着头:"我所说的只有这些。"魏总只好转过头再看唐莉。唐莉带着询问的眼光看着魏总,试探性地请示道:"暂时休会?""我同意唐莉同志的意见,我看大家不要再加班开鉴定会了,明天再继续开。"魏总说完示意唐莉把秦巨江留一下,魏总要和他单独深谈。等众人都走了,魏总笑呵呵地说:"秦大师,我亲自开车送你回港澳中心。"

第二天的鉴定会继续开,但会议地点改在总裁室里,与会的只有魏总、唐莉和秦巨江。会开到一半,魏总见敲门进来的女助理有事要请示的样子,就对秦巨江欠了一下身子出去了。外边一个鉴定专家手里拿着辞呈当着女助理的面说:"我对长安来的秦岭云长子否定《终南雪松》是他父亲的真迹的意见,持保留看法。我坚持认定《终南雪松》是秦岭云的真迹!"说完就把辞

呈递给魏总，魏总接过辞呈，目送他出了公司的大门，把辞呈在手上掂了掂，看着女助理说："你收着，存到公司的档案室里，这份辞呈看来分量重啊！"最后在秦巨江的倡议下，腾龙公司及时组织了"秦岭云伪作打假维权北京委员会"。秦巨江以秦岭云书画研究会会长的身份特邀《藏家》杂志社的一名记者，迅速来北京参加跟踪拍摄报道打假的过程，在《藏家》以及相关收藏媒体上披露。魏总表情凝重地说："造假分子竟然猖狂到敢来我腾龙公司进行诈骗的地步，我同意秦大师的意见和作为，在北京和长安的收藏圈里开展一场轰轰烈烈的打假维权运动。"最后魏总格外强调，"限于本次行动的特殊性，当下首先要做好的是保密工作！记住，保密！"秦巨江听完魏总的发言，慷慨激昂地说："本人对腾龙公司的打假立场，表示钦佩和赞赏，我把本人精心创作的一幅六尺整张《凯旋高歌》纸本设色立轴，赠送给腾龙拍卖公司，作为这次行动的永久纪念。同时决定授权腾龙拍卖公司作为京华地区唯一一家拍卖秦岭云以及秦巨江画作的公司。"魏总听了秦巨江的发言，起身紧紧地握着秦巨江的手，然后又热烈地相互拥抱。最后他意味深长地对唐莉说："下来就看你的了，你在第一线和那个叫小灵通的造假诈骗嫌疑人周旋，担子不轻啊！"

　　小灵通一大早起来，没等到唐莉的电话，就一个人坐公交车去了琉璃厂。他先在中国书店的一层参观了珍贵的古籍善本，然后就到二楼荣宝斋欣赏了北京当代书画展。过了中午，走到街拐角处的一个篆刻摊前，和摊主聊了一阵子，就准备回招待所了。他坐在街边就给长安的花彩棉打电话，电话一接通，就听花彩棉："北京那边我正在联系电视台的熟人，至于能不能帮上忙，还得再等几天了。"然后又关心地叮嘱道，"一个人出门在外，你要多加小心。"小灵通说："腾龙拍卖公司让我等电话，现在还说不准具体日期，反正不管大小事情，我会及时给你通电话的。"花彩棉又缓缓地说："谋事在人，成事在天，无论结果如何，你依然是我心目中的小灵通。"花彩棉最后的叮嘱，感动了身在异乡的小灵通。他独自一人走在琉璃厂西街想着心事，这时宁飞的身影浮现在眼前。离开长安之前，赵华亭曾委托他打听宁飞的下落，现在正好可以在街上寻找宁飞了。在琉璃厂西街最顶头往南拐的半通道式院落里,他发现了几张贴在告示栏里的旧报纸,上面有宁飞书法活动的消息。小灵通在报纸空白的角落处发现一行用毛笔写着的字:"刻碑专用书法,本院二楼四号宁飞。"他转身就看见了身后一排平房,又用水泥板加高了一层,靠南面的墙角还搭了个能供一人上下的铁管楼梯。他上了二楼,往前走了几步,推开了四号的屋门。屋子约有十平方米,进门左首摆着书画案子,屋里没有人,正对门的地板上摆着各式各样的墓碑青石板,有的上面刻了字,有的擦得油光黑亮。看到眼前的一切,小灵通明白了现在宁飞专写墓碑。这时身后传来了脚步声,小灵通回头看见一个年龄在四十岁左右的妇女已立在他身后,正上下打量着他:"你家里有老人过世了吗?"小灵通略一思忖回答:"我娘过世三年了,要立个碑子。""碑子上只写你妈的名字,还是把你爸的名字预留着,等老爷子驾鹤西去,完事了再补写添刻上去?"妇女很专业地问着小灵通。小灵通也忽悠着:"我们兄弟几个还没想到这些,是你写你刻吗?"女人赶紧摇头答道:"我丈夫先按你的要求写完,再让石匠在客人指定的石板上刻好。""你丈夫?"小灵通问道。女人说:"你不知道宁飞吗?他在北京,还有长安……全国都有些名气。"小灵通已猜出面前的妇人就是宁飞的老婆,但还假模假样地问:"怎么算工价呢?""豪华型的连写带刻五万元,普通型的三万元。"小灵通装作认真地听完这才说:"我回去同兄弟几个商量一下,明天再来。你丈夫写,再让石匠刻好得多长时间?"女人答:"一个礼拜就齐活了。"小灵通又要了一张宁飞的名片,下楼走了。

第二天,秦巨江和魏总一起等来了《藏家》杂志社的摄影女记者和一名着便衣的干警,他就是抓过沙舟的查仁轩。"北京打假维权领导小组"的组长由魏总担任,秦巨江担任副组长,成员由唐莉、《藏家》摄影女记者和查仁轩组成。开展打假的所有费用都由秦巨江支出,维权小组办公室就设在腾龙拍卖公司总裁办公室。秦巨江见一切准备就绪,立刻给了魏总一张存有五十万元的银行卡:"这是小组的工作经费,不够了再补上。"魏总看着秦巨江递过来的银行卡,一副欲言又止的神情。秦巨江拉着魏总咬耳朵,"魏总,

来日方长,我来北京太匆忙了,咱哥儿俩私底下什么话都好说。"魏总倡议:"为了纪念小组正式开始工作,全体同人现在去全聚德……"秦巨江也附和着说:"去全聚德吃饭我请客,大家一定要开怀畅饮,一醉方休。"秦巨江来北京不到两天,就按自己的设想顺利地组成了"秦岭云书画维权打假委员会"北京小组。他兴奋异常,席间一伙人喝了四瓶五粮液。他从全聚德烤鸭店出来,不让魏总的司机送自己回港澳中心的宾馆,他想和查仁轩单独相处一会儿。秦巨江早就给他准备了车马费,想悄悄塞给他。之前吃烤鸭的时候,趁魏总不注意,秦巨江私底下分别给唐莉和《藏家》杂志社的女记者包里塞了一万块钱。等出了全聚德的门,他才又想到查仁轩是公职人员,不便接受这笔钱,所以就改了主意。他从前门大街往北走,还想再去一次天安门广场,到人民英雄纪念碑的台基座上,看一看上面的汉白玉石雕。这是他在中央美院当学生时就很崇拜的浮雕作品,那时一到节假日,他就独自一人来到这里,一边琢磨着浮雕人物的造型,一边回味着老师讲课时的情景。这时女明星的脸庞浮现在秦巨江的眼前,他情不自禁地拨通了女明星的电话,话筒里传来了女明星清脆悦耳的声音:"是秦大师吗? 你在北京什么地方? 你来我家吧。"秦巨江说:"你那里方便吗?""怎么不方便,五六百平方米的大别墅就住我一个人,只有阿妈妮,也就是我的保姆陪着。你来吧,再看看你在杭州给我画的像,我特喜欢。"秦巨江掸着肩上的落雪说:"北京比长安雪下得早。""可不是嘛,我屋外的无定河都结了冰了,你在大栅栏? 我住在通县这边,有两个多小时的路程,外面下大雪,秦大师还是先回港澳中心得了,下午三四点钟我一准去接你。"他还想说什么,女明星已挂了电话。

第五十三章　无定河

漫天飞雪雾凇白，无定河岸只影单。

草枯寒冬不能长，长夜漫漫孤难眠。

故人依旧空多感，欲诉绻情思来年。

只盼连理比翼飞，以逸待劳不怠慢。

　　等女明星将秦巨江接回到通县的家里，一进别墅的门，阿妈妮刚准备好了晚饭：一大砂锅热气腾腾的卤煮火烧、盐水花生、西芹拌黄豆、老虎菜和生菜沙拉，都是解酒菜。秦巨江也不客气，和女明星一块开始吃饭。不知为什么，秦巨江到了女明星的家里，才有了回家的感觉。女明星也是一位心思细腻的女人，她猜秦巨江应酬饭局回来，除了灌一肚子酒，胃里头什么也没落下，就特意准备了这桌温馨的晚饭。秦巨江先夹了西芹拌黄豆送到嘴里，淡淡的西芹香味和生脆的口感让他眼前一亮。女明星看着西北粗犷剽悍的男人露出了温婉的柔情，她不动筷子，一直盯着秦巨江。秦巨江赞赏道："还是家常菜可口。"然后又狼吞虎咽地吃了几大口其他盘子里的小菜。女明星问："秦大师来北京事办得顺利吗？""顺利顺利，非常顺利，北京人就是够朋友，我算是见识了。"女明星又对保姆说："阿妈妮，把我屋里的黑包拿出来。"不一会儿，阿妈妮把一个鼓鼓囊囊的黑包放到了桌上。女明星说："这三十

万块钱,是你在杭州给我画画的酬劳。"秦巨江惊愕地看着女明星,又瞟了一眼装着钱的黑包,放下筷子不吃了。女明星又说,"秦大师不要见外,之前我在杭州不方便,所以今天才给你酬劳。"秦巨江回过神来摆着手拒绝:"我这次来北京,还有要事求你办。"女明星露出了惊讶的神色:"有事?还要求我,是什么事呀?"秦巨江轻描淡写地说:"等吃完了饭,咱兄妹俩再慢慢说。"女明星就笑了:"都说你们西北男人豪爽,说话直来直去,今天你在我家,怎么卖起关子了?"秦巨江也笑了:"此事一两句话也说不明白,一会儿再细说。""好吧,我倒要听听大名鼎鼎的秦大师怎么求我。"女明星说着腮颊上现出了浅浅的红晕。秦巨江只顾从砂锅往碗里舀酱油煮的烧饼块,没注意到她的脸色变化。秦巨江快吃完了才发现女明星没有吃一口饭菜,就问道:"妹妹怎么不吃?""我睡前喝一碗参汤就可以了,体重不能超标,否则……"秦巨江恍然大悟:"理解,理解,职业要求。"女明星提议:"待会儿大师不累的话咱俩去无定河边走走?"然后又说,"外面正下着大雪,夜色一定很美。"秦巨江见女明星气定神闲,一股袭人的娇贵之气扑面而来,随即想起了"踏雪寻梅"的典故。女明星见秦巨江走了神,又说,"我让阿妈妮给你准备好了热水,秦大师先洗了在客房休息,半夜咱俩再踏雪赏景。"说完就上楼去了。"阿妈妮!阿妈妮!"保姆听到女明星的叫声走了过来,准备带秦巨江去浴室了。

秦巨江刚睡熟,就听到敲门声。门外阿妈妮在呼唤:"秦大师起来啦!"他翻身下床,穿好了衣服,出了客房,见女明星已在客厅等候了。阿妈妮给秦巨江送来了一套防寒服,服侍着他穿好。只听女明星说:"这是我为前任男友准备的,现在不用了,秦大师就凑合着穿,我看还蛮合身的。"说着已走到秦巨江跟前,上下打量着面前的男人,理着衣领,拉拉袖口。秦巨江两手在防寒服上轻轻抚摸着,心里感到暖融融的。这才注意到女明星的妆饰:头发盘起,身上披了一件黑色貂皮斗篷,毛茸茸的貂皮领子衬着女明星骨感冷艳的面庞,一双杏眼放着光芒;脚蹬高筒皮靴,一副巾帼不让须眉的架势。秦巨江又感到了一股慑人魅力朝他袭来。女明星挽住秦巨江的胳膊,半倚着他出了别墅的大门来到了大路上,踏着积雪朝着前面的灌木林走去。白天下了一天的大雪,到了半夜,雪停了。低矮的灌木上挂着冰棱,碰在两个人身上沙沙作响。女明星紧紧地靠在秦巨江的身上,秦巨江也用一只手搂着女明星,另一只手拨开冰挂的枝条,护着女明星走到了河边。秦巨江此时有一种说不出的惬意和畅快,成功对于男人来说多么重要,男人拥有了成功,就等于拥有了整个世界。秦巨江享受着女明星一池春水般的温暖和依恋,他陶醉了,为自己的成功陶醉。他把女明星搂得更紧了。"这就是无定河了。"女人低声说,"不知结冰了没有,我好想过河呢!""我先去探探河水,看结冰了没有。"说着秦巨江就一个人先从河岸上下去,但是女明星死死地拽着他的一条胳膊。秦巨江说:"你站在这儿,让我下去试一试。""算了算了,别再出了意外,夏天无定河里还淹死过人呢!"女明星说着,手把男人的胳膊攥得更紧了。两个人依偎着在河边站着,望着泛着白光的无定河水都不说话。突然女明星问:"你有什么重要的事求我?"秦巨江低沉地问:"你在中央电视台有关系吧?"然后就把准备在腾龙拍卖公司开展打假维权的计划说给女明星听,最后秦巨江充满期待地说:"要是中央电视台能现场跟踪、实况拍摄就好了!"女明星沉默了好长时间,没有直接回应秦巨江,而是淡淡地问他,也像是问自己:"你知道我是怎样从中央电视台里出来的吗?算了,不提了,到处都一样,争斗不止!"女人攥着秦巨江胳膊的手也松了许多。秦巨江已经察觉到了女明星态度的变化。女明星又缓缓地说:"那个委托腾龙公司拍卖的授卖人,他的家庭,他的老婆,可能还有孩子,今后的路就全断了!"女人慢慢地在岸边走着,"把别人所有的路都堵死,只给自己留一条路独自走,这也太孤单了嘛!"然后扭头看着秦巨江。秦巨江脸红了,他没想到女明星是这个态度!女明星继续说,"我在电视台,就是有人在滚动提示板上弄错了播报内容,才出了大事故,之前我在电视台付出的所有努力顷刻之间就没有了。"女明星用哀婉的语调说着。本来两个人兴致颇高地在无定河畔赏雪,女明星又特意选择了万籁俱寂的时刻,她原先打算和她心目中的绘画大师共同走进此生难得的静谧和远离俗尘的世界里,谈谈她对未来的规划。在美好的雪夜,寂静的无定河边,女明星本来想听到这个会画她,知道她心

声的男人肯定的答复,能和她一起定居北美,脱离充满争斗的环境。但是事与愿违,两个人一开口就话不投机。她明白眼前这个男人,不是来听她规划未来的,更不是和她一起谈论两个人的感情的。当明白了这一切,女明星顿时感到她目前的处境竟和河边的一切如此契合:苍白、冰冷,没有一丝暖色调。她失望了。秦巨江从女明星长时间的沉默也嗅出了她的落寞和不快,就打破沉默:"还过河吗?"她像是对秦巨江说,又像是对自己说:"迷时师度,悟时自度。"重又拉住秦巨江的胳膊坚定地说:"我们回去吧!"

两个人回到家里天都蒙蒙亮了。阿妈妮准备好了早餐,他俩先回到各自的房间,然后才在餐厅一起吃早饭。秦巨江感到女明星将趁他俩单独在一起的机会,要把没说完的话说完。他先到餐桌前等女明星来,才舀锅里的稀饭,女明星就来了。秦巨江看不出女明星刚才在冰天雪地里落寞的样子,反而像出水芙蓉一般的光彩夺目。秦巨江也不回避她的目光,欣赏着女明星。她一坐下就开门见山地问:"秦大师,你愿意来北京吗?"她怕秦巨江不明白自己的话,又进一步说,"我是说把你的事业重心今后放在北京,然后我俩一起……"秦巨江没想到女明星会提出这样的问题,不知如何回答她。女明星又说:"我现在已入加拿大国籍。以后你来北京发展,咱俩在中国加拿大两边跑。"见秦巨江很认真地听,女明星又说:"我的心思你明白,不知你在长安的家会如何安排?"说实在的,秦巨江没有把他和女明星的关系考虑得那么长远,她对感情的认真态度既让秦巨江感动,又让秦巨江不知所措。女明星想和自己天长地久,难不成还要和她组建家庭,再生出娃娃来,最后在加拿大了却此生?秦巨江想到了自己的初恋小菊,再就是袁雪妹,这个靠他养活的金丝雀。他知道女明星所说的一番话是认真的,此时正热切地等待他肯定的答复。秦巨江放不下的东西太多了,且不说他在长安用了二十多年才打拼下来的在画坛独占鳌头的局面,就是眼下在全国才开展的"秦岭云画作维权打假"行动,也不容许自己跟着女明星远走加拿大。这次行动将在书画收藏领域产生巨大的影响,对自己在全国的知名度和当代画坛的地位意义深远……他突然怀疑女明星是不是竞争对手派来瓦解自己的间谍,专门动摇他大战在即的决心和意志？不过这个念头被他否定了，他相信以女明星的地位，是不可能做这事的，秦巨江为自己产生这样的念头而诧异。女明星见秦巨江光听自己说，不发一言，揣摩出他的苦衷，内心不无惋惜地叹道：秦大师的心思还在无定河边，想不明白该不该渡河呢！秦巨江希望女明星把中央电视台的编导搞定。如果这次在全国范围内开展的"维权打假"行动，中央宣传媒体也参与进来，那轰动效应一定会波及全国。但从女明星只顾卿卿我我的小情调来看，自己的计划不可能实现。秦巨江冷淡的表情，让女明星很失望，她放下碗筷进了盥洗室。秦巨江也再不提中央电视台的事了，只等天亮就回港澳中心去。他和女明星的会面是失败的。不过秦巨江望着女明星进盥洗室的背影，也涌出了情感的波涛巨澜，他理性的大堤几乎被她热烈的情感冲垮了，他内心的波涛巨澜就要和女人的热烈情感会合了……秦巨江低头闭上眼睛，回到了现实中来。女明星也回到桌边，她知道，秦巨江已经做出了选择，而这个选择不是她一直所期盼的。桌子周围的气氛已不是昨天秦巨江才来时的一团温馨和柔情了，两个人都感到了这股胜过初冬的寒冷气息。秦巨江提出要走，女明星也没有挽留，又示意阿妈妮把那个装满现金的黑包提到门口。秦巨江出门时接过了保姆手里的黑包，他计划把这包钱私底下送给魏总，因为魏总正急需这笔钱支付他儿子留学英国的学费呢。

第五十四章　往　生

长安寻梦去路遥,从来黄泉无老少。

前途迷茫生计紧,往生归天少人悼。

书院地皮肥妞炒,富翁风趁火势烧。

宝庆佛塔孤单久,法相庄严佛陀焦。

　　小灵通离开书院门去北京开拓业务让小草心里起了波澜。摆摊肯定不是长久之计,白手起家创业成功的概率几乎等于零。小草看不到希望,也看不出未来的路该朝哪里走。来书院门摆摊卖字画谋生的人也越来越多,但来得快走得也更快,看来要靠在书院门摆书法摊成就艺术梦想,真是在做白日梦了。一想到小灵通创业成功的路数,小草感到了失落,他提醒自己,艺术大梦该醒了。

　　来长安快一年了,小草才明白"百无一用是书生"的道理,书院门满街跑的混混、帮闲、街串子,随便抓一个,都会抡起毛笔写书法,但又有谁发达了?小灵通倒是成功了,但他是个商人,提前抓住了商品画批发的机会发了财,才在对面的街上开了个画廊。但小灵通成功的模式不能复制,自己一无背景,二无学历,三无资金,何谈成功?好不容易才拜上了名公为师,却让会钻营的上海人赵华亭捷足先登。难道赵华亭是书院门的第二个宁飞?将来也会在首都北京弄出点大动静,事业有成,光宗耀祖?小草又想自己的老婆和儿子了,娘儿俩一双充满期待的眼神,巴望着他在长安城闯出一番天地,接娘儿俩来长安这座大城市生活。小草不敢往下想了,也不能往下想了。酒疯子最近也不来摊子上了,说是佛祖显灵,他在小灵通的画廊里,碰上个在世活佛把疯子救了。两个人还当面说好要复建长安城里赫赫有名的古寺名刹宝庆寺,这是多大的事业!一个瞎子、疯子,喝了酒就发狂,在书院门街上要饭的仇打油也中了头彩终于发达了。想到这里,小草再也没有练书法的动力了。

　　一个多月来,他的恩师名公的脸色也很难看,竞选长安书协主席的事情不顺利,老师心情不好,他不敢见老师,怕打搅老师办全国巡回书法个展的事情。时至今日,小草才终于明白,老师们经常在一起闲聊时说的口头禅"功夫在字外"的深刻含义了,每个人都有每个人的难处。小草一个人坐在保安室里,在打开大门迎送进出酒店后门停车场的客人又关上大门的那一刻,他彻底迷失了。

　　长安的冬天特别冷,虽然已提前供暖,但门房里没有通暖气。今晚,小草沮丧、郁闷、浑身不自在,来值班时他在街上杂货店里买的几瓶啤酒喝完了,还觉得不过瘾。他看了看表都子夜一点多了,双脚冻得僵硬发麻,手指头也伸不直了。他到屋外,把生着火的蜂窝煤炉子提到值班室烤着手,他还是百无聊赖,又跑到街上的小超市里买了一瓶酒疯子经常喝的白干老窖酒提在手上,匆匆赶回了值班室。幸好,这期间没有汽车进出,他一个人喝起了闷酒。"借酒浇愁愁更愁,抽刀断水水更流!"小草越喝越觉得他来长安寻梦真是空虚无聊,没有任何意义。二两白酒下肚,他的脸开始发烫,意识也开始混沌起来,他困了,躺到了门房的床上,昏昏地睡去了!小草梦见自己和媳妇、儿子一块里睡着,刚会走路的儿子从他妈怀里滚到他的怀里,小头枕在他的胸前,用一双眼看着他,看着看着也睡着了。小草抚摸着儿子的头、胳膊、小屁股、腿和小脚丫,光光的、滑滑的……小草睡过去就再也没醒来,他煤气中毒,死在了值班室的屋子里。第二天一大清早,酒店的客人离

219

店开车出后门,咋叫值班室里的小草也叫不醒他。客人投诉到当班经理处,当经理和客人一同踹开值班室门房的大门,小草的尸体已经冰凉了。

名公很悲痛,也感到一丝不祥,就在他竞选长安书协主席的紧要关头,自己的一个学生却中煤气死了。他本来打算过了年,在全国办个人书展期间,把小草带在身边跑腿打杂,也让这个农村出来老实肯吃苦的学生,在大场面里锻炼锻炼。谁承想还未来得及告诉小草,人就这么殁了。他含着泪和韩勇办完了小草的后事,手里攥着小草让自己保管的赵华亭篆刻的桃花冻石印章,老眼里的泪水终于止不住了。他该如何安置千里迢迢前来奔丧的娘儿俩?最后韩勇答应给娘儿俩补偿十万元抚恤金,名公也举行书法义卖一周,将义卖来的不到八万元,自己再凑了一些添成个整数也是十万元,他们将这二十万元交到可怜的娘儿俩手里。娘儿俩离开时,名公把篆刻着小草名字的桃花冻石印章交到女人手里说:"这是小草生前留下来的唯一遗物,你把它收好,等娃长大了,交给娃,叫他记住,他的父亲曾经是一个在十三朝古都、世界文化名城长安,从事过书法艺术的基层艺术家,这枚印章就是娃一生的光荣和骄傲。"农村来的女人听着名公对自己丈夫的赞颂和对儿子的叮嘱,眨着已哭得又红又肿的双眼,看着怀里正吃着手指头的儿子,浑身抽搐着。

赵华亭走后,也没有消息回来。按说赵华亭应该打个电话给名公,简要说明自己女朋友住院的治疗情况,是否还有什么困难需要他帮助。名公也从心里喜欢这个小草介绍过来的上海年轻人。赵华亭有才华,印章刻得好,又出自海派大师韩冰铁之门,名公内心里大致有一个粗略的想法,就是在有生之年,多提携这些既热爱艺术,又有艺术天分的年轻人,在自己前进的路上,带着他们往前走,帮扶这些年轻人登上更高的事业台阶。但事与愿违,眼下的光景实在让他没有料到,小草死了,赵华亭又在照顾病人,他为什么连个信息都没有?

广东富翁同意了小灵通抵押他收藏的元青花梅瓶贷款一百万元的请求,他从画廊取走元青花梅瓶后,就把元青花梅瓶和酒疯子的青铜鉴一起,放进了自己定制的一个全玻璃钢透明的保险柜里,摆放在自己办公室的最显眼位置。目前这种特殊的文物艺术品收藏氛围,既有利于提升自己公司的形象,也保护了这两件国宝级的文物。广东富翁计划在香港或是澳门让这两件国宝正式浮出水面,陈列展示。他把小灵通急需的一百万元贷款转到了小灵通的账上,又在离宝庆寺佛塔不到一里地的长安菊花园小区给酒疯子买了一处房产,把酒疯子安顿好后,就专注起永宁门外楼盘的市场营销策划了。广东富翁计划在年底前这段日子里,再做做银行方面的工作,把来年贷款的事确定下来。目前靠销售现房和在建的楼盘,想一下子集中回笼十几亿的流动资金,看来不现实了,明年第一季度从银行续贷,应该是公司继续在长安运作的首要前提,他必须攻下这道难关。

韩勇现在计划着跨行做房地产生意。他的大舅哥,官运亨通、仕途顺畅,进了省委常委领导班子,他的背景大了,后台硬了,目前一个小小的酒店已不能满足他的事业雄心。他想趁着书院门旧城改造的东风进军房地产市场,连拆迁带安置,再搞建设和开发,把永宁城门里的黄金地段书院门的土地开发权、房地产经营权掌握在手里,有他大舅哥在背后撑腰,没有干不成的事。书院门土地的对外招投标工作如火如荼地进行着,最后的投标竞争对手竟是他的新朋友广东富翁。对于才入房地产开发市场的韩勇来说,除了有政府背景和充裕的资金优势外,其他方面和广东富翁的房地产公司是无法竞争的。最后在省上领导的协调下,双方握手言和,组成"秦粤房地产开发股份有限公司",共同开发书院门这块黄金宝地,公司的办公地址临时设在韩勇的酒店里。

长安城里都盛传韩勇靠火锅飞黄腾达了。新成立的公司的第一次董事例会,就在是否恢复长安千年古寺名刹宝庆寺的问题上发生了争执。韩勇计划把宝庆寺佛塔拆了,把书院门整个一条街连片开发成仿古建筑式商铺,因为商铺售价高,房地产销售收入回报丰厚。计划投进去二十亿的流动资金,设想回报少说也有四十多亿。而广东富翁的意见却截然相反,他主张企业投入资金恢复重建长安千年古寺名刹宝庆寺,虽然眼下要赔进去近二十

亿的资金,但对于一座历史悠久的文化名城来说,其价值不是四十多亿能衡量的。两个人各执一词,不相上下,董事会开成了两个人的辩论会。由于董事会主要股东的意见不一致,书院门的开发改造计划只能暂时搁浅了。

韩勇带着愤懑和怨气找到了大舅哥。大舅哥安慰他说:"广东富翁的意见是对的,是符合《文物法》的。"听大舅哥这么一说,他就摊着手反问:"那就白投进去二十亿?"大舅哥意味深长地看着他不说话,他在观察这个要干一番大事业的妹夫能不能沉住气。实际上大舅哥是不愿意妹夫和广东富翁合股开发房地产的,自己就是想帮妹夫也有顾虑,毕竟广东富翁是外人,目前只能见机行事。如果能在经营中,瞅准机会把广东人挤出去,最后形成妹夫韩勇一个人说了算的局面,自己的帮衬才不会碍手碍脚。至于怎么把广东富翁挤出公司,目前围绕宝庆寺佛塔的复建与拆毁公司高层发生的争执,就是一个机遇。这一点,大舅哥看出来了,而韩勇还没发现这里的玄机。望着妹夫迷茫的表情,大舅哥不知说什么好,他既想历练他的妹夫,同时也在等待着挤走广东富翁的最佳时机。韩勇不解地看着大舅哥,不知道他为什么不说话,屋里死一般的沉寂。最后还是大舅哥说:"《文物法》这条红线谁也不能碰,你再回去好好想想,眼光放长远点嘛!"

第五十五章　轮　回

屋漏又逢连阴雨,因果轮回一场空。

负心宁飞墓碑琢,才有音信寒流中。

花自飘零水自流,追梦方醒末路穷。

冲破围城寻机遇,一枝梅开试春风。

　　小灵通离开书院门之前,把画廊的销售业务交代给之前聘请的老乡经理,嘱托他这一个月店里"只出不进",把卖字画的钱收存银行,再记个流水账。交代完了他又去裱画铺找小杨,小杨笑呵呵地问:"老板要到北京开公司了?"小灵通摇着头说:"哪里,我倒是想呢,只是我目前还没有这个资金实力。"小杨还是笑呵呵地赞叹道:"毕竟老板还是去北京开拓事业的呀,真让我羡慕。"小灵通赶紧说:"咱俩谁跟谁,不要再寒碜我了。我今天来找你,是有话交代。"小杨应承着说:"有啥话你尽管说。"小灵通这才说:"我离店去北京也就个把月,我不在店里的日子,你常来店里看看有没有啥裱活,顺便替我盯着点。咱哥儿俩电话及时联系着。"小杨会意地点点头答应了。

　　令小灵通万万没想到的是,他才去北京不到一个礼拜的时间,小灵通雇请的经理,也就是他的小老乡就把他满墙挂的字画都换成了高仿品,然后以跳楼价,将换在手里的长安名人字画迅速变现,把画廊的大门一锁,怀里揣着沉甸

甸的钞票,逃之夭夭了。小灵通靠击鼓传花的把戏赚了老乡们从家乡带出来的血汗钱,这帮子老乡在暗处天天盯着他,就等着他有什么破绽。小灵通去北京开展业务,让这些吃了哑巴亏的老乡们抓住了机会,讨回了他们失去的钱财,也就有了老乡经理跳楼价变现、回笼资金的这出戏。老乡们数着最后分到手的钱,还不足起初投进去的一半,但转念一想,从小灵通店里用真金白银接过来了已升值的长安名人书画墨宝,还是觉得自己赚了。

自从赵华亭找到两个河南人,忙着给翠琇筹措二十万元的手术费,好几天都没有来医院了。翠琇和丹婵在病房里也发生争吵。翠琇说:"我看赵华亭就是第二个宁飞。丹,你再不要傻了。"丹婵坚定地说:"我看赵华亭不是宁飞那样的人,他的刻刀,一大堆寿山石,还有没完成的活计……"翠琇不屑地说:"这是他留给咱的迷魂阵,不然他咋走得利索呢?"翠琇还想说什么,丹婵止住她反问:"要不是他留下的钱,住院费怕是都交不上。"翠琇还是失望地摇着头,表情痛苦,眼里也淌出了泪水。丹婵知道翠琇的毒瘾又发了,恐惧地说:"现在咱手里的这点钱,我看也花不了几天了,看你这个样子,你让我咋办呢?"这时电话响了,是赵华亭打来的。"你看你看,我说赵华亭不是宁飞那种人,他来电话了。"丹婵说着就接听赵华亭的电话,"华亭哥,翠琇的病都这样了,我的压力也大。"说着就抽泣起来。电话里赵华亭安慰着丹婵:"天塌下来有我顶着,目前这里的事情进展……"只听丹婵已哭出声了:"华亭哥,我现在真不知道如何办。翠琇做手术的钱筹到了吗? 主治医生说要尽快手术。"赵华亭也紧张起来,就安慰丹婵:"再过几天,我一定能筹到手术费。放心,我现在就在出租屋里,等河南人来取刻好的印章,就是那三方秦岭云和秦巨江的印章。"丹婵关切地问:"你是说河南人让刻的吗?"赵华亭答道:"是的,就是那三方章子,是用寿山老岭石刻的。"赵华亭又说,"丹,你先把电话给翠琇,我有话说给她。"丹婵把电话递到翠琇的耳旁,翠琇的脸上也浮出了笑容,她打趣地说:"你心里只有丹婵妹,我又算啥呢?"赵华亭道:"哪里的话? 我也一样想你,晚上做梦先梦到了你。"翠琇不知是哭还是笑,表情怪异地答:"这话就算是你编着来骗我的,我都爱听。我现在是废了,不说了。"赵华亭说:"我让人打听到宁飞在北京的下落了,你想知道不?"翠琇愣住了,突然激动地喊:"他真在北京? 我就是还剩最后一口气也要去找他。他在啥地方?"赵华亭想了想骗翠琇说:"他现在也从北京离开了,说是去了宁晋。"翠琇激动地问道:"去了宁晋? 宁晋在啥地方?""我也不太清楚,只知道他在做死人生意,哪有死人他就往哪里跑。"翠琇听到这里双眼也失了神道:"他现在跟死人打交道? 做啥死人生意呢? 你没骗我吧?"赵华亭进一步说:"你就当他死了变成了鬼,忘了他吧,我绝不骗你。"翠琇痛苦地摇着头,生出不祥的念头来:难道自己也要死了吗? 只有死了才能见到和死人打交道的宁飞? 想到这里,翠琇笑了:"看来死并不是一件可怕的事情,那就让宁飞来吧,我死了他就会自动来的,他不是专做死人生意吗?"丹婵从翠琇手里抢过电话大声地喊:"华亭哥,你一定要抽时间来医院,我们姊妹真是离不开你。就是听一听你的声音,我们也好幸福。"赵华亭也动情地说:"你们姊妹俩是给了我温暖的亲人,我就是剩下最后一口气,也不会离开你们姊妹的。"丹婵听着眼泪夺眶而出。赵华亭继续说,"我们三人天涯沦落,相逢何等珍贵!"丹婵听出赵华亭话里的悲情,赶紧说:"华亭哥,你不要太着急,我俩还能撑上一阵子,只要你心里有我们姊妹俩,我们就很知足了。"丹婵先挂了电话,她本想把小草中煤气死亡的消息告诉赵华亭,但她没有这样做,她怕影响到赵华亭的情绪,希望他把手术费尽快筹措到。

放下电话,丹婵对翠琇说:"琇,我看你听过赵华亭的电话,好像开心了许多。"翠琇苦笑着说:"是开心。刚才还觉得心里空落落的,现在好一些。"丹婵又说:"希望赵华亭能顺利筹到手术费,手术一做,你的胸就不会闷得慌了。"翠琇勉强地笑一笑:"治啥呢? 我倒是想让宁飞来找我。"丹婵没听懂翠琇说什么,正想进一步追问,门被推开了。丹婵很意外的样子,翠琇却不以为然,丹婵这才认出来,进门的人是书院门鹰大王的儿子。丹婵俯下身问翠琇:"这骗子咋来了?"翠琇说:"我也活不了几天了,都是他把我害的,他要来看我快要死的样子。不然你先回避一会儿,看他有啥屁要放。"丹婵还想劝翠琇,看见翠琇的表情,就无奈地摇着头说:"我就在门外,这是医院,他成

不了啥精。"翠琇又突然摇起头来,抑制不住的毒瘾使她精神又恍惚起来,嘻嘻地笑着说:"宁飞来了!宁飞来了!宁飞来了!"丹婵出了门,从窗户上看着男人只把带来的水果放在床头柜上。丹婵还是不放心,推开门又进到病房,听见男人说:"我爹得了肝癌,肚子肿得和鼓一样大,医生说没救了。他想吃啥喝啥,随他,没几天活头了。"说到这里,见丹婵又返回病房,厌恶地盯着他,就闭住嘴,他知道他在这里不受欢迎,就起身出了病房。等男人出了门,丹婵也跟着出了住院部的大楼,外面很冷,风刮得也大,她在院子里站了一会儿,就径直朝书院门方向走去。她想到赵华亭摆摊的地方走一走,坐一坐,在那里等着赵华亭,天再冷也不怕,那里有她的希望,她的未来。

最近鸡娃王也不常来关中书院外摆摊了,关中书院的人气就没有以前那么旺了,这也影响到了书院门的混混和街串子的生意。再加上他们听说小草中煤气死了,就生出一股莫名其妙的不祥气氛来。一帮混混、帮闲、街串子们在一起面面相觑,他们突然想起了那个眼大头发长的算卦人了。老杨还是端着茶壶茶杯来到关中书院外的廊檐下,刮得不干净的胡茬子上又染上了一层白霜,众人都看得出,老杨也衰老了许多。"快来快来,大家一块喝茶。"一个帮闲说:"杨伯,你还记得那个算命的吗?"老杨一副满不在乎的样子说:"就是那个眼大头发长,记得,没有啥了不起的。"又一个混混说:"小草真是遇到血光之灾了。"大家用眼盯着老杨看,想看他咋说。老杨端起茶杯慢慢喝了一口,不紧不慢地说:"黄泉路上无老少,人的命,天注定,没有啥了不起的。我都大半截入土的人了,只要还有一口气,照样和大家一块在这书院门天天喝茶聊天,等着宝庆寺的钟声重新响起来。""啥啥?宝庆寺的钟要响了?我才不信呢!""一堆荒草,谁信呢!"帮闲、混混们窃窃私语着。在众人面前,一个美丽的女孩走了过来,街上窜的老混混和帮闲认得女孩是丹婵,一脸的流氓相露了出来,盯着她看。丹婵不理这伙子闲人,来到小草和赵华亭一块摆摊的廊檐下站着。老杨慈祥地问:"女子来喝点水,在外头立累了,就到我裱画铺里坐坐。"丹婵看了老头一眼,眼睛里流露出一丝笑意,一转身又走了。

一枝梅来了,一边置着画案,一边感慨:"现在关中书院外,就剩咱两个人了,感觉有点孤单。"老杨给一枝梅倒好一杯茶说:"一枝梅老师,快来喝上一口,暖暖身子。也就是,怪孤单的。"一枝梅刚挂出了中堂"静观世事,笑对人生",老杨就生出了感叹:"笑对人生,不容易那么洒脱,白发人送黑发人。"一枝梅也知道小草煤气中毒死了的事,神情一下子变得凝重起来,低沉地说:"真可惜了,还不到三十岁,正是干一番事业的最好年龄。"老杨说:"小老百姓的有啥事业干呢?也就是混个肚圆罢了。"一枝梅没吭声,老杨继续说,"为啥老百姓的路子就越走越窄呢?像小草这样的青年连路都没得走了,才一眨眼的工夫人就没有了。"一枝梅也悲伤地叹道:"年轻的时候,我读过一本书,记得书上说过'剥夺贫穷的,让富有的更富有'。"老杨没听明白,就连忙问:"啥啥?贫穷的,更富有?"一枝梅解释说:"就是穷的更穷,富的越富,这是社会的现实。"老杨也叹息着:"说的也是,任凭一个老百姓再吃苦努力,都摆脱不了吃苦受累的穷命。"两个老头都不说话了,他们知道自己都是过了知天命的年龄了,还有啥想不开,想不明白的?老杨问:"小草屋里的媳妇和娃娃也不知道咋样了?今后娃可咋办呢?"然后看着一枝梅又问,"今后在这儿就你独一个摆摊?"一枝梅沉吟了片刻,像是早已计划好地说:"我打算把摊子留给乒乓姐让她摆着,我和猴大王一块跑江湖去。""乒乓姐摆摊,一个婆娘家又不会写不会画的,咋个摆法?"裱画老杨疑惑地问。一枝梅胸有成竹地说:"我把市场上好卖的字画内容和尺幅都提前写个几十幅,再请你提前装裱好,乒乓姐整天坐在摊子上光卖成品书法裱件就行了。"老杨听到一枝梅这样的安排,也觉着不错,另外还照顾了自己裱画铺子的生意,倒也觉得一枝梅是个仁义的人。人都是要吃饭的,乒乓姐身边又带个上高中的女儿,正是花钱的时候,一枝梅这样做在不在理不敢说,在情还说得过去。老杨又说:"刚才我见丹婵在这儿转呢,怕是寻赵华亭,这让我想起了头几年的事,宁飞不声不响地从书院门跑路走了,害得翠琇孤身一人在断碑子跟前傻等了好多天。"一枝梅也似有所悟地叹道:"你是说翠琇的悲剧在丹婵身上重演了?"裱画老杨说:"依我看八九不离十!"说到这里,两个老头都叹起气来。

第五十六章　抉　择

过眼迷雾一晌休，名公点破茅台酬。

虽遭舅哥历练始，却喜高人识计谋。

小女反水露天机，设局挖坑付水流。

红尘新濯沧浪足，才踏浊世万壑丘。

　　韩勇坐在自己的办公桌前左思右想也想不明白：为什么大舅哥会站在广东富翁的立场上支持宝庆寺的恢复重建呢？二十个亿的资金投进去，就为再一次听到宝庆寺早已销声匿迹的钟声？这可真是花钱打了水漂，只为听个响！他一抬头看见正对面，被秦巨江"指鹿为马"的六尺关中老头水墨画，思绪又转到了秦巨江和衮雪妹身上。这次和广东富翁组成房地产开发公司，自己有了更大的事业舞台，如果衮雪妹眼光放长一些，不跟秦巨江跑，还留在大酒店，这大酒店的总经理就是她的了。想到这里，韩勇盯着这幅画诅咒起来："秦巨江，这两笔账我都记着呢，到时咱可要新账老账一起算。"

　　名公来找韩勇，他见韩勇这副表情，就打趣说："你现在是日理万机，和我们的共同语言也越来越少了。"韩勇也不起身，大大咧咧地笑着说："狗嘴里吐不出个象牙来，啥风把你吹来了？"名公走到他身后，看着柜子里的瓶瓶罐罐，打开门，拎出一瓶红星茅台酒，说："你还藏着这宝物，它归我了。"韩勇拿眼瞪着名公说:"这瓶酒在我这里还没暖热,就让你个狗鼻子闻见了。大舅哥才送我的,让你捡了便宜。"名公把茅台攥在手里,知道韩勇同意把酒送给自己了,高兴地说:"咱哥儿俩现在就开始喝,我等不到吃饭时间了。"见韩勇不反对,名公就拧开茅台酒瓶的盖子,两个人你一口我一口地喝起来。

韩勇把名公当知己,也不避讳他,就把他和广东富翁关于如何处置宝庆寺佛塔的分歧以及大舅哥的意见和盘托出,他想听听名公这个局外人的看法。名公嘿嘿笑着,只是喝着茅台,也不嫌自己馋酒的嘴脸丢在韩勇面前。韩勇知道他这是卖关子,也不急,也不抢他手里的酒瓶,只是盯着他看。名公用舌头抿了一下嘴唇,咂摸着酒香说:"你这酒不白喝,权当我是你的军师。"韩勇接过名公递过来的酒瓶,也咕咚咕咚地喝着。就听名公说:"你就按你大舅哥说的办。""废话,你跟没说一样,我肯定得照办,还用你说,但为了啥呀?"名公见韩勇急切地问"为啥",揉一揉红红的双眼问他:"你和广东富翁比,谁比谁赔得起?"韩勇被他一问,酒也不喝了,目不转睛地盯着名公,先拍着脑门子,再就跺着脚说:"明白了,哈哈!依我看,你不要写书法了,来做这个公司总裁算了。""此话当真?"名公坐到了韩勇的老板椅上,跷起了二郎腿,拿眼一瞪他,开玩笑地说:"这可是你让我坐在老板宝座上的。"然后又一本正经地说,"我这次到北京办个展,还要请你老兄帮忙。"韩勇爽快地答应:"没麻达,出钱出力只凭你一句话。"名公继续说:"我个展北京的开幕式,还要请你大舅哥和他的知青同屋李部长参加。"韩勇依然爽快地答应:"只要大舅哥开幕的时候正好在北京,他一定和李部长一同参加开幕式。"名公把头凑到韩勇耳朵跟前低声问:"李部长会不会再往上升一步? 把大舅哥也调到北京做京官算了。"韩勇这时脸上没有一丝表情地看着天花板,那意思是说:"天能回答出你的问题。"名公再一次压低声音说:"前几天,秦巨江也去了北京,不知道又运作啥事去了。这人手段可是不一般。"韩勇哼了一声,恶狠狠地说:"山不转水转,我和他终有算总账的一天!"

秦巨江离开长安去了北京。按照他的计划,衮雪妹和"秦岭云书画打假维权委员会"的几个成员开了一次会,布置好了引诱河南人入瓮的诱饵,还

有收网的时间等具体细节后,衮雪妹就给远在北京的秦巨江打电话,把长安的情况向他做了汇报。秦巨江很满意衮雪妹的工作成绩,最后他告诉衮雪妹,北京这边的打假维权工作也进展得很顺利,已成立了"打假维权委员会"北京小组,而且已卓有成效地开始工作了。北京这边的造假诈骗嫌疑人叫小灵通,来自长安书院门,以前是个走街串巷推销商品画的画贩子,几天之内就可人赃并获。秦巨江已把媒体见面发布会的书面文稿草拟好了。衮雪妹听到这里,本来还想询问北京那边女明星的消息,探一下秦巨江的口风。她凭直觉断定秦巨江肯定和女明星还会再勾连上。但从秦巨江口中得知,小灵通就要成了秦巨江的网中鱼时,心情一下子复杂起来。自从在城墙上她和小灵通一别,两个人就再也没有见面,本来衮雪妹想趁秦巨江不在长安的空当,再次私会小灵通,把小灵通叫到"沧浪阁"来,因为她还对小灵通"藕断丝连"着割舍不下,同时也是为了报复秦巨江勾搭女明星对自己感情的背叛。没承想小灵通马上就要死无葬身之地了。衮雪妹冷笑道:"真是造化弄人,小灵通也有今天。"她恨小灵通的绝情,更恨小灵通冒险去北京拍卖行卖画是为了追花彩棉。但一想到小灵通掉入秦巨江设好的陷阱,最后像克隆高手一样,在媒体面前被公安以造假、诈骗的罪名逮捕的画面,衮雪妹收住了得意的笑脸。她最终想清楚了:她爱的是小灵通,恨的是花彩棉。她应该马上背着秦巨江去一趟北京,她要救小灵通。秦巨江可以在感情上背叛她和女一号游龙戏凤,她也可以救小灵通,让你秦巨江的险恶计划泡汤。衮雪妹拿定了主意,决定开着梅赛德斯跑车,上高速路,在腾龙公司拍卖之前先赶到北京,把小灵通从火坑里救出来。另一方面她还欠小灵通一次人情,就是之前小灵通把她从韩勇的虎口里救出来的人情。

花彩棉主持的"振兴大西部"晚会在长安卫视播出后,在全国引起很大的轰动,小灵通远在北京也看到了长安卫视的直播。"振兴大西部"晚会结束的时候,长安省的领导上台慰问晚会组的演职人员,主管文化的年轻副省长和花彩棉握手时,低声说:"彩棉成绩不小啊!"然后紧紧地握着花彩棉的手。花彩棉激动了,感到自己就像一只即将展翅高飞的凤凰,要迎接更大的机遇和挑战了。她的心怦怦地跳,也没听省上领导都讲了些什么,自顾自地想心事。突然,好像身后的演员在推她,她这才回过神来,见主管文化的年轻副省长站在自己身边,在演职人员的簇拥下准备和大家合影。花彩棉满脸绽放出灿烂的笑容,朝副省长高大的身躯靠拢,这时彩带飞舞,落叶缤纷,晚会在一片欢快的气氛中结束了。

花彩棉的电话响了,是小灵通打来的:"彩棉,祝贺你的成功,我远在北京的招待所里都看到了晚会。"花彩棉很意外地听着小灵通的电话,随口说:"我好紧张,这是省市领导关注的晚会,我首次挑大梁,总算是过关了。"小灵通还想说什么,但话到嘴边还是不知从何说起,就关切地说:"你也累了,早点休息吧。"花彩棉还要参加晚上由省上领导陪同中央电视台领导出席的晚宴,也不想多说什么,就匆匆挂了电话,开着跑车往开发区"大唐华清宫"省府接待中心去了。路上花彩棉冷静地思考了她和小灵通、台里领导的公子,以及点名让自己挑大梁主持"振兴大西部"的主管副省长之间的关系,她突然刹住跑车,头埋在方向盘上,现在是她做出最后决定的时刻了!首先用西部石油赞助她的二百万元还给台领导的公子一百八十万,因为是他给花彩棉买的红色法拉利跑车。第二,过了年就上北京,如果条件许可,带上自己住在纺织城的父母一同进京,彻底脱离长安东郊棚户区。第三,也是她最难抉择的,冷静理智地处理好和小灵通的关系。想到这里,花彩棉重新启动了跑车,她的眼里放射着光芒,内心充满了希望,她要和那个般配的海归博士,现任长安省的副省长一同进京,比翼齐飞,走上未来生活和事业的顶峰,至于西部石油老总托她办的事,等到了中央电视台,再见机行事了。

第五十七章　诱　饵

终南雪松遭白眼,京华凶险一瞬间。

龙潭水深不可测,夺命险关掀狂澜。

鲤鱼戏水自游去,诱捕设伏白忙乱。

沉瀣挖坑一场空,饿狼围追返长安。

小灵通和腾龙拍卖公司顺利地签约后,来北京的头几天里,初战告捷的喜悦让他如沐春风,沉浸在欢乐和激动的亢奋中。接下来的几天里,他又像掉进一个沉寂的无人世界一样,没有听到来自腾龙公司的任何消息。漫长的等待和对大功告成的热切期望又使他的内心火烧火燎起来。住在北京老观音庙地下招待所的小灵通,整夜整夜地睡不着觉,他在焦急地等待着唐莉的消息。他不能在北京滞留过长的时间,他的画廊生意耽误不起,万一老乡经理起了歹心……小灵通不敢往下想了,人也开始焦躁不安起来。

半个多月过去了,小灵通终于等来了腾龙拍卖公司唐莉的电话,唐莉让他第二天参观腾龙拍卖公司在港澳中心举行的秋季拍卖会预展。小灵通起了个大早,换了一身干净的衣服,刚从地下室上来,走到服务台,唐莉已经在等着他了。两个人客套了几句,本来小灵通想问唐莉为什么半个多月腾龙拍卖公司一点消息都没有,自己在北京不知是回是留,正着急上火,唐莉却说:"最近把我忙得呀到处跑,腿都快跑断了。"小灵通关切地说:"公司的业务忙,你又在公司挑大梁。""可不是嘛,我主要是为你忙。一旦我接手委托人的拍品,就得忙活着招商找买家,一家不成,咱还得多找几家,这样拍品的价位才能上去啊。"唐莉又说,"我连去云南的心思都有了,那里有买家,我们就得去邀请,要是公司批了,我现在一准在云南,陪你参观预展的,还不定是谁呢!"小灵通感激地说道:"多亏遇到唐大姐,我可算是遇见救星了。"唐莉把眼眯成一条缝说:"哟,小伙子真会说话,我爱听你叫我大姐。"小灵通继续说:"你就当我是你亲弟弟,我专门给你跑腿打杂。"唐莉从包里掏出了一张宣传她的册页,上面除了唐莉和京华名人合影的照片,就是唐莉画的花卉翎毛水墨画照片。凭小灵通的鉴赏力,一眼就看出唐莉的绘画功力比起她的父亲唐墨白可是差远了。小灵通来北京这十几天,研究了从齐白石到唐墨白,再到唐莉之间绘画的源流关系,对面前这个腾龙拍卖公司书画部主管的业务水平也心中有数了。

出租车载着他俩用了不到半个小时就到了港澳中心。唐莉指引小灵通进了宾馆会议中心,预展就在这里进行。小灵通进了预展大厅,急着找自己委托的秦岭云那幅《终南雪松》水墨立轴。看见了,《终南雪松》就挂在陆俨少的一幅六尺横幅水墨山水图的旁边,他的心终于放下了。这时身后的唐莉接到了一个电话,匆匆忙忙地出了预展室。

小灵通如释重负地坐在展厅的沙发上,他想一个人待着,除了慢慢欣赏这些难得一见的近现代中国书画名家们的真迹力作,也想看一看来参观预展的京华巨富们都是些什么嘴脸。

此时,就在预展大厅的贵宾室里,小灵通对面,有两人高的落地玻璃窗的窗帘后面,魏总、秦巨江、唐莉、查仁轩和《藏家》杂志社派来的摄像记者,都从窗帘的缝隙里看着小灵通。"大家都认一认这个狡猾的犯罪嫌疑人,尤其是唐莉、小查和记者三位同志,今后你们同他打交道的日子多。"魏总说着就看秦巨江,这个老男人已没有了成功文化人的矜持、儒雅和谦谦君子之风,眼里露出了杀气。唐莉在魏总的暗示下,走到查仁轩的跟前,两个人窃

窃私语了几句,就出贵宾室二楼密室,下暗楼梯,转过二楼的走廊进了预展室。

小灵通看着一个浙江口音的富豪在经纪人或是掌眼专家的陪同下来看预展,光保姆、跟班和司机,在他身后男男女女就跟着七八个人。小灵通只顾盯着看,没注意唐莉和一个年轻男人朝他走过来。"小灵通兄弟,姐姐来了。"小灵通赶紧站起身注视着两个人。唐莉有意介绍查仁轩和小灵通认识:"他可是我这十几天招商的重要成果,一个书画收藏大家的经纪人,他每年要从各大拍卖机构拍走上亿元的名流书画作品,你可要好好巴结咱俩的衣食父母——查仁轩。"小灵通赶紧从兜里掏出一只精致的锦盒,打开盒盖,里面早已备好了一枚老坑荔枝冻寿山石,说:"一点小意思。"查仁轩接过锦盒一脸茫然。小灵通一看便知,此人不懂寿山石。查仁轩收好小灵通送的礼物,递给他一张名片说:"我的委托人看上了你送拍的《终南雪松》水墨立轴,我姓查,叫查仁轩。"小灵通看名片上的信息,什么某某艺术品投资机构顾问,总之来头大得吓人。小灵通突然变得郁闷了,唐莉在搞什么小动作?他是懂一点拍卖法的,唐莉这种做法本身就是违规,不合乎拍卖法的规定。又看唐莉介绍自己认识的这位资深艺术品投资代理人,第一印象也让小灵通很失望。唐莉见小灵通这态度,有意打破尴尬的气氛,说:"你们两兄弟算是见面了,还不相互沟通沟通?"查仁轩也在唐莉的怂恿下热情地说话了:"我的委托人是高干出身,最喜欢收藏的还是秦岭云大师的书画真迹,他让我这次一定要拍走这幅难得的软黄金,保值增值呢。"小灵通听着查仁轩这些不着四六的话很纳闷:为什么在自己看来很神圣的书画艺术品收藏领域里混迹着这样的人?再一想:自己也许太认真了,现在不都"有奶便是娘"吗?想到这里,小灵通笑了,虽不大情愿,但也不得不和这个"大爷"周旋着。

眼看就要到中午了,唐莉建议三个人一同去吃顿午饭,这种饭局请客的一定是小灵通。三个人就在港澳中心一楼的桂花亭里吃了顿午饭,下午三个人一同到北京城东北参观齐白石纪念馆。小灵通无心参观,对查仁轩的疑虑,动摇了小灵通来北京的信心。唐莉似乎有意在牵线让他和查仁轩认识,她这样做不仅在砸自己的饭碗还有违职业道德。小灵通一时也想不明白,但还是觉得唐莉有她自己的猫腻。坐在身旁的查仁轩趾高气扬地说:"小灵通兄弟,上午在拍卖预展大厅,你见过那个不可一世、后面跟着七八个跟班的富豪吗?"小灵通一欠身子答道:"就是那个说浙江话的男人?"查仁轩点头:"就是他。你知道不?"他很神秘地看看唐莉,一副欲言又止的样子。唐莉给查仁轩使着眼色说:"小灵通也不是外人,说给他听也无妨。"查仁轩这才又说:"你知道吗,他来腾龙拍卖公司不是买东西的。"小灵通说:"参观参观有什么不可以的?"查仁轩轻蔑地一笑说:"他是来腾龙拍卖公司洗钱的。"他见小灵通还想继续听下去,就继续说,"你看见预展的那幅陆俨少六尺横幅水墨山水了吗?"小灵通点头说:"大概在三年前,我在长安举办的一次'世纪水墨回顾展'里见过这幅画,是陆俨少的精品力作。"查仁轩听小灵通还说出这幅画的之前情况,略微显出了一丝惊异,但还是继续说:"这个浙江富豪就是这幅画的主人,他来腾龙拍卖公司的目的只是给这幅画标个价。"坐在副驾驶位置上的唐莉插话说:"你知道他要标多高的价吗?"查仁轩摇着头,但还是推测说:"不得个四五千万?"唐莉轻描淡写地回答:"没那么高,他倒是想呢,魏总不同意。"查仁轩赶紧问:"为啥不同意,反正是假拍嘛!拍场喊多高的价不过是个虚数,做给媒体和外人看的。"唐莉这才道出了背后的实情:"浙江富豪给我们腾龙拍卖公司的运作费太少,我们魏总不干。"查仁轩神秘地追问:"他到底给了公司多少运作费?"唐莉停顿了一会儿,好像是在思考该说不该说,最后还是开口了:"魏总不让出来嚼舌头,你们俩又都把我一口一个大姐叫着,我也不把你们当外人。"唐莉先看看小灵通,再把目光停留在查仁轩身上,这才把头拧回来看着前面车窗外的大马路说:"也就区区五十万的运作费,那个浙江富豪只是看着势大,私底下抠着呢!比秦……"唐莉一激动差点说漏了嘴,本来说漏嘴的话是:"比秦巨江差远了。"查仁轩用眼盯她,唐莉才改口说:"比起像你这样的真实买家,那可差远了。我说小轩,如果秦岭云这幅《终南雪松》水墨立轴的价拍上去了,你跟着追吗?"查仁轩故作豪气地说:"我一直追,我的委托人让我志在必得!无论价

上到多高，都要拍下，一两千万对我的委托人来说也就是个数字，无所谓！"唐莉高兴地说："我们腾龙拍卖公司就喜欢你这样的客户，再多几个，我们魏总一准给我涨工资呢。"小灵通不知道这一男一女是演戏给自己看的，内心也激动起来：若真是能拍出个一千多万……小灵通不敢往下想了，即将成功的兴奋使他的心提到了嗓子眼。这时查仁轩继续说："他一次就想洗四五千万，才出五十万的血，确实太抠了。依我猜，三年前，他买到手这幅画，最多也花不了一百万。""可不是嘛！要不说这有钱人越来越有钱！"唐莉也感叹道，"不过魏总不会轻易就答应他说的虚价，最后是多少，还得看后天的拍卖结果。"查仁轩说："他回到公司把这画当发票入账，就可以从公司划出来这笔钱，转进他私人的腰包喽！"唐莉又添油加醋地说："这幅画他还可以卖出去，只要价位在一百五十万到四五千万之间，随便一个价码处理出去，他都赚了。要不说，有钱的就越有钱。"小灵通听着两个人谈论着富豪们玩的金钱游戏，五味杂陈。一想到前几年，自己在书院门的街上，风里来雨里去地跑街卖商品画，以及小草、赵华亭、神笔一枝梅，还有鸡娃王一伙子在长安书院门摆摊卖字下苦的底层文化人，他的内心像打翻了五味瓶一样，再也听不下去了，他拉了拉衣领闭上眼睛。"那要是陆俨少这幅画拍出去了呢？"查仁轩的问话，打破了车内的沉寂。唐莉突然会心地一笑："难不成你小轩要出价买陆俨少这幅六尺山水水墨？先私底下从我这里探出底数，好后天在拍场上兴风作浪？"查仁轩笑而不答，既不同意也不否认。唐莉也假装试探着查仁轩的底数："小轩咱明人不做暗事，我都和你推心置腹了，你也不说说你真实的打算，大姐可要生气了。"查仁轩显出一副迫不得已的神情说："这幅画，我只能追到三千五百万。"然后有意看着小灵通说，"腾龙公司的这次秋拍，我的委托人只授予我五千万元的买入权。"唐莉也掐着指头计算着说："你只能追到三千五百万，再加上腾龙的佣金价，也快四千万了。"查仁轩无奈地说："对呀，我不还得留出一千多万呢嘛！"说着又看了小灵通一眼，那意思就是说，这一千多万是用来买《终南雪松》的。唐莉兴奋地嚷道："小轩你怎么不早说啊！要是魏总知道了这是我的招商成绩……你还别说陆俨少的这幅画,他的儿子也出了鉴定证书呢!"查仁轩突然脸色阴沉起来:"该不会是他儿子私底下偷着临摹他爸的画吧?"唐莉赶紧抢话说:"怎么可能?我们公司的鉴定专家费可不是白给的。"小灵通把他俩的对话都听到耳朵里了,但还是装作睡觉。

时间不长,车停到了一处由深灰色花砖砌成的院落门前,一座不大的五层楼隐没在高大的法国梧桐树里,不仔细看还真难发现大门口的墙上挂着"齐白石纪念馆"的牌子。唐莉争着付出租车钱,查仁轩就推着小灵通先下了车,把唐莉留在车上。纪念馆门口只有查仁轩和小灵通,突然查仁轩从口袋里掏出一张银行卡,递到小灵通的面前,咬着小灵通的耳朵压低声音说:"这张卡里有一千多万,你私底下把《终南雪松》卖给我得了,你不说我不说,没人知道!"小灵通根本没想到查仁轩会这样和自己咬耳朵说话,还没来得及细想如何答复查仁轩,只见查仁轩更急切地说:"这样的话,咱哥儿俩少付给腾龙佣金二百多万呢!"小灵通听到这里还真是心动了,光自己这边省出来的佣金,就一百多万,这一百万要真是让自己挣起来,还不知道要费多大劲呢!"我和腾龙拍卖公司签了合同,那不违约了吗?"小灵通和查仁轩想进一步拉扯下去,唐莉下车走了过来。查仁轩这才不得不嘻嘻哈哈地转了话题,三个人一同由唐莉引着,进了齐白石纪念馆的大门。

小灵通被查仁轩咬着自己耳朵的一番说辞打动了,一千多万呢,谁会不动心呢?小灵通也没心思参观齐白石纪念馆收藏的中国近现代大家的真迹墨宝了,一个人坐在展厅外的走廊休息间里心潮翻滚:一千多万呢,一千多万可以买下他家乡整个豆豉村!成功就在眼前,这一千多万怎么才能顺利地带回去⋯⋯他兜里的电话突然响了,令他意想不到的是,电话是袁雪妹打来的:"小灵通哥,你在北京呢吧?"小灵通一听皱起了眉头:她咋知道我现在在北京呢?电话里袁雪妹继续说:"我现在也在北京办事,下午我去找你,我住在亚运村京西宾馆的2134包房。"小灵通不知如何回答她,突然又听到电话里面袁雪妹一字一句地说:"记住,千万不要私下交易啊!"小灵通被袁雪妹没头没脑的话弄得云里雾里的,随口问道:"你在说什么?我真听不明白

你在说什么。你也在北京?"衮雪妹也不和小灵通争辩什么,只用命令的口吻说:"最迟今晚八点以前我来找你,我想让你陪我在北京玩几天。你住在什么地方?"小灵通心里还想着一千多万钞票,衮雪妹问了他第二遍,小灵通才回过神来说:"朝阳门外,老观音庙客回头招待所。"小灵通收起电话,在心里反复念叨着一千万这个数字,突然他一跺脚,眼前像过电影一样,出现了克隆高手在长安被抓、轰动一时的秦巨江打假的电视新闻画面。小灵通自言自语地说:"这是私下交易啊!出了什么意外,不受法律保护!"他摇了摇发涨的脑袋,进卫生间打开自来水管,用手撩起刺骨的冷水洒在脸上,然后再用双手揉搓着发红的双眼,才在镜子里凝视着自己:"如果自己私下交易了,这不是说话不算数,违约了吗?怎么对得起名公和腾龙拍卖公司呢?"小灵通这时才终于想明白了问题的实质。他用手抹了一把脸,把从脑门一直流下来的水珠子撸在手里,再往地上一甩,掏出纸巾擦着脸。他还在看着镜子里的自己,终于小灵通心定了!

查仁轩也进了卫生间,来到水池边想和小灵通继续拉扯之前他俩的私下买卖。小灵通客气地把纸巾包递给他说:"我先出去了,我还没来得及看齐白石大师的展览呢!"查仁轩望着小灵通的背影狠狠地把餐巾纸摔在了地上。小灵通刚进了展览大厅,见唐莉一副焦急的神情,不知为什么她也没心思看展览。见小灵通过来了,唐莉就带他到一组照片跟前,指着一个站在齐白石身后的男人骄傲地说:"这就是我的父亲,他是齐白石大师的关门弟子。"小灵通这才感觉到唐莉在父亲照片前面的样子才是真实的她自己。小灵通赶紧问道:"唐大姐,这里应该收藏有令尊大人的墨宝真迹吧?"唐莉不说话而是带着小灵通下到了一楼,走到一幅《大吉图》跟前,指着岩石上高昂着头正报晓的大公鸡说:"这就是我父亲的墨迹了!"唐莉久久地望着大公鸡,就如同望着自己的父亲一般慢慢地说:"当时他画这幅画时,我还是个小丫头,就站在桌前。父亲没用半个小时就画完了,一转眼几十年都过去了。"唐莉眼里涌出了泪水,她掏出纸巾擦着,立在画跟前不愿意离开。一会儿查仁轩也走了过来,问唐莉:"这次腾龙拍你父亲的画作了吗?"唐莉不满地反问:"你难道没看预展吗? 公司这次推出了三幅我父亲的力作,不过两幅都是扇面,难得的是两把扇子的反面,都有齐白石大师给题的字呢!""那另外一幅……"没等查仁轩把话说完,唐莉继续说:"另外一幅是一幅四尺中堂,也就这么大,画的是鳜鱼荷花,墨本不设色,有八大山人的遗风。"唐莉故意顿了顿,慢悠悠地说:"这幅画已有三个买家预订了。"

第五十八章　鸳　梦

京华龙潭惊涛险,意外避祸旧情原。

云雨燕山不思主,脱离险境心始安。

击鼓传花来搅局,假拍游戏令人叹。

弄真成假撂跤货,明珠暗投废纸贱!

　　衮雪妹风风火火赶到北京,办的第一件事,就是电话预约了腾龙拍卖公司主管来京西宾馆,这个主管就是唐莉。唐莉和公司的其他几个助手正在布置预展拍品,忙得满头大汗,还没顾上吃饭休息,魏总就通知她赶紧去京西宾馆2134包房办理业务,唐莉又马不停蹄地赶到京西宾馆。她从电梯上到二十一楼,一见衮雪妹珠光宝气、名媛闺秀的做派,就看得出眼前的女人是个有钱的主。衮雪妹交了十万元的参拍保证金后,唐莉给了衮雪妹一个竞价牌和竞价电话号码。临离开2134包房时,唐莉不经意地问她:"府上是做哪一行的?"衮雪妹随口答道:"家父在陕北油田打油井。"唐莉眼睛一亮,断定真正的陕北富豪来参拍了,她得赶紧回公司向魏总汇报去。回到公司,魏总正焦急地等唐莉的消息,唐莉汇报了和衮雪妹见面和办理业务的情况后,魏总满意地问唐莉:"你对这位阔小姐有什么看法?"唐莉推测着说:"魏总,她是从长安来的,会不会是要竞拍《终南雪松》设色水墨立轴的?"魏总点着头说:"有这个可能。"唐莉焦虑地问:"那打假这事怎么跟秦巨江说呢?"魏总呵呵一笑,说:"重合同守信用,公开、公平、公正嘛!"唐莉还是不解地追问:《终南雪松》不是假的吗? 这可是秦岭云的长子秦巨江判定的。"魏总也严肃起来,郑重地说:"看来只有时间是最公正的法官了。"

　　傍晚,衮雪妹开着车就在客回头招待所的门外等小灵通了。小灵通看到衮雪妹坐在梅赛德斯跑车里的架势,还以为自己看错人了。衮雪妹说:"哎哎,你往哪儿看呢? 才几天没见面,咋就不认识我了?"小灵通走到车前,疑惑地看着车里的衮雪妹问:"还真是你,下午你来的电话真把我搞得一头雾水,不明白你的意思。现在我倒要问问你事情的来龙去脉,先说你咋就也在北京呢?"衮雪妹眼睛眯成一条缝,审视着面前的小灵通,看着他一副落魄的样子,叹了口气:"今天你跟我走,看你住的这破地方,跟个北漂一样,脸上没一点血色。"小灵通迟疑着,不情愿地跨上衮雪妹开着的豪华车。小灵通一坐在她的身旁就迫不及待地问:"你咋知道我在北京?"衮雪妹一踩油门,小灵通身子一晃,只见车外的景物,唰唰地被抛到了身后。衮雪妹答非所问地说:"怎么样,我的车技一流吧?"小灵通没好气地说:"谁问你开车的事?我是问你……"衮雪妹这才嬉皮笑脸地说:"你在长安收藏圈子里都快成名人了,从鸡娃王手里买进了秦岭云大师的山水力作《终南雪松》设色水墨立轴收藏,已经没有人不知道了。"小灵通赶紧问道:"那秦岭云的长子秦巨江也知道了?"衮雪妹脸一红迟疑地应道:"当然知道了。""那他是什么态度?"小灵通不安地问。衮雪妹放慢了车速,忽悠小灵通说:"我不知道他是什么想法,我没问过他。我这次来北京,是替他联系出版社出画集的事。"小灵通松了一口气,自我安慰道:"我来北京拍卖秦岭云大师的画作,跟他也扯不上干系,又不是他画的,是他父亲画的。"衮雪妹不出声只管开车。小灵通看着衮雪妹,问她:"那你叮咛我,不要私下交易是什么意思?"衮雪妹缓缓地说:"让你守信用,按合同办事。"小灵通听她这么说,吃了一惊,不由得反问:"按合同办事? 你在教我按合同办事?"衮雪妹笑道:"不是吗? 你跟我把事都办了,为什么还不和我领结婚证?"小灵通一下子被她问得哑口无言,脸涨得通

红，还想说些什么，但张着嘴却说不出一个字。衮雪妹又踩了一脚油门，车跟飞起来一样。"你不想活了，开这么快！"小灵通喊道。衮雪妹突然刹住车回了一句："我还真想去死，拉上你当垫背的。哼！"小灵通又问她："你跟秦巨江难道就领结婚证了吗？"女人一听，把头埋在方向盘上，浑身发起抖来，气得一句话也说不出了。

他俩到达京西宾馆 2134 包房天已经黑了。白天和唐莉、查仁轩周旋了一天，小灵通感到很累了，就躺在外套间的沙发上不想动了。

第二天早晨，小灵通一睁眼，蹬了一脚身旁的衮雪妹说："睡啥呢？我饿了。"衮雪妹也不睁眼懒懒地说："服务员会送早点，人家累得很，要再睡会儿。"小灵通说："那天在城墙上，你把我吓坏了，真以为你跳了城河呢！"衮雪妹嘴里哼了一声问："你是不是希望我死？"小灵通反问："你怎么这样说话，我希望你死？"衮雪妹闭着眼睛好像很享受的样子问："那你希望我活？"小灵通没好气地说："当然，我看你比我活得可好多了，下辈子我也当女人。"衮雪妹睁开眼睛说："我才不信呢，你的话是哄我玩呢！我们女人也就不到十年的好年华。"小灵通又搂住她说："这些天，我一个人在北京净逛了琉璃厂和潘家园了，连个说话的人都没有，挺没劲的。"衮雪妹接话说："我才不信呢，你们男人兜里有点钱，就整天在外招三惹四的，谁知道你手里头有多少个女人呢？"小灵通一听衮雪妹的话变了味，就推开她起了床，一边穿衣一边说："明天腾龙公司就要拍卖了，我的心里七上八下的，我真想喝点酒，昏昏沉沉地睡上一天。"衮雪妹知道小灵通现在还蒙在鼓里，但自己又不能说破秦巨江的阴谋。她只要私底下想办法让小灵通在拍卖场外，没办法把画卖给查仁轩就行了。小灵通满怀希望地等待着明天的拍卖结果，根本就没有察觉到衮雪妹复杂的心情，自顾自地进盥洗室里刮脸冲澡了。

衮雪妹的电话突然响了，是秦巨江打来的，她不由得心情紧张起来，朝盥洗室望了一眼，就出了包房的门，走到过道上接听电话。秦巨江问："你那边的进展如何？"衮雪妹赶忙回答着："有进展，听公安的同志说，又发现一个新的线索，长安书院门有一个专门刻假章子的上海人，姓赵，和河南人是一伙的,专门负责仿刻大师秦岭云的假冒印章,目前已证据确凿,正准备收网。"电话里秦巨江兴奋地说:"太好了。卷进来的人越多越好,这样子声势才造得大,轰动效应才最理想。只是……"衷雪妹关切地问:"只是什么?你那边的情况怎么样?"秦巨江叹着气惋惜道:"本来今天就有眉目了,可是小灵通那小子好像听到了什么风声,突然又退缩了。现在我们正开会研究对策,等有了新的办法再说。你记住,一定要及时给我打电话,把长安那边的情况第一时间告诉我,北京和长安同时动手收网的轰动效应会更好。"衷雪妹听到这里,心情紧张起来。眼下她私会小灵通要是让秦巨江知道了……她不敢再想下去了。衷雪妹收好了电话,服务员正送早餐从电梯里出来,她接过餐车推着进了包房门。

小灵通已从盥洗室里出来了,看见衷雪妹推着餐车,感到诧异,不过他一见到丰盛的早餐,就不多想了,抓起一块火腿片就塞在嘴里。衷雪妹给他杯子里倒着啤酒说:"你不是说要喝酒,我就专门跑出去让服务员送来,咱俩喝完它。"说着就把斟满啤酒的杯子递给小灵通,小灵通接过杯子一饮而尽。衷雪妹已经能确认小灵通没有发觉她和秦巨江的通话枝节,就放下心来。她爱看小灵通如狼似虎的吃相,伸出手捏了一把小灵通的脸嗔怪道:"慢点吃,小心噎着。"这时小灵通兜里的电话响起来,他一看是唐莉打来的,也不避衷雪妹就接听了起来。唐莉说:"小灵通弟弟,小轩让我给你带话,说有重要的事情找你商量。我说你俩都是朋友了,我就不在里面瞎掺和了,让他直接找你就成了。要是小轩让你发达了,你可得记着大姐的好处啊,赶明儿个我上长安去,你可得好好谢我。"小灵通应承着就看身旁的衷雪妹。衷雪妹装作什么也不知道地进了里屋。她知道"北京打假维权小组"的会议开完了,一定是又开始实施新的钓鱼计划了。衷雪妹焦虑地在里屋踱着步子,想着尽快救小灵通的办法。外面小灵通爽快地应着:"唐大姐你放心。我小灵通今天就把话撂这儿了,凡是对我有恩的人,来日我一定涌泉相报,查老板是买家,是竞投人,我会侍候好他的。"电话里头的唐莉催促着:"侍候?不是侍候什么,而是大姐我让你抓住机遇,这种机遇对一个像你这样的年轻人,

可是再难得不过了。你再仔细掂量掂量,小伙子,时不我待呀!"说完就挂了电话。小灵通看袭雪妹面露难色地从里屋走出来,他得意地炫耀说:"我委托的拍品,还不到正式上拍,就有人竞争了。"小灵通只顾得意了,没有察觉袭雪妹不屑的眼神。袭雪妹正想张嘴说什么,小灵通的电话又响了,是查仁轩打来的,说是要在"京顺祥"请小灵通的客,私底下有要事相谈。小灵通急忙揣了电话要走。袭雪妹急得两眼冒火,差一点把真相捅破了,但话到了嘴边,又咽了回去。她急中生智,猛地扑到小灵通背上,用手搂住他的脖子,把嘴贴着小灵通的耳朵,甜甜地说:"小灵通哥,人家今天不想离开你,明天就开始拍卖了,也不差这一天嘛,人家让你陪着玩呢!"小灵通被她的甜言蜜语弄得心热腿软,就一使力,把她背起来,围着餐车转了一圈。袭雪妹又两腿缠住小灵通的腰说:"人家不要下来,你背着我在屋子里多转几圈。"小灵通也很得意,都说情场得意,赌场必定失意,如果把这次来北京做拍卖生意比作赌博,他仍然会马到成功!背上的袭雪妹说:"你把电话里的约会推了,今天你陪我去故宫参观,晚上咱俩哪也不去,一块睡觉!"

第五十九章　搅　局

龙潭喧嚣浮云聚,假拍沸腾景色鲜。

富豪千金轻搔首,忙乱一场新愁添。

张网捕鱼一场空,措手不及形势变。

孤注一掷再救难,银行抵押不动产。

一大早,小灵通来到了港澳中心拍卖大厅的门外,唐莉还没有来,他坐在门外的走廊休息室里,看着忙碌的服务员们招呼着每一个来参拍的买家。小灵通觉得应该给名公打个电话,把北京这边的情况汇报给名公。电话接通了,名公听完小灵通的汇报,只是特别叮嘱他:"拍卖场是个环境极其复杂的地方,你自己各方面都要小心,慎重处理好可能发生的大小事情。"小灵通答应着:"名公,我一定按照你说的办。"名公还是不放心,一字一句地叮咛着:"小灵通,你一定要按《拍卖法》的规定行事,记住一句话,千万不能在场外私下交易。"小灵通听到这里,长舒了一口气,回答名公:"放心,我不会做违规的事情。"名公听到小灵通的承诺才安心地挂了电话。小灵通收起电话,也对衮雪妹生出了感激之情,她的忠告和名公提醒的一样,而且衮雪妹昨天和他寸步不离地在一起,督促他不要做违约的事情。等想清楚了,他就在人群中找查仁轩的身影,但却看见唐莉匆匆忙忙地赶来了。

　　小灵通迎上前去，唐莉却沮丧地问他："怎么没见小轩？他可是今天的上帝，他要是不来……"说着就和小灵通一起来到了拍卖大厅门前，前面进去的买家都是先交了十万元的押金，然后从女服务员手里接过相应的号牌，凭着号牌进出大门。小灵通在唐莉的带领下领了两张拍卖牌进了拍卖大厅，两个人一进去就见里面已稀稀拉拉坐了一些人，分不清是参拍的买家，还是小灵通这样的授卖委托人。小灵通焦急地四处张望，他真心希望在这里可以看到查仁轩的身影，唐莉在靠后的一排找了两个位子招呼小灵通一起坐下。拍卖会就要开始了，这时查仁轩匆匆地赶来了，和唐莉一左一右地坐在小灵通两边。小灵通翻看着腾龙本季的拍卖图册，发现自己委托的《终南雪松》的拍卖序号靠后，就闭上眼睛默默地祈祷着，希望有人能出来和查仁轩竞拍，拍出个好价钱来。查仁轩和唐莉两个人的心思好像都不在这里，东张西望不知道在想些什么。上午的时间很快就要过去了，唐莉说："小灵通弟弟，看来要到下午才能轮到你那幅《终南雪松》设色水墨立轴了，中午咱仨吃个饭怎么样？"唐莉要小灵通请他俩的客，小灵通就点头答应了，但是参与拍卖的竞拍者可以凭号牌免费午餐。小灵通正打算征求查仁轩去哪家饭店吃饭时，才发现查仁轩已经走了。唐莉吊着脸说："你把买家看好了，他可是你的上帝。"小灵通也一脸无奈地问："那我这客还请吗？"唐莉丧气地说："算了，咱吃免费的午餐。"

　　下午，小灵通终于等到了《终南雪松》的拍卖时刻。拍卖师一念到《终南雪松》的标的号码时，拍卖场接受电话竞拍的代理员中有一个就举牌了，拍卖师激动地喊着："《终南雪松》，五百万元，五百万元一次……"魏总也瞒着所有的人事先指定了一个生面孔的抬价托，他举起了竞价牌……小灵通和一左一右的唐莉、查仁轩都激动地站了起来，看着前面两个人轮番举着竞价牌，每举一次竞价牌，《终南雪松》图轴的价码就往上跳十万元，小灵通用询问的眼光看着右边的查仁轩，那意思是说：前天上午，在去齐白石纪念馆的车上，是谁说要一直追着《终南雪松》直到一千万元以上呢？查仁轩眼睛的余光看见了小灵通充满挑衅的眼神，脸色一阵青一阵白的，"打假维权小组"

周密的诱捕计划,被拍场意外的变化给打乱了。查仁轩努力装着若无其事的样子,紧盯着对面电子显示屏上《终南雪松》的价位往上跳跃着,这回轮到查仁轩的脑门子往下流汗了。小灵通瞥了一眼电子显示屏,只见《终南雪松》图轴的价位已经上到九百五十万元了,闪烁的红数字还在继续上升着。查仁轩要是再不举牌竞拍出价的话,那他和唐莉前天在小灵通面前演的戏就给拆穿了。唐莉趁小灵通不备,给查仁轩递了个眼色,查仁轩突然壮着胆子也举起了手上的竞价拍,对面的拍卖师激动地大声嚷道:"后面那位年轻的先生,你举的手我看见了,《终南雪松》,这位先生已经出到一千万了! 一千万一次!"这时远在京西宾馆 2134 包房里的衮雪妹,从电话里已经知道,在腾龙拍卖会现场,《终南雪松》图轴的竞价已经拍到一千万了。她知道自己该退场了,立刻终止了竞价委托。她才撂下电话,电话铃又响了,她重新拿起电话,只听电话里说:"069 号竞拍者,恭喜你以一千一百万的竞价优势拍得了我公司 245 号拍品,即秦岭云大师的《终南雪松》设色水墨立轴,请你在十个工作日内,将一千一百万拍卖价款和一百一十万应付的佣金转账到公司的账号上。"衮雪妹听完电话,心一沉,她断定电话竞拍的操作系统让腾龙公司掌控着,她同时意识到,自己今天的竞拍救人行动,真真是摊上"一千多万元的大事了"。衮雪妹不由得出了一身冷汗,眼前的形势,她必须硬着头皮吞下自己难以吞下的苦果。令衮雪妹头疼的是,只有这十几天的时间,自己如何能背着秦巨江弄到一千二百多万元呢? 她原本打算自己只是当个竞拍的托,挑起击鼓传花的第一棒,只要击鼓一开始,最后花落谁家就不是她要劳神操心的事情了,没想到腾龙拍卖公司的电话竞拍系统防着她这一手鬼把戏,把竞拍交易的最后一棒,硬塞到了她的手里。"救人救到底,送佛送到西",看来为了救小灵通,她得豁出去了!

在拍卖现场的小灵通、查仁轩和唐莉都看到了电子竞价显示屏上的最终落槌价位,同时台上的拍卖师激动地喊道:"一千一百万第三次! 恭喜电话委托的 069 号竞拍者,最终以一千一百万,成功竞拍到秦岭画派大师秦岭云的《终南雪松》纸本设色水墨国画立轴!"全场爆发出经久不息的鼓掌声。

小灵通坐在椅子上站不起来了。查仁轩和唐莉则面面相觑,互相盯着对方,闭着嘴巴不说话。而查仁轩见拍卖时宣布《终南雪松》最后的竞拍者是069号,而不是自己,跳到嗓子眼的心脏,又落了回去。他重又一屁股坐回椅子上,浑身让冷汗湿透,两腿麻木已失去了知觉。小灵通努力掩饰着得意的神色,掏出电话先给远在长安的花彩棉打电话。他想说,自己在北京腾龙拍卖公司的拍卖生意很顺利,现在已不需要她再找北京的熟人帮忙了,可是电话拨了几次都接不通。于是小灵通就拨通了衮雪妹的电话,衮雪妹强装什么也不知道似的说:"小灵通恭喜你,你如愿以偿了。"小灵通没有察觉衮雪妹话里的无奈、焦虑和不安,大声地说着:"等我拿到了钱,咱俩要好好庆贺一番,你来北京的一切费用由我来支付。"衮雪妹没等小灵通把话说完,就打断了他:"是这样的,我现在有急事马上返回长安,我已经提前交好了咱们住的这间包房半个月的费用,你就住在这里,等腾龙公司转款给你。但我还是要再叮咛你,万一拿不到画款,或是发生其他的意外,你千万千万不要私下成交你那幅秦岭云的《终南雪松》图轴呀!一定记住我的话!"小灵通又觉得衮雪妹的话味道不对,似乎有许多隐情藏在背后。他现在就等着从腾龙公司转款了,还怎么有可能发生意外和私下成交呢? 小灵通撂下电话,就对唐莉和查仁轩说:"大姐、仁兄,我今天请客,你们说咱仨去什么地方吃去?"小灵通说完这才注意到,身旁一左一右坐着的两个人似乎心情都不够好,脸吊得老长,表情复杂,对他笑得也很尴尬。还是唐莉开口回应小灵通道:"我看还是免了。公司这会儿正拍卖着,还有晚上要加班开会。"说完,唐莉就使眼色给查仁轩,查仁轩也点着头说要给他的委托人汇报今天腾龙公司书画的涨跌行情,推说不去。小灵通自然春风得意,他想赶回京西宾馆弄明白为什么衮雪妹突然就急着回长安。唐莉最后一句话倒是不假,公司真是要开会,就是让唐莉尽快去京西宾馆的2134包房,催"打油井的老板千金"衮雪妹及时付给腾龙拍卖公司一千二百多万元的买画款。

小灵通回到京西宾馆2134包房,衮雪妹已经走了。他看着空空荡荡的豪华包房,感到很失落。衮雪妹神秘地出现在北京,又匆匆而别,让他十分费解。他的脑海里突然就出现了长安书院门街上酒疯子的面孔，不禁自言自语道："要是酒疯子这会儿在我这间房子里该多好，我就可以问一问他，或是听到他熟悉的疯吼，也许能解开我心中的疑惑。"

第二天，小灵通刚刚起来，就听到包房的门铃响了，他直纳闷谁会这么早来找他，难道衮雪妹没走？他打开了门，差点和门外的人撞了个满怀，双方都愣住了。门外的唐莉脸色一下子变得煞白，惊得半天说不出话。她努力保持住镇定，用审视的眼光看着小灵通。小灵通也是一脸的疑惑，自己来宾馆衮雪妹定好的包房，没有告诉过唐莉。这是怎么回事？还是唐莉反应得快："你怎么在这里住？我好像记得，这包房住的是个女士，你们……"小灵通道："唐大姐？我，我是今天早上才从朝阳门外的客回头招待所转到这里住下的。"唐莉已走进屋子，用眼睛四处找衮雪妹，当确认屋里确实只有小灵通一个人时，才稍微安心地坐在套间的沙发上，闭上眼睛思考着重要的问题。小灵通从柜子里拿出饮料招呼唐莉，也在思考着唐莉一大早突然和自己不期而遇的原因，难道衮雪妹是《终南雪松》在北京腾龙拍卖公司拍卖事件的幕后操纵者？还有，衮雪妹身后那个不可一世的秦巨江又在做什么？但这会儿唐莉已经想明白了，她断定，所谓"陕北打油井老板的千金"是小灵通雇来竞拍抬价的托，因为在拍卖行里，他们自己也经常玩这种鬼把戏。但唐莉又一想，不对呀，之前这包房里住的女人要真是小灵通提前雇的抬价托，小灵通不应该待在这间包房里，等自己来拆穿他们之间玩的鬼把戏。唐莉胡思乱想着。这位腾龙拍卖公司书画部的主管郁闷了，她同时意识到，"陕北打油井老板的千金"的购画款可能要黄了。最后唐莉故作镇定地说道："我估计你回长安还得十天半个月的，我请你去故宫玩玩，日后等我去了长安，你带我去兵马俑参观如何？"小灵通爽快地应承了。不过他前天才和衮雪妹去了故宫，今天又去？小灵通就开口提议道："我还没上过天安门呢，咱俩能不能去趟天安门？"她答应着："好吧，咱今天就上天安门。你还别说，我在北京待了都快一辈子了，还没上过天安门呢。"

第六十章　剩　勇

击鼓传花博傻乐，维权打假白忙活。
三败俱伤心魔累，可惜开宗立派作。
围追堵截乘剩勇，大师水墨撂跤货。
指鹿为马诱就范，逃出陷阱才避祸。

衮雪妹返回长安，立刻拿着沧浪阁的房产证，背着秦巨江找到长安银行信贷部，计划抵押贷款一千二百万元，再汇到北京腾龙拍卖公司，买下《终南雪松》图轴。但事情没有她想得那么简单。沧浪阁最初的购买出资人是秦巨江，在秦巨江把沧浪阁过户给衮雪妹后，还有一笔尾款未付，所以长安银行就以沧浪阁产权归属不明晰为由，拒绝了衮雪妹的抵押贷款请求。衮雪妹失望地从银行的大门出来，眼下她已无能为力帮助小灵通彻底逃出陷阱了。往后的两个礼拜里，小灵通能不能摆脱险境，就看他自己的造化了。

与此同时，在北京腾龙公司里，"秦岭云书画打假维权小组"也在紧张地开着会。先是魏总对"打油井老板的千金"诈拍拒付画款的行为进行了口头声讨，然后秦巨江就接过话说："这充分证明了《终南雪松》是幅假画，我们要把打假行动继续深入地进行下去。"唐莉也附和着说道："以我的推测，所谓'打油井老板的千金'也是假的，她和小灵通勾结成一伙，专门是来拍卖会现场诈骗和搅乱拍卖秩序的。"秦巨江一听,也饶有兴趣地问:"一伙的?唐老师是怎么看出来的?"唐莉说:"他们俩一前一后都住在京西宾馆 2134 包房。"魏总赶紧插话说:"我同意秦大师的意见,'宜将剩勇追穷寇',到了收网的那一天,任何一个犯罪分子都是逃不掉的。"

　　十天很快就要过去了。唐莉告诉小灵通,竞拍《终南雪松》的竞买人没有给腾龙拍卖公司付款,《终南雪松》最后流拍了。小灵通失望到了极点,他也不知道今后该如何熬下去,一个人失魂落魄地在街上游荡。天空似乎很暗淡,就像此时小灵通的心情一样,他想给花彩棉或是袞雪妹打个电话,向她俩诉说一下苦闷和失落的感受。一阵冷风刮过来,吹到小灵通燥热的脸上,他拨了几次花彩棉的电话都接不通,急得眼里涌出了泪花。但他还是想倾诉。他就拨通了袞雪妹的电话,电话对面传来袞雪妹熟悉的声音,但带着焦虑:"小灵通,你从北京回来了?"他听着这既熟悉又陌生的声音,说不出一句话,最后强打精神说:"北京的事情办得很不顺利,拍卖《终南雪松》不成功,买家最后没有付款。"袞雪妹当然知道这一切是怎么回事,但还是勉强安慰着小灵通说:"山不转水转,留得青山在,不怕没柴烧,我相信你能迈过去这道坎。你啥时候回长安?我给你接风。"小灵通有气无力地说:"我得给这边的朋友道个别,明后天就回长安了。"袞雪妹故意问小灵通:"你在北京的事情,起初不是办得挺顺利的吗?"小灵通叹了一口气回道:"唉!说来话长,出师不顺,等我回去了再详细说给你听。"袞雪妹又鼓励他说:"你还有画廊,一切都会好起来的。"小灵通念叨着:"一切都会好起来的?"他放下电话,电话又响了,是唐莉打来的。小灵通一股恶气堵在嗓子眼,他这会儿不愿意和唐莉说话,自打他一接触唐莉,就感觉这个老女人在耍什么花样。但又一想名公和唐莉的交情,小灵通长舒一口气,他努力以平和的口气对唐莉说:"唐大姐……"唐莉不等小灵通说完话,就以一副欲言又止的声调说:"有人说你那幅《终南雪松》不对,就是真假存疑。"小灵通一听就火了:"如果不对,你们拍卖行上拍又做何解释呢?而且还和我签什么委托拍卖协议书。"唐莉先是迟疑然后又争辩道:"这只是个别买家有这样的说法,我们也不能去堵人家

的嘴嘛！不过买家最终没有付款,也说明了这个问题。"小灵通气得半天不说话。唐莉见小灵通沉默着继续说,"为了堵住圈子里个别人的嘴,也为了挽救《终南雪松》,最好还是让秦岭云的子女做出最权威的鉴定,这样才能挽回影响。"小灵通一想,《终南雪松》目前还在腾龙公司,唐莉的意见就是腾龙公司的意见,他不能拒绝,就强压住怒气答应了。唐莉那边也松了一口气:"那你能保证秦岭云的子女鉴定后,认定《终南雪松》绝对是真迹吗?"小灵通倒吸了一口冷气,努力镇定地回道:"我只能保证我的人格,别人的人格我无法保证!"唐莉感到了小灵通的怒气,也不再说什么了。小灵通正要挂电话,唐莉又说:"小灵通兄弟,我们再到长城去玩如何呀?"小灵通此时已没兴致再去游览潇洒了,就拒绝道:"长安那边,我的画廊还急着开门呢,我急着赶回去,没时间去长城玩了。"唐莉又赶紧建议:"明天上午,我请你吃饭,你和腾龙公司还有善后事宜要处理,就选一家离你近的饭店。"小灵通一想也对,自己和腾龙的委托拍卖合同还没有解约呢,就答应了唐莉吃饭的建议,说:"就明天上午吧! 我等你的电话。"

第二天,唐莉一大早来到小灵通住的京西宾馆。她一见小灵通就说:"我已联系好了吃饭的地方,吃了饭咱就一同去长安。"小灵通看着唐莉问道:"咱就一同?"唐莉肯定地说:"我和秦岭云的长子秦巨江联系好了,咱一同去长安,请他出面做最后的鉴定。"小灵通看出唐莉是代表腾龙公司出面处理《终南雪松》善后事宜的,自己也不能反对,只好同意说:"回长安咱各出各的费用。"唐莉一见小灵通答应了,神色立刻轻松了许多,说:"太好了,我这就去订机票,最好明天,或者今晚就动身去长安。"小灵通也掏出了钱包说:"那你订票吧,我机票钱先给你。"唐莉说:"现在咱们去吃饭,机票钱以后再算,到时候还你个惊喜。"小灵通被唐莉拽着出了包房的大门,坐上车后就问唐莉:"有什么惊喜的,唐大姐能说说吗?"唐莉笑着应承着:"一会儿你就知道了。"等进了唐莉订好的饭店包房,小灵通见查仁轩早已在等候了,就不解地看着他问:"你咋在这屋里? 这十几天你到哪里去了?"查仁轩有点尴尬地说:"我的委托人临时打电话给我,我只好去见我的委托人了。不过你那幅秦岭云大师的《终南雪松》我还是想买下的。"小灵通没好气地说:"这幅画还在腾龙公司的库房里搁着,买家不付款,都传出对这幅画质疑的声音了。"说着小灵通就看唐莉,唐莉和查仁轩都一愣,他们都没想到小灵通会这样说。查仁轩热情地说:"不管别人怎么质疑,我查仁轩心中是有数的。"小灵通起初听查仁轩这话还觉得听得进去,可是一回味,发现不是味了。什么叫心中有数,分明是耍滑头的话。他又恨恨地说:"这幅画在拍卖圈子里可成了'撂跤货',你敢买吗?"唐莉在一旁坐不住了:"小灵通弟弟,咱可不能这样说话,这分明是在砸自己嘛。"小灵通还想说什么,查仁轩抢过话来也不避讳唐莉,说:"我不管什么撂跤不撂跤货,我还是按咱俩在齐白石纪念馆外面的约定……"小灵通心头一热,差点动情地答应查仁轩的请求了。但话都到了嘴边,想到了名公的叮嘱,便把话又咽了回去。唐莉故意开玩笑地说:"小轩啊,跟我们一起去长安吧!"查仁轩说:"我不跟你们一起去,我自己去一趟长安。"唐莉惊讶地问:"真的?我们最迟明天就走。"查仁轩很认真地说:"我的委托人,就是那个老革命,要让我代他购进一批名公的书法和秦巨江的绘画作品,准备长期持有。"唐莉接过查仁轩的话说:"那不如咱仨一同去长安得了,我正订机票,也顺便给你订一张?"查仁轩回应道:"好啊,那我可省事了,就咱仨同机去长安。等到了长安,小灵通兄你带我们去哪里玩?"小灵通还真没想到查仁轩会和自己一同回长安,只好随口答道:"那……就去兵马俑参观。"

第二天下午,小灵通和唐莉还有查仁轩一起上了飞机,小灵通不知道和他们三个一同上飞机的还有《藏家》杂志社的女记者,就坐在正对着小灵通的后一排座位上。小灵通看了看两旁一左一右的唐莉和查仁轩。唐莉手里攥着《终南雪松》图轴,本来小灵通想自己拿着画轴,但看唐莉的神情,最后还是放弃了。等飞机起飞了,唐莉就问查仁轩:"依你看,秦岭画派大师秦岭云的画作价格是涨还是跌?"查仁轩说:"我看还会涨,不过这都是对大的投资人而言,像我们这些小老百姓,还是兜里揣着钱实在。"小灵通也搭话说:"书画买卖光以投资为唯一动机,我看不会长久;如果除了投资之外,购买者

主要为了欣赏和愉悦身心，这种以消费为目的购买绘画作品的行为就少一些投机，无论是对书画创作者，还是购买的消费者，都是双赢的好事。"唐莉听完小灵通的说辞，赞许道："这倒是一番不同的见解，我看小灵通弟弟要是做书画经纪人的话，要比你查仁轩做得出色。"查仁轩说："所以小灵通兄能当老板，而我只是个书画经纪人。"两个人一左一右地奉承着小灵通，反倒让小灵通感到不自在了。一想到《终南雪松》图轴眼下这局面，小灵通的心情又沉重起来，自己已经砸进去四百多万了，要是……小灵通不敢往下想了，同时也不愿意再和这两个人闲扯了。

等三个人到了长安，天已经黑严实了，机场大巴士载着乘客到了钟楼，唐莉和查仁轩住在了东大街的美好时光酒店，这是秦巨江早已订好的宾馆。小灵通见他们两人都安顿好了，就急着出了宾馆，他惦记着自己的画廊。小灵通和唐莉约定，只要唐莉联系好了秦巨江，他就来和唐莉一起见证秦巨江鉴定《终南雪松》的。小灵通还天真地认为秦巨江是个人格高尚的人，绝不会指鹿为马！他一个人回到书院门正街的画廊门口，见不远处有一个熟悉的身影在向他招手，他认出是衮雪妹。小灵通跑过去，衮雪妹扑到了他的身上："我这几天，天天来画廊门口等你。"小灵通很感动，抱住衮雪妹说："画廊白天都不开门？"衮雪妹点着头说："白天不开门。"小灵通眉头锁了起来，说："墙倒众人推，我这回是在劫难逃了。"两个人说着话就进了画廊的门，画廊里空空如也，看着满墙的高仿假字画，小灵通如梦初醒地骂道："这伙老乡早都把坑挖好了等着活埋我。"衮雪妹叹道："明枪易躲，暗箭难防。依我看，你这回的亏吃大了，你下一步咋办呢？"小灵通把衮雪妹拉到怀里，祈求着："你能不能在秦巨江面前先吹吹风，让他给我这幅《终南雪松》出份鉴定证书，我把店里所有的流动资金都投到这幅画里了，总共四百多万呢！目前我还欠着鸡娃王一百万元没付，画廊又遭了如此大难。在北京时，腾龙公司说要让秦巨江亲自鉴定这幅画。"听小灵通这么说，衮雪妹忽地从他怀里挣脱出来，小灵通仍然带着祈求的口吻说："我现在已经输不起了。"衮雪妹说道："我可以在秦巨江面前张这个嘴，但很难保证他肯答应你的要求！"小灵通赶紧追问:"他总不能指鹿为马吧!"衮雪妹说:"你也不想想,秦巨江是聪明人,我要是为你说话,他一定能猜出咱俩之间有瓜葛,不但你的四百多万会打了水漂,我以后……我以后见机行事,或许你的困境还会有解,只是……只是……"衮雪妹说不下去了。"只是什么? 难道这里还有什么不可告人的阴谋?"小灵通突然逼问了一句。衮雪妹也打了个冷战,但还是镇定自若地回答:"只是需要很漫长的时间,我怕你渡不过眼下的难关。"小灵通一听,也就泄了气,但他又想到了广东富翁,坚信他一定能帮忙。小灵通突然抬起头,看了看门外黑乎乎的街道说:"时候也不早了,你也该回去了,回去晚了秦巨江一定不开心。"衮雪妹听他话中带着酸味,便似笑非笑地说:"去他妈的秦巨江吧,我巴不得他快点死呢!"

第六十一章　蜡　嘴

诡计多端东瀛贼,元青花瓶高仿新。

奸商贪利轻大义,内外勾结虎狼心。

苍蝇蚊子祸害多,九品芝麻贪吃肥。

自古万般皆下品,富贵贫贱谁懂得?

　　慧空野在景德镇很容易地就找到了一个青花瓷的仿制高手,按他提供的图片高仿出了小灵通收藏的那件元青花梅瓶,慧空野满意地带着这件高仿元青花梅瓶返回了长安。他回到办公室,屁股还没坐热,青森就给他汇报说,宝庆寺复建工程的新闻发布会已经开过了。汇报完,就把承揽宝庆寺复建工程的秦粤公司的背景资料,以及自己的初步意见,汇总成一份报告,送到慧空野的面前。慧空野扼要地看了看材料,沉思了一会儿,决定马上去一趟书院门,他要面见秦粤公司的负责人,他预感这里面可能存在着有利于他完成使命的机遇。

　　韩勇这次在董事会上没有和广东富翁发生意见分歧,董事会开得很顺利。最后公司做出决策,为宝庆寺的复建工程,分三个阶段无偿投入十亿资金,拆迁、安置,最后再复建,一定在两年内,把隋唐时期长安的古寺名刹复建完工。会后广东富翁也很纳闷,不知道韩勇为什么弯子转得这么快,他也顾不上和韩勇进一步交流沟通,就急匆匆地回自己的公司筹办属于自己该投入的五六亿流动资金去了。韩勇想到这次投资行为,是在中央宏观调控收紧房地产产业发展政策的大环境下进行的,房地产产业是这次调控的重点领域,自己把从银行里才贷出来的五亿元资金一下子就投进宝庆寺,这项花钱听响的面子工程,是个短期内没有任何回报的项目,万一公司的资金链条一断裂,结局就是他背着一身的债务,被挤出房地产行业。韩勇闭上了眼睛想了想,就在一两天内,一定要找他的大舅哥,除了汇报合资公司运作的情况,最主要的还是要听到大舅哥的承诺:到了最危急的时刻,他会力挽狂澜,挤走广东富翁。公司内线电话响了,秘书请示有个叫慧空野的想见他,韩勇认为宝庆寺的复建项目可能引起了他们的兴趣,就同意了。一会儿慧空野就进来了,先给韩勇递上一张自己的名片,然后才说:"我初步打算要拍摄宝庆寺复建工程的全过程,然后再探索我们双方进一步合作的可能性。"慧空野的说辞引起了韩勇的兴趣,但他还是问:"你拍纪录片是私人行为?"慧空野认真地回答:"是我自己的私人行为。具体说就是拍片的一切投入都是我私人的。"韩勇问:"你们能为宝庆寺的复建做些什么呢?"慧空野应道:"这正是我今天来见你的目的。"慧空野顿了顿又说,"我可以提供两种合作途径供你参考,首先我们可以自己承担一切费用,复制出曾经在宝庆寺供奉过的唐代佛教造像,然后由你们把它们请回宝庆寺里供奉起来;再者就是资金上的支持。"说到这里,慧空野看着韩勇,韩勇一副若无其事的表情说:"你说的两个方面的合作意向牵涉到方方面面,可能不会那么简单,不过我在这里可以肯定地答复你,我公司真诚地愿意和你谈进一步合作的事宜。"慧空野显得很高兴,从包里掏出一张已经做好了的光盘说:"这里面有我们已经拍摄好的样片,是作为宣传片使用的,其中两集,请你特别留意,是关于书院门东面卧龙寺的影像和珍宝元青花梅瓶的故事,很值得一看。"韩勇接过光盘说:"真是谢谢了,等我看完了宣传片子,就安排你们拍摄宝庆寺的事宜。预祝我们合作愉快!"慧空野走后,韩勇兴奋异常,他从心里佩服广东富翁的远见卓识,更佩服自己大舅哥的深谋远虑,如果和慧空野合作成功……想到

这里,韩勇兴奋极了,他打算去见大舅哥,给他汇报公司的运作情况,同时再探探他的口风。

酒疯子还是一如既往地来关中书院外闲逛。他刚一坐到断碑根下,就有个提着鸟笼子的老人走过来,小鸟在主人附近飞来飞去。酒疯子问他:"人都有个名字,这鸟鸟叫啥呢?"老人回答:"叫蜡嘴。蜡嘴蜡嘴快回来,快回来。"喊了几声,见蜡嘴没有回应,就把一根手指头塞进嘴里,学着鸟叫吹出了一声长长的哨音。过了一会儿,小鸟落到了鸟笼上,老人把笼子置在地上,小鸟一张翅膀钻了进去。养鸟人关上鸟笼的门子,重又提起鸟笼过了马路,到街对面去,把手里的笼子挂到了街边的红果树上。

第六十二章　脱　险

腾龙绝杀强弩末,黔驴技穷计落空。

无辩止谤刀俎肉,围追再捕群狼凶。

乌云压城天地昏,厄运缠身无处诉。

大师遗墨傲骨高,蒙冤雪耻期无穷。

　　早晨,小灵通正准备去电视台找花彩棉,兜里的电话响了,是唐莉打来的,眼下唐莉正在东大街美好时光酒店的包房里。"小灵通弟弟,我已联系好了秦岭云的长子秦巨江,今天下午或是晚上在我住的包房里,最后鉴定你收藏的《终南雪松》图轴,今天下午你等我电话,到时候你来宾馆就是了。"小灵通问:"不知鉴定费用是多少? 唐大姐你要帮忙,我目前有难处,画廊生意遭老乡暗算了,连日常的店面周转都困难。谢谢你的关照啊!"唐莉满口答应:"鉴定费不用你操心了,到时候你来就是了。等鉴定工作圆满结束之后,你带我们去兵马俑玩。"小灵通答应了。

　　小灵通到了电视台的大门外,在门房会客室给花彩棉打电话。接电话的是花彩棉的一位同事,说花彩棉到北京出差去了,估计得两个月以后才能返回台里。小灵通有一种不祥的预感,花彩棉就要飞走了。小灵通回书院门自己的画廊,路过新城广场,走到一排公共座椅边坐下来,看着正在抢食

苞谷的鸽子。冬日的阳光洒在小灵通的身上,寒风从他的耳旁刮过,耳朵冻得生疼生疼的。也不知迷糊了多长时间,他的电话响起来了,小灵通睁开眼睛看看四周,知道这是唐莉的电话。他突然打了个冷战,他最怕,又不得不面对的《终南雪松》图轴的鉴定工作。他的四百多万投入值不值得,全在秦巨江一句话!小灵通一边走,一边傻笑起来,他笑自己,也笑这个世界,仿佛看到周围忙忙碌碌的人,两眼都冒着火光,朝一个方向拼命地奔跑。小灵通头脑发涨,朝东大街赶过去。进了美好时光酒店的大门,上三楼推开了唐莉包房的门,他听见一个中年男人和唐莉聊得热火朝天。没想到小灵通这么快就赶到了酒店,唐莉脸一红,想遮掩些什么,她不想让小灵通看出来她和身边中年男人很熟悉的实情。

小灵通进了门,唐莉满脸堆笑地起身做了简单的介绍后,小灵通第一次见到这位大名鼎鼎的长安绘画大师秦巨江,小灵通的内心很紧张。唐莉招呼小灵通坐定,就从身后的包房柜子里拿出了《终南雪松》图轴,当着两个人的面打开了。小灵通屏住呼吸,用眼睛余光扫视着秦巨江。秦巨江说:"不用看,假画!印章题字都是仿的!"小灵通见这幅自己花了四百万元收藏的《终南雪松》图轴,才展开三分之一都不到,秦巨江就下了判决书,心里似乎明白了些什么,不但没有万念俱灰的绝望,反而生出了一股怒火。他想辩解,不!他想骂面前这个指鹿为马的畜生,但还是压住了火气不说话,无声而且无表情地看着眼前的一男一女装腔作势的表演。秦巨江似乎感到小灵通"无辩止谤"的态度,气愤地扭转头,走到包房的窗户前,背对着唐莉和小灵通看着窗外。"这画的纸张也不对。"唐莉附和着秦巨江的说辞。秦巨江又转过身子,拿起唐莉带来的腾龙公司的秋拍图册,胡乱翻着嚷嚷:"这都是假画。"秦巨江情绪正激动着,查仁轩推门进来了,他看见了唐莉给他使眼色,就拉小灵通去自己的包房,唐莉趁机收起《终南雪松》图轴。查仁轩连拉带扯地把小灵通拽着进了自己的包房里,故作什么也不知道地问:"发生什么事了?唐莉屋里的人是谁?"小灵通这才喘过一口气说:"是秦巨江,他说我的《终南雪松》图轴是假画,真是瞎了眼了!"查仁轩气愤地说:"我不管谁说啥,就是秦巨江否定了,我也不在乎,真的假不了,还是咱俩在北京齐白石纪念馆外说的价,一千一百万我买定了!"小灵通感激地看着查仁轩,但又觉得查仁轩的话水分很大!心想,你要真想买《终南雪松》图轴,早就在拍场拍下并付款了,又何必费这么大的周折?查仁轩看出了小灵通的心思,就解释说:"在北京腾龙拍卖公司的拍卖会上,我的委托人,那个老干部,突然打电话过来让我赶紧赶回去,我不得不走啊!"小灵通正想说什么,唐莉推开门进了查仁轩的包房,气哼哼地说:"小灵通弟弟你可看好了,这画轴还是你委托给我公司时交来的画轴。"等小灵通接过画轴,她又扬起另一只手说:"这张纸就是咱两家的解约书。兄弟你把字签了,你和腾龙公司的委托拍卖关系就算结束了。"小灵通从桌子上拿起一支笔,先签了解约书,这才打开画轴看了一眼,还是那幅自己花了四百万元,从鸡娃王手里买来的《终南雪松》图轴,他仔细地卷好。查仁轩突然抓住小灵通的胳膊说:"画轴你就别拿走了。"小灵通看着唐莉,也不搭理查仁轩,气呼呼地往门口走,查仁轩还在身后嚷嚷什么。小灵通回头一看,见查仁轩又从衣兜里掏出了那张存着一千多万现金的银行卡,信誓旦旦地说:"这张卡你带着,里面存着一千一百万现金,把你手里的画轴给我留下。"小灵通带着戏谑口吻说:"这幅画我现在还能卖给你吗?连秦巨江都否定了,成了彻彻底底的撂跤货!你还要?我倒真不明白了,这是为什么?"他甩开查仁轩的拉扯,走出了查仁轩包房的大门。小灵通手里紧攥着画轴,头也不回地进了电梯。

　　小灵通出了东大街美好时光酒店的大门,突然整个东大街的灯全灭了,他感到黑暗和压抑。小灵通很难受,他觉得自己来长安奋斗这么几年的所有努力,都付之东流了。小灵通眼里的泪水夺眶而出,怀里抱着《终南雪松》图轴漫无目的地走着。此时他兜里的电话响了,是衮雪妹打来的,小灵通一屁股坐在地上。只听衮雪妹说:"小灵通哥,我正盘算着如何求秦巨江给你出《终南雪松》图轴的鉴定证书。你记住一定要收藏好那幅画,千万不要私底下卖给什么人,记住啊!"小灵通怪笑着嚷嚷道:"不卖!我谁也不卖!就是谁出几个亿我也不卖,我要带着这幅画去火葬场呢!"刚挂了电话,一辆出

租车停在了他面前。当他坐在出租车上从车窗的缝隙向外望,冰冷的长安东大街上远近闪着几支蜡烛的光亮,忽明忽暗,没有一丝生气。小灵通禁不住悲凉起来:"啊!长安城,这就是我追梦的地方?"他又叹了一口气,听到出租车司机问他:"去哪里?"他努力抬起头控制好自己的情绪,提着神说:"书院门。"

小灵通走后,唐莉和秦巨江都进了查仁轩的包间,隐藏在里间的《藏家》杂志社的女记者也出来了。众人见查仁轩没有逮住小灵通,都阴沉着脸,知道最后的诱捕计划又落空了。秦巨江垂头丧气地站在窗前,还是背对着大家。唐莉吊着脸,看着查仁轩,女记者也无所适从地望着秦巨江的背影。大家都等着秦巨江说话,屋子里死一般的沉寂。秦巨江突然转过身子很关切地说:"大家忙到现在还没吃饭呢!先吃饭,吃完了饭,咱们再安排下一步的工作。"秦巨江努力振作了一下精神说:"咱们就去回坊吃晚饭。"于是四个人出了美好时光酒店就往西,朝钟楼方向走去。四个人走在东大街上,街上正停电,再加上岁末寒冬,一阵刺骨的寒风刮过来,几个人不由得转过身子,背对着狂风。秦巨江的步子显得有点慢了,唐莉揣摩着秦巨江的心思,贴近秦巨江提议说:"天太冷了,又黑灯瞎火的,我看还是在酒店将就一顿晚饭得了。"众人都听见了唐莉的提议,秦巨江现在也没有情绪去吃什么特色美食,就答应了,大家又返回了美好时光酒店。秦巨江一进酒店大门就单独对查仁轩说:"你过一会儿,最好是吃完饭,再打电话联系小灵通,打完电话再到我的包房里来一下。"说完回了自己的包房,并没有和其他人一同去吃饭。

在包房里,秦巨江先给衮雪妹打了电话,询问抓捕河南造假分子工作进展的情况,衮雪妹高兴地告诉秦巨江:"我这边的公安同志已经把河南人给抓了,初步审查,他们可能是一个造假团伙。书院门另一个从上海来的混混姓赵,专门负责刻秦岭云和你的印章。"秦巨江听到这里抑制不住激动的心情,一跃从床上跳起来,把电话狠狠地摔在了床上。衮雪妹不知道发生了什么事,还在电话里不停追问着。秦巨江稳定住了自己激动的情绪,又拿起床上的电话问:"那现在可以结案了?"衮雪妹肯定地说:"基本上可以结案了。"

秦巨江迫不及待地说:"那现在就让公安抓人!""现在?"衮雪妹不由自主地反问。秦巨江这才意识到这样发号施令是不恰当的,遂缓缓地问:"那公安方面的意思呢?"衮雪妹说:"最快也得明天。"秦巨江兴奋地说:"那最好是明天早晨开始行动。""你还没听我把话说完呢。"衮雪妹又说,"在书院门还有一个窝藏秦岭云大师假画的窝点,就是一个姓杨的河南人开的裱画铺。"秦巨江按捺不住地对电话那边的衮雪妹嚷嚷:"都抓,全都抓起来。"衮雪妹说:"那好,就明天吧,公安的同志们也想尽快结案。"

秦巨江这时才觉得肚子饿了,他刚把电话揣进兜里,查仁轩就推门进来了,问:"秦大师,我已给小灵通打过电话了,这会儿他在自己的画廊里。"秦巨江很轻松地问查仁轩:"他怎么说?"查仁轩回答:"小灵通拒绝了,说唐莉邀请我来长安和他没有什么关系。"秦巨江不耐烦地摇着头说:"好了好了,就这样吧。"话到此处,他才觉得自己对查仁轩的态度不妥,又客气地让查仁轩入座,自己也陪着坐下来,说:"小轩啊,这一段时间辛苦你了,等明天你回所里,你们领导会把这次打假的有关情况通报给你。"查仁轩不解地看着秦巨江问:"小灵通这边还盯吗?"秦巨江说:"你回所里就知道了,我看小灵通这边你不用再盯了,你们领导会另安排你去抓姓赵的造假分子。"查仁轩听完秦巨江的话,知道这次打假工作快要结束了,就期待地请求:"秦大师,我想向你求一幅画,不知……"秦巨江知道查仁轩是要自己送一幅画给他收藏,没等查仁轩把话说完就打断他说:"小轩,这事我心中有数,等我忙完了这阵子,你打电话联系我,我让衮雪妹——我的助理安排一下就行了。"查仁轩的电话响了,他接了电话就匆匆地和秦巨江道了别。

第六十三章　夙　愿

出租屋陋挡风寒,抱团过活三九暖。

最后诀别情不禁,零落丹婵泪流断!

祸不单行夙愿了,身不由己跌深渊。

血雨腥风斯文地,一将功成骨堆山。

　　赵华亭赶回柳巷的出租屋,要把广东富翁委托给他篆刻的毛主席诗词印章刻完。印章只需要最后收拾一下,就可以交活了。一进门,丹婵也在屋里,她回来取翠琇的换洗衣物。赵华亭情绪低落地坐到桌前,丹婵推测赵华亭的事情办得不顺利,就来安慰他:"你去找河南人办事,不管事情顺利与否,你人总是平安回来了。"赵华亭回头看了一眼丹婵说:"你说的有理,我这次出门,找到了那两个河南人,但他们出的价太低,《空谷幽兰》只给我三十万元。翠琇的手术费倒是够了,但是剩下来的钱,已没有多少了。今后咱俩生活就很艰苦了。"丹婵激动地说道:"你有这样的安排,我们姊妹俩该说啥好呢?"赵华亭语气沉重地说:"也只能这样子了。就这一两天,河南人就来这儿取画和印章,你就放心吧。眼下你赶紧去看护翠琇,医院离不了人。"丹婵说:"我这就走,你刻完章子,好好睡一觉,明天再去医院吧!"

　　丹婵出门走在柳巷里,黑暗的墙角里好像有个人正在哆哆嗦嗦地挪着

264

步子,丹婵定睛一看,是一个乞丐在寒风中冻得发抖。"出租屋陋挡风寒,抱团过活三九暖。"寒风中疯吼的声音更大了,"最后诀别情不禁,零落丹婵泪流断!"丹婵越听越害怕,越想越不敢往下想,一个人在寒风中突然转回身子,情不自禁地大喊:"华亭!华亭!"她眼里涌出了泪水,撒开腿就往回跑。她管不了翠琇了,今晚她只想和赵华亭在一起。丹婵担心失去赵华亭,她拼命地往回跑,跌跌撞撞来到出租屋外大喊:"华亭!华亭!"没有人回应,屋子里好像才进来人的光景,翻得乱七八糟。她又注意到桌子上,那枚赵华亭刚刻的章子已经不在了。她侥幸地推测,赵华亭可能给广东富翁送活取刻字费了,她又拿着翠琇的换洗衣物,出门去医院,她身后又传来乞丐的吼声:"祸不单行夙愿了,身不由己跌深渊。血雨腥风斯文地,一将功成骨堆山。"丹婵听着,生出一种不祥的预感:华亭、翠琇,祸不单行!

丹婵刚到观察室门外,值班护士责备她:"你刚才去哪里了,患者的情况很危险,赶快要实施抢救。"丹婵被眼前的这阵势吓得直打哆嗦,她一面点着头,一面就给赵华亭打电话,可是拨了好几次都没有拨通。这时候几个医生和护士冲进观察室,围住了翠琇开始抢救。一个护士让她在一个急救单上签字,另一个护士开始给翠琇注射强心剂……丹婵又给赵华亭打电话,可就是打不通。护士给翠琇打完强心针,又一只手握住翠琇的手,另一只手在做着记录,然后就看身边检测仪上的波动曲线:只见闪光的曲线闪动得越来越快,波幅越来越平坦,逐渐成了一条直线。护士看了看手腕上的表,又在一张单子上记下了时间。值班医生正式通知丹婵,翠琇死了,并把死亡通知书递到了丹婵的手上,丹婵想哭哭不出来,浑身打战。

丹婵守在翠琇的尸体旁流着眼泪,翠琇的死亡和赵华亭的失联使她感到恐惧,赵华亭也和宁飞一样悄无声息地人间蒸发了吗?望着翠琇惨白的脸颊,丹婵万念俱灰。她又满怀最大希望地给赵华亭打电话,但电话还是不通。丹婵绝望了,她一个弱女子无力应付眼下的局面。天还没亮,从门外进来四个医院太平间的护工,他们是来抬翠琇尸体的。丹婵把死亡通知单递过去,来人接过来看了一下,就领着其他三个人朝翠琇的床边走去。这时又

进来了一个警察,丹婵认出来,是书院门的片警。丹婵已哭得说不出话了。片警来到翠琇床边,从领头的护工手里接过死亡通知单看了看,自言自语地说:"祸不单行!"然后表情凝重地又回到丹婵面前说,"赵华亭涉嫌造假和诈骗,已让所里拘留了。你就是丹婵吧,赵华亭委托我把他刻的印章交给一个广东人。"丹婵只是点头,除了听到赵华亭被逮捕的这句话,其他一句也没听进去。医院太平间的护工已把翠琇的尸体殓在了一个黄色的袋子里,丹婵没能看到翠琇最后一眼,四个人就把翠琇的尸体抬上了一辆长四轮推车推走了。丹婵跟着推车出了观察室的门,下了电梯,但她没有去医院太平间,而是消失在医院住院部楼下茫茫的黑夜里了。

清晨,广东富翁办公桌上的内线电话响了,公司秘书告诉他,书院门的片警来访。广东富翁皱着眉头,想不出来自己能和书院门派出所的片警有什么关系,迟疑了一下还是让秘书安排片警进了自己的办公室。当广东富翁看见进门的片警手里拿着白芙蓉印章石时,明白了片警的来意,初步判断片警要谈的事情一定和赵华亭有关。片警直接对他说:"昨天晚上,赵华亭涉嫌印章造假和诈骗,被所里带走时他让我把它转交给你,并代收五千元刻字费。"广东富翁点头收好了印章,并电话通知秘书准备五千元现金。广东富翁起身送片警到门口,两个人握手道别时,广东富翁说:"赵华亭的事情,我一定关注到底,也愿意配合书院门派出所的各项工作。"

送走了片警,韩勇来找他了。韩勇想和自己的合作伙伴沟通一下思想,最主要的是试探广东富翁是不是和慧空野也有接触。刚好广东富翁也正为宝庆寺佛塔周边地区拆迁整治工程遇到的问题,要和韩勇沟通、商量出个解决方案。还是韩勇迫不及待地说:"最近有人听说宝庆寺要恢复重建的消息,想无偿提供民国以前曾在宝庆寺供奉过的十一尊观音像和唐代佛教造像的复制品回宝庆寺供奉。"广东富翁不假思索地说:"这是收藏有宝庆寺文物的人别有用心的阴谋。"韩勇听到广东人这样说,马上轻松了许多,他可以断定广东人没有和慧空野接触过,就故作吃惊地问他:"你怎么就认为是'别有用心的阴谋'呢?"广东富翁说:"宝庆寺一旦复建完工,他们担心我们会委托国家文物局追索宝庆寺流失在海外的文物,如果我们接受了他们的复制品,就预示着我们放弃了对真品的追索。"韩勇听到这里,表情凝重起来:"那你的意思是我们应着手办理宝庆寺文物追索一事了?"广东富翁说:"只要机会成熟了,我们一定要办,这不但是对国家有益的事,更是一件对得起长安文物保护、功德无量的大事!"韩勇附和着说:"赞成。我就让公司办公室的秘书按你的意见办,至少把相关的材料都汇总一下。"广东富翁握住韩勇的手说:"这回咱们终于想到一块了,等我咨询了文物局法规处,先看看国家的政策和法规是怎么说的。"韩勇也爽快地应和道:"你说的有道理,这些事情就让下面的人马上办。"广东富翁又说:"目前宝庆寺周边的拆迁安置工作开始了,眼下有一所小学的迁移安置协议已经达成一致,只是新建小学的操场用地还没有最后落实。我的意见是,你能不能请你大舅哥出面协调一下,落实操场用地的问题?"韩勇刚好也打算找自己的大舅哥汇报公司的运作情况,就点头答应:"就在这一两天,我一定去找一趟大舅哥,让他协调一下小学操场征地的问题。"这次两个人的意见一致。

第六十四章　渐　悟

媒体打假出重拳,《空谷幽兰》始蒙冤。

京华涉险才梦醒,黑幕重重幕后奸。

物我两忘觉渐悟,壮志难酬天可鉴。

人境俱无坐禅七,能灭诸欲始安禅。

　　小灵通一大早起来,刚准备开通灵阁的大门,就看见从门缝里塞进来的最新一期的《藏家》杂志。他从地板上拾起来翻看着,看完了上面登载的秦巨江联名袞雪妹发表的有关秦岭云画作鉴定及打假维权报道以后,还同时看到了赵华亭作为造假团伙嫌疑人之一被逮捕的配图,小灵通突然找到他之前去北京委托拍卖《终南雪松》图轴遇到的种种可疑现象的答案了。他断定,要不是袞雪妹和名公的及时提醒,他一定和赵华亭一样,落得个身败名裂的下场。想到这里,他出了一身的冷汗。袞雪妹突然出现在北京,名公提醒自己的话,还有自己搬到京西宾馆2134包房第二天一大早就和唐莉不期而遇的蹊跷和尴尬,不是都说明《藏家》杂志报道出来的这一事件的幕后黑手一定是秦巨江和袞雪妹吗? 还有从《终南雪松》图轴成功拍出,又遭到拒付货款而导致流拍的种种迹象来看,他断定袞雪妹绝没有那么简单。到北京是为了给秦巨江出什么画集,她那时一定怀着不可告人的目的。一想到媒体报道的这一切，小灵通万念俱灰，他在《终南雪松》图轴上投下的四百多万元，看来是打了水漂了。不！可以确切地说，已经真真正正地打了水漂！小灵通两眼一黑，差一点跌倒在地上，感觉头顶发麻，不由得就想呕吐。还有什么办法能挽回自己的损失呢？他所有的付出都灰飞烟灭了，无论是谁也帮不了他。他的心空落落的，他想去卧龙寺，去拜佛求保佑，再顺便找慧空野，打算把《元青花》纪录片拍完。

一进卧龙寺的大门，小灵通就看见光秃秃的玉兰树下站着个大个子。尽管天很冷，大个子一动不动地站在树下，小灵通从背影就认出来这人是酒疯子。小灵通就轻声喊："仇老师，你不在书院门正街上逛，咋又来卧龙寺了？"玉兰树下站着的大个子像是没有听见小灵通的呼喊，仍然立在树下一动不动。小灵通上前几步就想拉一把酒疯子，只听身后大殿里传出一声低吟："施主动念如玉兰，痴嗔妄癫眉宇间。如如不动无迹寻，真如自显卧龙禅。"小灵通听到低吟就退回来，疑惑地看着他的背影，朝"卧龙禅林"大殿走去。他来到大殿下，老远就见两个人正跨出大殿的门，小灵通认出了一个是慧空野。两个人才下了台阶，慧空野也看见了小灵通，先开口说："师父们都算好了，说你马上就到，这是能容师父，他与你说话。"小灵通想和慧空野说些道谢的话，还没来得及张口，慧空野就急匆匆地走了。小灵通赶着步子上了台阶，到了能容师父的面前说："能容师父，我要皈佛。"能容师父一转身，指着大殿楹柱上的一行字说："你把'学无为卧龙归性海，振宗风伏虎归禅天'的上联说说看。"小灵通看了一眼思索着说道："我看不懂性海，无为就是忘掉一切，才识得自己是什么！"能容师父一听，说："物我两忘，人境俱无，施主先回去吧。"小灵通很紧张，不知道能容师父说的是啥意思，难道他不收自己做徒弟吗？忽然小灵通就笑了，话到了嘴边，急忙咽回去，鞠躬作揖地下了台阶。能容师父在他身后说："不用再解释对联的下句了，你已渐悟，每个礼拜，来我处打坐诵经便是！"

小灵通出卧龙寺时，看见玉兰树下的大个子还在树下直挺挺地站着，他也不再打扰这个身形像酒疯子的人了。等出了卧龙寺的大门，不知是从书

院门那边,还是卧龙寺里又传出了酒疯子的疯吼:"书院梦醒才渐悟,能灭诸欲始安禅。不恋国宝奔至相,流水无意花彩棉。"小灵通听到最后一句,眼泪就流下来了,喃喃自语:"'流水无意花彩棉!'能容师父说我已渐悟,什么是渐悟? 就是忘了花彩棉,放下《终南雪松》图轴,看透前前后后发生的一切利益争夺……"小灵通思考到这里,笑出了声,他在笑自己,笑自己终于可以看到问题的实质了。自己为之奋斗的一切,就是这一切,给自己带来了焦虑甚至是恐惧,这一切都是自己的贪念和欲望所导致的后果,这也是自己所有烦恼和痛苦的根源!

在裱画铺里,小杨才从派出所接受调查回来,媳妇挺着肚子关切地问:"片警咋说?"小杨回答:"我说咱裱画铺子只帮客人裱糊,至于是什么来路的字画,我们也不好多问。"媳妇又问:"那片警又咋说?"小杨说:"可能要罚款。"小杨媳妇脸色阴沉下来嘟囔着:"又是罚款,咱这裱画铺可能是开不成了。"小杨叹气道:"听说宝庆寺要复建了,咱这裱画铺是未来宝庆寺的一个大殿,都在下一步拆迁的规划里。"小杨媳妇准备去做饭了:"横竖都是开不成了,这今后的日子可咋过呢?"老杨回来了,嘴里自言自语地说:"看来'通灵阁'是要破产了。"小杨问老爹:"爹,你在街上听到啥话了?"老杨说:"小灵通的画廊,被他雇用的老乡经理,趁他去北京把画廊都倒腾空了,现在那个经理也没了踪影。"小杨媳妇也听到了公公的话,又返回裱画屋子急切地问:"那小灵通咋不去派出所报案呢?"小杨说:"他咋报呢? 是他自己用人不察,才出了监守自盗的事,这叫打掉了牙自己咽回肚子里。"

老杨猜测:"兴许是他把老乡得罪了,人家就等着报复他哩。"小杨又问:"听说宝庆寺复建的大老板以前是个开火锅店的?"老杨回答:"对,就是离咱书院门不远的南大街上卖火锅的那个老板。"小杨感慨地说道:"不简单,这才卖了几年火锅就做起房地产生意,卖火锅还真赚钱。"老杨不屑地说:"他就是卖上一辈子的火锅,也开不起房地产公司,听说他家有亲戚在银行当行长,银行里的钱他要拿多少就可以拿多少。"小杨看了媳妇一眼,怀疑地问:"要拿多少就可以拿多少,不可能吧?"老杨坚定地说:"咋不可能呢? 听说这个大老板把整个书院门的地皮都买下了，就在这几年里，书院门也要重建呢。"小杨媳妇操心着裱画铺子还能不能开下去的烦心事，也听不进去爷儿俩的对话，怀里装着心事去院子做饭去了。

在断碑根旁，书老板才把摊子摆好，还没喝完一口水，背后画廊的老板，一个长着一脸横肉、头发稀疏、说话结巴的男人就嚷嚷起来："我这门前摆、摆不成摊。"书老板赔着笑脸说："宝庆寺佛塔那边摆不成了，我到这儿摆几天，先混着。"结巴老板瞪着眼说："你混、混几天，这么大的书摊子，把、把我画廊的门都堵了，我、我咋往下混呢？"书老板满脸的笑容已转成了苦笑："我这才摆好，还没顾上喝一口水呢！"结巴老板不依不饶地喊起来："你顾不上喝、喝水，我的画廊，让你的摊子堵了门，客人咋进来呢？赶快搬、搬走。"两个人说着说着就快要吵起来了。酒疯子已在打酒狗的引导下，来到摊子跟前，只听着结巴老板又说："街对面的通灵阁倒闭了，难不成你、你也要搅和着我的画廊倒、倒闭？"书老板望着面前展开的书摊子，眼泪直在眼眶子里转，酒疯子劝着结巴老板说："女人家才把摊子摆好，你也让她歇一会儿。"结巴老板看了酒疯子一眼说："酒疯子，这话可是你说的，我把话撂到这儿，就、就一会儿，立、立马搬走。"说完就气哼哼地回画廊去了。酒疯子等书老板把水喝完，对她说："你看一看街对面。"书老板看了一眼街对面，见养鸟人正在向她招手，挂鸟笼的红果树后面就是通灵阁画廊，大门紧闭着。书老板明白了，于是就收拾书摊子朝街对面挪，不远处摆摊卖神笔一枝梅字画的乒乓姐也三步并作两步赶来帮忙。书老板感动地说："你帮我看着摊子，我一个人先把书往街对面搬。"老杨也从巷子出来了，他问乒乓姐："一枝梅老师这一段时间又往哪里去笔会了？"乒乓姐说："听说去甘肃了。"老杨先给酒疯子倒了一杯茶水才问："到甘肃去了，甘肃那边的生意好做？"酒疯子拉过书老板的凳子坐下喝水，听两个人的对话。书老板把摊子搬得差不多了，酒疯子对书老板说："这一上午，你都成了搬运工了。通灵阁的门可能开不了了，你也好在小灵通的画廊门前混一段日子了。"

第六十五章　监　听

醉翁之意不在酒，山水之间元青花。

屋漏又逢连阴雨，假借拍片陷阱挖。

隔墙有耳探宝踪，谈禅论道诡计要。

黄雀在后不解意，一番忙乱耳风刮。

　　小灵通进卧龙寺，悟得了能容师父的意思，他很是高兴，每天望着四壁空空的画廊也不觉得丧气了。他还打算找一趟慧空野，落实拍《元青花》纪录片的事情。他拨通了慧空野的电话，慧空野很兴奋，答应明天一大早在唐皇宫酒店自己的包房里和小灵通见面。小灵通忘记了以前花彩棉对他的提醒，就是和慧空野的一切谈话都要当面进行，慧空野的电话有可能被监听。花彩棉的提醒是正确的，小灵通和慧空野的这通电话确实被监听了，安全部门及时通知了书院门的片警，让他协助查仁轩第二天早晨一同监听慧空野和小灵通的谈话，等待小灵通的又将是他人生重大关口的考验。慧空野在书院门地区的活动派出所都是很清楚的，特别是慧空野以拍片需要道具的名义从裱画铺子里买走了老杨从潼关贩运回来的坛坛罐罐，引起了书院门片警的警惕。片警及时地向上级部门汇报了这个文物贩卖的情况，上级指示他和查仁轩密切注意慧空野的一切行动。

小灵通来长安创业已有七八年了,只听说离自己画廊不太远,坐落在永宁城门外的唐皇宫酒店是著名的五星级大酒店,住一晚上要好几千美元呢。小灵通早晨起来,专门梳理打扮了一下,换了一身干净的衣服,还把胡子刮了。他决定先和慧空野谈一下卧龙寺的能容师父收自己皈佛的事,然后再谈拍摄《元青花》纪录片的事情。

相关部门早已在慧空野的包房里安装好了监听装置,只要在谈话过程中有文物交易行为,就可以立即逮捕。在唐皇宫大酒店里,查仁轩盯着慧空野的一言一行;而书院门这边,片警也跟踪着小灵通进了这家酒店的大堂。让小灵通意外的是,慧空野并没有在自己的包房里迎接小灵通,而是在酒店大堂一旁的楼梯口等着他的到来,这也让查仁轩和片警只好改变跟踪监听计划。慧空野见到小灵通先是深鞠一躬:"通灵师父真准时啊,我来楼下接你了!"小灵通惊愕地看着慧空野:"慧空野先生,你怎么叫我呢? 叫我什么呢?"慧空野两手合十说:"我们还是在楼下的樱花厅里随便吃点早餐,通灵师父你看如何?"小灵通看着眼前这个自己十分熟悉又很陌生的慧空野,还是纳闷他为什么如此执着而坚定地称自己是"通灵师父"。小灵通忐忑不安地跟着慧空野来到了樱花厅,慧空野早已为两个人点好了鱼翅粥。两个人刚一就座,查仁轩和片警也会合在一块,他们简单地交换了一下意见,就静悄悄地来到了离小灵通他们只有两张桌子距离的一面屏风后面,查仁轩调整着手里的监视器按钮。慧空野继续说道:"能容师父早就说过,书院门的小灵通有慧根,你早在千里之外的豆鼓村还未来长安时,能容师父就知道你了。"小灵通的眉头皱得更紧了,他疑惑地望着慧空野,被他一番说辞弄得不知所措。酒店服务员端来了早餐,小灵通看着眼前大大小小的碗杯和长筷没有一点食欲,嘴里嘟囔着:"我并没有见过能容师父,能容师父是如何知道我的?"慧空野笑道:"慧根是与生俱来的,不需要言语表白,我在你面前都显得微不足道了!"小灵通急忙摆着手说:"不是这个意思,我是想说……"这回倒是慧空野摆起手来,打断了小灵通的话:"我所追逐的一切,在通灵师父面前都不值一提,我到时一定会在宝庆寺参拜通灵师父的。"说完很虔诚地再

双手合十,冲着小灵通深深地拜了一下。小灵通脸涨得通红,根本就不知道慧空野在说什么。

躲在屏风后面监听的两个人交换了一下眼神,都流露出不解的神情。片警示意查仁轩认真监听。慧空野继续说:"我个人追逐的一切,只是一个泡影,通灵师父可不要见笑啊!哈哈……"慧空野哈哈大笑,小灵通看不出有什么可笑的,而且觉得荒唐。又听慧空野关切地问:"听说你的画廊倒闭了,作为朋友,不知我能帮你做些什么?"小灵通若有所思地回答:"我的心思已不在我的画廊经营上了,只等先生把《元青花》纪录片的后半部分拍完……"慧空野见小灵通提到了元青花的事情,故意问道:"我给你拍《元青花》纪录片的事情不知怎么让长安收藏协会的人知道了,有一个自称是元青花收藏大家的人约我见面,说自己收藏了一屋子的国宝元青花瓷器。"小灵通说:"书院门一条街不长,街头打个喷嚏,街尾的人就感冒,先生拍《元青花》纪录片,早在长安收藏圈子里传得沸沸扬扬的。"慧空野叹道:"难怪来找我的收藏家越来越多,长安城里的国宝还很多,哈哈!"慧空野盯着小灵通,小灵通也是一头的雾水,疑惑地看着慧空野一时语塞,不知如何接慧空野的话。慧空野见小灵通不知自己的言外之意,就进一步解释说:"我们无论如何也不敢对长安收藏界的朋友说三道四,不是有'假亦真时真亦假'的说法吗?我看就是有神仙下凡,也弄不懂收藏圈里的奥妙!"说到这里,慧空野望着天花板,自言自语地说,"'醉翁之意不在酒,而在山水之间!'我想讨教一下,如果将这句诗里的酒比喻元青花瓷器的话,'醉翁之意'和'山水之间'的深意又是什么呢?"小灵通想了想回答道:"佛门中早就有名僧与高僧的说法,所谓名僧图名,高僧重道,道高一尺魔高一丈。"慧空野听到这里认真地说:"不不,应该是魔高一尺道高一丈!'道可道非常道,名可名非常名',只可惜浑水中,明白人太少了。"小灵通突然反问慧空野:"那先生所说的'山水之间'的真意又是什么呢?"慧空野被小灵通突然的反问弄愣了,镜片子底下的眼珠子一下子不转了,脸颊泛热,又把双眼聚焦到小灵通的脸上,四目相对,一字一句地吟道:"'两岸猿声啼不住,轻舟已过万重山。'呵呵!"小灵通

见慧空野有如此一番说辞,也不好再多问什么了。慧空野还是关切地问:"你手里的宝贝可要收藏好啊!听说你的画廊被盗了,那件元青花梅瓶没有被盗走吧?"小灵通轻松地笑起来:"没有没有,我早就把它抵押给我的一位广东朋友了。"慧空野面带失落的神色说:"要是阁下肯提前告知我画廊经营当中遇到了困难,我一定会伸出手的,只是不知你那位广东朋友……"慧空野突然觉得自己的话问得不太妥当,就闭住嘴,瞄了小灵通一眼。小灵通此时还没在意慧空野的问话动机,只轻快地答道:"他可是热心文化事业的大好人,目前要恢复重建书院门最西头的宝庆寺呢。"慧空野知道小灵通说的大好人就是广东富翁。他只好附和着说:"正如通灵师父所说的,他正计划追索宝庆寺以前流失到美国的十一尊观音造像呢!"小灵通点着头,又问:"有关卧龙寺的纪录片拍摄完成了吗?"慧空野点着头说:"马上就拍完了,能容师父的身体状况很不好,大师对我这弘扬佛法之举期待殷殷,盼望着纪录片早日杀青,卧龙禅林功德圆满。"小灵通担心地问:"能容师父身体状况不好?那他如何主持受戒呢?"慧空野一怔,认真地回答:"本来这项隆重的禅林仪式要持续两个月,就是由于能容师父的身体每况愈下,才缩短到四十五天,我这几天正忙于拍摄。"小灵通看了一眼慧空野说:"不知能容师父的顶相拍摄得可好,我想拜一拜。"慧空野眼里放着光回答道:"顶相祥光万古不灭!"小灵通不无遗憾地自言自语道:"我要是能被能容师父受戒……"他说到这里,觉得时间不早了,提出要走,慧空野也不挽留。在慧空野看来,他虽然没能从小灵通手里弄到元青花梅瓶,但还是知道了它没有在小灵通的画廊里被盗走而是到了广东富翁的手里,以后他至少还有重新见到那件梅瓶并据为己有的机会,就起身又是哈腰又是行礼地送小灵通离开了唐皇宫大酒店。两个人临分手时,小灵通突然认真地问慧空野:"那个收藏家一屋子的国宝元青花瓷器,都是真的吗?"慧空野反问小灵通:"以你的看法呢?"小灵通还是很认真地问:"你亲自去看了吗?应该有几件真的吧?"慧空野表情已变得很严肃了,郑重地答道:"我到那位收藏家的私人博物馆参观过了,就前几天,那些展品从根本上说,连艺术品都不能算,何谈元青花瓷器!"小灵

通还是追问着:"一件真品元青花都没有吗?"慧空野嘴角一翘,摊开双手,耸了耸双肩摇着头。小灵通看出来慧空野连话都不想说了。小灵通转身离开时看到了慧空野复杂的眼神,有无奈、不舍,更多的是疑惑。

　　屏风后面的两个人听到这里对视了一下,知道了小灵通手里的元青花梅瓶在广东富翁手里,但他们两个人的具体谈话内容听起来倒像是"高山流水遇知音"似的清谈,一会儿是佛道,一会儿是古诗文的吟咏。查仁轩不解地看着片警问:"他们两个不会是在用黑话暗语对话吧?"片警没有立即回答查仁轩的提问,好像也在思考着。查仁轩耐不住性子嘟囔着:"不然,咱先把小灵通拘了再说?"片警瞪了查仁轩一眼,问道:"拘了再说? 怎么说? 就凭这次对话就能拘人?"查仁轩见片警质疑自己的建议,不满地问他:"那回所里咋写侦察报告呢?"片警郑重地说:"咱听到什么,照实写。"查仁轩还是一脸不服的表情,照计划,他这次是准备好了抓小灵通倒卖国家珍贵文物的现行,可现在的结局让他失望。在小灵通离开唐皇宫大酒店时间不长,慧空野返回了自己的包房后,查仁轩才无精打采地和片警一道出了酒店的大堂。

第六十六章　义　举

正邪较量不简单,争名夺利人性残。

《空谷幽兰》遭暗算,设局陷害人弄权。

强为刀俎弱为肉,《终南雪松》被诬陷。

富翁义举仗执言,菩萨心肠佛喜欢!

　　离开长安唐皇宫酒店,小灵通一路上百思不得其解,为什么慧空野一口一个"通灵师父"地称自己? 自己并不是佛门中人,最多也是个业余的卧龙寺俗家弟子,学佛参禅自证心缘而已,慧空野却虔诚地合手行礼,最后竟然说要到宝庆寺里参拜"通灵师父"。书院门目前只是传说要恢复隋唐时期的古刹宝庆寺,但这和自己有什么关系呢? 难道冥冥之中,自己命中注定要结佛缘? 小灵通想到这里,心里豁亮了起来,走路的脚步也轻快了许多。

　　他到了通灵阁门口,见衮雪妹在等他,感到很诧异。一想起之前发生在《终南雪松》设色水墨立轴背后的蹊跷事,虽然黑幕背后的真相还不十分清楚,但他能够断定,秦巨江和衮雪妹一定是操纵这起"收藏界新闻事件"的黑手! 衮雪妹一定是为《终南雪松》来的!

　　小灵通微笑道:"衮雪妹,你不来,我也要找你去。"衮雪妹自信地笑着回答:"灵通哥哥想我了? 人家也好想见你。"小灵通觉得衮雪妹说的是实情,

于是两个人肩并肩地进了通灵阁的大门。还没等小灵通端茶倒水停当,衮雪妹就开门见山地说:"我是奉了秦巨江大师的意思,来和你商谈他爹在'文革'期间所绘的《终南雪松》图归属问题的!"小灵通起初一听,还以为是秦巨江在衮雪妹的说服下,肯出鉴定证书了,显得很高兴的样子,呵呵地笑出了声,并在内心骂自己"以小人之心度君子之腹"了。小灵通给衮雪妹倒好了茶水,便坐到衮雪妹对面。衮雪妹很难为情地说道:"你托我让秦大师出真迹鉴定证书的事,时机还不成熟,但秦巨江倒是想让我从你手里收回这幅画。"小灵通一听,心情复杂起来,他听出衮雪妹说的是"收回"而不是"买回"。他依然笑着问她:"怎么个收回? 关键是这幅画的价格是怎么个定法?"小灵通继续说,"秦大师终于肯承认这幅画是他先人的真迹了?"衮雪妹苦笑道:"是啊,但你别忘了,这只是私下承认,是你和他之间私人的事情,而不是在社会上公示。"小灵通一听就笑了:"关于社会公示,就不需要他老人家操心了,书院门的鸡娃王早就在《文化遗产报》上刊载著录过这幅画了!"衮雪妹赶紧接话说:"这也是秦大师要收回这幅画的直接原因。"小灵通这时也毫不客气地说道:"既然是秦巨江派你上门来求我了,我就按北京腾龙拍卖公司拍出的一千二百一十万元人民币的价格,让秦大师收回这幅他老父亲的精品力作。"衮雪妹的表情似笑非笑,坐在椅子上,埋头喝茶,一言不发,显出一副若无其事的样子。画廊里的气氛一下子紧张起来,衮雪妹站起身来为难地说:"小灵通哥,看来我是要有辱秦大师的使命了。"她一边走出画廊的门,一边说,"以后我们再约吧。"本来衮雪妹想把秦巨江只肯出一万元的价码收回这幅画的意思直接说出来,最后还是没说出来,如果说出来了,自己和小灵通都下不了台,因为秦巨江是在打发要饭的,是在有意侮辱小灵通!

送走了衮雪妹,小灵通就去找广东富翁了。一进秦粤房地产公司的大门,他就看见公司的秘书正在前台接电话。他等公司秘书放下电话就说明要见广东老总,秘书说这会儿广东老总还没到,让他等着。这时韩勇进门了,他一见小灵通的面,知道他是有事找广东富翁的,但还是客气地把小灵通让进了公司的会客厅。韩勇故作不知通灵阁倒闭的事,寒暄道:"小灵通,这些日子不见,你的画廊生意越来越红火了。"小灵通苦笑着说:"我的画廊都倒闭了。"韩勇故作痛心状叹道:"前一段时间,我听说书院门街上一家不错的画廊让奸人暗算了,一画廊的名家真品字画给倒腾空了,原来是你通灵阁!可惜可惜。"小灵通说:"是啊,我的画廊是倒闭了,满书院门的人都看我的笑话。"但韩勇突然来了一股子热情,拍着小灵通的肩膀说:"从哪里跌倒就从哪里爬起来,只要你在,还怕通灵阁在书院门不能东山再起?"韩勇摸着自己的脑门子说,"我这里收藏着很多长安名家的字画,只要你一句话,连同这墙上的字画,你一同带回书院门通灵阁,你拿去卖了以后,再按咱事先说好的底价……嗨!算了,老朋友给不给钱,都无所谓了。"小灵通起初也被韩勇义气的一番开场白感动了,可又一思忖:照他的说法,这些花好几百万真金白银收藏的名家字画他都送给我?他是在开玩笑吧!都说商场无戏言,他信誓旦旦地对自己有如此说辞,不得不让我深思了。最后小灵通想明白了,韩勇一定又听到自己拍《元青花》纪录片的事了,又惦记上那件元青花梅瓶了。这时公司秘书进来了,见韩勇正和客人谈话,不知如何是好,一转身想退出去。韩勇叫住秘书,示意她说,秘书面带歉意地先望了一眼韩勇,然后才对小灵通说:"先生,广东老总来了。"韩勇说:"对了,你今天是专程找广东老总的,我说的这事,咱哥儿俩过几天单独再约一次,你看如何?通灵阁主……"小灵通回答:"一定一定,你大老板有意照顾小弟生意,我一定来见你!"小灵通在公司秘书的引领下去见广东富翁了。

自从名公给韩勇点破宝庆寺复建工程背后的玄机,韩勇终于揣摩出了他大舅哥的良苦用心。秦粤房地产开发公司是韩勇和广东富翁的联姻,韩勇的后台老板、他的大舅哥不愿意接受这种局面。他就是有心帮妹夫,但也碍于广东富翁不便出手。大舅哥的算盘是这样拨的,在宝庆寺复建工程中让广东富翁赔进去大部分身家,他再暗示银行停止对公司的流动资金贷款,这样广东富翁为了保住自己的母公司不连环倒闭,只有一条路可走:退出秦粤公司。到那时再把公司的往来账目在几个不同的银行倒几回,房地产业

的宏观形势一改变,用不了几年房价肯定暴涨,秦粤房地产公司可就成了他们的提款机了。这就是大舅哥心里如意算盘珠子的拨法。

广东富翁见到小灵通,拉住小灵通的手,关切地问小灵通画廊倒闭的详情。小灵通说:"现在还不能说我破产倒闭,我还有挽救的办法。"广东富翁笑呵呵地问:"你有挽救的办法?说来听听。"

小灵通说:"我收藏有秦岭画派大师秦岭云的《终南雪松》设色纸本水墨立轴真迹,在此危难时刻,我想变现挽救我的画廊。"广东富翁眼里闪出了亮光,赞道:"小灵通,看不出来这不到两年的画廊经营,你收获很大,我支持你的决策,好钢要用到刀刃上!只是不知道你下一步的具体工作如何开展?"小灵通自信地说:"这正是我今天找你的原因。"广东富翁点着头,小灵通接着说,"听说香港的拍卖行受理秦岭云大师国画真迹的拍卖,我想委托你在香港找个经纪人,专门办理我收藏的《终南雪松》图轴的拍卖事宜。"说完,他以期盼的目光望着广东富翁。广东富翁说:"我和广东雅德拍卖集团熟悉,广东雅德的老板赖总,是我以前在工艺厂时的师弟,你放心,这件事情好办。我近期主要是忙宝庆寺的买地、安置、拆迁工作,前期就得投资五六个亿。""五六个亿?"小灵通惊得张大了嘴。"对,为这五六个亿,我得回广东去筹款,不然下面的建设计划就无法进行了。"小灵通说:"这幅画在《文化遗产报》上曾经著录过。"广东富翁兴奋地从沙发上跃起:"有著录啊,那就更好了。"小灵通突然不安起来,手里攥着《藏家》杂志,不知如何开口。广东富翁一眼就瞥见了那本杂志,说:"你也知道秦岭云家属的打假事件了?依我看,具体问题具体分析,书院门的赵华亭,我认为他就被冤枉了。"小灵通说:"我去北京以前还见过他,他现在也被抓了。这案子要是定了,赵华亭咋有脸在书院门露面呢?"广东富翁这时把话头转到小灵通收藏的《终南雪松》上:"你收藏的这幅画,也要做好心理准备,现在的局面变得很复杂,你要有思想准备。不过我还是要代你办理在广东雅德的拍卖手续。我这里准备着现金,你随时都可去财务上支取,先把画廊的门开了再说。"小灵通心里暖融融的,他知道广东富翁会帮自己的。他感激地说:"你现在的摊子铺得这么大,光宝庆寺周边拆迁、整治和安置就得先投进去那么多钱……"广东富翁打断小灵通的话说："过几天我就回广东了，你把画准备好，我当一次你的经纪人。"广东富翁的电话响了，是片警打来的，说是一会儿要来这里找广东富翁。小灵通站起来要走，广东富翁要接待片警来访，就没有挽留小灵通，并约定让小灵通一周后把秦岭云的《终南雪松》设色水墨立轴送来。

　　小灵通走了没多长时间片警就到了。片警还没坐定，就看见了小灵通忘在沙发上的那本《藏家》杂志。他拿起杂志开口说："这本杂志你也看了，我就是为赵华亭的事来的。"广东富翁这才明白片警的来意，他客气地说道："我应该到你们所里去拜访的，谈谈赵华亭的事。"片警笑着说："现在你这样的热心人少见了，听说宝庆寺复建工程，你们企业家是自掏腰包为长安城办好事。赵华亭的案子，现在看来他并不是河南造假团伙的成员，他手里的《空谷幽兰》也看不出造假的迹象，所以我们决定接受你的提议——放人。"广东富翁高兴地说："我相信你们会公正地结案的。""但是赵华亭毕竟还是仿刻了印章，客观上促成了造假团伙的造假诈骗犯罪。"片警看着广东富翁继续说，"你和他非亲非故，所里的意思是你先和赵华亭见个面，在所里和他谈一谈，最好是让他写个检查，再交点儿罚款，你再做他的保人，把赵华亭领出来就成了。"广东富翁想了想说："你可得把赵华亭的那幅《空谷幽兰》还给他。"片警说道："当然的啦，不拿群众一针一线嘛。"广东富翁这才满意地应道："我吃了午饭就去你们所里，我看你还是留下来和我一起吃午饭吧！"一会儿秘书送来了两份盒饭，两个人一边吃一边聊着。

第六十七章　死　别

书院残梦乍醒晚,义举相助却无言。

命似尘埃轻如毛,一叶浮萍落沧海。

尚能振作他年计? 何处安身霜满天。

洒泪无力转乾坤,阴阳分隔太平间。

　　广东富翁给赵华亭交了罚款,把他从所里保释出来,接到秦粤房地产开发公司自己的办公室里。赵华亭手里握着那幅既给他带来无限希望,又使他身陷囹圄、身败名裂的《空谷幽兰》画,恨不得当着广东富翁的面,把这幅画撕得粉碎。广东富翁紧紧地抓着赵华亭冰凉的手,赵华亭一触碰到广东富翁厚实、有力而又温暖的大手,感到了一股涌遍全身的暖流。赵华亭努力抬起头,他想解释点什么,但看见广东富翁信任的眼光,动了动嘴没有出声,两行热泪已止不住流了出来。赵华亭坐在沙发上,看见了沙发上的《藏家》杂志,随手一翻就看见了秦岭云家族打假维权委员会在杂志上发表的声明和有关维权打假的报道。赵华亭看到自己以造假诈骗分子被抓的几张照片也登在《藏家》杂志上,他反应过来,明白之前自己在柳巷的出租屋里被派出所带走时,有一个女记者模样的人不停地录像和拍照的原因了。赵华亭脸色一下变得惨白,两眼里流露出愤懑和仇恨。广东富翁也不打扰赵华亭,两个人在屋子里闷坐了一会儿。还是赵华亭先开口了："我先回柳巷屋里静一静,翠琇还在医院呢。"广东富翁想了想,暂时隐瞒了翠琇已死的消息,说:"既然事已至此,要想开,你还年轻,未来还有很长的路要走。"赵华亭浑身发起抖来,他挣脱了广东富翁的手,攥着画轴冲出了公司大门。他已没有信心抬眼看广东富翁一眼。广东富翁在赵华亭甩手的时候,把装着一沓子钱的信封塞在了赵华亭的衣兜里。赵华亭低着头,跑到南大街上大喊着:"我不服!我要上法院鸣冤!"赵华亭这时杀人的想法都有了,他想杀了秦巨江,他想点一把火把《藏家》杂志社给烧了。他又想起了丹婵,自言自语道:"丹婵呢?丹婵在哪里?"他要去找丹婵,倾诉自己的冤屈、痛苦和绝望。丹婵会相信自己吗?只有丹婵会给自己力量。赵华亭发疯似的往柳巷的家里跑去。

　　一进屋子,赵华亭的心再一次凉到了极点,屋子里的陈设还是前几天他被带走时的样子。赵华亭不见丹婵,腿也开始发软,耳边响起丹婵说过要跳护城河自杀的话来。赵华亭喘不上气,他打电话联系丹婵,但电话关机,赵华亭一屁股坐在地上,差点昏过去。赵华亭整理了一下自己的思绪,把一线希望放到了医院,丹婵应该在医院陪护翠琇吧?赵华亭也不知道自己是如何开的大门,又是怎样离开柳巷出租屋的。他摇摇晃晃像个醉鬼一样朝医院走着、走着……眼前来来往往的行人都成了晃动的影子,在他眼前飘来飘去。大马路上车水马龙,人声鼎沸的喧嚣也一下子没了声音,周围突然变得寂静,静得吓人。他的四周突然出现了一堆堆僵尸,僵尸的双眼放射着贪婪、阴森和恐怖的绿光,互相照射着。僵尸又张开了血盆大口,露出老虎一样的长牙,朝他包围过来,要撕碎他。他再也支撑不住了,终于双腿一软昏倒在地。

　　赵华亭也不知道自己在大街上睡了多长时间,他被兜里的电话铃声惊醒了。他睁开眼睛,发现自己被一大群人围着看。赵华亭也不理这些看热闹的闲人,勉强坐起来。电话那边说话的不是丹婵而是书院门的片警,只听片警说:"赵华亭,你赶下午下班前,赶到医院去,翠琇死了,医院把电话打到所里了。"赵华亭听到翠琇已经死去的消息,眼睛又开始发黑,有些支撑不住

了,但还是硬撑着,把电话听完。片警继续说,"我说小赵啊,你到医院最后料理一下翠琇的后事,再把医院的抢救费用结算清。就这样吧,赶紧去,记住。"说完就挂了电话。这时赵华亭周围看热闹的过路人都走得差不多了,赵华亭又倒在了人行道上,他实在是没有力气支撑下去了。他鼓着劲坐起来,看着机动车道上来来往往的公交车,他爬了起来,跌跌撞撞地朝马路牙子下扑过去……他不想活了,他想一头撞到公交车上,结束自己的性命。公交车速度不快,立刻就刹住了,司机探出头破口大骂:"活够了? 死了倒利索,但你甭害我。"

赵华亭没有力气还嘴,他又一屁股坐在马路牙子上。不知道坐了多长时间,赵华亭想起了片警的叮咛,同时他想丹婵还在医院等着他,就起身朝医院去了。

赵华亭在护士的指引下,找到了太平间的大门。离大门两步远的地方,坐着一个正在打瞌睡的老头。赵华亭取出了结账的单据递到老头面前,老头也不接,又瞟着他,也不开门。赵华亭突然反应过来,这死老头子是问自己讨要看死人的过门费呢。他一股怒火冲到头顶,所有的委屈、愤怒还有说不清的所有所有的一切……都汇聚到了一双手上。赵华亭忽地一把抓住了老头子的衣领,把老头子提起来,嘴里骂道:"你不想活了。"老头子看到了赵华亭凶狠的目光,浑身哆嗦起来:"你放下我,放下我。"赵华亭吼道:"快开门! 不然掐死你。"老头挣脱了赵华亭,哆哆嗦嗦地开了门,就闪到一边去了。

赵华亭进了太平间,浑身冰冷。他一把揭掉了盖在翠琇身上的白布,看到眼前的女人:惨白的脸色、微闭的双眼,脑门前的刘海儿胡乱地搭在额头上。赵华亭心疼起来,俯下身去注视着这个身子曾经是那么滚烫的女人。他用手捋了捋翠琇的刘海儿,让她看着整齐一些,然后就伸手握住了女人冰凉的手。这时一股冷气传来,他开始感到周身像结了冰一样,冻在女人的尸体旁动弹不得。赵华亭心里默念道:"实在对不起,翠琇,原谅我吧,一个心大却躯体卑微的人。我没能力救你,你就原谅我吧! 我求你了! 再见。"不知道过了多久,就听到门外哗啦哗啦的铁链声音传进来,他知道那该死的看门老头在催自己了。赵华亭反复默念着,才转过身走出了太平间的大门。

他望着天空问自己:"丹婵去了哪里?"

第六十八章　褫　夺

身陷囹圄路走偏,《空谷幽兰》逼变现。

阴霾压城城河碧,滚滚污名口水溅。

趁火打劫不手软,穷途末路前路断。

向晚谁人追真迹,褫夺只在谈笑间。

　　深冬的长安城天色阴沉沉的,雾霾就像一个大的锅盖,盖住了整个城市,空气里弥漫着一股难闻的气味。赵华亭到护城河边,他没有脸再在书院门露面了,自己上了新闻,成了造假分子,书院门的人都能认出自己。最让赵华亭悲愤至极的是,自己的恩师爷韩公公留给自己的《空谷幽兰》也蒙受了不白之冤! 这种结果,赵华亭怎能承受得了? 他对不起韩公公,对不起名公,更对不起信任自己的翠琇和丹婵! 赵华亭绕到朱雀门出了城,来到城河边,他决心把这十多公里的护城河走一遍。

　　赵华亭花了半天的时间,才走完了护城河。他沿着城墙走啊走,河水死一样的寂静,没有一丝波浪;河岸边的荒草都枯黄了,坡地上的中国槐歪脖扭腰和荒草为伴。赵华亭实在走累了,就在坡地上歇了一会儿。他坐在冰凉凉的土堆上,想着这一年多来在书院门寻梦的轨迹,最让他难以忘怀的还是他和两个女人一块里住着的时光。赵华亭觉得,是书院门让他成了真真正正的男子汉，和两个女人同时睡在一张床上，这不是所有男人都能有的生命体验，他觉得自己没白活。想到这里，赵华亭又一次拨着丹婵的电话，还是关机。赵华亭起身往永宁门方向走，来到永宁门城楼下，赵华亭放慢了脚步。前面不远处，有一男一女两个熟悉的身影正迎面朝他走过来。赵华亭认出来男的是一枝梅，女的是乒乓姐。赵华亭此刻不愿意见到熟悉的人，就躲到城墙根的树丛后面，他想等这两人走过去，自己再回柳巷的出租屋里。没想到两个人走到了这树丛前就停下了，坐在了一块大圆石头上。

这时城墙的那一面传来了一声长长的吆喝："红红的太阳刚刚升起，画画的鸡娃王九点不起。一手捂头，一手拿药，边吃边说咋挨黑砖。"三个人都听见了这是书院门里酒疯子的疯吼声。一枝梅开口说："听说鸡娃王挨黑砖了。"乒乓姐看了男人一眼："挨黑砖？难不成鸡娃王把谁得罪了？"一枝梅觉得女人说的有理，就应道："都说行走江湖'祸从口出'，谁让他成天在书院门这斯文之地口里胡说呢。"乒乓姐问："鸡娃王咋挨的黑砖？"一枝梅回答："说是昨天收了摊子，才出咱这永宁城门，城头上就掉下一块砖，不偏不斜正砸在他的头上。"乒乓姐惊愕地说："真是砖头？"一枝梅推测道："一定是鹰大王吸毒的儿子干的。鸡娃王见天侮辱人家父子俩，人家能不灭口？"乒乓姐又道："真是城砖砸的？"一枝梅摇着头说："肯定不是城砖了。只是个生鸡蛋，要真是城砖，鸡娃王还不给砸死了。"树丛后面的赵华亭听完了两个人的对话，心想，书院门近在咫尺，自己再无脸面回去了。

赵华亭兜里的电话突然响了，赵华亭蹲到城河坡上接听电话。"你好！我叫衮雪妹，是书院门的片警告诉我你需要帮助。"赵华亭疑惑地应承着："我需要帮助？你怎么能帮助我？我们彼此又不认识。"衮雪妹就笑了，说："不认识不要紧，现在我们就认识了。书院门的片警告诉我，说是你最近急着办事，手头紧。所以我电话联系你，咱们找个地方，坐下来面谈如何？"赵华亭还是迟疑地问："面谈？在什么地方？"衮雪妹一听有门，就赶紧问赵华亭："你现在在什么位置，找一家离你最近的地方，咱俩坐坐。"赵华亭这才吞吞吐吐地说："我在永宁门外的城河边上。"衮雪妹一听，直截了当地说："那

就在永宁城门外的唐皇宫大酒店一层玫瑰厅,我等你,咱们不见不散。"赵华亭定了定神,望了一眼城河对岸金碧辉煌的建筑,朝唐皇宫大酒店走去。他才走到酒店大堂正门外,身后就开来一辆梅赛德斯敞篷跑车,擦着赵华亭的身子,停在了门口,车上的美女就是衮雪妹。酒店的车童殷勤地伸出手,弓着腰,等待着她打开车门。只听美女推开了车门对着车童说:"我在玫瑰厅会客。"车童连忙点着头彬彬有礼地代她去泊车。赵华亭想:"可能这美女就是打电话约自己的人。"衮雪妹进了大堂的门,径直就去了一层的玫瑰厅,赵华亭闻着她的香气,跟着走了过去。衮雪妹一落座,就看到了身后走过来的男人,她以询问的眼光看着赵华亭。赵华亭勉强笑着问她:"你就是那位打电话给我的女士吧,我是赵华亭。"衮雪妹微微地欠了欠身子,开口说:"赵先生请坐,我叫衮雪妹。"赵华亭坐定,衮雪妹点了甜点和咖啡,面带微笑地说:"我从片警那里知道你手里有一幅兰花图,叫啥?""《空谷幽兰》。"赵华亭脱口而出,"是大师秦岭云的真迹。"衮雪妹喝着咖啡,缓缓地说:"大师不大师的,我也听不明白,片警说你现在正处在难处,让我收了这幅画帮助你渡过难关。"赵华亭心想,自己收藏的这幅《空谷幽兰》图,在收藏圈里已经成了高仿的假货,废纸一张,难道面前这女人不知道吗?既然是片警介绍来的,这女人一定知道眼下这幅画的处境。衮雪妹见赵华亭不说话,又说:"我手里头也没多少现金,就几万块钱,也不知道能帮到你不?"说完就紧张地盯着赵华亭,生怕他不同意转让那幅画。赵华亭刚从监狱里出来,万念俱灰,精神处在崩溃的边缘,翠琇的后事又急等着他处理,还有因拘留欠广东富翁代他交的罚款和保释金。想到这里,他说:"这幅《空谷幽兰》绝对是秦岭云大师的真迹,但是却毁在了我手里。从何说起呢?我在走霉运。"赵华亭见衮雪妹对自己的说辞没有兴趣,就改口问道,"要解我眼下的燃眉之急,至少得个十几万元。"衮雪妹心头一喜,但还是装模作样面露难色地说道:"我手头只有区区几万块钱,我是看在片警的面子上才应承了这件事。"赵华亭狠了狠心说道:"你要是能出八万元的话,我可以考虑把《空谷幽兰》图出让给你,我确实有难处,至少也得这么多钱才能摆平。"说完就看着衮雪妹。衮雪妹先是迟疑,然后下定决心说:"那好,就按你说的八万,咱俩现在就去取画,你坐着我的车子跟我去银行取钱。"赵华亭说:"好吧!"赵华亭起身往大堂外面走,衮雪妹掏了几百块钱压在咖啡杯下,也顾不上服务员前来结账,就匆匆离开座位。赵华亭上车之前,给广东富翁打了个电话,说要和他见面,只说有重要事情要委托他代办,广东富翁爽快地答应了。赵华亭安心地上了衮雪妹的车,往柳巷出租屋开去。

第六十九章　宝庆寺

千年古寺换新颜,盛世佛光放光彩。

假途灭虢藏玄机,政策法规挡箭牌。

各路游资双刃剑,各怀心思佛塔边。

宝庆模式名利场,佛陀冷脸不言传。

　　韩勇去找他的大舅哥,汇报公司的运作情况,并听取大舅哥的指示。自从名公给他道破了宝庆寺复建工程背后的玄机以后,韩勇基本上是按照广东富翁的意见进行宝庆寺周边的拆迁安置工程的。他肯定大舅哥一定会满意他的工作成绩的。另外就是银行方面的贷款,还需要大舅哥做银行的工作,从旁支持公司,继续往工程里面投钱。

　　韩勇一进大舅哥的办公室,还没来得及坐在沙发上,就听大舅哥说:"我要去开会,有什么话就在路上说吧。"韩勇只好跟着他出了办公室上了他的专车。大舅哥开口问:"宝庆寺周边拆迁和环境整治工作遇到什么困难了吗?"韩勇就汇报了小学校重新安置后,操场用地到目前还没有最后落实,然后不无担心地问大舅哥:"目前是资金投入阶段,没有什么效益而言,如果银行贷款吃紧的话,公司的运作就会出现问题。"大舅哥沉下脸,韩勇不知道大舅哥的想法。大舅哥听着妹夫的汇报,半天没说一句话。他想历练妹夫,培养妹夫相机处理问题的果断和所需要的耐力。想到这里,便冷冰冰地说:"这座宝庆寺佛塔,现在全长安城的目光都盯着,你还没有意识到'宝庆寺模式'的敏感性,至今还拿不出在施工过程中如何保护好佛塔不出现意外的措施。"韩勇被大舅哥问得哑口无言,本来还想汇报和慧空野合作的事,话到嘴边又咽了回去。大舅哥又继续说,"广东人追索宝庆寺流失到海外的文物的做法,就很主动和有前瞻性,这样做,在公众面前,公司就处在了主动地位。"大舅哥顿了一下,又说:"广东人的意见有他的预见性,目前古塔周边的环境整治改造工程在推进中,你要多听广东人的意见。"韩勇问大舅哥:"那银行继续贷款的事情该怎么办呢?"大舅哥迟疑了一下,慢慢地说:"政府对房地产业今后的政策会越来越紧,今后企业资金短缺会越来越严重,你们还是要提早想想应对的办法。"韩勇正想收起记录的本子,大舅哥又问,"那个叫衰雪妹的女人,不是说摊上了什么官司,现在情况如何了?"韩勇着实吃了一惊,他不理解大舅哥是什么意思,就把衰雪妹的事情一五一十地说给大舅哥听了。大舅哥听完面无表情地说:"都说艺术家要'德艺双馨',这个号称是'未来大师'的秦巨江倒是'和而不同'。"韩勇眼看着大舅哥陷入了沉思,判断秦巨江在长安的好日子快要到头了。大舅哥问:"秦巨江是不是现任的长安美协主席?"韩勇点着头。"那名公是个什么职位?"韩勇赶紧说:"名公正在竞选下一任长安书协主席。"

慧空野正和几个助理在宝庆寺古塔前拍摄拆迁后的一片废墟,远远地望见韩勇朝这边走来,就叫助理青森上前招呼韩勇,自己也从肩上卸下摄像机,迎面朝韩勇走过来。他们一块朝着工地走去。慧空野把手里的摄像机放到一处有半人高的台子上,双手合十,默默祈祷了一会儿,然后才仰头望着佛塔塔龛里的佛陀雕像微笑着说:"托佛祖的灵佑,我们又见面了,有求必应的佛陀会指引我们走向光明的未来。"韩勇立在佛塔下,茫然地扫视着眼前的一切,慧空野初步判断他不是个难以打交道的对手,于是点头哈腰地说:"宝庆寺周边拆迁整治工程进展得如此迅速,看得出你的雄才伟略。"韩勇得意地应道:"现在已经投进去十个多亿了,下一步的投资计划都已规划

好,审批也通过了,只是资金还难以落实到位。"说到这里,他看着慧空野说不下去了。慧空野郑重地说:"你要是有什么困难,我们尽可能地帮助,尤其是宝庆寺的复建项目,我们很愿意助一臂之力。"韩勇听到这里,一颗悬着的心马上就放到肚子里了,他拉住慧空野的手说:"我准备好了一份资金投入报告,它是关于宝庆寺复建工程资金需要的数额和时间的详细计划书,我到时把副本交给先生,等先生看完了,我们再进一步谈资金合作事宜。"慧空野显得很兴奋,说:"希望尽快看到这份资金投入报告,佛陀已经指引我们到达光明的未来。"韩勇此时已兴奋得不知说什么好了。韩勇和慧空野的交谈很愉快。

第七十章　鉴定费

一朝辞别书院门，客居长安难容身。

梦罢初醒何为继？重拾大漠风吹痕。

岂唯见惯老熟人，催债难再人情温。

欲撷梅花还折腰，鉴定要价吓死人。

　　一大早，赵华亭把五万元钱装在一个大信封里来找广东富翁。他一进广东富翁办公室，就把大信封郑重地递过去："多亏你搭救我，不然现在我还在牢里待着。"广东富翁接过信封，知道里面是赵华亭还自己的钱，有心多说两句安慰的话，但一想还是觉得不必要，就示意秘书收了信封，给赵华亭端茶倒水。他打算听一听这个才摔了跟头的年轻人下一步如何打算。赵华亭声音低沉地说："欠你的账我现在还上了，我还欠丹婵的账没有还呢。"广东富翁听得出来，赵华亭这话里暗示着他下一步的打算，就提醒赵华亭说："翠琇的后事你打算怎么办？"赵华亭又从挎包里掏出一个装着两万元的信封说："我想请你出人出力帮我送翠琇最后一程，这是所需的费用。"广东富翁表情凝重地说："我现在就派公司的人去办理翠琇的后事，至于费用，你不要这么急嘛。"说着就给秘书交代着。只听赵华亭又继续说："后天就是翠琇火化的日子，我想给她办个简单的送别仪式，这一切就全拜托你了！"说完立起

身，给广东富翁郑重地深鞠一躬，搁下装钱的信封走了。

时间不长，小灵通来了。广东富翁问小灵通："你在公司门外碰见赵华亭了吗？"小灵通疑惑地问："赵华亭出狱了？他现在情况怎么样？"广东富翁想说些什么，见小灵通手里攥着《终南雪松》图轴，就拿起桌上的笔，也不看画轴，开始打收条。小灵通明白过来广东富翁的意思后，脸涨得通红说："不需要打收条了，你太见外了。"广东富翁还是坚持着把条子打完，郑重地说："这个条子你收好，就这一两天，给翠琇办完了后事，我就回广东去，代你和雅德拍卖公司把委托拍卖协议书签了，然后再用特快专递把合同快递给你。我要在广东待上一段日子。"小灵通感激地看着广东富翁问："是回去筹钱吗？"广东富翁点着头应道："'不到长城非好汉，屈指行程二万！'"小灵通想到之前两个人一块在大雪天登上六盘山主峰的情景，受到广东富翁的感染，他坚信自己一定能克服眼下的困难。广东富翁把收条塞在小灵通手里："你最近没见酒疯子师傅吗？"小灵通摇摇头说："前一段日子，我倒是在卧龙寺的玉兰树下，看到过酒疯子的身影，他没有理我，现在酒疯子让我越来越看不懂了。"广东富翁也沉思起来，最后问小灵通："你见过卧龙寺住持能如师父的顶相吗？"小灵通还是摇着头回答："没有见过。不光我没有见过，恐怕全长安城也没有几个人见过能如师父。"广东富翁神情庄重地说："我岭南那边的朋友说，最近能如师父给卧龙寺请回了唐代神龙年汉白玉贴金'西方三圣'造像。"小灵通听到这里兴奋地说："在你离开长安前，咱俩一同去卧龙寺参拜'西方三圣'。"广东富翁点着头说："到时我一定约你，咱们一块去！"广东富翁又问小灵通："你这幅《终南雪松》图的委托拍卖底价是多少？"小灵通也突然想起来什么似的答："你不问，我还真的忘了，上个月在北京，腾龙拍卖公司给估了个底价六百万元。"广东富翁最后说："那好吧，就按你说的六百万元的底价，我代你签了《终南雪松》图轴的委托拍卖协议书。"

小灵通从广东富翁的办公室里出来，就往书院门正街上自己的画廊赶，远远就看见鸡娃王在门口等自己，鸡娃王的头上还包裹着绷带，像是受伤的样子。小灵通加快脚步来到他跟前招呼道："鸡娃王老师，才几天不见，你这头是

294

咋了？是不是师母打的？你们老夫老妻……"鸡娃王不应承他的话，只跟着小灵通进了画廊的门。小灵通这时才明白了，鸡娃王是来催要那一百万元购画款的。小灵通先开口了："鸡娃王老师，你的来意我知道，不过卖《终南雪松》图轴很不顺利，这幅画现在砸在我手里了。"说着看了一眼鸡娃王，又说："秦岭云的长子，大名鼎鼎的秦巨江当着我的面说这是幅假画！"小灵通说到这里，就盯着鸡娃王，他想看鸡娃王的反应。鸡娃王冷冷地哼了一声："小灵通，该不会是你要反悔，找理由不付欠我的一百万了吧？"小灵通沉默着。鸡娃王又说："秦巨江是在放屁，我跟他爸学画画的时候，他还在耍尿泥呢，现在跑出来说三道四。"小灵通也有同感，但还是心情沮丧地说："之前我带着这幅画和北京腾龙拍卖公司的书画部主管，就在东大街的美好时光酒店里，秦巨江当着我们的面亲口说这幅画是假的。"鸡娃王听到这里，脸色也阴沉下来，嘟囔着："这人要是没了德行，就真真正正成了活阎王了。"鸡娃王说的这句话倒是在理，小灵通点着头说："在北京腾龙公司都有买家拍下了这幅画，但后来就拒不付款，我现在自然也收不到款子。"鸡娃王叹气道："不用说这都是秦巨江一手导演出来的。你不信咱走着瞧，过一段时间他肯定就会再派人来找你，随便给你甩几个钱，买回这幅画。"鸡娃王继续说道："要是这幅画再回到秦巨江的手里，他至少得卖个一千多万元！"小灵通一惊，真让鸡娃王说着了，就在昨天袞雪妹才奉了秦巨江的旨意找过自己想收回这幅画。只是袞雪妹没有给他透露收回的价码，估计也不会出多高的价。鸡娃王站了起来，眼巴巴地看着小灵通，一字一句地说："我鸡娃王都活到这一把年纪的人了，绝不会使奸耍滑，拿假画坑害你小灵通。"说到这里，他的脸已涨得通红，说，"不过话要说回来了，商场往来'君子无戏言'，我相信你会信守承诺。"小灵通也很无奈，还想对鸡娃王说道说道，但鸡娃王也没兴趣听了，驼着背出了画廊的门走了。

　　鸡娃王前脚离开画廊没多长时间，小杨后脚跟着就进了画廊的门。小灵通问他："你被所里叫去问话，事情处理的咋样了？"小杨看着小灵通，哭丧着脸说："这不才从所里回来。事情难缠着哩，一时半会儿也给你说不清。"小灵通又问："我看《藏家》杂志上登的造假诈骗嫌疑人的照片就是刻章子的

上海人赵华亭,他也摊上这起官司了?"小杨无奈地说:"可不是,不过姓赵的还算幸运,有贵人保他,没几天就从所里出来了。只是不知道现在在何处。"小灵通问:"你没在书院门正街上听到赵华亭的消息吗?"小杨想了想才说:"我听乒乓姐说赵华亭跳护城河了,但我不信。"小灵通不由得紧张起来,慌忙追问:"自杀?赵华亭会自杀?这也太残酷了吧!"小杨被小灵通的情绪感染了,过了一会儿小杨又说:"也有街串子说赵华亭回新疆去了,说是丹婵也到新疆寻他去了,要是他俩能碰到一块就好了。"小灵通叹道:"这样最好!佛祖保佑他俩。你媳妇应该快生了吧?"小杨也应承着说:"快了,过旧历新年,预产期是正月二十八。"小杨迟疑着问小灵通:"你下一步怎么打算呢?画廊就这么不开门也不是个办法,看我能帮上你啥不?"小灵通苦笑着说:"你现在都是泥菩萨过河自身难保了,也真难为你有这份心了。"小杨叹着气离开了画廊。小灵通想着刚才鸡娃王对自己的一番说辞,鸡娃王这是来要账的。自己账上虽然还有一百多万的资金,但这笔钱是自己最后的资本了,要是都支付给鸡娃王,自己倒是无债一身轻了,画廊就彻底关门了。要是广东雅德顺利地将《终南雪松》图轴拍卖出去,所有的问题都迎刃而解了。想到这里,小灵通略微轻松了一些,眼下就是配合慧空野把剩下的《元青花》纪录片拍完。到了明年春上,如果资金问题得到了解决,自己再赎回那只元青花梅瓶。

昨天衮雪妹的来访应验了鸡娃王的推测。小灵通自从染指秦岭云大师的《终南雪松》图轴后,才真实地体会到收藏的水有多深了。小灵通把所有的希望都寄托在广东富翁的身上,同时也对衮雪妹能做通秦巨江的工作,让他给《终南雪松》图轴出具一份真迹鉴定证书也抱有一丝幻想。他决定再和衮雪妹联系,希望她能把鉴定证书的事办成。衮雪妹的电话响起来,她一看是小灵通的,先是一怔,然后就有了主意。她先征求秦巨江的意思,说:"是书院门小灵通打来的,可能是想通了,要出让他手里的《终南雪松》图轴。"秦巨江头也不抬,从牙缝里挤出了几个字:"这小子不会那么容易听我们使唤。"衮雪妹看着秦巨江,说:"那他的电话接还是不接?"秦巨江抬起头来,以命令的口吻说:"接听,看这小子还会要出什么花样!"

第七十一章　窘　境

寒雨连雪暮入亭,崖陡石危始观山。

才子佳人弄潮儿,风口浪尖迎挑战。

才脱险境却破产,落井下石逼欠款。

枉费心机计利诱,草根布衣义凛然。

　　寒风带着湿气吹打着一心亭里的一男一女,彭副省长又低沉地问:"彩棉,关于最近对'宝庆寺模式'的争论,你个人有些什么看法?"花彩棉想了想回答:"我还是同意你的主张。"彭副省长又问道:"能不能说说你的具体看法?"花彩棉调皮地说:"人家不是说了嘛,你的想法就是我的想法。"彭副省长没有想到花彩棉这样回答自己。略微一迟疑,这才和紧挨着自己身子的女人对上了眼光,一股电流迅速传遍了男人的全身,彭副省长此时也不由得心潮澎湃起来……两个人都沉默了。也不知过了多长时间,花彩棉低低地叹息道:"那层云后面,还有更高的山。"彭副省长抬起头看着眼前的云朵,搂住花彩棉的腰,花彩棉也把头靠在他的肩上。只听彭副省长问:"你最近都拍摄采访什么题材的新闻?"花彩棉立即回道:"是有关长安城西南颜家河被污染的跟踪报道。彭副省长大人有什么新的指示?"彭副省长紧紧搂着怀里的女人,本来他计划让花彩棉下一步以媒体的视角,对目前书院门正街宝庆

寺复建工程,做深度的报道。目的就是对以"宝庆寺模式"开发地产项目的商业动机曝光,以此为契机,宣传他在古城长安文化遗产保护上"维持原貌,修旧如旧"的主张。花彩棉从彭副省长怀里挣脱出来,嗔怪地低声问:"你心里又在思考什么国家大事呢?"然后望着对面云雾里的层层高山赞叹道,"好美的终南山,一山还比一山高呢!"彭副省长听到这里,爽朗地笑着说:"人一定要有攀上最高峰的雄心壮志!"

一大早,小灵通还没有起床,就听得门外咚咚的敲门声。他赶紧穿好衣服,也顾不上梳洗,就跑到楼底下开了画廊的门。鸡娃王还没进通灵阁的大门,就嚷嚷开了:"小灵通你成天大门紧闭,你可不要跑路躲债去了。"小灵通揉揉眼,不满地看着鸡娃王说:"欠你的账,我上次不是说了会还你的。跑路,跑路,我能跑到哪里去?"鸡娃王把眼一瞪,依然嚷嚷着:"跑回你安徽的老家豆鼓村。难不成你不想还我那一百万欠款了? 真金白银一百万。"嚷嚷完了,一推小灵通就进了通灵阁画廊的大门,往椅子上一坐,一副今天要是小灵通不还钱就不走的架势。小灵通看着鸡娃王这做派,又好气又好笑,但还是礼貌地给他倒了一杯水说道:"鸡娃王老师,我已经委托广东的拍卖行出手那幅秦岭云画的《终南雪松》图轴,最多明年春拍卖出去了,我一准还你的欠款。"鸡娃王哼了一声说道:"你也不要骗我。我知道那幅画轴早已在北京腾龙拍卖公司,以一千二百多万元拍出去了,这可是你亲口告诉我的。"小灵通无奈地摇着头:"是的,但是买家最后没有付款嘛!"鸡娃王说:"买家没有付款,这只是你单方面的说辞,谁信呢!"小灵通被鸡娃王这样的说辞气得说不出话。今天是咋了?鸡娃王怎么就胡搅蛮缠起来?鸡娃王见小灵通说不出话,就喊道:"没有付款?你把《终南雪松》图轴,就现在立刻拿到我面前,我就相信那幅画还没有卖出去。"小灵通已气得气都喘不上来了:"鸡娃王老师,你咋能如此不讲理呢? 你也知道那幅画现在我又委托给了广东雅德拍卖公司明年春上上拍,我这会儿怎么拿出来让你看呢?"

鸡娃王嚷嚷着:"不讲理,你说谁不讲理了? 你从我手里取走那幅画的时候,就应该当下把钱付清。只怪我心软好说话,答应了你过些日子再付这一百万尾款的要求。我要是早知道你有今天,打死我都不卖给你那幅《终南雪松》图轴。"小灵通知道自己说不过鸡娃王,把头埋在两个手掌里,眼眶子里的眼泪乱转,差一点就哭出来了。鸡娃王已盘坐在椅子上,嚷嚷道:"你这是咋了小灵通?你不要这样子,快点给我还钱。"

　　慧空野进了通灵阁的大门,小灵通和鸡娃王的争吵,慧空野在门外全听到了。他对着鸡娃王一鞠躬,说道:"这位老先生,通灵师父是我生死之交的朋友,他欠你的钱我可以替他还。"小灵通说:"不必,慧空野先生,这是我们之间的事,你就不要再掺和进来了。这样的话,我更是跳进黄河里也洗不清了!"鸡娃王被这突如其来的变故惊得张口结舌,吃惊地看着来人,突然喊道:"小灵通你听到了,你欠我的钱可以还了,这人仗义为你疏财,咱俩都脱离苦海了。"小灵通也忽地立起身拉住慧空野说:"你先上我画廊的二楼,等我同鸡娃王老师交涉妥当了咱再说我们之间的事行吗?"慧空野坚持着说:"通灵师父你有什么困难一定要告诉我,你有能力再把画廊开起来的。"说完就一个人上楼去了。小灵通想了想就对鸡娃王说:"鸡娃王老师,欠你的钱,我一定会还你的。"鸡娃王从椅子上站起来说道:"你就用你朋友的钱周转一下,把欠我的钱一还,然后你有钱的时候,还给你这义气的朋友就行了嘛!"小灵通现在只想赶紧让鸡娃王出门,哄骗鸡娃王说:"你说的对,我马上就上楼去和他交涉,鸡娃王老师,你还是先回吧。"有了小灵通明确的承诺,鸡娃王高高兴兴地出了画廊的门。

　　小灵通送走了难缠的鸡娃王,上了二楼,一脸的紧张表情还没有退去,却见慧空野一副安闲适意的神情坐在二楼的椅子上。慧空野开门见山地说:"我要买回你那只元青花梅瓶。"慧空野这是给小灵通摊牌了。小灵通也不假思索地说道:"慧空野先生,我们是朋友,但我不和你做生意。"慧空野还是坚持着说道:"通灵师父,你就把那只青花瓶子出让给我吧!价钱对我来说,不是问题,你说多少我就付多少,这样的话,那个老头子也不会再问你追债了。"小灵通说:"我不能做违法的事情!"小灵通又说,"你不是说《元青花》尾片还要继续拍吗?刚好通灵阁也倒闭了,眼下我什么事也没有,就一

心一意把片子拍完。"慧空野回答:"对啊,我们已经签了拍摄合同,我们双方还是首先把合同履行完了以后再说下一步的打算。"小灵通从早上到现在还没有吃饭呢,他觉得肚子饿得咕咕叫,就建议说:"慧空野先生,我还没吃早饭呢。不如咱们现在去鼓楼吃灌汤包子去。"慧空野高兴地说道:"这样最好,说走就走,我车就停在你门口。"说着他俩就去鼓楼了。

第七十二章　私　奔

书画情仇难了断,徘徊辗转情丝牵。

比翼双飞难觅路,欲罢不能空缱绻。

《空谷幽兰》身份变,《终南雪松》再遭难。

父子上门逼还债,脚踏两船刷卡还。

　　衾雪妹知道小灵通破产是她和秦巨江作孽导致的,可悲的是她也想不出办法帮助小灵通。衾雪妹感到愧疚,但小灵通冒冒失失购进秦岭云的《终南雪松》图轴,使通灵阁陷入了无力回天的困境,他自己也要负投资不慎的责任。小灵通想让她求秦巨江给他出一份《终南雪松》的真迹鉴定证书,无疑是与虎谋皮。看来小灵通这次是栽在秦巨江的手里爬不起来了。衾雪妹叹了一口气,两眼无助地望着窗外,秦巨江在三楼的画室里作画,衾雪妹在沧浪阁的一楼,独自想着心事。她的未来怎么办呢? 秦巨江虽然把沧浪阁的产权过户到了她名下,每个月秦巨江给她的钱也花不完,但自己并没有掌握秦巨江的经济命脉,要不然上个月,自己也不会连一千多万的买画款都凑不出来。要是她手里头能有一大笔钱,真就想着和小灵通私奔了。不过小灵通眼下火烧火燎的心里只有花彩棉,即使自己有了这笔钱,他也未必肯和自己远走高飞。衾雪妹想到此处,也郁闷起来。女人的直觉告诉她,她和秦

巨江是不会有结果的。

她身旁的座机电话响了，里面是个陌生的岭南女人的声音，说是要找秦巨江。袞雪妹喊了一嗓子，秦巨江也停了手里的画笔，抓起电话听起来。电话里岭南女人说："你是大师秦巨江吧，你好！"秦巨江听着陌生悦耳的声音："我是广东雅德拍卖公司总裁办秘书娄丹，我们公司的赖总经理想向大师请教呢！"秦巨江答道："不用这么客气，我也很愿意结识赖总经理这样的朋友。"停顿了一下，电话那边的娄丹秘书把电话交给了雅德拍卖公司的总经理，赖总开门见山地说："我公司的书画部接受了一位授卖人的委托，准备在明年春拍，拍一幅秦岭云大师的精品力作《终南雪松》图轴。想请你在鉴定上把把关。"袞雪妹隐隐约约能听清电话里双方的谈话，心情紧张起来。她大致能猜出秦巨江会怎么处理这件事。秦巨江问道："你们公司的鉴定意见呢？"赖总那边回应道："我们公司的专家组都看过了，意见是一致的，是真迹。为了慎重起见，我们又请了岭南美术学院国画系的几位教授鉴定了，还开了现场鉴定讨论会，大家的意见也都是一致的，为真迹。"秦巨江答道："既然你们请那么多的专家都鉴定过了，你们还找我做什么？"赖总显然已在千里之外感到了秦巨江的不快，又说道："你是大师啊！而且这幅画又是你老父亲秦岭云大师的作品，我们还是想听你最终的评判。"秦巨江做出很难表态的口吻说："关于我父亲的画作，我们家族几个兄弟姐妹有过一个约定，就是兄弟姊妹聚齐了以后，共同鉴定完，才能做出最后的评判，出具鉴定证书。"赖总紧接着说："你父亲这幅《终南雪松》图，早在许多年前，就已经在《文化遗产报》上著录了。"双方沉默着，还是赖总想了想，才推测着问他："看来近期秦大师的姊妹兄弟是不会凑到一起了，那我们在明年春天，还是想拍你父亲秦岭云大师的珍贵画作。"秦巨江还是呵呵一笑："这个好办，我手里就有我父亲创作的《空谷幽兰》图。"听到这里，电话那边的赖总显然情绪高昂了起来，但立在秦巨江身后的袞雪妹心情却沉重起来。她听了秦巨江和岭南人的通话，确信刚才在接电话之前对小灵通手里的《终南雪松》图轴未来命运的推断不幸被言中了！她心情沮丧地上楼，去给秦巨江收拾画室。

电话里的赖总声调轻快地说:"那我们之间合作起来如何,秦大师?"秦巨江答道:"这样最好不过了,你们就把我珍藏的《空谷幽兰》拿去拍卖吧!"赖总一听秦巨江说话这样爽快,就说:"那我们公司随即就派人到长安去取画,只是价格方面……"秦巨江说:"有了合作的大前提,价格怎么都好商量,但我想让你们公司买断这幅《空谷幽兰》图,以后你们公司拍出去多高的价钱也和我无关了。"赖总试探着问道:"那就按目前秦岭云大师画作拍卖市价的百分之六十我们买断。"秦巨江爽快地答应:"可以,也就是个六七百万的样子。"赖总说:"那就说好了,我公司就六百万元买断你手里这幅秦岭云大师的《空谷幽兰》图。"秦巨江磨叽了几秒钟,最后答应了赖总:"就六百万元,你派人来我家取画。"

第二天下午,衮雪妹把广东雅德拍卖公司的总裁秘书娄丹接到了沧浪阁。双方把《空谷幽兰》交割了以后,衮雪妹手握着一张存有六百万元现金的银行卡,问岭南来的漂亮女秘书:"你这张卡的密码是多少?"娄丹轻松地回答:"这张卡没有特设密码,就是初始密码六个零,一会儿你到银行里核对一下就知道了。"秦巨江被眼前这个岭南美女吸引了,看着娄丹,提议说:"长安这地方人文荟萃,名胜古迹众多,你既然来了,我陪你到处走一走,如何呀?"娄丹说:"我也想趁机在长安旅游几天,不过公司有交代,让我'速来快回',所以,我想只参观个兵马俑遗址就可以了。"衮雪妹本以为秦巨江会让她去陪娄丹参观,既然秦巨江要亲自作陪,衮雪妹手里又攥着现金卡,这会儿她还真求之不得呢! 因为她要揣着卡去见小灵通,要是小灵通愿意,衮雪妹就和他立马飞到谁也找不到的地方,永远也不回沧浪阁侍候秦巨江了。衮雪妹的情绪亢奋起来,不过没多长时间,她又感觉后背发冷。衮雪妹进了卫生间,在镜子前欣赏起自己来,憔悴的脸颊没有一点红晕,不由叹道:"自己真的老了吗?"也不知道过了多长时间,等她从卫生间里出来,秦巨江已陪着娄丹出门了。衮雪妹推测他俩是去参观兵马俑去了,于是她就开上梅赛德斯跑车往书院门去。

衮雪妹一推开通灵阁的大门,看到鸡娃王闭着双眼,躺在沙发上,头上

包着纱布。听见了有人进大门,也不睁眼,嘴里大声哼哼着:"逼死人命了,欠债不还逼死人命了!"在二楼的小灵通正不知道如何打发鸡娃王,听到楼下有动静,就下楼来看,迎面和衮雪妹撞了个满怀。衮雪妹就势搂住了他的腰。小灵通示意不要吭声。衮雪妹和小灵通相拥着上了二楼,扑倒在单人床上。衮雪妹搂住小灵通的脖子。两个人就这么在床上纠缠着。小灵通突然发现鸡娃王正靠在门框上,一双老眼眯缝着,小灵通打了个激灵,本能地推了一把衮雪妹。衮雪妹也醒悟过来,一翻身就从床上坐起来,指着鸡娃王骂道:"你个老不正经的,你本事大就把灯打开,我们倒要让你看个够。"鸡娃王像是没听见一样,照样靠在门框上。衮雪妹怒火中烧地喊了一嗓子,"滚,快滚!"鸡娃王也不生气,仍然一动不动,一双老眼直勾勾地看着床上的两个人,嘟囔了一句:"滚?还钱就滚。"衮雪妹愤怒地从兜里掏出才到手的那张存着六百万元的卡,朝鸡娃王扔过去,骂道:"这里面有六百万,够了吧!"鸡娃王连忙说:"够了!用不了那么多,我只要一百万!"小灵通也坐起来,看着鸡娃王,对着衮雪妹大喊:"衮雪妹,这不关你的事!"

第七十三章　顿　悟

历尽艰难玉汝成，五蕴是空因果定。

父子上阵追欠账，钱财面前真性情。

通灵顿悟妹闲话，已知余年伴钟声。

痴男不忘初恋美，小女唯有涕纵横。

　　衮雪妹被小灵通一嗓子喊得打了个激灵。小灵通对鸡娃王说："鸡娃王老师，是我欠你的钱，不是衮雪妹欠你的钱，你把卡还给她。"说完一骨碌从床上翻身下地，就来到鸡娃王身边，想从鸡娃王手里夺回那张卡。鸡娃王死死用手攥着卡，身子一滚坐在了地上，盯着小灵通看，那意思是说"我就不给，看你能把我咋样？"衮雪妹也下了床，拢了拢头发，慢慢地走到了正僵持着的两人跟前。她刚想劝小灵通，鸡娃王兜里的电话响了起来，鸡娃王急忙对着电话讲："儿啊，快来救你爸！啥？你就在通灵阁的门外头。你快进门上二楼，这俩年轻人欺负你爸呢。"小灵通和衮雪妹不由得相互看了对方一眼，知道今天鸡娃王是有备而来的。鸡娃王的儿子冲上楼来，指着小灵通就骂上了："你就是小灵通吧，你今天不给我爸个交代，我把你个畜生给灭了。"说着就抡起了拳头要和小灵通打架。鸡娃王一看，也不知哪来了一股子劲，抱住了儿子扬在半空中的拳头，泪汪汪地说："儿啊，咱今天是来要钱的，不

是来拼命的。"衮雪妹已恢复了镇定,直视着鸡娃王父子俩,推了一把小灵通说:"你也不要拿我当外人了,你欠还是我欠不都是一样?"然后又转向鸡娃王父子俩一字一句地说:"不是给你爸个交代吗?你看你爸的手里头有张银行卡,足够还你爸的钱了。咱现在就去银行,给你爸转一百万去。但收到钱以后,你们要给小灵通打一张收款收据,不要再来找小灵通了。"

小灵通目送着他们下了楼,陷入了沉思:欠鸡娃王的钱是还清了,但却欠上了衮雪妹的钱。小灵通越想越烦,无精打采地靠在了床头上。要是秦巨江知道了这一切,衮雪妹往下该怎么办呢?自己的《终南雪松》图,永远不会等到云开月明的那一天!小灵通不愿意往下想了,只盼望着《终南雪松》图轴,明年春上在广东雅德能顺利拍出,自己的一切困难就可以解决了,通灵阁在书院门的正街上又可以重新开业了。

天快黑的时候,衮雪妹回到了通灵阁,还给小灵通带回了鸡娃王打的收条。衮雪妹开玩笑地说:"灵通哥哥,这可是你的卖身契,你以后就属于我了。"等了一会儿见小灵通还是不吭声,她就笑着说,"灵通哥,咱们现在去唐皇宫大酒店的玫瑰厅吃晚饭去,那里的广东晚茶很不错。"小灵通这会儿也不饿,下午他在鸡娃王父子面前丢了面子,所以躺在床上不想动。衮雪妹反倒是兴致很高的样子,坐到床边拉着小灵通的胳膊央求地说道:"人家想让你陪我去嘛。"说着就扑到小灵通的怀里说,"人家还想给你说说刻章子的南方人赵华亭的事呢。"小灵通听她提起了赵华亭,才有了一丝兴趣。他也想知道《藏家》杂志"打假维权"事件曝光后,赵华亭的光景如何,就说:"那好吧,咱们就去唐皇宫酒店吃饭,再听听赵华亭的事。"衮雪妹从小灵通身上爬起来,说:"我还有更重要的事情要和你商量。"小灵通看着兴高采烈的衮雪妹,心情也好了一些,就打趣地说:"我只听好事,要是倒霉的事我看还是算了吧。"两个人下了楼出了通灵阁的大门。衮雪妹发动了车子,载着小灵通去了永宁城门外的唐皇宫大酒店。

衮雪妹和小灵通一块吃着晚饭,又想起了之前在这里和自己会面的赵华亭,本来想说说自己低价收购赵华亭收藏的《空谷幽兰》图的事,但想到自己来找小灵通的目的，就先说出了自己的打算："灵通哥，这张卡里面存着五百万元，够咱俩干点小事情了。我想离开秦巨江，我实在受够了，他让我厌恶！咱俩远走高飞吧。"小灵通本想听听赵华亭的事，再就是之前托衮雪妹办的事情，没承想衮雪妹又是来和他老生常谈的，就觉得口里的美味佳肴如同嚼蜡。衮雪妹看小灵通听着自己的打算，一副不感兴趣的表情也让她失望，两个人各想各的心事，一桌饭菜就吃不下去了。但小灵通还是满怀希望地问衮雪妹："秦巨江对我收藏的《终南雪松》图轴，会出鉴定证书吗？"衮雪妹没好气地说："我之前不是说过，要等时机成熟了才在他面前提这件事情，你不要这么着急嘛。"小灵通叹着气说道："你都打算和我私奔了，怎么可能等到秦巨江回心转意的那一天？"小灵通想到自己那幅花了四百多万收藏的《终南雪松》图轴可能要成为一张废纸了，心口绞疼起来，看来唯一的希望是等待广东雅德拍卖公司明年春天的春拍了。

"通灵师父也来这里吃饭吗？"小灵通被身后熟悉的声音打断了思绪，慧空野来到两个人的桌旁，跟小灵通打过招呼就望着衮雪妹，显然慧空野对坐在小灵通身旁的女人是衮雪妹而不是花彩棉而感到诧异，就问小灵通："通灵师父，这位女士能介绍给我认识吗？"小灵通才要张口，衮雪妹先自我介绍起来："我叫衮雪妹，是高端书画投资经纪人，是小灵通的女朋友。"说完就递名片给慧空野。慧空野审视着她递过来的名片，因为在慧空野心目中，小灵通的女朋友是主持人花彩棉。小灵通红着脸，白了一眼衮雪妹，衮雪妹也瞪了一眼小灵通。这一切都没逃过慧空野的眼睛，慧空野一屁股坐到小灵通的身边赞赏道："衮雪妹的眼力好啊，通灵师父可不是一般的人才。"衮雪妹就看着慧空野。慧空野继续说，"我给通灵师父拍的纪录片《元青花》就快杀青了，我钦佩他，更了解他。""通灵师父？"衮雪妹不解地看着对面的男人，问道，"你怎么成了通灵师父了？灵通哥你不会是要入空门了吧？"小灵通听了这话不但没有生气，反而觉得心头敞亮了许多，身体也轻松起来。衮雪妹无意间问的一句话，倒像划破了重重迷雾的一缕阳光让他内心透亮起来！慧空野还是最关心那只元青花梅瓶，于是就试探着问小灵通："通灵师父，我在

秦粤公司的总裁办公室里看到了一只与你收藏的那只元青花梅瓶一样的青花梅瓶,是不是就是你说的抵押给广东人的那只?"小灵通点了点头,惊异地问道:"慧空野先生也和秦粤公司有往来?"慧空野毫无避讳地应道:"是的。因为秦粤公司是书院门地区的开发商,又是宝庆寺复建工程的承建商,所以我们倍加关注这家公司。"衮雪妹突然又接过话说:"秦粤公司可是不一般,我原来就是这家公司的雇员。"衮雪妹又说道,"灵通哥收藏的元青花梅瓶我也见过。"说完就看小灵通。本来衮雪妹兜里揣着一笔巨款,想和小灵通挑一处没有人打扰的地方,一同规划他们的将来,没承想碰上慧空野,打乱了她的美好计划,心里有点不高兴了。她用脚踢了一下小灵通,示意走人。但小灵通还想和慧空野继续落实《元青花》尾片的几个细节的拍摄安排,就不愿意随她离开唐皇宫大酒店。看着小灵通和慧空野继续谈着话,她站起身,看了一眼小灵通,说自己要去卫生间,这一去就再也没回到桌子上。她一个人出了酒店大门,去了马路对面的永宁门,进瓮城,顺城墙台阶登上了永宁门城楼。

衮雪妹一个人绕着永宁门城楼转了一圈,走到城墙边探头向城下看:灯火阑珊、车水马龙,衮雪妹禁不住流下眼泪。自己的未来在哪里呢? 她茫无目的地在城墙上转来转去,离永宁门城楼越来越远了,她就一个人这么走着,任凭眼泪往外流着。也不知走了多长时间,她感觉自己的身后好像有个人在跟踪自己。她起初还以为小灵通来陪自己了,心上涌起一股暖流,仔细看时,原来是城墙上的保安人员。只见保安对她说道:"这位女士,我跟着你是为了保证你的人身安全,请你三思,不要一时想不开。"她笑起来:"我不会想不开的,谢谢了。"

衮雪妹此刻听到了城墙下书院门的正街上,酒疯子的阵阵疯吼声:"城楼倩影泪声残,青砖碧瓦永宁安? 才念去路宽渐窄,始叹命贱月下寒。言不由衷心触动,无牵无挂默无言。慧空迷惑设局奸,元青花瓶遭大难!"衮雪妹咽着泪水,六神无主地叹道:"城楼倩影泪声残……"

第七十四章 抢 劫

沧浪之水浊又浑，厄运降临匪撞门。

善恶有报终待时，乔装买画扮客人。

自作自受弃女泪，身怀六甲后悔迟。

面对枪口命要紧，月盈则亏有轮回。

　　昨天，秦巨江才从北京返回长安。他受中央电视台的邀请，在北京参加了全国电视绘画竞赛决赛阶段的评审直播工作。在评审拍摄的间隙，秦巨江办了两件事。首先他和女明星深入探讨了两个人以后共同在一起生活的可能性，以及他到北京发展艺术事业的宏伟计划。最后两个人商量出了结果，秦巨江决定在一两年内，就将他绘画的事业重心转向北京。随后秦巨江密会了腾龙拍卖公司的总裁魏总，又深入地了解了"油老板千金"搅局的原因，得到了他最不愿意相信，但却不得不相信的事实：那个所谓的"油老板千金"其实就是衮雪妹。原来"北京打假维权"计划流产的原因是衮雪妹背地里和小灵通有私情。秦巨江一想到这里，连杀了衮雪妹的念头都产生过，这种占有欲掺和着极度自私的个性，几乎要把他折磨致死。等平静下来，秦巨江又从衮雪妹的行为中，发现了有利于他甩掉衮雪妹的机会。只要他决定离开长安到北京和女明星在一起，衮雪妹就是多余的了。以秦巨江极端自

私的个性,以及为达目的不择手段的做人信条,他绝不会怜惜那些在他前进道路上曾经帮助和有益于他的人。

秦巨江手里拿着画笔,阴沉着脸审视着衮雪妹,看着正在收拾他画室的女人,秦巨江的耳朵里就响起北京腾龙拍卖公司魏总的声音:"上个月住在京西宾馆2134包房,来腾龙搅局的油老板千金,她留给公司的身份证复印件上面的名字是宫雪梅!"秦巨江两眼开始发黑,胸口憋闷,血往头上冲,差一点栽倒在地上。他再也无法遏制住自己一次次涌起的愤怒和嫉妒,突然冲到衮雪妹的面前,抓住衮雪妹的一头黑发往墙上撞。衮雪妹惊愕地大声喊着:"大师、秦大师……"秦巨江高声怒骂着:"你个小婊子,你老实说,你上个月到北京去了吧?你去干什么了?你个吃里爬外的贱货,你也敢背着我偷人?和你一块住在京西宾馆2134包房的男人是不是小灵通那小子?"秦巨江咆哮着。衮雪妹从来没见过秦巨江在自己面前撒野。当得知自己和小灵通的私情秦巨江已了如指掌时,她也就豁出去了,狠狠咬了秦巨江一口。秦巨江的手立刻就流出了血,秦巨江的眼睛也红了,抡起流血的手就朝她的头上扇去,一巴掌把衮雪妹打倒在地,又抬起脚就朝女人身上踢。衮雪妹的肚子被秦巨江狠狠地踢了一脚,她大声地喊道:"我怀孕了,你踢吧,你踢死的,可是两条人命!"秦巨江听衮雪妹喊出"怀孕"的声音,收住了脚。正想追问她,一楼传来了门铃声,而且叮咚叮咚响个不停。秦巨江指着地上的衮雪妹喊道:"快起来看看谁来了。今天就是送钱买画的人再多,也一律挡驾谢客,我要好好和你交涉。快起来,听见了没有?"衮雪妹坐起来,理了理一头乱发,急急忙忙地下楼,秦巨江也跟在她后面一同下楼来。

衮雪妹到了门前,从大门的猫眼望出去,见三个男人立在门旁,其中有一个拖着沉甸甸的黑色旅行箱。衮雪妹知道买画客来了,而且箱子里的钱看起来不少,还有两个马仔在一旁看护着。她又拢了拢看起来还算整齐的头发,准备开门。这时身后的秦巨江命令道:"算了,不开了,今天就是金山银山堆在我的面前,我也没心思画画。"他说完就往楼上走。衮雪妹对买主说:"秦大师今天不在,你们以后再来。"衮雪妹才按了通话按钮,秦巨江又改

变了主意,他从二楼楼梯口探出身子对衮雪妹说:"你把我最新出的画集,给外面的客人送一本,让他们下次来,我一定给他们画画。"衮雪妹就回身到一楼的厢房里,取了三本秦巨江的个人专集画册,又来到大门口。

衮雪妹打开了大门,秦巨江对衮雪妹说:"你把画册送给他们,就请客人赶快出门吧。"本来还想说些什么,但只是张了张口没有吭声,一副不耐烦的样子。那人从衮雪妹手里接过三本画册,又打开了手里那只又大又重,看起来装着现金钞票的黑箱子。秦巨江不由得朝箱子里瞟了一眼,那人也就是在对面的秦巨江看过来的同时,甩掉了画册,从箱子里握住了手枪。秦巨江一见这架势,先是头发蒙,脑子一片空白,本能地就想转身往后面的楼梯上逃跑,但腿却打战,坐在地上挪不动步子。衮雪妹起初只看见秦巨江突然脸色变得惨白,等她也看见了那人手里的枪时,腿一软就瘫在地板上了。

第七十五章　杀　气

风暴欲来雷满阁，在劫难逃恶惹祸。

衰败先由内乱起，恶有恶报时候到。

新仇旧恨难了断，轻抚胎儿日不多。

何去何从卧榻冷，愁添眉头岁蹉跎。

　　那人拿枪指着秦巨江，示意他和衮雪妹站到一块。秦巨江战战兢兢地挪着步子，好不容易才挪到衮雪妹的身旁。那人开口说道："我只在你们这屋子里待十分钟，你们把屋子所有的钱，都给我往这箱子里放，直到我满意为止。你们看着表，现在是差十分四点整，四点钟，要是我不满意，门外和我一块来的伙计们，十分钟后就会进来，到那时子弹不长眼。"这时秦巨江才镇定了一些。他浑身颤抖着对那人说道："这位初次见面的朋友，我没有得罪你，彼此从来也没有见过面，你们、你们不就是缺钱花了吗？这个好办……"说着就看了衮雪妹一眼。那人又说道："你没得罪我，是你的钱得罪我了。看见没有，对面桌子上的白瓷美女像，很像你身旁的女子，子弹不长眼了！"说着扣动了手枪扳机，衮雪妹惊叫一声，只听哗啦一声，楠木条案上的那尊瓷雕渡海观音像，顷刻间就变成了一堆碎片。秦巨江已经被吓得尿裤子了。衮雪妹捂着耳朵还想叫，那人把枪口摆了摆，意思是不要再大呼小叫了，继

312

续说:"就十分钟,还不快去取钱!"秦巨江战战兢兢地对那人说:"可以!我今天把这屋子里所有的钱都、都搜出来,你拿去就是了。"秦巨江在那人的枪口下,搜遍了所有的抽屉,再加上自己兜里的三千多元,不到四万元钱。那人看着箱子里的钱,显然很失望。衮雪妹惊叫着:"我这儿有、我这儿有一张卡,里面好几百万呢!"那人露出一丝狞笑:"卡?里面有多少钱?你把密码留下!你别糊弄我。"衮雪妹颤抖着说:"里面真的存着五六百万呢!密码就是六个零,你可以去银行取款。"那人点点头,拿枪点一点衮雪妹,示意交出卡。衮雪妹掏出卡递到了那人的手里,那人看了看,往箱子里一扔,冷笑着说:"要是取不出钱,或密码不对,我直接就杀了你!"衮雪妹点着头,脸色一会儿青一会儿白。

门外传来叮咚叮咚的门铃声,那人挥枪示意秦巨江去开门。秦巨江吓得走不了路。那人一看他这样子,命令衮雪妹:"咱俩去一趟银行。"说着恶狠狠地瞪着秦巨江,一字一句地说道:"子弹不长眼,只认钱。"那人对他的两个马仔说:"留一个人,看住这男人。要是卡里没有钱,我再电话通知。"衮雪妹听到这里,抬起头,看了一眼秦巨江,秦巨江眼睛眨了眨,衮雪妹明白,为了两个人的命,她得走一趟银行了。

他们顺利地取出了卡里的现金,那人就把衮雪妹放了。衮雪妹浑身就像被抽了筋一样,一点力气都没有了。衮雪妹越想越害怕,最后都不知道自己是怎么回到沧浪阁的。

第七十六章　瓜　落

身怀六甲身弱柳，好马回头情依旧。

银河鹊桥遥不及，岭南飞鸿添新仇。

昔日几多骚情处，今日瓜落绝不受。

肝肠寸断穷途末，欲听打油疯子吼。

　　小灵通才起床，衮雪妹就来找他了。两个人一见面，细心的小灵通看出衮雪妹很憔悴。小灵通上前一步抱住了她，两个人紧紧拥抱着。小灵通情不自禁地在女人脸颊上吻着，他感觉到了衮雪妹在抽泣。衮雪妹在小灵通的身上依偎着，男人的身体和肩膀让她有了安全感和归属感。小灵通抬起头，低声地问她："我这一段时间忙着在拍摄《元青花》纪录片，也没有陪你，是我不好，对不起了，我只想赶紧把纪录片《元青花》的尾片拍完，然后把我老家豆鼓村的祖屋修缮好。我已经想清楚了，决定结束我和花彩棉之间的恋爱关系，我现在已没有任何物质基础和事业基础来和她继续下去了。"衮雪妹听到这里，两眼突然就闪烁出了光芒，仰起头痴痴地望着小灵通。两个人都有许许多多的话要对对方说，但又不知从何说起。

　　衮雪妹擦了一把眼泪对小灵通说："我怀孕了。"小灵通听衮雪妹说她怀孕了，惊得说不出话来了。他内心思忖着，衮雪妹专程来通灵阁找他，说自己怀孕的事，难道她肚里的孩子是自己的？小灵通想到这里激动起来，如果衮雪妹肚子里的孩子是他的，那么他就要当父亲了。衮雪妹看小灵通沉默不语，叹了一口气说："无论如何我都要生养这个孩子，这是咱俩的孩子！"说完盯着小灵通。衮雪妹转过身去关门，她拉着小灵通的胳膊，小灵通揽住她的腰，抱起她进了临窗的加壁屋子，把她轻轻地放到床上，然后拉了被子盖在她身上，刚想转身离开，就被衮雪妹死死拉住："你不要走，我要你陪着我。"小灵通微笑着说："我不走，我想烧点热水，给你擦把脸，这样你可以舒服一些。"衮雪妹这才松了手，看着小灵通在自己眼前忙活起来。

衮雪妹躺在床上觉得舒服了一些，就对小灵通说："前几天，我们沧浪阁遭匪徒抢劫了。"小灵通不大相信地应道："开什么玩笑，匪徒抢劫？"说着就看她，见衮雪妹一脸认真的表情，便追问道："真的？你和秦巨江没有受伤吧？报案了吗？"衮雪妹心有余悸地叹道："倒是没伤害到我俩。到现在我一想到当时的情形，连气都喘不上来。劫匪有枪，还当着我俩的面开枪了。"小灵通也吃惊地张大嘴："是吗？你后来没报警吗？"衮雪妹叹着气说："秦巨江不让去报警，也不知道他是咋想的。难不成他有什么把柄落在劫匪手里，他只想息事宁人？那天幸亏我兜里有那张银行现金卡，就是鸡娃王连滚带爬地攥在手里不松的那张卡，让劫匪抢了去，不然今天我就见不到你了，很可能我肚里的孩子也无缘来到这个世界了。"小灵通推测秦巨江不去报案，主要顾虑的是和衮雪妹的关系。更深一层的原因就是，秦巨江已经决定要往北京去发展自己的事业了，而且已经准备和电影明星喜结连理，共谋事业发展，所以他不愿意让长安沧浪阁里发生的事情，闹得无人不知无人不晓。

楼下传来敲门声，小灵通就下楼去开门，见是小杨，他手里还拿着一封信。小杨先把信递给小灵通，高兴地说："我媳妇生娃了，生了个男娃，我爸高兴得不得了。"小灵通看见信封上有"广东雅德缄"的字样，心头一震，内心忐忑起来。小灵通撕开了信封，只见信封里面是广东雅德拍卖公司的一封公函，只有几行字说明了撤拍和撤拍的原因，小灵通的心情一下子沉重起来。

　　小灵通呆坐在椅子上,推测这一定又是秦巨江从中作梗的结果,下一步该怎么办呢? 小灵通想起了之前鸡娃王在画廊来向自己讨债时说过的一句话:"这有权有势的人,再失了德行,就真真正正变成活阎王了!"他把《终南雪松》图轴撤拍通知书攥在手里,紧紧地攥着。他一跺脚扬起手将揉成一团的通知书摔在地上,骂道:"秦巨江,你咋没让持枪的劫匪给杀了呢! 你狗日的不死,我这四百多万的投资,日后都会让你一口吞下去的,只有你才会干出这种丧尽天良的事。"骂完了他又想到了衮雪妹肚里的孩子,这是秦巨江的孽种,自己怎么能爱衮雪妹呢? 难道自己还要抚养仇人的孩子? 小灵通想不下去了,他恨衮雪妹,更恨秦巨江。看来凭一己之力已经不可能在书院门重开通灵阁画廊了。这时自己串街卖画风吹日晒的艰辛创业情景,又一幕幕浮现在眼前,小灵通迈着沉重的步子上了画廊的二楼。

　　衮雪妹还没有睡,见小灵通回来了,高兴地说:"我决定离开秦巨江和你结婚,再把娃一生,无论是留在长安,还是和你一起回安徽老家,我无怨无悔。"小灵通听到这里,感觉到耻辱,胸口憋闷得喘不上气,一双憎恨的眼睛怒火燃烧地看着衮雪妹,从嘴里蹦出几个字:"咱的娃? 别做白日梦了!"衮雪妹根本就没想到她心爱的男人能说出如此寒心的话来,失声痛哭起来。

第七十七章　时　机

欲壑难填野贼贪,沆瀣一气诡计连。

一石激起千层浪,元青花瓶临危难。

撤拍公函雪加霜,大师遗墨子诬陷。

孽债缠身存幻想,咸鱼翻身梦难圆。

《元青花》纪录片就要拍完了,小灵通态度很坚决,就是不肯把他收藏的元青花梅瓶卖给慧空野。慧空野就想到了他的老合作伙伴——流金岁月的张大老板。他明确地告诉张大老板,不管用什么办法,也要从小灵通手里弄到那只元青花梅瓶。

张大老板不解地说:"慧空野先生,元青花瓷器现在是烫手的山芋。"慧空野应道:"我只关心能不能从小灵通手里把那只瓶子弄过来。"

张大老板一提起小灵通从堂弟手里才花了两万元钱买走的那只元青花梅瓶,就有一股无名的怒火涌上心头。慧空野看张大老板半天说不出话,就对他说:"你可以从小灵通手里买过来,然后再转手卖给我,一进一出,你还可以赚钱嘛!"张大老板眼睛一亮,似乎有了主意,他又怕慧空野误解自己而失去了赚钱的机会,就说:"只是我手头已经没有那么多购买元青花梅瓶的钱。"慧空野明白,张大老板想问他要预付款,就笑了。张大老板看见慧空野

317

笑而不答,知道他不会被自己牵着鼻子走的,便说:"看看咱俩谁和那只元青花梅瓶的缘分更深。"说完笑了起来。最后,张大老板还是决定就在这一两天亲自拜访小灵通,试探小灵通的虚实。

再说小灵通正和衮雪妹吵架,就听到楼下有敲门声,他心情沮丧地一甩手就下楼来。令他没想到的是,来找他的是邻居流金岁月的张大老板。小灵通一边客套一边让座:"张大老板是稀客,今天光临我通灵阁,不知有什么事?"张大老板故作关心地问道:"听说你被贼人骗了,我来看看你。咱俩现在是难兄难弟了,我来和你聊聊天,都说远亲不如近邻嘛。"小灵通被他热乎乎的话说得心里暖融融的,但他清楚张大老板亲自登门,一定有更重要的事情。果然,张大老板问他:"你二楼上面陈列的那只青花瓶子还在吗?我还想再看一眼你这宝贝,不知你现在有意出让吗?"小灵通知道了张大老板的真实来意,就直截了当地回答:"有个朋友想买我这只瓶子,但我不能干违法的事情。不过我急需一笔资金,重开通灵阁挽救我的事业,如果张大老板有意,价格我们两个也能谈得拢,我就匀给你,你可算是帮了我的大忙了。"张大老板笑着说:"好说好说,我现在能不能看看那只元青花梅瓶?"小灵通两手一摊遗憾地回答:"这只瓶子现在不在我这儿,我把它存在安全保险的地方,要是张大老板决心收藏这只元青花梅瓶,我一定履行我们之间的约定。"张大老板点了点头,很随意地问小灵通:"那你这只青花梅瓶什么价可以出让?"小灵通说:"这只瓶子最低的价是一千万!""一千万?"张大老板惊叫,心里骂道:"你小灵通也够狠的,两万元从我堂弟的店里买进,这才过了没到三年,你就张口要一千万元的天价,我重新建流金岁月不过也就这个数。"张大老板努力控制住自己的情绪,有意把话岔开说:"听说这只元青花梅瓶有媒体给它拍纪录片子了?"小灵通点头说:"是的。"这时衮雪妹下楼来,好像有话要给小灵通说。张大老板起身就要走了,在离开通灵阁时,对小灵通说:"过几天咱们再约一次,看看这花瓶,到时我邀请一个专家专门为我掌眼。如果专家说是真品,我就付款提货。"小灵通一听非常激动,紧紧握着张大老板的手说:"日子你定。"张大老板应承着走了。

　　小灵通转过身去,看着衮雪妹,张大老总的来访使他的心情好了许多,便抱歉地说:"对不起,刚才是我的不对。因为刚收到广东雅德的退件通知函,我的那幅《终南雪松》图,又被秦巨江做手脚了。"衮雪妹听到小灵通的道歉,心情稍稍好转了一些,没好气地说:"前几天沧浪阁遭持枪的匪徒抢劫,该不会是你在背后指使的吧?"小灵通咬着牙说:"我身上没有枪,要是有,我真会冲进沧浪阁杀了秦巨江那恶魔的!"衮雪妹听完小灵通的咒骂,说:"我肚里怀的孩子真是在北京和你怀上的。这次我豁出去了,我要和秦巨江把话说清楚,我们养孩子需要钱,我要让他出具《终南雪松》是真迹的鉴定书,这是我离开他的最后条件,我想他不会不答应的。"看着衮雪妹,凭自己对秦巨江人格的判断,小灵通认为衮雪妹想得太天真了,秦巨江绝不会按照衮雪妹的意志来处理《终南雪松》图轴的鉴定问题的,显然衮雪妹过高地估计了她在秦巨江心目中的地位。想到这里,小灵通说道:"那你就试试吧,我看秦巨江不会按你的意思办。"衮雪妹听到这里显出了很高兴的样子,因为从小灵通的话里,她听出了他接受了自己肚里怀的孩子的现实。衮雪妹一下子就抱住了小灵通,亲了他一口,把他的一只手放在自己的肚子上。小灵通摸着她的肚子,不知所措地愣在她面前,周身僵硬,他觉得自己正在陷入难以自拔的泥潭中,而且越陷越深。

　　张大老板离开小灵通就去见慧空野。按照他的打算,他是不可能单独承担拿一千万元买那只花瓶的风险的。他想和慧空野一块去看东西,只要慧空野当面首肯,他转过身去就立刻付款。随后就再加一千万转卖给慧空野。于是他自信地出永宁门,往环城路对面的唐皇宫大酒店奔去,去找慧空野。

第七十八章　彼　岸

狼狈为奸计落空,火中取栗青花瓶。

菩提阿弥真如在,长安一梦心潮平。

抢救文物赤子心,七级浮屠做见证。

法号通灵慧根生,徘徊皈依缘何成?

　　慧空野见张大老板来访,说:"张大老板,我们还是去楼下的樱花厅,一同喝点什么。"张大老板的作为给慧空野提供了一条冒险取宝的思路。有朝一日,慧空野是要和广东富翁见面的,但不是和面前这个张大老板一起去见广东富翁,而是在韩勇或者小灵通的陪同下去见广东富翁。

　　他们刚坐定,慧空野说:"你并不明白我找你代我去见小灵通办那件事情的意图,既然是这样,我看你还是放弃吧!"张大老板遭到慧空野的如此冷落,只好起身和慧空野握了握手,沮丧地离开了唐皇宫大酒店。

　　广东富翁一返回长安就和小灵通电话联系,请小灵通来秦粤房地产开发公司自己的办公室里。电话里他先是安慰了小灵通,对秦巨江给出的《终南雪松》图轴的鉴定结果深表义愤。小灵通打算今后不再把《终南雪松》图轴交由拍卖公司运作了。一见广东富翁,小灵通就感激地说:"虽然广东雅德拍卖的事不成,但我……"广东富翁打断了小灵通的话说:"我找你来是商

320

谈关于你收藏的元青花梅瓶的事情。"小灵通看着广东富翁也激动地说："在书院门正街上有一个开歌舞厅的老板对它很上心,好像也下了决心要购买的样子。"广东富翁显得很意外："看来这只元青花梅瓶受到越来越多的人关注了。不过,我的意思是像这样珍贵的文物,最终的归属应该是国家的博物馆。"小灵通点着头问广东富翁："你不是说要和我商量这只元青花梅瓶的事情吗?我全听你的,你说怎么做,我就怎么做。"说完就走到玻璃柜跟前看着这只青花梅瓶。广东富翁看得出小灵通对这件元瓷珍宝依依不舍的心情,沉默了良久问道："你给歌舞厅的老板开价是多少?"小灵通说："一千万。"广东富翁惊愕地重复着："一千万!这个价格?"显出一副欲言又止的神情。小灵通赶紧解释道："不管怎么样,我还是愿意听你的。你说怎么做,我就怎么做。"广东富翁严肃地说道："我这次回广东,为这只元青花梅瓶的事专门跑了一趟岭南博物院,想安排好它的最终归宿。博物院藏品征集部的专家看了我带去的介绍文字和图片资料,初步判断这是一件'前至正'元青花瓷器孤品!下一步,他们打算就在岭南博物院为这件孤品开一个学术鉴定会,到时北京故宫、南京博物院,还有上海博物院的国家级专家会齐聚一堂。如果鉴定会开得成功,岭南博物院的同志希望你能把这件孤品文物捐献给他们,作为捐献的回报,博物院方面会给你相当可观的奖励。"小灵通听到这里,也不由得激动起来："我完全同意你的决定。"广东富翁继续说："最后的奖励可能没有你说的那么多。"小灵通笑着应道："虽然我的通灵阁目前正等着资金重新开张,但你说的这事是大事,我不会计较奖金的多少。"广东富翁听到小灵通最后的表态,才放下心来。起身走到自己办公桌后面,打开保险柜,取出那幅《终南雪松》图说："我从广东雅德把这件东西取回来了,你回去的时候带走吧。"小灵通说道："这件东西,我也想长期保管在你这里,只有放在你这里,我才最放心。"广东富翁看着小灵通,把画轴重新放回到保险柜里,来到小灵通的身边坐下。

公司秘书抱着个沉重的纸箱子进了广东富翁的办公室,气喘吁吁地说道："老总,这是韩总让我给你送过来的茅台酒。"紧跟着公司秘书的话音,韩

勇笑呵呵地进了门，说道："这是我大舅哥特意叮嘱我送给你喝的。大舅哥还说过一段日子要来看你。"广东富翁起身拉韩勇一同坐下，因为离开长安有段日子，自己也有许多工作上的想法和安排要和韩勇沟通。小灵通就起身走了，他想回书院门正街找酒疯子聊一聊。

"红红的太阳刚刚升起，破产的灵通九点不起。画廊倒闭，彩棉飞去。边走边喊，从头再来！"小灵通才走出南大街地下通道，远远地传来酒疯子的疯吼声。宝庆寺佛塔边上，没有见到酒疯子的身影，他失望地注视着眼前有几人高的碎砖瓦砾堆。他耳边又响起了酒疯子的疯吼："七级浮屠做见证，问道登临迷雾重。菩提阿弥真如在，长安一梦心潮平。色亦诸法都是空，宝庆还惊大钟鸣。法号通灵慧根生，徘徊皈依缘何成？"小灵通这时平静了许多。突然打酒狗撒着欢朝小灵通扑过来，围着小灵通转了几圈，又朝书院门牌楼方向跑走了。小灵通拍了拍身上的尘土，回自己的画廊。

小灵通没走到大门跟前，就远远看见慧空野在门前等着他。慧空野扬起手和他打着招呼，小灵通带着歉意说道："我刚才在宝庆寺佛塔边上转，所以回来晚了。"慧空野也说道："佛陀指引我们找到了智慧之光，让我们一同前往吧。"小灵通也应和着问道："刚才你没听见街上的疯吼吗？"小灵通看着他一脸迷茫的样子，知道他没有听见酒疯子的疯吼。慧空野见小灵通似乎走了神，耐心地站在他身旁静静地等着。小灵通突然收回思绪，开了通灵阁的大门，把慧空野让进了屋里。

慧空野一落座就对小灵通说："《元青花》纪录片的拍摄工作就要结束了，最后还需要补拍一次实物标本，你要站在这只元青花梅瓶旁边，做最后的片尾陈词。这也是本片最重要的部分，所以这次我来找你，是和你最后敲定拍摄地点和时间的。"小灵通爽快地答道："这个好办，实物现在就在离书院门不远的我的朋友广东人那里。就这几天，具体日期你定，拍摄地点就选在秦粤房地产公司。"小灵通继续说，"慧空野先生就放心吧，我会把一切安排好的，这部片子一定会拍得很精彩。"慧空野激动地握住小灵通的手，意味深长地说道："愿佛陀的光辉永远普照我们，通达光明的彼岸！"

第七十九章 绝 情

书院含泪城墙洒,御苑邂逅进达家。

改换门庭失子恨,和而又唱镜中花?

顺水推舟弃女昧,权诉薄情交换价。

昙花光阴败柳絮,借君梧桐啖冷茶。

　　衮雪妹从书院门通灵阁里出来,心里还是空落落的,小灵通并没有给自己一个明确的承诺:等她肚子里的娃出生了,三个人一块快乐地生活。她很失望,对自己的未来几乎绝望了。衮雪妹开车离开书院门,返回了皇族御苑。

　　秦巨江和远在北京的女明星才通完电话,衮雪妹就进了沧浪阁的大门。秦巨江看着衮雪妹说道:"你去医院检查过了吗? 是不是怀孕了?"衮雪妹也想和秦巨江认真地谈一次,就一屁股坐下来,眼睛红红地说道:"是的,检查过了。"秦巨江冷漠地说:"当初我们不是说好了吗,怀孕这些麻烦事情你要自己处理好。我不接受这样的结果,是你的问题。"衮雪妹看着秦巨江冷冰冰的表情,她努力镇定住自己的情绪,迎着秦巨江冰冷的目光,一字一句地说:"之前的情况和现在的情况不同了,我改变主意了。是我肚里的孩子让我改变主意的!"秦巨江看着衮雪妹,无奈地说道:"你改变了主意,但我不可

能接受这样一个结果的。"袤雪妹还想争辩,秦巨江却以不可争辩的口吻又说道,"如果你执意要生下这孩子的话,那只能自己承担这后果了!"袤雪妹惊恐地望着秦巨江,她听得出来面前这个老男人亮出了他的最后底牌。袤雪妹努力镇定着,一字一句地说:"秦巨江,这话可是从你嘴里说出来的,我要房子,我要车,还有你现在所有的存款。"秦巨江依然冷冷地说:"这栋别墅和那部梅赛德斯跑车不都在你的名下吗? 你要记住,是你毁约在先,我还没有追究你和书院门那小子背着我干的那些事。"秦巨江说完也不看袤雪妹一眼,起身上楼去了。

袤雪妹见来硬的不行,就来软的。她款款地上楼来,从背后抱住秦巨江说:"我们一转眼就老了,到那时再没个孩子,那我们怎么办呢?"秦巨江抚摸着袤雪妹的手说道:"不要这个孩子也是我为你在考虑。你考虑过结婚嫁人吗?"秦巨江又说,"我的意思是你可以为孩子找个父亲。"袤雪妹吃惊地问:"找个父亲?"秦巨江这时倒显得很耐心、很绅士的样子,一双眼睛柔和地看着袤雪妹,让她感到了久违的兄长一般的感情。袤雪妹突然对秦巨江说道:"你给小灵通收藏的《终南雪松》图轴出具一份真迹鉴定证书吧,这个对他很重要!"秦巨江缓缓地说道:"这对你也很重要吧!"说完,秦巨江再也不看袤雪妹一眼。

第八十章　烟　幕

顺流行舟巨江清，城墙不动铁心横。

身后雪消衣又湿，书院残梦疑未平。

尝尽炎凉谁共度，心魔焚身遭报应。

覆水难收情难容，般若波罗尽意明。

　　慧空野和小灵通商量定了最后一次拍摄《元青花》纪录片的脚本计划以后，就提前准备起来。他先给助理青森秘密交代了一番，然后就只身一人来找韩勇。韩勇见到慧空野，说道："慧空野先生不来找我，我也要约见你。"慧空野道："你之前交给我的《宝庆寺复建资金投入计划书》的副本我已经阅读过了，在你需要的时候，我们会转款给你，只是……"说着就看着韩勇。韩勇说："慧空野先生，你我都是朋友了，还有什么话不能直说呢？"慧空野这才开口说："我们要求在宝庆寺复建完工了以后，在第一座大雄宝殿的正面立一块碑，上面刻上我们资助复建宝庆寺这件事。"韩勇答应了。慧空野又说，"最近我要借用贵公司的大会议室，作为拍摄《元青花》纪录片的场地，提前需要置景，这个务必请你支持啊！"韩勇答应了："不就是用一两天公司的会议室嘛，没问题。等你们商定了时间，我就把会议室的钥匙交给你，你就派人提前布景吧！"慧空野激动地握着韩勇的手。

　　衮雪妹迫不及待地赶到书院门来找小灵通。小灵通也没想到秦巨江会如此快地同意出具《终南雪松》图轴的真品鉴定证书,当他知道秦巨江签字的前提条件是要他和衮雪妹结婚时,他犹豫了,看来秦巨江是铁了心要让自己吃下去这"瓜落"了! 他的动机是什么呢? 小灵通望着眼前的衮雪妹:首先衮雪妹肚里的孩子有可能是秦巨江的,他羞辱自己的唯一原因,就是被自己戴了绿帽子,并由此生出的仇恨? 上个月,在腾龙拍卖公司,围绕着《终南雪松》图轴所发生的一系列可疑现象,难道背后的黑手真的是秦巨江和衮雪妹吗? 赵华亭"造假"在媒体上被曝光的事情,又一幕幕地出现在小灵通眼前,小灵通在心里问自己,难道"被造假的人"应该是自己而不是赵华亭? 他想到这里,就对衮雪妹说:"我问你,《藏家》杂志所报道的'打假'事件中,赵华亭是不是个替罪羊? 而秦巨江原本要抓的人是谁?"衮雪妹一脸茫然地嘟囔着:"你在说什么呢? 人家是来告诉你好消息的,不是来接受你的调查的。"小灵通瞪着衮雪妹说:"做人首先要诚实。说实在的,我对你和秦巨江还存在着许多疑问,他现在同意给《终南雪松》图开具真迹鉴定证书,以我对他的判断,他背后的动机没有那么简单。"衮雪妹愤怒地说:"你傻吗? 只要有了秦巨江的真迹鉴定证书,你手里的那幅《终南雪松》图就从一张废纸变成一千多万了。"小灵通轻蔑地说:"至少我可以断定,秦巨江现在不想要你了。"衮雪妹被小灵通的话极大地伤了自尊心,这一切的一切让她疯狂起来,衮雪妹抬起手来在小灵通的脸上扇了一巴掌。小灵通抡起了拳头,但刹那间又放下了,小灵通想起衮雪妹是个孕妇,同时一个男人动手打女人也不是什么英雄壮举。衮雪妹骂道:"懦夫,有本事你就动手啊! 我早就不想活了。"小灵通垂着头出了画廊的门,转到画廊后面,沿顺城巷往西,朝永宁门方向走去。"小灵通! 小灵通!"背后传来衮雪妹声泪俱下的哭喊声。

　　"顺流行舟巨江清,城墙不动铁心横。身后雪消衣又湿,书院残梦疑未平。尝尽炎凉谁共度? 心魔焚身遭报应。覆水难收情难容,般若波罗尽意明。"小灵通听到酒疯子又在安慰自己了,他只想一个人在书院门的城墙下走一走。不知不觉中,小灵通已走到永宁门城门洞子边上。"通灵师父,通

灵师父。"恍惚中,仿佛有人呼唤他,小灵通回过神来,注意到慧空野已经来到自己身边。小灵通笑道:"我还以为宝庆寺佛塔龛洞子里的佛陀在和我说话,原来是你在和我说话。"慧空野说:"通灵师父,我来在你身边已经很久了,我有重要的事情要和你商量。咱们现在就去你那位广东朋友处,商定片子拍摄的事情。"小灵通说:"那好吧,我们现在就去秦粤房地产开发公司,广东富翁已经回来了。"

小灵通和慧空野来到广东富翁的办公室,慧空野对小灵通说:"这间办公室不适合做拍摄的场地。"小灵通不知道慧空野此话的真实意图,只是一个人走到玻璃保险柜前看着元青花梅瓶,眼睛里又浮现出花彩棉的身影,这只元青花梅瓶曾经让自己对未来的事业和爱情充满了向往,最后它又带给自己极度的失望和失落。它没能让自己留住花彩棉,也没有给自己的事业带来多大的希望,它只能带给自己心灵的安慰了。"假亦真时真亦假,万法如一在于心!"小灵通在心里默念着。

广东富翁进了办公室。小灵通把慧空野介绍给广东富翁,然后说:"我准备把借你的钱还给你,但这只元青花梅瓶还留在你这里,把它捐献给岭南博物馆的事情我也全权委托你办理,我不打算再重开通灵阁画廊了。"广东富翁显得很意外的样子,对小灵通说道:"我感觉你最近很消极,我的意思是你暂时不要做出任何重大的决定。"广东富翁突然想起什么似的问小灵通:"你和你的朋友来找我,有什么重要的事情吗?"广东富翁略加思考后又说,"这只元青花梅瓶原本就是你收藏的,既然你决定了,那就按你的意见办吧!"慧空野把拍摄脚本文案递给广东富翁说道:"还请你多多关照,小灵通也要入镜头,做最后的片尾陈词,我想就在贵公司选择一处更加宽敞的场地拍摄。"广东富翁皱起了眉头:"先生的意思是要从保险柜中挪出这件元青花梅瓶了?"慧空野说:"是的!应该专门为拍摄实物搭一个陈列台,再布置好灯光,小灵通先生在实物面前做最后的片尾陈词。"广东富翁一边看着拍摄脚本文案,一边思考着,老半天不说话。看得出来广东富翁不相信慧空野。

第八十一章　掉　包

假借拍片计阴险,镜前魔术真伪换。

年少轻信涉世浅,书院追梦难再返。

泥牛入海重著衣,再塑金身衣锦还。

宝物回流不一般,盗贼自古不偷闲。

　　就在这时,韩勇也进了广东富翁的办公室,身后还跟着两个公司保安,他们抬着送给广东富翁的玻璃镜框。广东富翁说道:"我正在处理重要的事情,你们先把镜框放到墙角,等过几天再来挂在我办公桌对面的墙上。"说话的同时,韩勇也看见了慧空野,但慧空野却装作和他不认识的样子,韩勇就转眼看小灵通。小灵通起身先介绍韩勇和慧空野认识,慧空野煞有介事地和韩勇打招呼。小灵通当然还蒙在鼓里,不知道慧空野和韩勇早已经是生意上的合作伙伴。小灵通对韩勇说:"我们这次拍《元青花》纪录片需要借用你的会议室用几天,不知道韩总愿意帮这个忙吗?"本来广东富翁想建议小灵通先让慧空野回去,自己单独再私下里和小灵通商议一下拍摄的具体办法。最重要的是广东富翁想提醒小灵通,这只元青花梅瓶实物安全是第一位的,而其他的事情,包括拍片本身都是很次要的。韩勇爽快地答应了小灵通的请求:"可以,你的朋友就是我的朋友,我现在就让这两个保安收拾会议室去。"广东富翁见韩勇答应了小灵通的请求,便对两个保安说:"这几天你们就听韩总指挥,给拍片方做好配合工作,最主要的是保证被拍摄实物不能丢失和损坏!"说完广东富翁把手里的《元青花》拍摄脚本文案还给了慧空野,内心不由得产生了一股子忐忑不安的情绪。"唉!"广东富翁在心里叹道,"小灵通呀小灵通,你还太年轻。"

韩勇也对两个保安说:"你俩再找几个后勤人员,今天就把公司会议室腾空。"然后非常客气地对慧空野说,"明天一大早,你就可以让你的人员进会议室置景了。"

第二天,置景人员还有慧空野的助理青森,一同到了会议室。他们认真地置起景来,只用了不到一天的时间,陈列台和后面的背景就布置好了。韩勇和广东富翁分别来看了一次,倒是那两个保安寸步不离地忙前忙后。就在一个保安上厕所另一个保安吃饭的空当,慧空野的助理青森,抱着慧空野亲自从景德镇带回的那只元青花梅瓶高仿品,悄悄地钻进用木工板搭建的陈列台子里隐藏了起来。他是按慧空野的指示藏匿在里面的,要在这个仅仅只能容下一人的狭小的密闭空间里待二十四个小时,配合慧空野达到偷换元青花梅瓶真品的罪恶目的。到了晚上,一切都准备就绪了,韩勇和广东富翁在两个保安的引导下,来到了置好陈列台和背后幕布的布景跟前,广东富翁走到陈列台前,重重地拍一拍搭台子的木工板子,问慧空野:"这板子足够结实吗?保证不会发生什么意外吗?"慧空野有点紧张,既而又肯定地回答:"很安全的。"

广东富翁离开时,又回头不放心地看了看新搭好的陈列台。他直纳闷小灵通今天怎么没有到场呢?这时韩勇对慧空野说:"这是会议室的钥匙,就交给你了。明天一大早就要拍摄,你们今天晚上要做最后的准备,我就不陪你们了,让两个保安继续协助你们。"慧空野客气地说:"这样已经很好了,十分感谢!"韩勇最后对慧空野说:"本来我是要亲自在场的,这也是广东老总特意交代的,只是这几天我正搬家,所以就不能陪你了,也请你多多包涵,有什么事你尽管吩咐保安去做。"慧空野送走了韩勇,自己也离开了已经置

好景的拍摄现场。

第二天一大早，等小灵通来到拍摄现场时，摄制组成员已经先到了，谁也没有注意到慧空野的助理换了新人。广东富翁、韩勇被请到了陈列台的正前方椅子上入座，慧空野试验了灯光、摄像机同步录音等效果后，又检查了其他几件辅助设备，然后就请小灵通亲自去搬元青花梅瓶。广东富翁也起身叫上两个保安一同去了自己的办公室，小灵通在两个保安的护送下，搬来了慧空野日思夜想的元瓷珍宝，把它平稳地放到了陈列台上，又回到座位上。慧空野置好摄像机，用手势告诉摄像师可以开始了。不经意间，慧空野用自己的身体，挡住了陈列台上元青花梅瓶和众人之间的视线，就十几秒钟，慧空野忙完了，先请对面的几个人来到摄像机显示屏前看了拍摄效果，然后拉住小灵通的手，说道："现在就请你上去做最后的片尾陈词。"大家一点都没有察觉慧空野在他们的眼皮子底下，已经要完了偷梁换柱的把戏。等小灵通说完"假亦真时真亦假，万法如一归于心"的最后一句片尾陈词时，全场爆发出一片掌声。慧空野祝贺小灵通精彩的片尾陈词，嘴里喃喃道："终于拍完了！"小灵通对慧空野说："等这部片子播出的时候，你一定要提前通知我。"慧空野满口答应道："一定一定，我们后会有期。"广东富翁也走到了小灵通面前，眼睛盯着陈列台子上的元青花梅瓶。小灵通这才过去，又亲自把这只元青花梅瓶抱在怀里，返回广东富翁的办公室。

摄制组成员离开秦粤房地产开发公司时，慧空野看着已经累得奄奄一息的助理青森，用幕布把元青花梅瓶趁乱装进了摄影器材箱，装到自己开着的一辆吉普车上后，这才松了一口气。在回唐皇宫大酒店的路上，慧空野掩饰不住成功的喜悦，对坐在副驾驶座上的助理说："我们的任务终于完成了。不过你当下还不能休息，马上就带上东西离开。"

第八十二章　大结局

宝庆佛塔落霞飞,长安槐花熏人醉。

书院追梦心始定,卧龙禅林灵不昧。

任凭狂风漫卷地,心平还任雨湿衣。

他年欲知创业路,说与知音动心扉。

　　流金岁月的张大老板遭到慧空野冷落了以后,从唐皇宫大酒店返回书院门的路上,对小灵通和慧空野恨得咬牙切齿。凭他对慧空野的了解,慧空野绝不会放弃对那只元青花梅瓶的争夺,慧空野肯定会和小灵通直接勾连上。他要想一个把小灵通送进监狱的万全之策,解自己的新仇旧恨。回到书院门,他找来了那位收藏协会的副主席,两个人商量好了办法,由副主席出面举报小灵通有违规收藏和倒卖国家特级文物元青花梅瓶的违法行为。

　　一大早,小灵通刚刚起床,片警带着两个助手一起敲响了通灵阁的大门。小灵通一开门见是片警,就热情地招呼他们进屋。片警表情严肃地对小灵通说:"你涉嫌收藏和倒卖国家特级文物元青花梅瓶,请你到所里协助调查。"小灵通苦笑道:"我早就决定把这件元青花梅瓶捐献给国家了,现在正由我的朋友广东富翁具体办理捐给岭南博物院的手续,再说元青花梅瓶也不在我屋里,已经由广东富翁代为保管。"片警知道小灵通说的是实情,又

331

问道:"那你和慧空野接触又做何解释?"小灵通听到片警这样问自己,辩解道:"他是给我拍《元青花》的纪录片,我们之间的关系也仅此而已。"片警看着小灵通说:"现在你跟我回所里。"然后扭过头吩咐助手,"你们去小灵通所说的广东富翁的公司,把那件特级文物请回所里来,现在就去,要快。"

秦巨江这几天一直忙着往北京签转户口,而且他并没有把自己往北京转户口的事告诉衮雪妹。衮雪妹早晨一起床才发现秦巨江昨天晚上根本就没有回来,她虽然有预感秦巨江要甩掉她,但没有想到会如此迅速,衮雪妹还没有来得及让秦巨江给那幅《终南雪松》图开出真迹鉴定证书。她根本就没有想到,秦巨江昨天已经不辞而别,永远地离开长安,到北京和女明星比翼齐飞,成就他当代中国画绘画大师的宏伟事业去了。衮雪妹一个人在沧浪阁里孤独地住了几天,她跑到书院门的正街上找了小灵通几回,都吃了闭门羹,后来一打听才知道,小灵通之前已经被书院门派出所带走了,说是违规经营国家特级文物。衮雪妹彻底绝望了,她又给秦巨江打了几次电话,都是不在服务区的语音提示。衮雪妹不知道如何是好了,她开着那辆梅赛德斯跑车,在三环路上漫无目的地绕着圈子。

等片警把小灵通带回所里,两个去广东富翁办公室的警察也回来了,汇报说广东人已经带着那件元青花梅瓶回广东的岭南博物院开鉴定会去了。片警就对小灵通说:"在你那位广东朋友没有返回长安之前,你不能离开派出所。"小灵通表示很愿意配合片警的调查工作。小灵通心情很轻松,他知道自己并没有干什么违法的事情,只是对自己将来朝什么方向发展、怎么发展很困惑。小灵通坐在派出所的调查室里,甚至有了出家遁空门的想法。自己未来的路在哪儿呢? 小灵通在心里问着自己。回忆起十年来,在书院门创业,从身无分文到开了通灵阁画廊,又经手了大师秦岭云的《终南雪松》图轴,还有目前使自己身陷囹圄的元青花梅瓶,再就是花彩棉,还有衮雪妹和她肚子里的孩子。难道衮雪妹怀的孩子真是自己的? 正想着,片警进来了,让小灵通坐在面前,问小灵通:"你现在就说说,慧空野给你拍《元青花》纪录片的事情。"小灵通早有准备,从兜里掏出了慧空野录制的《江湖》的样片光碟递给片警后说道:"《元青花》纪录片只是这部纪录片子中的一集,等你看了样片,就知道了。"片警把光碟拿在手里,突然问道:"有人举报你倒卖国家珍贵文物,我看还是你自己说清楚吧。"小灵通说:"举报是要讲证据的,我愿意接受派出所的调查。"片警提醒着小灵通说:"你收藏的那只元青花梅瓶现在到底在哪里?你自己想清楚,想明白了以后,争取个主动的态度。"小灵通无奈地摇着头说:"我现在就把广东富翁的电话号码给你,你们自己和他通电话,问一问就清楚了。那只元青花梅瓶现在的确就在岭南博物院。"说着就把广东富翁的电话号码告诉了片警,片警做了记录以后,就让小灵通在笔录上签了名字并在名字上按了手印。片警拿着笔录离开了。

小灵通在派出所接受调查。只待了不到一周,广东富翁就从岭南返回,到派出所里亲自接小灵通。从派出所里出来,广东富翁告诉小灵通,就在前天,岭南博物院对小灵通收藏的那只元青花梅瓶孤品,会同全国顶级青花瓷专家开了现场鉴定会。结果是,所谓的"前至正期元青花梅瓶"是一件当代景德镇高仿的赝品。小灵通听到这里,差点栽倒在地上。广东富翁扶住小灵通,两个人同时想到了阴险的慧空野,小灵通嘴里喃喃道:"假亦真时真亦假,万法如一归于心,归于心!"广东富翁也心情沉重地说不出一句话,只是陪着小灵通出了派出所的大门,往书院门牌楼方向走。远远望去,宝庆寺佛塔依然肃穆庄严,塔龛里的佛陀还是那样慈悲地注视着来来往往忙碌的众生。"红红的太阳刚刚升起,跌倒的小灵通六点就起。破产没啥,倒闭不怕。边走边喊,从头再来。"小灵通一听到酒疯子的疯吼就笑了起来,对广东富翁说道:"酒疯子已经告诉我将来要怎么做了,我还要从摆地摊开始,就在这书院门通灵阁对面,关中书院外的廊檐下重新开始创业!"